POR LA VIDA DE MI HERMANA

Novela

Jodi Picoult

ATRIA BOOKS

New York London Toronto Sydney

ATRIA BOOKS
A Division of Simon & Schuster, Inc.
1230 Avenue of the Americas
New York, NY 10020

Este libro es una obra de ficción. Los nombres, personajes, lugares y sucesos son producto de la imaginación del autor o están usados de manera ficticia. Cualquier semejanza a eventos, lugares o personas reales, vivas o muertas, es pura coincidencia.

Traducción original publicada en España por Ediciones Minotauro (Grupo Planeta)
Traducción de Manuel Manzano

Primera edición en rústica de Atria Books, marzo 2008

ATRIA BOOKS y colofón son sellos editoriales registrados de Simon & Schuster, Inc.

Para obtener información respecto a descuentos especiales en ventas al por mayor, diríjase a Simon & Schuster Special Sales al 1-800-456-6798 o a la siguiente dirección electrónica: business@simonandschuster.com.

Impreso en los Estados Unidos de América

10 9 8 7 6 5 4 3 2 1

Library of Congress Cataloging-in-Publication Data

ISBN-13: 978-1-4165-7640-2
ISBN-10: 1-4165-7640-1

Para los Curran,
la mejor familia con la que técnicamente
no estamos emparentados.
Gracias por ser una parte tan importante de nuestras
vidas.

Prólogo

> Nadie empieza una guerra—o mejor dicho, nadie en su sano juicio debería hacerlo—sin tener primero claro lo que pretende conseguir con esa guerra y cómo pretende dirigirla.
>
> Carl von Clausewitz, *De la guerra*

En mi primer recuerdo tengo tres años y estoy intentando matar a mi hermana. A veces el recuerdo es tan nítido que puedo recordar la picazón de la funda de almohada bajo mi mano, la punta de su nariz presionando en mi palma. Ella no tenía ninguna posibilidad contra mí, por supuesto, pero aun así no funcionó. Mi padre rondaba por ahí, vigilando la casa por la noche, y la salvó. Me llevó de vuelta a mi cama.

—Esto —me dijo— nunca ocurrió.

A medida que crecía, yo parecía no existir excepto en relación con ella. Contemplaba su sueño a través de la habitación, una larga sombra uniendo nuestras camas, e imaginaba los modos: veneno espolvoreado en sus cereales; una ola traicionera en la playa; un rayo fulminante.

Finalmente, sin embargo, no maté a mi hermana. Lo hizo ella por su cuenta.

O, al menos, eso es lo que me digo a mí misma.

Lunes

Hermano, yo soy fuego
Alzándome bajo el suelo del océano.
Nunca te encontraré, hermano
No durante años, en cualquier caso;
Quizá miles de años, hermano.
Entonces te calentaré,
Te tendré cerca, te abrazaré una y otra vez,
Te usaré y te cambiaré
Quizá miles de años, hermano.

Carl Sandburg
Parientes

ANNA

Cuando era pequeña, el gran misterio para mí no era cómo se hacían los niños, sino por qué. Entendí la mecánica —mi hermano mayor, Jesse, me había puesto al corriente—, aunque estaba segura de que él había entendido mal la mitad del asunto. Otros niños de mi edad estaban ocupados buscando las palabras «pene» y «vagina» en el diccionario de la clase cuando la maestra se daba la vuelta, pero yo prestaba atención a otros detalles. Como por qué algunas madres tenían un solo niño, mientras que otras familias parecían multiplicarse ante tus ojos. O cómo la nueva niña en la clase, Sedona, le decía a quienquiera que la escuchara que su nombre provenía del lugar en el que sus padres estaban de vacaciones cuando la hicieron a ella («Menos mal que no estaban en Jersey City», solía decir mi padre).

Ahora que tengo trece años, estas cuestiones son más complicadas: la alumna de octavo que dejó la escuela porque «tuvo problemas»; una vecina que se quedó embarazada con la esperanza de evitar que su marido presentara una demanda de divorcio. Les digo que si los extraterrestres llegaran hoy a la Tierra y analizaran con atención por qué nacen los bebés, concluirían que la mayoría de la gente tiene niños por accidente, porque bebieron de más alguna noche, porque el control de natalidad llega al uno por ciento o por otras miles de razones que no son muy halagadoras.

Por otro lado, yo nací con un propósito muy específico. No fui el resultado de una botella de vino barata, ni de la luna llena ni del calor del momento. Nací porque un científico manipuló la conexión entre los óvulos de mi madre y el esperma de mi padre para crear una combinación específica de precioso material genético. De hecho, cuando Jesse me dijo cómo se hacían los bebés y yo, la gran escéptica, decidí preguntarles la verdad a mis padres, obtuve más de lo que esperaba. Me sentaron y me largaron el rollo habitual, por supuesto, pero también me contaron que me eligieron entre los embriones, específicamente, porque podría salvar a mi hermana Kate.

—Te amamos incluso más —me aseguró mi madre—, porque sabíamos exactamente lo que obtendríamos.

Eso me hizo preguntarme, sin embargo, qué hubiera pasado si Kate hubiera estado sana. La opción sería que todavía estaría flotando en el cielo o dondequiera que sea, esperando ser unida a un cuerpo para pasar una temporada en la Tierra. Ciertamente, no formaría parte de esta familia. A diferencia del resto del mundo libre, yo no llegué aquí por accidente. Y si tus padres te tuvieron por alguna razón, entonces es mejor que esa razón siga existiendo. Porque cuando la razón desaparece, también lo haces tú.

Las casas de empeño pueden estar llenas de basura, pero también son un buen caldo de cultivo para las historias, diré si me lo preguntan, aunque no lo hayan hecho. ¿Qué es lo que hace que una persona venda el Diamante Solitario nunca antes usado? ¿Quién necesita tanto el dinero para vender un osito de peluche al que le falta un ojo? Mientras me daba cuenta de eso, me preguntaba si alguien miraría el colgante que estoy a punto de entregar y se haría las mismas preguntas.

El hombre que hay en la caja registradora tiene una nariz con forma de nabo y unos ojos tan hundidos que no puedo entender cómo ve lo suficientemente bien para llevar adelante su negocio.

—¿Necesitas algo? —pregunta.

Todo lo que puedo hacer para no darme la vuelta y salir por la puerta, es hacer como si hubiera entrado por error. Lo único que me mantiene firme es saber que no soy la primera persona que se para frente a este mostrador sosteniendo la única cosa en el mundo de la que pensó que nunca se separaría.

—Tengo algo que vender— le dije.

—¿Y se supone que tengo que adivinar qué es?

—Oh. —Tragando con dificultad, saco el colgante del bolsillo de los tejanos. El corazón cae en el mostrador de vidrio en la laguna de su propia cadena—. Es oro de catorce quilates —dije—. Casi no está usado. —Esto es una mentira; hasta esa mañana, no me lo había quitado en siete años. Mi padre me lo había dado cuando tenía seis, después de la extracción de médula, porque dijo que alguien que daba a su hermana un regalo semejante merecía uno para sí. Viéndolo allí, en el mostrador, siento el cuello tembloroso y desnudo.

El dueño se pone una lupa en el ojo, lo que hace que se vea de un tamaño casi normal.

—Te doy veinte.

—¿Dólares?

—No, pesos. ¿Qué creías?

—¡Pero vale cinco veces eso! —gemí.

El dueño se encoge de hombros.

—No soy yo quien necesita el dinero.

Recojo el colgante, resignada a cerrar el trato y pasa una cosa extrañísima: mi mano se cierra como una grapadora, como una tenaza neumática. Mi cara se va poniendo roja por el esfuerzo que hago para separar los dedos. Tardo un rato que parece una hora en poner el colgante en la palma extendida del dueño. Sus ojos permanecen en mi cara, más suavemente ahora.

—Diles que lo perdiste —propone, a modo de consejo gratuito.

Si el señor Webster hubiera decidido poner la palabra «fenómeno» en su diccionario, «Anna Fitzgerald» sería la mejor definición que podría dar. Es más que mi aspecto: flaca cual refugiada, sin pecho que mencionar; pecas que se unen en mis mejillas, que, déjenme que les diga, no se atenúan con jugo de limón ni protección solar, ni siquiera, tristemente, con papel de lija. No, Dios estaba de humor el día de mi nacimiento, porque agregó a esta fabulosa combinación física el cuadro de fondo: el hogar en el que nací.

Mis padres trataron de hacer las cosas de un modo normal, pero ése es un término relativo. La verdad es que nunca fui realmente una niña. Para ser honesta, tampoco lo fueron Kate ni Jesse. Supongo que mi hermano tuvo su momento de gloria durante los cuatro años que vivió antes de que diagnosticaran a Kate, pero, desde entonces, hemos estado demasiado ocupados midiendo sobre nuestras cabezas, corriendo precipitadamente para crecer. ¿Ha visto que la mayoría de los niños pequeños creen ser personajes de dibujos animados, de manera que si un yunque les cae sobre la cabeza pueden salirse del camino y seguir andando? Bueno, jamás he creído algo semejante. ¿Cómo hubiera podido, cuando prácticamente poníamos un plato en la mesa para la Muerte?

Kate padece de leucemia aguda promielocítica. En realidad, eso no es exactamente verdad; ahora no la tiene, pero está hibernando bajo su piel como un oso, hasta que decida rugir de nuevo. Se la diagnosticaron a los dos años, ahora tiene dieciséis. «Reincidencia molecular» y «granulocito» y «catéter»: esas palabras son parte de mi vocabulario, aunque nunca hayan aparecido en ningún examen de la escuela. Soy una donante alógena, una hermana coincidente perfecta. Cuando Kate necesita leucocitos, células madre o médula para hacer creer a su cuerpo que está sano, soy yo quien los provee. Casi cada vez que ingresan a Kate en el hospital, acabo yo también allí.

Nada de eso significa nada, excepto que no crean lo que escuchen acerca de mí y mucho menos lo que yo diga de mí misma.

Mientras subo la escalera, mi madre sale de su habitación llevando otro vestido de fiesta.

—Ah, —dice, dándome la espalda—, justo la niña a quien quería ver.

Le subo la cremallera y la veo girar. Mi madre podría ser hermosa, si saltara en paracaídas a la vida de otra persona. Tiene el pelo oscuro, largo y delicadas clavículas de princesa, pero sus comisuras se doblan hacia abajo, como si estuviera tragando noticias amargas. No tiene mucho tiempo libre ya que el calendario es algo que puede cambiar drásticamente si mi hermana desarrolla un hematoma o una hemorragia nasal, pero el poco que tiene lo invierte en bluefly.com, comprando ridículos vestidos de noche de fantasía para lugares a los que nunca irá.

—¿Qué te parece? —pregunta.

El vestido tiene los colores del atardecer y está hecho de un material que cruje cuando se mueve. Sin mangas ni tirantes, es lo que podría llevar una estrella de cine pavoneándose por una alfombra roja, y de ninguna manera el tipo de vestido para una casa en los suburbios de Upper Darby. Mi madre tiene el pelo recogido en un moño. En su cama hay otros tres vestidos: uno ceñido negro, uno de tubo y otro que parece increíblemente pequeño.

—Pareces...

—Cansada. La palabra burbujea justo bajo mis labios.

Mi madre sigue perfectamente tranquila y quisiera saber si lo dije en voz alta sin querer. Levanta una mano, haciéndome callar, con la oreja orientada hacia la puerta abierta.

—¿Has oído eso?

—¿Qué?

—Kate.

—No he oído nada.

Pero no se fía de lo que le digo, porque cuando se trata de Kate no se fía de la palabra de nadie. Sube la escalera y abre la puerta de nuestro dormitorio para encontrar a mi hermana histérica en su cama y de repente el mundo se colapsa de nuevo. Mi padre, un astrónomo secreto, ha intentado explicarme qué son los agujeros negros, por qué son tan pesados que lo absorben todo, incluso la luz, hacia su propio centro. Momentos como éste son del mismo tipo de vacío; no importa a qué te aferres, acabas siendo tragado.

—¡Kate!—Mi madre cae al suelo; estúpida falda, una nube a su alrededor—.

—Kate, cariño ¿qué te duele?

Kate abraza un cojín contra el estómago y las lágrimas continúan manando. El pálido cabello está pegado contra su cara en húmedas mechas; su respiración es bastante dificultosa. Estoy congelada en la puerta de mi propia habitación, aguardando instrucciones. —Llama a papá. Llama al 911. Llama al doctor Chance—. Mi madre llega a sacudir a Kate para sacarle una explicación.

—Es Preston —solloza— está dejando a Serena para siempre.

Ahí es cuando nos fijamos en la televisión. En la pantalla una chica rubia mira largamente a una mujer que llora casi tanto como mi hermana y da un portazo.

—Pero ¿qué te duele? —pregunta mi madre, convencida de que tiene que ser algo más que eso.

—Dios mío —dice Kate, lloriqueando—. ¿Tienes idea por cuántas cosas han pasado Serena y Preston? ¿Tienes idea?

Ese nudo dentro de mí se relaja, ahora sé que todo está bien. La normalidad en nuestra casa es como una sábana demasiado corta para la cama: a veces te cubre bien y otras te deja con frío y temblando; lo peor de todo es que nunca sabes cuál de esas dos cosas pasará. Me siento en el extremo de la cama de Kate. Aunque sólo tenga trece años, soy más alta que ella y de vez en cuando la gente supone, erróneamente, que soy la hermana mayor. En distintos momentos de este verano se volvió loca por Callahan, Wyatt y Liam, los protagonistas masculinos de esta novela. Ahora, supongo que se trata de Preston.

—Hubo el susto del secuestro —confieso.

En realidad he seguido la trama de la historia; Kate hizo que se la grabara durante sus sesiones de diálisis.

Y la vez que casi se casa con su primo por equivocación.

—No olvides cuando él murió en el accidente de barco. Durante dos meses, de todos modos. —Mi madre se suma a la conversación y recuerdo que ella también solía mirarla sentada con Kate en el hospital.

Por primera vez Kate parece darse cuenta del conjunto de mi madre.

—¿Qué llevas puesto?

—Oh, algo que devolveré. —Se para delante de mí para que le baje la cremallera. Esa compulsión de comprar por Internet, sería un grito desesperado clamando por una terapia para cualquier otra madre; en el caso de la mía, probablemente podría considerarse un alivio saludable. Me pregunto si lo que le gusta tanto es meterse en la piel de otra persona por un momento o si es la opción de poder devolver una circunstancia que únicamente no te queda bien. Mira a Kate fijamente.

—¿Estás segura de que no te duele nada?

Después de que mi madre se va, Kate se hunde un poco. Es la única manera de describirlo. Lo rápido que los colores se le escurren de la cara, el modo en que desaparece contra los cojines. Cuando se enferma desaparece un poco, tanto que temo despertar un día y no ser capaz de verla.

—Muévete ordena Kate— me tapas la pantalla.

Entonces voy a sentarme en mi cama.

—Sólo son los nuevos episodios.

—Bueno, si muero esta noche, quiero saber qué me estoy perdiendo.

Sacudo los cojines debajo de mi cabeza. Kate, como siempre, los ha cambiado, de modo que tiene los más blandos, que no se sienten como rocas bajo el cuello. Supone que lo merece, porque es tres años mayor, porque está enferma o porque la Luna está en Acuario; siempre hay alguna razón. Miro la tele con los ojos entornados, deseando poder cambiar los canales, sabiendo que no tengo opción.

—Preston parece de plástico.

—Entonces, ¿por qué te he oído susurrar su nombre sobre la almohada anoche?

—Cierra el pico —digo.

—Ciérralo tú. —Entonces Kate me sonríe—. Probablemente sea gay. Qué desperdicio, teniendo en cuenta que las hermanas Fitzgerald son... — Haciendo una mueca de dolor interrumpe la frase a la mitad y me vuelvo hacia ella.

—¿Kate?

Se frota en la zona lumbar.

—No es nada.

Son sus riñones.

—¿Quieres que llame a mamá?

—Todavía no—. Estira la mano entre nuestras camas, que están separadas justo para que nos podamos tocar.

Extiendo la mano también. Cuando éramos pequeñas, hacíamos este puente e intentábamos ver cuántas barbies podíamos mantener en equilibrio sobre él.

Más tarde he tenido pesadillas en las que estoy cortada en tantos pedazos que no hay lo suficiente de mí para volver a montarme.

Mi padre nos explica que un fuego se extingue a menos que abramos una ventana y le demos combustible. Supongo que eso es lo que estoy haciendo, si se fijan bien; pero luego, además, mi padre también dice que cuando las llamas nos están lamiendo los talones tenemos que romper una pared o dos si queremos escapar. Así es que cuando Kate se queda dormida debido a sus medicinas, tomo la carpeta de cuero que tengo guardada entre mi colchón y el somier, y voy al baño para tener algo de privacidad. Sé que Kate ha estado fisgoneando; había insertado un hilo rojo entre los dientes de la cremallera para saber quién estaba husmeando en mis cosas sin permiso, pero a pesar de que el hilo ha sido arrancado, no falta nada dentro. Abro el grifo de la bañera para que suene como si tuviera algún motivo para estar allí y me siento en el suelo a contar.

Si agregan los veinte dólares de la casa de empeños, tendremos $136,87. No será suficiente, pero debe de haber alguna forma. Jesse no tenía $2.900 dólares cuando se compró el jeep, y el banco le hizo algún tipo de préstamo. Claro que mis padres tuvieron que firmar los papeles también. Y dudo que estén ansiosos por hacer lo mismo por mí, dadas las circunstancias. Cuento el dinero por segunda vez, por si acaso los billetes se han reproducido milagrosamente, pero la matemática es la matemática y el total sigue siendo el mismo. Y luego leo los recortes de periódico.

Campbell Alexander. En mi opinión es un nombre estúpido.

Suena como un licor muy caro o como una firma de inversiones en la bolsa. Pero no pueden negar el historial de este hombre.

Para llegar a la habitación de mi hermano hay que salir de la casa, que es lo que quiere. Cuando Jesse cumplió dieciséis se mudó al ático sobre el garaje: un acuerdo perfecto, dado que él no quería que mis padres vieran lo que hacía y mis padres realmente no querían verlo. Obstruyendo la escalera hacia su espacio hay cuatro neumáticos con cadenas para la nieve, un pequeño muro de ladrillo y un escritorio de roble inclinado de lado. A veces pienso que Jesse pone esos obstáculos sólo para hacer que el camino hacia él sea más que un desafío.

Gateo sobre el desastre y subo la escalera, que vibra con los bajos del equipo de música de Jesse. Tarda cinco minutos enteros antes de que se percate que estoy llamando.

—¿Qué? —dice bruscamente, abriendo la puerta muy poco.

—¿Puedo pasar?

Se lo piensa dos veces, luego da un paso hacia atrás para dejarme entrar. La habitación es un mar de ropa sucia, revistas y restos de comida china para llevar en sus cajas; huele como la lengüeta sudada de un patín de hockey. El único lugar limpio es la estantería donde Jesse guarda su colección especial —una figurita de Jaguar de plata, un símbolo de Mercedes, un caballo de Mustang—, adornos de capotas que dijo que había encontrado tirados por ahí, aunque no soy tan tonta como para creerle.

No me malentiendan, no es que a mis padres no les importe Jesse o el problema que sea en el que se haya metido. Es sólo que realmente no tienen tiempo para ocuparse, porque de alguna manera es un problema inferior en el tótem.

Jesse me ignora, volviendo a lo que sea que estaba haciendo al otro lado del desastre. Mi atención es captada por una vasija de barro —una que desapareció de la cocina hace algunos meses— que ahora está encima del televisor de Jesse con un tubo de cobre fuera de la tapa, que atraviesa una jarra de leche de plástico llena de hielo y se vacía en un frasco de vidrio. Jesse puede ser casi un delincuente, pero es brillante. Justo cuando estoy a punto de tocar el artilugio, Jesse se da la vuelta.

—¡Oye! —Vuela por encima del sofá para sacar mi mano de un golpe—. Vas a arruinar la espiral de condensación.

—¿Es lo que creo que es?

Una antipática sonrisa se dibuja en su cara.

—Depende de qué crees que es.

Abre con una palanqueta el frasco y caen unas gotas del líquido sobre la alfombra.

—Prueba.

Para ser un alambique hecho de secreciones y pegamento, produce un potente whisky casero. Un infierno corre tan rápido a través de mis tripas y mis piernas que caigo de espaldas en el sofá.

—Desagradable —jadeo.

Jesse se ríe y toma un trago también, pero a él le baja más fácilmente.

—Entonces, ¿qué quieres de mí?

—¿Cómo sabes que quiero algo?

—Porque nadie viene aquí a charlar —dice, sentándose en el brazo del sofá—. Y si hubiera sido por algo de Kate, ya me lo habrías dicho.

—Es sobre Kate. Por ahí va la cosa. —Aprieto los recortes de periódico en la mano de mi hermano; ellos lo explicarán mejor que yo. Los hojea y después me mira directamente a los ojos. Los suyos son como la más pálida sombra de plata, tan sorprendentes que, a veces, cuando mira fijamente, se puede olvidar completamente lo que se va a decir.

—No te metas con el sistema, Anna —dice amargamente—. Todos tenemos nuestro papel. Kate es la Mártir. Yo soy la Causa Perdida. Y tú, tú eres la Pacificadora.

Piensa que me conoce, pero eso ocurre también en sentido contrario. Y, cuando sobrevienen problemas, Jesse es un incondicional. Lo miro fijamente a los ojos.

—¿Quién lo dice?

Jesse está de acuerdo con esperarme en el estacionamiento. Es una de las pocas veces que recuerdo que hace algo que le diga que haga. Doy una vuelta hacia la fachada frontal del edificio, que tiene dos gárgolas custodiando la entrada.

La oficina del abogado Campbell Alexander se encuentra en el tercer piso. Las paredes están revestidas con madera de color de abrigo de piel de yegua, y cuando pongo un pie en la fina alfombra oriental, mis zapatillas se hunden unos milímetros. La secretaria lleva zapatos negros tan brillantes que puedo ver mi cara en ellos. Echo un vistazo a mis vaqueros y a las letras K que me pinté la semana pasada con los rotuladores mágicos cuando estaba aburrida.

La secretaria tiene la piel perfecta, las cejas perfectas y boquita de piñón, y está utilizándola para chillar de un modo asesino y criminal a quienquiera que esté al otro lado del teléfono.

—No puede esperar que yo le diga eso a un juez. Sólo porque usted no quiere escuchar a Kleman despotricar y delirar no quiere decir que yo tenga que... No, en realidad, ese aumento fue por el trabajo excepcional que hago y las estupideces que aguanto constantemente cada día, y de hecho, cuando estamos...

Sostiene el auricular del teléfono lejos de la oreja; puedo distinguir la desconexión.

—Bastardo —murmura, y parece darse cuenta de que estoy a un metro de distancia—. ¿Puedo ayudarla?

Me mira de pies a cabeza, situándome en una escala general de primeras impresiones, y me encuentra seriamente necesitada. Levanto la barbilla y pretendo ser más distante de lo que soy en realidad.

—Tengo una cita con el señor Alexander. A las cuatro.

—Su voz —dice—. En el teléfono no sonaba tan...

—¿Joven?

Sonríe con incomodidad.

—Nosotros no tratamos casos juveniles, como regla. Si quiere puedo ofrecerle los nombres de abogados en ejercicio que...

Respiro profundamente.

—En realidad —interrumpo— se equivoca. Smith contra Whately, los Edmund contra el Hospital de Mujeres y Niños, y Jerome contra la Diócesis de Providencia todos ellos tienen litigantes por debajo de los dieciocho años. Los tres casos fueron de clientes del señor Alexander. Y sólo hablo del año pasado.

La secretaria me guiña un ojo. Luego una lenta sonrisa asoma en su cara, como si hubiera decidido que después de todo puede que le guste.

—Déjeme pensarlo, ¿por qué no espera en la sala? —sugiere y se pone de pie para mostrarme el camino.

Incluso si dedicara cada minuto del resto de mi vida a leer, no creo que pudiera arreglármelas con el número de palabras almacenadas arriba y abajo en las paredes de la oficina del señor Campbell Alexander. Hago la cuenta —si hay 400 palabras o algo así en cada página, y cada uno de esos libros de leyes tiene 400 páginas, y hay veinte en un estante y seis estantes por librería—, resultan nueve millones de palabras, y eso es sólo una parte de toda la habitación.

Estoy sola en una oficina lo suficientemente grande para notar que el escritorio está tan limpio que se podría jugar a fútbol chino en el tintero; que no hay una sola fotografía de una esposa, ni de un niño, ni de él mismo; y de que, a pesar de que la habitación está impecable, hay un recipiente con agua en el suelo.

Me encuentro buscando explicaciones. Es una piscina para un ejército de hormigas. Es algún tipo de humidificador primitivo. Es un espejismo.

Estoy casi convencida de lo último y me estoy inclinando para tocarlo para ver si es real, cuando la puerta se abre de repente. Prácticamente casi me caigo de la silla y eso me pone frente a frente con un pastor alemán, que me lanza una mirada, va hacia el recipiente y comienza a beber.

Campbell Alexander también entra. Tiene el cabello negro y es por lo menos tan alto como mi padre —uno ochenta y cinco— con una mandíbula angulosa y ojos de mirada gélida. Se quita la chaqueta con un encogimiento de hombros y la coloca delicadamente detrás de la puerta, luego tira de un expediente para sacarlo del estante antes de moverse hacia el escritorio. No hace contacto visual conmigo pero sí empieza a hablar de todos modos.

—No quiero ninguna galleta de niña exploradora —dice Campbell Alexander—. Aunque obtengas puntos Brownie por tenacidad. Ja, ja.

Se ríe de su propia broma.

—No vendo nada.

Me echa un vistazo de curiosidad, luego aprieta un botón en el teléfono.

—Kerri —dice cuando la secretaria contesta—, ¿qué está haciendo esto en mi oficina?

—Estoy aquí para contratarle —digo.

El abogado suelta el botón del intercomunicador.

—No lo creo.

—Ni siquiera sabe si tengo un caso.

Doy un paso atrás; el perro hace lo mismo. Por primera vez me doy cuenta de que tiene puesta una de esas camisetas con una cruz roja, como un San Bernardo que lleva ron en lo alto de una montaña nevada. Automáticamente me inclino para acariciarle.

—No —dice Campbell Alexander—. Juez es un perro de asistencia.

Mi mano regresa a su lugar.

—Pero usted no es ciego.

—Gracias por decírmelo.

—Entonces, ¿cuál es su problema?

En el mismo instante en que lo digo querría no haberlo hecho. ¿No había visto a cientos de personas maleducadas preguntarle lo mismo a Kate?

—Tengo un pulmón metálico —dice Campbell Alexander bruscamente— y el perro cuida de que no me acerque demasiado a los imanes. Ahora, si me hace el enorme favor de irse, mi secretaria puede encontrar para usted el nombre de alguien que...

Pero no puedo irme todavía.

—¿Usted realmente demanda a Dios? —Saco todos los recortes de periódicos, los aliso sobre el escritorio desnudo.

Un músculo hace un tic en su mejilla y luego levanta el artículo de arriba del todo.

—Demandé a la Diócesis de Providencia en nombre de un niño de uno de sus orfanatos que necesitaba un tratamiento experimental que incluía tejido fetal, lo que sintieron que violaba las órdenes del Concilio Vaticano II. No obstante, queda mucho mejor como titular poner que un niño de nueve años está demandando a Dios por el corto final que ponía a su vida. —Lo miro fijamente—. Dylan Jerome —admite el abogado— quería demandar a Dios por no cuidarle lo suficiente.

Un arco iris podría también rajar el escritorio de caoba por el medio.

—Señor Alexander —digo—, mi hermana tiene leucemia.

—Siento oír eso. Pero ni aunque estuviera ansioso por litigar contra Dios de nuevo, cosa que no es así, no puedes traer una demanda en nombre de otro.

Hay demasiadas cosas que explicar —mi propia sangre filtrándose en las venas de mi hermana, las enfermeras sosteniéndome boca abajo para sacarme células blancas que Kate podría necesitar, el médico diciendo que no extrajeron lo suficiente la primera vez. Los hematomas y el profundo dolor de huesos después de donar médula, los disparos que echaban chispas para que mis células madre se multiplicaran para que hubiera extra para mi hermana. El hecho de que yo no estoy enferma, pero que también podría estarlo. El hecho de que la única razón por la que nací fue una plantación de cultivo para Kate. El hecho de que, incluso ahora, la más importante decisión sobre mí está siendo tomada, y nadie se molesta en preguntarle a la persona que más merece dar su opinión.

Hay mucho que explicar y por eso lo hago lo mejor que puedo.

—No es Dios, son mis padres —digo—. Quiero demandarlos por los derechos sobre mi propio cuerpo.

Campbell

Cuando lo único que tienes es un martillo, todas las cosas se asemejan a un clavo.

Eso es algo que mi padre, el primer Campbell Alexander, solía decir. Es algo que, en mi opinión, es la piedra angular del sistema de justicia civil americano. Simplemente ponga a dos personas que hayan dado marcha atrás hacia un rincón y harán lo que sea para pelear por volver al centro de nuevo. Para algunos, eso significa darse golpes. Para otros, significa entablar un juicio. Por eso estoy especialmente agradecido.

En la periferia de mi escritorio, Kerri ha organizado los mensajes como me gusta: los urgentes, escritos en *Post-its* verdes; los menos apremiantes, en amarillos, alineados en dos pulcras columnas. Un número de teléfono me llama la atención, frunzo el ceño, cambiando un Post-it verde a la columna de los amarillos. ¡Su madre ha llamado cuatro veces! Ha escrito Kerri. Pensándolo bien, rompo el post-it por la mitad y lo mando a la basura.

La niña sentada frente a mí espera una respuesta, que aplazo deliberadamente. Como cualquier otro adolescente del planeta dice que quiere demandar a sus padres. Pero ella quiere demandarlos por los derechos sobre su propio cuerpo. Es exactamente la clase de caso que evito como si fuera la peste negra: requiere demasiado esfuerzo y cuidar del cliente como de un niño. Me levanto echándole un vistazo.

—¿Cuál dijo que era su nombre?

—No lo dije. —Se sienta un poco más erguida—. Soy Anna Fitzgerald.

Abro la puerta y grito a mi secretaria:

—¡Kerri! ¿Puedes conseguir el número de planificación familiar para la señorita Fitzgerald?

—¿Qué?— Cuando me doy la vuelta está de pie— ¿Planificación familiar?

—Mire, Anna, he aquí un consejillo. Ir a juicio porque sus padres no quieren que tome píldoras anticonceptivas o que vaya a una clínica en la que se practican abortos es como usar una ametralladora para matar un mosquito. Puede ahorrarse el dinero con el que me pagaría, yendo a planificación familiar; ellos disponen de mejores herramientas para hacerse cargo de su problema.

Por primera vez desde que entré a mi despacho la miro realmente. La furia brilla a su alrededor como electricidad.

—Mi hermana se está muriendo y mi madre quiere que le done uno de mis riñones —dice con vehemencia—. Por alguna razón no creo que un puñado de condones gratis pueda hacerse cargo de eso.

¿Sabes cómo, de vez en cuando, hay un momento en el que la propia vida se alarga delante de ti como un camino que se bifurca, y aunque elijas el camino valiente, tus ojos permanecen en el otro todo el tiempo, con la certeza de que estás cometiendo un error? Kerri se aproxima, sosteniendo una tira de papel con el número que le he pedido, pero cierro la puerta sin cogerlo y vuelvo a mi escritorio.

—Nadie puede obligarte a donar un órgano si no quieres hacerlo.

—¡No me diga! —Se inclina hacia adelante, contando con los dedos—. La primera vez que le di algo a mi hermana fue sangre de la médula y yo era una recién nacida. Ella tiene leucemia, LAP, y mis células la ponen en remisión. La vez siguiente, ella sufrió una recaída, yo tenía cinco y me extrajeron linfocitos, tres veces, porque los médicos nunca parecían sacar los suficientes de una sola vez. Cuando dejaron de funcionar, me sacaron médula ósea para un trasplante. Cuando Kate tuvo infecciones, tuve que donar granulocitos. Cuando tuvo otra recaída, tuve que donar células madre de la sangre periférica.

El vocabulario médico de esa chica humillaría a algunos de los expertos que contrato. Saco un bloc de notas del cajón.

—Obviamente, tú has estado de acuerdo con ser donante para tu hermana hasta ahora.

Ella duda y luego sacude la cabeza.

—Nadie me lo preguntó nunca.

—¿Les has dicho a tus padres que no quieres donar el riñón?

—No me escuchan.

—Quizá sí, si se lo dijeras.

Mira hacia abajo y el pelo le cubre la cara.

—No me prestan atención en realidad, excepto cuando necesitan mi sangre o algo así. Ni siquiera estaría viva si no fuera porque Kate está enferma.

Un heredero y un repuesto: ésa es una costumbre que me recuerda a mis ancestros de Inglaterra. Suena cruel —tener el hijo siguiente por si acaso el primero muriera— pero habrá sido especialmente práctico alguna vez. Ser una ocurrencia tardía puede que no le agrade mucho a esta niña, pero la verdad es que de vez en cuando los niños son concebidos por las razones menos admirables: para salvar un matrimonio, para mantener vivo el nombre de la familia, para modelarlos a imagen de los padres.

—Me tuvieron para que pudiera cuidar de Kate —explica—. Fueron a médicos especialistas y eligieron el embrión que concordara a la perfección genéticamente.

Había cursos de ética en la facultad de derecho, pero eran considerados o bien como un apéndice o bien como una contradicción, y casi siempre no los tomaba. Sin embargo, cualquiera que ponga habitualmente la CNN conocería las controversias acerca de las investigaciones con células madre. Bebés con partes de repuesto, niños de diseño, la ciencia del mañana para salvar a los niños de hoy.

Golpeo con el lápiz el escritorio y Juez, mi perro, se me acerca.

—¿Qué pasa si no le das el riñón a tu hermana?

—Morirá.

—¿Y estás de acuerdo con eso?

La boca de Anna se convierte en una línea fina.

—Estoy aquí, ¿no?

—Sí, lo estás. Sólo estoy tratando de hacerme una idea de qué es lo que hace que quieras dar un paso atrás después de tanto tiempo.

Mira por encima de mí a las estanterías.

—Porque —dice simplemente— no acabará nunca.

De repente algo le viene a la memoria. Busca en su bolsillo y pone un fajo de billetes arrugados y monedas sobre mi escritorio.

—Tampoco tiene que preocuparse porque le pague. Hay 136,87 dólares. Sé que no es suficiente pero me las ingeniaré para conseguir más.

—Mis honorarios son de doscientos la hora.

—¿Dólares?

—La calderilla no entra por la ranura del cajero automático —digo.

—Tal vez podría pasear a su perro o algo así.

—A los perros de asistencia los pasean sus dueños. —Me encogí de hombros—. Pero ya encontraremos la forma.

—No puede ser mi abogado gratis.

—Bien, entonces, puedes sacarle brillo al pomo de la puerta. —No es que sea un hombre particularmente caritativo, pero más que lo legal en sí, este caso es un golazo: ella no quiere donar un riñón; ningún juzgado en sus cabales la forzaría a entregar su riñón; no tengo ninguna investigación legislativa que hacer; los padres cederán antes de ir a juicio y eso será todo. Además, el caso generará un montón de publicidad para mí y aumentaré mi trabajo probono para toda la maldita década.

—Llenaré una petición de expediente para ti en el juzgado de familia: emancipación legal por propósitos médicos —dije.

—¿Y luego qué?

—Habrá una audiencia, y el juez citará un tutor ad litem*, que es...

—...una persona entrenada para trabajar con los niños en los juzgados de familia, es quien determina qué es lo mejor para el interés de los niños —recita Anna—. O, en otras palabras, otro adulto más decidiendo lo que me pasa.

—Bueno, ésa es la forma en la que trabaja la ley, y no puedes evitarlo. Pero ese tutor, teóricamente, sólo cuida de ti, y no de tu hermana ni de tus padres.

Me ve sacar el bloc y garabatear un par de notas.

—¿No te molesta que tu nombre esté al revés?

—¿Qué? —Dejo de escribir y la miro fijamente.

—Campbell Alexander. Tu apellido es un nombre y tu nombre, un apellido. —Hace una pausa—. O una sopa.

—¿Y eso qué tiene que ver con tu caso?

—Nada —admite Anna— excepto que fue bastante mala la decisión que tus padres tomaron por ti.

Me estiro sobre el escritorio para alcanzarle una tarjeta.

—Si tienes alguna pregunta, llámame.

La toma y recorre con los dedos las letras en relieve de mi nombre. Mi nombre al revés. Por el amor de Dios. Luego se apoya sobre el escritorio, coge el bloc y arranca una página. Toma prestado mi lápiz, escribe algo y me lo entrega. Echo un vistazo a la nota:

Anna 555-3211 ❤

—Por si tienes alguna pregunta —dice.

* * *

* El tutor ad litem, *Guardian ad litem* en inglés (abreviado GAL) es el defensor de un menor cuyo bienestar está decidiéndose en un tribunal. El tutor ad litem no ejerce como abogado del menor ni como tutor legal. Se trata de un profesional independiente cuya labor, que se alarga únicamente el tiempo que dura el proceso en los juzgados, consiste en investigar y aconsejar al juez lo que cree que es lo mejor para el menor. *(N. de la ed.)*

Cuando salgo a recepción, Anna se ha ido y Kerri está sentada en su escritorio. Hay un catálogo abierto encima de él.

—¿Sabías que usaban esas bolsas de lona de L.L. Bean para cargar hielo?

—Sí. —Y vodka y Bloody Mary. Servido en copitas, desde el chalet hasta la playa, cada sábado por la mañana. Lo que me recuerda que mi madre ha llamado.

Kerri tiene una tía que se gana la vida como médium, y de vez en cuando, esa predisposición genética se asoma su cabeza. O puede ser que, como hace tanto tiempo que trabaja para mí, conoce la mayoría de mis secretos.

—Dice que tu padre se ha ido con una joven de diecisiete años y que la palabra *discreción* no está en su vocabulario y que ella misma irá a ingresarse en Los Pinos a menos que la llames...—Kerri echa un vistazo—. Uy...

—¿Cuántas veces ha amenazado con hacerlo esta semana?

—Todavía estamos por debajo del promedio. —Me inclino sobre el escritorio y cierro el catálogo—. Hora de ganarse el sueldo, señorita Donatelli.

—¿Qué sucede?

—Esa chica, Anna Fitzgerald...

—¿La de planificación familiar?

—No exactamente —digo—. La representaremos. Necesito dictar una petición de emancipación médica, para que la presentes mañana al juzgado de familia.

—¡Qué dices! ¿La vas a representar?

Me pongo la mano sobre el corazón.

—Me hiere que tengas tan bajo concepto de mí.

—En realidad estaba pensando en su cartera. ¿Sus padres lo saben?

—Lo sabrán mañana.

—¿Eres idiota?

—¿Perdón?

Kerri sacude la cabeza.

—¿Dónde vivirá?

El comentario me paraliza. De hecho, ni siquiera lo he considerado. Pero una chica que trae un caso contra sus padres no estará particularmente cómoda residiendo bajo el mismo techo cuando las cartas estén echadas.

De repente, Juez está a mi lado, empujándome el muslo con la nariz. Sacudo la cabeza, enojado. La ocasión lo es todo.

—Dame quince minutos —le digo a Kerri—. Te llamaré cuando esté listo.

—Campbell —presiona Kerri, implacable—, no puedes esperar que una niña se las arregle sola.

Vuelvo a mi despacho. Juez me sigue, deteniéndose justo en el umbral.

—No es mi problema —digo y luego cierro la puerta, la bloqueo y espero.

SARA

1990

El hematoma tiene el tamaño y la forma de un trébol de cuatro hojas y se encuentra entre los omóplatos de Kate. Jesse lo descubre, cuando están los dos en la bañera.

—Mami —pregunta— ¿eso significa que tiene suerte?

Trato de limpiarlo sin éxito creyendo que está sucia. El sujeto del escrutinio —Kate, de dos años— me mira con su mirada azul de porcelana.

—¿Duele? —le pregunto y ella sacude la cabeza.

En algún lugar del vestíbulo, detrás de mí, Brian me está contando cómo le fue durante el día. Huele ligeramente a humo.

—Entonces el muchacho compró una caja de puros caros —dice— y los aseguró contra incendios por 15.000 dólares. La próxima cosa que se sabe es que la compañía de seguros presenta una demanda, alegando que los puros fueron perdidos en una serie de pequeños incendios.

—¿Se los fumó? —digo, enjuagándole el jabón de la cabeza a Jesse.

Brian se apoya en el umbral de la puerta.

—Sí. Pero el juez dictaminó que la compañía garantizó los puros como asegurables contra incendios, sin definir incendio aceptable.

—Oye, Kate, ¿duele ahora? —dice Jesse y presiona el pulgar

con fuerza contra el hematoma en la columna vertebral de su hermana.

Kate aúlla, se tambalea y derrama agua de la bañera sobre mí. La saco del agua, hábil como un pez, y se la paso a Brian. Las pálidas cabezas rubias se inclinan juntas, son un conjunto a juego. Jesse se parece más a mí, flaco, moreno, cerebral. Brian dice que así es cómo nuestra familia está completa: cada uno de nosotros tiene un clon.

—Sal de esa bañera en este instante —le digo a Jesse.

Él se levanta —un niño de cuatro años chorreando como una presa— y se las arregla para salir como si navegara por el ancho borde de la bañera. Se da un fuerte golpe en la rodilla y rompe a llorar.

Envuelvo a Jesse con una toalla, tranquilizándolo mientras trato de continuar la conversación con mi marido. Éste es el lenguaje del matrimonio: código Morse, puntuado con baños, cenas e historias antes de dormir.

—Entonces ¿a quién llamaste a declarar? —le pregunto a Brian—. ¿Al acusado?

—Al demandante. La compañía de seguros desembolsó el dinero e hicieron que lo arrestaran por veinticuatro cargos por incendio. Yo tuve que ser su experto en la materia.

Brian, un bombero de profesión, puede caminar en una estructura ennegrecida y encontrar el lugar en el que comenzaron las llamas: una colilla de puro carbonizada, un cable expuesto. Todo holocausto comienza con una brasa. Sólo tienen que saber qué buscar.

—El juez rechazó el caso, ¿no?

—El juez lo sentenció a veinticuatro condenas consecutivas de un año —dice Brian.

Baja a Kate al suelo y empieza a ponerle el pijama por la cabeza.

En mi vida anterior fui abogada civil. En algún momento creía verdaderamente que eso era lo que quería ser, pero eso fue antes de recibir un puñado de violetas machacadas de manos de un niño. Antes de que entendiera que la sonrisa de un niño es un tatuaje: arte indeleble.

Eso enloquece a mi hermana Suzanne. Es un genio de las finanzas que arrasó el tope que le imponía Boston y de acuerdo con ella, soy un desperdicio de evolución cerebral. Pero creo que la mitad de la batalla es descubrir qué es lo que funciona para ti, y yo soy mucho mejor siendo madre de lo que lo hubiera sido como abogada. A veces me pregunto si soy sólo yo o si hay otras mujeres que descubrieron lo que se suponía que tenían que ser sin ir a ningún lado.

Levanto la vista de Jesse, que se está secando, y encuentro que Brian me mira fijamente:

—¿No lo echas de menos? —pregunta tranquilamente.

Froto a nuestro hijo con la toalla y le beso en la coronilla.

—Como echaría de menos un conducto radicular —digo.

Cuando me levanté a la mañana siguiente, Brian ya había salido a trabajar. Él está de servicio dos días, luego dos noches y luego está libre durante los cuatro días siguientes antes de que se repita el ciclo. Echando un vistazo al reloj me doy cuenta de que he dormido hasta pasadas las nueve. Más asombroso aún es que mis niños no me hayan despertado. Bajo las escaleras corriendo en una bata, y me encuentro con Jesse jugando en el suelo con los bloques.

—Ya he desayunado —me informa—. He hecho desayuno para ti también.

Seguramente hay cereales desparramados por toda la mesa de la cocina y una silla espantosamente colocada debajo del armario que contiene los cereales. Un rastro de leche va desde la nevera hasta la taza.

—¿Dónde está Kate?

—Durmiendo —dice Jesse—; intenté sacudirla y todo.

Mis niños son un reloj despertador natural; la idea de Kate durmiendo tan tarde me recuerda que ha estado sorbiéndose la nariz últimamente y me pregunto si es por eso que estaba tan cansada anoche. Subo la escalera, llamándola en voz alta. En su dormitorio se vuelve hacia mí, emergiendo desde la oscuridad para enfocar mi rostro.

—¡Arriba y a brillar! —Subo las persianas, dejo que el sol

se desborde por las sábanas. La siento y le froto la espalda—. Vamos a vestirte —digo y le quito el pijama por la cabeza.

Trepando por su columna, como una línea de pequeñas joyas azules, hay un hilo de hematomas.

—Anemia, ¿verdad? —pregunto al pediatra.

El doctor Wayne retira el estetoscopio del delgado pecho de Kate y le quita la falda rosa.

—Puede ser un virus. Quisiera extraerle un poco de sangre y hacerle algunas pruebas.

Jesse, que ha estado pacientemente jugando con un GI Joe sin cabeza, se anima con la noticia.

—¿Sabes cómo se saca sangre, Kate?

—¿Con lápices de colores?

—Con agujas. Unas muy grandes y largas que se te meten como un disparo...

—Jesse —le advierto.

—¿Disparos? —chilla Kate— ¡Ay! ¿Eso duele?

Mi hija, que confía en mí cuando le digo que puede cruzar la calle, cuando le corto la carne en pedacitos y cuando la protejo de todo tipo de cosas horribles como perros grandes, la oscuridad y los petardos estrepitosos, me mira fijamente con gran expectación.

—Sólo una pequeña —prometo.

Cuando la enfermera pediátrica viene con su bandeja, la jeringa, las probetas y la goma para el torniquete, Kate comienza a gritar. Respiro en profundidad.

—Kate, mírame. —Llora haciendo burbujas entre pequeños hipidos—. Sólo será un pinchazo pequeñito.

—Mentirosa —susurra Jesse por lo bajo.

Kate se relaja sólo lo mínimo. La enfermera la tumba en la camilla y me pide que la sujete por los hombros. Miro la aguja cuando rompe la blanca piel de su brazo; oigo un grito repentino, pero no fluye la sangre.

—Lo siento, cariño —dice la enfermera—. Tendré que intentarlo de nuevo.

Quita la aguja y pincha a Kate otra vez, que aúlla todavía más fuerte.

Kate lucha dignamente durante el primer y segundo tubo de ensayo. Para el tercero, se ha debilitado completamente. No sé qué es peor.

Esperamos los resultados de los análisis de sangre. Jesse está echado boca abajo en la alfombra de la sala de espera, cogiendo quién sabe qué clase de gérmenes de todos los niños enfermos que pasan por esa consulta. Lo que quiero es que el pediatra salga, me diga que me lleve a Kate a casa, le haga tomar mucho zumo de naranja y agite una receta de Ceclor frente a nosotros como una varita mágica.

Pasa una hora antes de que el doctor Wayne nos llame a su consulta de nuevo.

—Los análisis de Kate son un poco problemáticos —dice—. Especialmente la cantidad de glóbulos blancos. Es mucho más baja de lo normal.

—¿Qué significa eso? —En ese momento me maldigo a mí misma por ir a la facultad de derecho y no a la de medicina. Trato incluso de recordar qué es lo que hacen los glóbulos blancos.

—Puede que tenga algún tipo de deficiencia autoinmune. O puede tratarse sólo de un error de laboratorio. —Le toca el cabello a Kate—. Creo que, sólo como medida preventiva, los enviaré a un hematólogo del hospital para que repita las pruebas.

Estoy pensando «debe estar bromeando». Pero en lugar de decir eso, miro mi mano moverse por su propia voluntad para tomar el papel que me ofrece el doctor Wayne. No es una receta, como esperaba, sino un nombre: Ileana Farquad, Hospital de Providence, Hematología/Oncología.

—Oncología. —Sacudo la cabeza—. Pero eso es cáncer. —Espero que el doctor Wayne me asegure que es solamente una parte del título de la médica, que me explique que el laboratorio de sangre y la sala de oncología simplemente comparten un espacio físico y nada más.

No lo hace.

* * *

El recepcionista del parque de bomberos me dice que Brian está en una llamada médica. Que se ha ido con el camión de rescate hace veinte minutos. Dudo y miro a Kate, que se ha desplomado en uno de los asientos de plástico de la sala de espera del hospital. Una llamada médica.

Pienso que hay encrucijadas en nuestras vidas cuando tomamos decisiones tremendas y radicales sin darnos siquiera cuenta. Como ojear los titulares del periódico en un semáforo en rojo, y ver el accidente provocado por una furgoneta que ha violado una señal de tránsito. Entrar en una cafetería por un antojo y conocer al hombre con el que algún día te casarás, mientras rebusca monedas frente al mostrador. O ésta: dándole instrucciones a tu esposo para que se encuentre contigo, mientras que durante horas has estado convenciéndote de que no es nada importante en absoluto.

—Llámale por la radio —digo—. Dile que estamos en el hospital.

Es una tranquilidad tener a Brian a mi lado, como si fuéramos un par de centinelas, una doble línea de defensa. Hemos estado en el Hospital de Providence durante tres horas, y cada minuto que pasa se me hace más difícil hacerme creer a mí misma que el doctor Wayne cometió un error. Jesse está dormido en la silla de plástico. Kate ha sido sometida a otra traumática extracción de sangre y rayos equis porque he mencionado que tiene un resfriado.

—Cinco meses —dice Brian cuidadosamente al residente sentado frente a él con una carpeta en la mano. —Luego me mira—. ¿No fue entonces cuando empezó a levantar la cabeza?

—Creo que sí. —Ahora el doctor nos ha preguntado desde qué ropa teníamos puesta el día que la concebimos hasta cuándo pudo agarrar una cuchara.

—¿Su primera palabra? —pregunta.

Brian sonríe.

—Papá.

—Quiero decir cuándo.

—Oh. —Frunce el ceño—. Creo que fue a comienzos del primer año.

—Perdone —digo—. ¿Puede decirme qué importa todo esto?

—Es historial médico, señora Fitzgerald. Queremos saber todo lo que podamos sobre su hija para entender qué problema tiene.

—¿Señor y señora Fitzgerald? —Una mujer joven con una bata de laboratorio se acerca—. Soy hematóloga. La doctora Farquad quiere que compruebe el nivel de coagulación de Kate.

Al oír su nombre, Kate parpadea en mi regazo. Echa una mirada al guardapolvo blanco y desliza los brazos en los bolsillos de su camisa.

—¿No pueden hacerle un análisis pinchándole en el dedo?

—No, realmente éste es el camino más fácil.

De repente recuerdo que cuando estaba embarazada de Kate le dio hipo. Durante horas, mi estómago estuvo retorciéndose. Cada movimiento que hacía, incluso los más leves, me hacían hacer algo que no podía controlar.

—¿Usted cree —digo en voz baja— que eso es lo que quiero escuchar? Cuando usted va a la cafetería y pide un café, ¿le gustaría que alguien le diera una Coca-Cola porque es más fácil de alcanzar? Cuando usted va a pagar con la tarjeta de crédito, ¿le gustaría que alguien le dijera que es mucho trabajo y mejor que saque su dinero en efectivo?

—Sara. —La voz de Brian es un viento lejano.

—¿Usted cree que es fácil para mí estar sentada aquí con mi niña y no tener ni idea de lo que está pasando o de por qué están haciéndole todas estas pruebas? ¿Cree que es fácil para ella? ¿Desde cuándo alguien elige hacer lo que es más fácil?

—Sara. —Y sólo cuando la mano de Brian cae sobre mi hombro, me doy cuenta de lo fuerte que estoy temblando.

Un instante después la mujer se va, furiosa; sus zuecos golpean contra el suelo de baldosas. Al minuto que desaparece de nuestra vista, languidezco.

—Sara —dice Brian—, ¿qué problema tienes?

—¿Que qué problema tengo? No sé, Brian, por qué nadie viene a decirnos qué problema tiene...

Me envuelve en sus brazos. Kate queda atrapada entre nosotros exhalando un suspiro como una voz ahogada.

—Sissh —dice. Me asegura que todo estará bien y por primera vez en mi vida no le creo.

De repente la doctora Farquad, a quien no hemos visto durante horas, aparece en la sala.

—Me han dicho que hay un pequeño problema con el hemograma. —Acerca una silla hasta nosotros—. El análisis completo de su sangre tiene algunos resultados anormales. La cantidad de glóbulos blancos es muy baja: 1.3. Su hemoglobina es de 7.5, sus hematocritos de 18.4, sus plaquetas son 81.000, y sus neutrófilos de 0.6. Números como éstos a veces indican una enfermedad autoinmune. Pero Kate también presenta un doce por ciento de promielocitos y un cinco por ciento de leucocitos inmaduros, y eso sugiere un síndrome leucémico.

—Leucémico —repito. La palabra es viscosa, resbaladiza, como la clara de un huevo.

La doctora Farquad asiente.

—Leucemia es cáncer en la sangre.

Brian la mira, inmóvil, con los ojos fijos.

—¿Qué significa eso?

—Piensen en la médula como un centro de cuidado que los niños tienen para desarrollar células. Los cuerpos sanos producen células sanguíneas que se quedan en la médula hasta que estén lo suficientemente maduras para salir y luchar contra una enfermedad, un coágulo o llevan oxígeno o lo que sea que se supone que tienen que hacer. En una persona con leucemia, este centro para el cuidado abre sus puertas demasiado pronto. Terminan circulando células sanguíneas inmaduras, incapaces de hacer su trabajo. No siempre es raro ver promielocitos en un HC,* pero cuando revisamos la de Kate bajo el microscopio, pudimos ver anomalías. —Nos mira a cada uno—. Necesito una aspiración de médula para confirmarlo, pero parece que Kate tiene leucemia aguda promielocítica.

* Hemograma completo. *(N. de la ed.)*

La lengua se me inmoviliza por el peso de la pregunta que, un momento más tarde, Brian saca por la fuerza de su propia garganta:

—¿Se va a... morir?

Quiero zarandear a la doctora Farquad. Quiero decirle que yo misma sacaré la sangre para el análisis de los brazos de Kate si eso pudiera revertir lo que ha dicho.

—La LAP es un subgrupo muy raro de leucemia mieloide. Sólo se diagnostica alrededor de mil doscientas personas al año. El índice de supervivencia para los pacientes con LAP es del veinte al treinta por ciento, si el tratamiento comienza inmediatamente.

Saco los números de la cabeza y en cambio hundo los dientes en el resto de la frase.

—Hay un tratamiento —repito.

—Sí, con un tratamiento agresivo, los pacientes con leucemia mieloide tienen un pronóstico de supervivencia de nueve meses a tres años.

La semana pasada estaba parada en el umbral de la puerta del dormitorio de Kate, mirándola agarrar su manta de raso mientras dormía, una tira de tela de la que raramente se despegaba. «Graba mis palabras —susurré a Brian—. Nunca la dejará. Tendré que cosérsela al forro de su vestido de novia.»

—Necesitaremos hacer una extracción de médula. La sedaremos con anestesia general suave. Y extraeremos la sangre para el hemograma mientras esté dormida. —La doctora se inclina hacia adelante, compasiva.

—De acuerdo —dice Brian. Aplaude con las dos manos, como si estuviera preparándose para un partido de fútbol—. De acuerdo.

Kate aleja la cabeza de mi camisa. Sus mejillas están sonrosadas, su expresión es prudente.

Es un error. Se trata del desafortunado tubo de ensayo de otra persona que el doctor ha analizado. Miro a mi niña, el brillo de sus rizos despeinados y la mariposa voladora de su sonrisa: ésa no es la expresión de alguien muriéndose a plazos.

Sólo la conozco desde hace dos años. Pero si coges cada recuerdo, cada momento, si los extiendes de punta a punta, alcanzarían la eternidad.

Enrollan una sábana y la meten bajo el pecho de Kate. La pegan a la mesa de pruebas con dos largas cintas. Una enfermera acaricia la mano de Kate, incluso después de que la anestesia ha hecho efecto y está dormida. La parte lumbar de su espalda está desnuda para la larga aguja que entrará en su cresta ilíaca para extraer médula.

Cuando suavemente le dan la vuelta a Kate hacia el otro lado, el papel tisú debajo de su mejilla está mojado. Aprendo de mi propia hija que no es necesario estar despierto para llorar.

Conduciendo de regreso a casa, me asalta la idea de que el mundo es hinchable: árboles, césped y casas listos para estallar con el simple pinchazo de un alfiler. Tengo la sensación de que si girara con el coche a la izquierda, chocara contra la valla de maderas y el juego de patio Little Tykes, rebotaríamos como una pelota de goma.

Adelanto a un camión. «Funeraria Batchelder», se lee en uno de los lados. «Conduzca con prudencia». ¿Eso no es conflicto de intereses?

Kate está sentada en su silla para el coche y come galletas de animales.

—Juguemos —ordena.

En el espejo retrovisor su rostro es luminoso. Los objetos están más cerca de lo que parece. La veo coger la primera galleta.

—¿Cómo grita el tigre? —consigo decir.

—Rrrrroar. —Le muerde la cabeza, luego agita otra galleta.

—¿Cómo grita el elefante?

Kate ríe tontamente, luego imita una trompeta con la nariz.

Me pregunto si le pasará cuando duerma. O si llorará. Si habrá alguna enfermera amable que le dé algo para el dolor. Me imagino a mi niña muriendo mientras está feliz y riendo a dos palmos detrás de mí.

—¿La jirafa dice...? —pregunta Kate— ¿La jirafa?

Su voz está tan cargada de futuro.

—Las jirafas no dicen —respondo.

—¿Por qué?

—Porque nacieron así —le digo, luego mi garganta se hincha hasta cerrarse.

El teléfono está sonando en el momento en el que regreso de la casa de la vecina, vengo de pedirle que cuide a Jesse mientras nosotros cuidamos a Kate. No tenemos protocolo para esta situación. Nuestra única canguro* está aún en el colegio; los cuatro abuelos de los niños están muertos; nunca tratamos con guarderías, ocuparme de los niños es mi trabajo. Cuando llego a la cocina, Brian está conversando animadamente con la persona que ha llamado. El cable del teléfono está enroscado alrededor de sus rodillas, como un cordón umbilical.

—Sí —dice—, difícil de creer. No he podido ir ni a un solo partido esta temporada... No sirve de nada ahora que lo han cambiado.

Sus ojos se encuentran con los míos mientras pongo agua a hervir.

—Oh, Sara está estupenda. Y los niños están bien. Bien. Dale recuerdos a Lucy. Gracias por llamar, Don. —Cuelga—. Don Thurman —explica—. De la academia de bomberos, ¿recuerdas? Buen hombre.

Mientras me mira fijamente, la brillante sonrisa se le va del rostro. La tetera comienza a silbar pero ninguno de los dos hace amago de sacarla del fuego. Miro a Brian y me cruzo de brazos.

—No pude —dice en voz baja—. Sara, simplemente no pude.

Esa noche en la cama, Brian es un obelisco, rompiendo la oscuridad. Aunque no hemos hablado durante horas, sé que está tan despierto como yo.

* canguro = niñera

Nos está pasando esto porque he gritado a Jesse la semana pasada, ayer, hace unos momentos. Esto está pasando porque no le compré a Kate los M&Ms que quería en el supermercado. Esto está pasando porque una vez, durante una fracción de segundo, me he preguntado qué habría sido de mi vida si nunca hubiera tenido hijos. Esto está pasando porque no me he dado cuenta de lo bueno que es tenerlos.

—¿Crees que se lo hemos hecho nosotros? —pregunta Brian.

—¿Hacérselo? —le contesto—. ¿Cómo?

—Cómo... Nuestros genes... ya sabes.

No respondo.

—El Hospital de Providence no sabe nada —dice violentamente—. ¿Te acuerdas cuando el hijo del jefe se rompió el brazo izquierdo y le pusieron una escayola en el derecho?

Miro fijamente al techo de nuevo.

—Que sepas —digo más alto de lo que querría—, que no dejaré que Kate muera.

Hay un horrible silencio detrás de mis palabras: un animal herido, un sofoco ahogado. Luego Brian presiona la cara contra mi hombro, solloza en mi piel. Me rodea con los brazos y se agarra a mí con fuerza, como si estuviera perdiendo el equilibrio.

—No lo haré —repito, pero incluso a mí misma me suena como si lo estuviera intentando con mucho esfuerzo.

Brian

Por cada diecinueve grados que aumenta la temperatura del fuego, dobla su tamaño. Estoy pensando en eso mientras las chispas salen disparadas con gran fuerza de la chimenea del incinerador: miles de nuevas estrellas. El decano de la escuela de medicina de la Universidad de Brown se retuerce las manos detrás de mí. Estoy sudando con el pesado abrigo que llevo.

Hemos traído un motor, una escalera y un camión de rescate. Hemos evaluado la situación por los cuatro lados del edificio. Hemos confirmado que no haya nadie dentro. Bueno, nadie excepto el cuerpo que se ha atrancado en el incinerador y ha causado esto.

—Era un hombre de gran tamaño —dice el decano—. Esto es lo que siempre hacemos con los sujetos cuando termina la clase de anatomía.

—Oiga, capitán —grita Paulie. Hoy es mi operador de bombeo principal—, Red tiene lista la manguera. ¿Quiere que conecte una línea?

No estoy seguro aún si levantaré la manguera. Esta caldera fue diseñada para consumir restos a 1.600 grados Fahrenheit. Hay fuego por encima y por debajo del cadáver.

—¿Y bien? —dice el decano—. ¿No van a hacer nada?

Es el error más grande que cometen los novatos: asumir

que combatir el fuego significa apresurarse con un chorro de agua. A veces, eso empeora las cosas. En este caso, eso desparramaría restos patológicos peligrosos por todo el lugar. Estoy pensando que necesitamos mantener la caldera cerrada y asegurarnos de que el fuego no salga por la chimenea. Un fuego no puede arder para siempre. Finalmente se consume a sí mismo.

—Sí —le digo—. Voy a esperar y ver.

Cuando trabajo en el turno de noche, ceno dos veces. La primera comida es temprano, una modificación hecha por mi familia para que podamos sentarnos alrededor de la mesa juntos. Esta noche, Sara hace carne de ternera asada. Está en la mesa como un bebé dormido, llamándonos a comer.

Kate es la primera en deslizarse a su asiento.

—Oye, cariño —digo apretándole la mano. Cuando me sonríe, la sonrisa no llega a sus ojos—, ¿qué has estado haciendo?

Ella aparta las judías del plato.

—Salvando países del Tercer Mundo, fusionando algunos átomos y terminando la gran novela americana. Entre las sesiones de diálisis, claro.

—Claro.

Sara se da la vuelta, blandiendo un cuchillo.

—Lo que sea que haya hecho —digo retrocediendo— lo siento.

Me ignora.

—Trincha la carne, ¿quieres?

Cojo los utensilios para trinchar y corto la carne en el momento en que Jesse entra en la cocina. Le permitimos vivir sobre el garaje pero está obligado a comer con nosotros; es parte del trato. Sus ojos están endemoniadamente rojos, su ropa impregnada de un olor dulce.

—Mira eso. —Suspira Sara, pero cuando me doy la vuelta, está mirando fijamente la carne—. Está cruda.

Levanta la cazuela con la mano desnuda, como si su piel estuviera cubierta de amianto. Mete la carne otra vez en el horno.

Jesse se estira para agarrar un recipiente con puré de patatas y comienza a amontonarlo en su plato. Más y más y más aún.

—Apestas —dice Kate, sacudiendo la mano delante de su cara.

Jesse la ignora, tomando un bocado de patatas. Me pregunto qué dice esto de mí, que estoy realmente emocionado porque puedo identificar hachís corriendo a través de su organismo en lugar de los otros —éxtasis, heroína y quién sabe qué más— que se notan menos.

—No a todos nos gusta *Eau de Colocado*— murmura Kate.

—No todos podemos tomar nuestra droga a través de un catéter —responde Jesse.

Sara levanta las manos.

—Por favor. ¿Podríamos simplemente no...?

—¿Dónde está Anna? —pregunta Kate.

—¿No estaba en el dormitorio?

—No desde esta mañana.

Sara mete la cabeza en la puerta de la cocina.

—¡Anna! ¡A cenar!

—Mira lo que he comprado hoy —dice Kate, estirando su camiseta. Es un *batik* psicodélico, con un cangrejo en el centro y la palabra «Cáncer»–, ¿lo pillas?

—Tú eres Leo. —Sara parece estar a punto de echarse a llorar.

—¿Cómo va la carne? —pregunto para distraerla.

Justo entonces entra Anna en la cocina. Se sienta en su silla y hunde la cabeza.

—¿Dónde has estado? —pregunta Kate.

—Por ahí. —Anna mira su plato, pero no hace ningún esfuerzo por servirse.

Ésa no es Anna. Estoy acostumbrado a pelear con Jesse, a animar a Kate, pero Anna es la leal de la familia. Anna viene con una sonrisa. Anna nos habla con las mejillas sonrosadas del petirrojo que encontró con un ala rota o de la madre que vio en el Wal-Mart con nada más y nada menos que dos pares de mellizos. Anna se queda quieta, y viéndola sentada indiferente, hace que me dé cuenta de que ese silencio tiene un sonido.

—¿Ha pasado algo hoy? —pregunto.

Mira a Kate, dando por sentado que la pregunta se dirigía

a su hermana y luego se asusta cuando se da cuenta de que le estoy hablando a ella.

—No.

—¿Te encuentras bien?

Otra vez, Anna hace una doble toma; ésa es una pregunta que normalmente está reservada a Kate.

—Bien.

—Porque, sabes, no estás comiendo.

Anna mira el plato, se da cuenta de que está vacío y entonces lo atiborra de comida. Se lleva judías verdes a la boca, dos tenedores llenos.

De la nada me acuerdo de cuando los niños eran pequeños, iban apretados en el asiento de atrás como cigarros metidos a presión en una caja y yo les cantaba: «Anna anna bo banna, banana fanna fo fanna, me my mo manna... Anna». «Chuck —gritaba Jesse— ¡Haz Chuck!»

—Oye. —Kate señala el cuello de Anna—. Te falta el colgante.

Es uno que le he regalado hace años. La mano de Anna va hacia su clavícula.

—¿Lo has perdido? —pregunto.

Ella se encoge de hombros.

—Tal vez no estoy de humor para usarlo.

Que yo sepa, nunca te lo habías quitado.

Sara retira la carne del horno y la pone en la mesa.

—Hablando de cosas que no estamos de humor para ponernos —dice—, ve a ponerte otra camiseta.

—¿Por qué?

—Porque yo lo digo.

—Ésa no es una razón.

Sara corta la carne con el cuchillo.

—Porque la encuentro ofensiva para la cena.

—No es más ofensiva que las camisetas heavies de Jesse. ¿Cuál era la que llevabas ayer? ¿Alabama Thunder Pussy?

Jesse vuelve los ojos hacia ella. Es una expresión que he visto antes, cuando en las películas del oeste el caballo se queda cojo justo en el momento antes del tiro de gracia.

Sara corta la carne. Antes poco hecha, ahora es una brasa.

—Mira —dice— está arruinada.

—Está bien. —Tomo el pedazo que ha logrado separar del resto y corto un pequeño bocado. Es como masticar cuero. Iré corriendo a la central a buscar un soplete para que podamos servirles a los demás.

Sara parpadea y luego se ríe a carcajadas. Kate suelta una risita tonta. Incluso a Jesse se le escapa una sonrisa.

Entonces es cuando me doy cuenta de que Anna ya ha dejado la mesa y lo más importante, que nadie se ha dado cuenta.

De regreso del parque, los cuatro estamos sentados arriba, en la cocina. Red tiene algún tipo de salsa haciéndose en la cocina, Paulie lee el *ProJo* y Caesar está escribiendo una carta a su objeto de lujuria de la semana. Red sacude la cabeza mirándolo.

—Deberías guardar eso e imprimir muchas copias a la vez.

Caesar es un apodo. Paulie lo acuñó hace años, porque dice que está siempre vagabundeando.

—Bueno, ésta es diferente —dice Caesar.

—Sí, dura dos días —Red pone la pasta en el colador que está en la pica y el vapor le sube por la cara—. Fitz, dale al muchacho algún consejo, ¿quieres?

—¿Por qué yo?

Paulie me echa una mirada por encima del papel.

—Por defecto —dice, y tiene razón. La esposa de Paulie le dejó hace dos años por un chelista que viajaba en una gira de la sinfónica por Providence. Red es un soltero empedernido que no sabría qué es una dama ni aunque viniera y le mordiera. Por otro lado, Sara y yo llevamos casados veinte años.

Red pone un plato enfrente de mí cuando empiezo a hablar.

—Una mujer —digo— no es diferente de un fuego.

Paulie lanza los papeles y resopla.

—Ya está, el Tao del capitán Fitzgerald.

Le ignoro.

—El fuego es una cosa hermosa, ¿no? Algo de lo que no puedes quitar los ojos cuando está ardiendo. Si lo puedes mantener contenido, generará luz y calor para ti. Sólo cuando se descontrola tienes que ir a la ofensiva.

—Lo que el capitán está tratando de decirte —dice Paulie— es que necesitas mantener a tu chica alejada de los vientos. Oye, Red, ¿tienes parmesano?

Nos sentamos para mi segunda cena, lo que a menudo significa que el timbre sonará en los próximos cinco minutos. La lucha contra el fuego es como la Ley de Murphy: cuando menos puedes hacerle frente a una crisis es cuando surge una.

—Oye, Fitz, ¿te acuerdas del último chico muerto que se quedó atrancado? —pregunta Paulie—. Hace tiempo, cuando éramos voluntarios...

Dios, sí. Un chico que pesaba por lo menos 200 kilos, que había muerto de un paro cardíaco en su cama. Alguien de la funeraria llamó al departamento de bomberos, porque no podían bajar el cuerpo por la escalera.

—Sogas y poleas —recuerdo en voz alta.

—Y se suponía que lo quemarían, pero era tan grande... —Paulie sonríe abiertamente—. Juro por Dios, como que mi madre está en el cielo, que lo tuvieron que llevar a un veterinario.

Caesar levanta la mirada hacia él.

—¿Para qué?

—¿Cómo crees que se deshacen de un caballo muerto, Einstein?

Al sumar dos y dos, los ojos de Caesar se abren, inmensos.

—No jodas —dice, y cuando lo piensa de nuevo, aleja el plato de la pasta a la boloñesa de Red.

—¿A quién crees que pedirán que limpie la chimenea de la escuela de medicina? —dice Red.

—Los pobres bastardos del OSHA* —contesta Paulie.

—Diez dólares a que llaman aquí diciendo que es nuestro trabajo.

—No habrá ninguna llamada —digo— porque no quedará nada que limpiar. Ese fuego estaba ardiendo a demasiada temperatura.

* Occupational Safety & Health Administration (OSHA) es la institución encargada de velar por la seguridad y la salud de los trabajadores estadounidenses. *(N. de la ed.)*

—Bueno, por lo menos sabemos que éste no era un incendio provocado —murmura Paulie.

Durante el mes pasado tuvimos un brote de fuegos causados intencionadamente. Siempre puedes darte cuenta: habrá indicios, salpicones de líquido inflamable, múltiples puntos de origen, humo que se quema negro o una concentración inusual de fuego en un solo lugar. Quienquiera que lo haya hecho es inteligente; además, en muchas estructuras han puesto los combustibles debajo de la escalera, para impedir que accedamos a las llamas. El fuego de los incendios provocados hace que sea más probable que se colapsen las estructuras a tu alrededor mientras estás adentro combatiéndolo.

Caesar resopla.

—Tal vez lo era. Tal vez el hombre gordo era en realidad un suicida incendiario. Gateó hasta la chimenea y se prendió fuego a sí mismo.

—Tal vez sólo estaba desesperado por perder peso —agrega Paulie, y los demás se mueren de risa.

—Ya basta —digo.

—Oh, Fitz, tienes que admitir que es muy gracioso...

—No para los padres de ese chico. No para su familia.

Se produce un silencio incómodo cuando los demás comprenden lo que he dicho. Finalmente, Paulie, que me conoce desde hace más tiempo, habla.

—¿Pasa algo con Kate otra vez, Fitz?

Siempre está sucediendo algo con mi hija mayor; el problema es que nunca parece terminar. Me levanto de la mesa y dejo el plato en el fregadero.

—Subiré al tejado.

Todos nosotros tenemos nuestros hobbies —Caesar tiene a sus chicas, Paulie su gaita, a Red le gusta cocinar y yo, yo tengo mi telescopio. Lo monté años atrás en el tejado del parque de bomberos, desde donde puedo tener la mejor vista del cielo nocturno.

Si no fuera bombero, sería astrónomo. Es demasiada matemática para mi cerebro, lo sé, pero siempre me atrajo seguir la trayectoria de las estrellas. En una noche absolutamente oscura pueden verse entre mil y mil quinientas estrellas, y hay millones más que no han sido descubiertas aún. Es muy fácil pensar que el mundo gira a tu alrededor, pero todo lo que hay que hacer es mirar hacia arriba, al cielo, para darse cuenta de que eso no es así en absoluto.

El nombre real de Anna es Andrómeda. Lo dice en su partida de nacimiento, para ser franco con Dios. La constelación por la que se llama así representa la historia de una princesa que fue atada a una piedra a modo de sacrificio, en honor de un monstruo marino —como castigo para su madre, Casiopea, que presumió de su belleza ante Poseidón—. Perseo, que pasaba por allí, se enamoró de Andrómeda y la salvó. En el cielo está representada con los brazos extendidos y las manos encadenadas.

A mi modo de ver, la historia tiene un final feliz. ¿Quién no querría eso para una niña?

Cuando Kate nació, solía imaginar lo hermosa que estaría el día de su boda. Luego le diagnosticaron LAP y, en cambio, la imagino caminando a través de un escenario para ir a recoger el diploma de la escuela. Cuando tuvo una recaída, todo eso se fue por la ventana. Me la figuraba en su fiesta de cumpleaños número cinco. Actualmente no tengo expectativas, y de esa manera ella las supera todas.

Kate morirá. Me ha tomado mucho tiempo ser capaz de decirlo. Todos moriremos, si lo piensas bien, pero no se supone que sea así. Kate debería ser quien se despidiera de mí.

Casi parece una estafa que después de todos estos años, desafiando las probabilidades, no sea la leucemia la que la mate. El doctor Chance nos dijo hace mucho tiempo que ésta es la forma en la que habitualmente funciona: el cuerpo del paciente se agobia por toda la lucha. Poco a poco, algunas partes comienzan a renunciar. En el caso de Kate son sus riñones.

Vuelvo con mi telescopio al bucle de Barnard y al M42,* brillando en la espada de Orión. Las estrellas son fuegos que arden

* El objeto M42 es una nebulosa visible en la constelación de Orión. También se lo conoce como Nebulosa de Orión, Messier 42 o NGC 1976. *(N de la ed.)*

durante miles de años. Algunos de ellos arden lenta y prolongadamente, como las enanas rojas. Otras, las gigantes azules, queman su combustible tan rápidamente que brillan a través de grandes distancias y son fáciles de ver. Cuando empiezan a quedarse sin combustible, queman helio, aumentan su temperatura aún más y explotan para convertirse en una supernova. Las supernovas son más brillantes que las galaxias más brillantes. Mueren, pero todos las ven irse.

Antes, después de comer, ayudé a Sara en la limpieza de la cocina.

—¿Crees que le pasa algo a Anna? —pregunté, guardando el ketchup en la nevera.

—¿Por qué se quitó el colgante?

—No —me encogí de hombros— lo digo en general.

—Comparado con los riñones de Kate y la sociopatía de Jesse, diría que lo está haciendo bastante bien.

—Quería que la cena terminara antes de haber empezado.

Sara se volvió al fregadero.

—¿Qué crees que es?

—Mummm... ¿un chico?

Sara me miró.

—No sale con nadie.

«Gracias a Dios.»

—Tal vez alguna de sus amigas ha dicho algo que la ha molestado.

¿Por qué Sara me estaba preguntando a mí? ¿Qué diablos sabía yo sobre los cambios de humor de las chicas de trece años?

Sara se secó las manos con una toalla y se volvió hacia el lavaplatos.

—Tal vez sólo sea una adolescente.

He tratado de recordar cómo era Kate cuando tenía trece años, pero todo lo que pude recordar fue su recaída y el trasplante de células que tuvo. La vida cotidiana de Kate acabó de alguna manera en segundo plano, ensombrecida por las veces en que había estado enferma.

—Tengo que llevar a Kate a diálisis mañana —dijo Sara—. ¿Cuándo volverás a casa?

—A eso de las ocho. Pero estoy de guardia, y no me sorprendería que nuestro incendiario atacara de nuevo.

—Brian —preguntó—, ¿cómo te parece que está Kate?

«Mejor que Anna», pensé, pero no era eso lo que me estaba preguntando. Quería que comparase la película amarilla en la piel de Kate con relación a cómo la tenía ayer; quería que leyera en la forma en que apoyaba sus codos en la mesa, demasiado cansada para sostener el cuerpo erguido.

—Kate está fantástica —mentí, porque eso es lo que hacemos el uno por el otro.

—No olvides darle las buenas noches antes de irte —dijo Sara y fue a coger las píldoras que Kate toma a la hora de dormir.

Esta noche está todo tranquilo. Las semanas tienen ritmos propios, y toda la locura del turno del viernes o sábado a la noche contrasta con un domingo o lunes aburrido. Y puedo decir aún más: ésta será una de esas noches en las que me echo en la litera y realmente puedo dormir.

—Papi. —La escotilla del tejado se abre y Anna sale gateando—. Red me dijo que estabas aquí arriba.

Inmediatamente me congelo. Son las diez en punto de la noche.

—¿Qué sucede?

—Nada. Sólo... quería venir.

Cuando los niños eran pequeños, Sara solía venir de visita con ellos. Jugaban en los huecos alrededor de los grandes motores apagados; se quedaban dormidos arriba en mi litera. A veces, en los días más cálidos de verano, Sara traía una vieja manta y la extendíamos aquí en el tejado, nos acostábamos con los niños entre nosotros y mirábamos la noche en todo su esplendor.

—¿Mamá sabe que estás aquí?

—Me ha traído

Anna cruza el techo de puntillas. Nunca le gustaron mucho

las alturas y sólo hay un borde de varios centímetros alrededor del cemento. Entornando los ojos, se inclina hacia el telescopio.

—¿Qué ves?

—Vega —le digo. Miro bien a Anna, algo que no he hecho en algún tiempo. Ya no es tan plana como una tabla; tiene curvas incipientes. Incluso sus gestos, como meterse el pelo detrás de la oreja, esforzarse al mirar por el telescopio, tienen una clase de gracia asociada a las mujeres maduras.

—¿Hay algo de lo que quieras hablar?

Sus dientes se enganchan en el labio de abajo y se mira las zapatillas de deporte.

—Tal vez, tú podrías contarme algo —sugiere Anna.

Entonces la siento en mi regazo y señalo las estrellas. Le digo que Vega es parte de Lira, la lira que pertenecía a Orfeo. No soy del tipo que sabe historias, pero recuerdo las que tienen que ver con las constelaciones. Le hablo del hijo del dios Sol, cuya música encantaba a los animales y ablandaba las piedras. Un hombre que amaba a su esposa, Eurídice, tanto que no dejó que la Muerte se la llevara.

Cuando termino, yacemos acostados de espaldas, boca arriba.

—¿Me puedo quedar aquí contigo? —pregunta Anna.

La beso en la cabeza.

—Claro que sí.

—Papi —susurra Anna, cuando había dado por sentado que se había quedado dormida—, ¿funcionó?

Tardo un momento en entender que está hablando de Orfeo y Eurídice.

—No —admito.

Suelta un suspiro.

—Lo imaginaba —dice.

Martes

Mi vela arde por los dos extremos
No durará toda la noche
Pero ay, adversarios míos, y ay, amigos míos,
¡da una luz adorable!

Edna St. Vincent Millay
Unas cuantas cosas sobre los cardos

Anna

Solía pensar como si ésta fuera una familia de paso en mi camino hacia la verdadera. Tampoco es una exageración desmedida, en realidad. Está Kate, la viva imagen de mi padre; y Jesse, la viva imagen de mi madre; y estoy yo, una colección de genes recesivos que salieron de la nada. En la cafetería del hospital, comiendo patatas fritas y gelatina Jell-O, ojeo alrededor, de mesa en mesa, pensando que mis verdaderos padres pueden estar a una bandeja de distancia. Sollozarían de pura alegría por haberme encontrado, me llevarían rápidamente a nuestro castillo en Mónaco o Rumania y me darían una criada que olería a hojas frescas, y mi propio perro de montaña bernés y una línea telefónica privada. La cuestión es que la primera persona a la que llamaría para alardear de mi nueva fortuna sería Kate.

Las sesiones de diálisis de Kate son tres veces por semana y duran dos horas. Tiene un catéter tipo Mahurkar que se ve exactamente como solía verse su catéter endovenoso central y sobresale del mismo lugar en su pecho. Está conectado con una máquina que hace el trabajo que sus riñones no están haciendo. La sangre de Kate (bueno, es mi sangre si hablamos con propiedad) sale de su cuerpo a través de una aguja, se limpia y luego vuelve a su cuerpo a través de una segunda aguja. Dice que no duele. Como mucho, sólo es aburrido. Kate generalmente se trae un libro o su reproductor de CD y los auriculares. A veces jugamos. «Ve a recepción y dime cuál es el primer chico guapo que encuentras» me manda Kate, o «espía al conserje mientras navega por Internet y mira las fotos de mujeres desnudas que está bajando». Cuando está en la cama, soy sus ojos y sus oídos.

Hoy está leyendo la revista *Allure.* Me pregunto si se da cuenta de que a cada modelo que se encuentra con un escote en V, se toca el esternón, en el mismo lugar en el que tiene un catéter y la otra no.

—Bueno —anuncia mi madre de la nada— esto es interesante. —Agita un folleto que ha sacado de la pizarra informativa que está fuera de la habitación de Kate, «Tú y tu nuevo riñón»—. ¿Sabes que no te quitan el viejo riñón? Sólo trasplantan el nuevo dentro de ti y lo conectan.

—Eso me da un poco de yuyu —dice Kate—. Imagínénse al médico que te abre y ve que tienes tres en lugar de dos.

—Creo que el objetivo de un trasplante es que el médico no tenga que abrirte en un buen tiempo —replica mi madre. Ese riñón hipotético del que hablan reside en este momento en mi propio cuerpo.

Yo también he leído ese folleto.

La donación de riñón se considera una cirugía relativamente poco arriesgada, pero si me preguntan, el autor debe haber estado comparándola con operaciones como el trasplante cardiopulmonar o la extracción de un tumor cerebral. En mi opinión, una cirugía segura es aquella en la que vas a la consulta del médico, estás despierto todo el tiempo y el procedimiento termina en cinco minutos, como cuando te sacan una verruga o te meten el torno en una caries. Por otro lado, cuando donas un riñón, te pasas la noche anterior a la operación ayunando y tomando laxantes. Te ponen anestesia, entre cuyos riesgos se incluyen apoplejía, ataque cardíaco y problemas pulmonares. La cirugía de cuatro horas tampoco es una caminata por el parque, tienes una posibilidad entre tres mil de morir en la mesa de operaciones. Si no, estás hospitalizado entre cuatro y siete días, aunque tardas entre cuatro y seis semanas en recuperarte del todo. Y eso ni siquiera incluye los efectos a largo plazo: un aumento de la posibilidad de hipertensión, riesgo de complicaciones en el embarazo, la recomendación de abstenerse de realizar actividades que puedan dañar el único riñón que te queda.

Y, además, cuando te sacan una verruga o te meten el torno en una caries, la única persona que se beneficia a largo plazo eres tú mismo.

Alguien golpea la puerta y una cara familiar se asoma. Vern Stackhouse es policía y por lo tanto, pertenece al mismo servicio público de la ciudad que mi padre. Solía pasar por casa a saludar de vez en cuando o para dejarnos regalos de Navidad. Hace poco le salvó el pellejo a Jesse, sacándolo de un aprieto en vez de dejar que se las arreglara con la ley. Cuando formas parte de la familia con la hija agonizante, la gente no es tan dura contigo.

La cara de Vern es como un suflé, hundiéndose en los lugares más inesperados. Parece no saber si está del todo bien entrar en la habitación.

—Uy —dice— hola Sara.

—¡Vern! —Mi madre se pone de pie— ¿Qué estás haciendo en el hospital? ¿Está todo bien?

—Oh, sí, bien. Sólo estoy aquí por trabajo.

—Cumpliendo con tu deber, despachando papeles, supongo.

—Um umm. —Vern arrastra los pies y mete las manos dentro del abrigo, como Napoleón—. Realmente lamento darte esto, Sara —dice, y luego le entrega un documento.

Igual que a Kate, la sangre me abandona. No podría moverme si quisiera.

—Qué... Vern, ¿alguien me ha demandado? —La voz de mi madre suena demasiado tranquila.

—Mira, yo no los leo. Sólo los entrego. Y tu nombre, bueno, estaba justo ahí, en mi lista. Si, ejem, hubiera algo que yo... —Ni siquiera termina la frase. Con el sombrero en las manos, se escurre por la puerta.

—Mamá —pregunta Kate—, ¿qué pasa?

—No tengo ni idea. —Retira los papeles del sobre. Estoy lo suficientemente cerca para leerlos por encima de su hombro. «El estado de Rhode Island y las Plantaciones de Providence» dice arriba de todo, tan oficial como puede serlo. «Juzgado de familia del Condado de Providence. En representación de: Anna Fitzgerald, también llamada Jane Doe».

«Petición de emancipación médica».

«Mierda», pienso. Tengo las mejillas encendidas, el corazón me empieza a palpitar. Me siento como la vez que el director mandó a casa un aviso disciplinario porque dibujé una caricatura de la profesora Toohey en el margen del libro de matemáticas. No, tachen eso: esto es un millón de veces peor.

> «Que pueda tomar todas sus futuras decisiones médicas.
>
> Que no sea forzada a someterse a tratamiento médico que no sea por sus propios intereses o para su propio beneficio.
>
> Que no sea requerida para someterse a ningún tratamiento más para beneficio de su hermana Kate».

Mi madre levanta la cara hacia mí.

—Anna —susurra— ¿qué demonios es esto?

Siento como un puñetazo en la barriga, está aquí y está pasando. Sacudo la cabeza. ¿Qué puedo decirle?

—¡Anna! —Da un paso hacia mí.

Detrás de ella, Kate grita: —Ma, oh, ma... ¡Algo me hace daño, llama a la enfermera!

Mi madre se da la vuelta a medio camino. Kate se retuerce sobre un costado, con el pelo desparramado sobre la cara. Creo que me mira a través de él, pero no estoy segura.

—Mami —gime—, por favor.

Por un momento, mi madre está atrapada entre nosotras, como en una pompa de jabón. Nos mira alternativamente a Kate y a mí.

Mi hermana dolorida y yo aliviada. ¿Qué dice eso de mí?

Lo último que veo antes de salir corriendo de la habitación es a mi madre presionando el botón para llamar a la enfermera, como si se tratara del detonador de una bomba.

No puedo esconderme en la cafetería ni en el vestíbulo, ni en ninguno de los lugares a los que esperan que vaya. Entonces subo por la escalera al sexto piso, a la sala de maternidad. En la sala de espera hay un solo teléfono y lo están usando.

—Tres kilos, treinta y tres gramos —dice el hombre, sonriendo tanto que pienso que su cara puede astillarse—. Es perfecta.

¿Hicieron eso mis padres cuando yo aparecí? ¿Envió mi padre señales de humo; me contó los dedos de las manos y los pies, seguro de que había salido con la mejor cantidad del universo? ¿Mi madre me besó la coronilla y se negó a que la enfermera me llevara a limpiar? ¿O simplemente me entregaron, ya que el verdadero premio estaba entre mi pecho y la placenta?

El nuevo padre finalmente cuelga el teléfono, riéndose absolutamente de nada.

—Felicidades —digo cuando lo que realmente quiero decirle es que levante a su bebé y lo abrace con fuerza, que ponga la Luna en el borde de la cuna y que cuelgue su nombre en las estrellas para que nunca jamás haga lo que yo les hice a mis padres.

Llamo a Jesse. Veinte minutos después aparca frente a la entrada. A esas alturas, Stackhouse, el policía ha sido notificado de que he desaparecido; me espera en la puerta cuando salgo.

—Anna, tu mamá está terriblemente preocupada por ti. Llamó a tu padre por el altavoz. Tiene a todo el hospital al revés. Lo está poniendo todo patas arriba.

Respiro profundamente.

—Entonces lo mejor es que vayas y le digas que estoy bien —digo, y me subo de un salto por la puerta del acompañante que Jesse ha abierto para mí.

Se despega del bordillo de la acera y se enciende un Merit, aunque de hecho sé que le ha dicho a mi madre que ha dejado de fumar. Sube el volumen de la música, golpeando la palma de la mano con el borde del volante. Hasta que no sale de la carretera en la salida de Upper Darby no apaga la radio y aminora la velocidad.

—Bien, ¿y se enfadó mucho?

—Llamó a papá al *busca* del trabajo.

En nuestra familia es pecado mortal llamar a mi padre al *busca*. Ya que su trabajo son las emergencias, ¿qué crisis podemos tener nosotros que llegue a comparársele?

—La última vez que le llamó —me informa Jesse— fue cuando le dieron el diagnóstico de Kate.

—Fantástico. —Me cruzo de brazos—. Eso me hace sentir infinitamente mejor.

Jesse se limita a sonreír. Hace aros de humo.

—Hermanita —dice— bienvenida al Lado Oscuro.

Vienen como en un huracán. Kate apenas se las arregla para mirarme antes de que mi padre la mande arriba, a nuestro dormitorio. Mi madre suelta el bolso de golpe, después las llaves del coche y luego avanza hacia mí.

—Muy bien —dice. Su voz suena tan firme que podría romperse—, ¿qué está pasando?

Me aclaro la garganta.

—Tengo un abogado.

—Evidentemente. —Mi madre agarra el teléfono inalámbrico y me lo alcanza—. Ahora deshazte de él.

Me cuesta un esfuerzo enorme pero me las arreglo para sacudir la cabeza y dejar el teléfono en los cojines del sofá.

—Entonces ayúdame...

—Sara. —La voz de mi padre es un hacha. Se interpone entre nosotras y nos deja confusas—. Creo que necesitamos darle a Anna la oportunidad de explicarse. Acordamos que le daríamos la oportunidad de explicarse, ¿no?

Agacho la cabeza.

—No quiero hacerlo más.

Eso encoleriza a mi madre.

—Bueno, sabes Anna, yo tampoco. De hecho, Kate tampoco. Pero no es algo sobre lo que tengamos opción.

La cosa es que sí tengo opción. Ése es exactamente el porqué de que sea yo quien tenga que hacerlo.

Mi madre me vigila.

—Has ido a un abogado y le has hecho creer que todo eso es sobre ti, y no es así. Es sobre nosotros. Todos nosotros...

Las manos de mi padre se enroscan sobre los hombros de ella y se los estruja. Mientras se acuclilla frente a mí, huelo a humo. Ha venido del fuego de alguien más directo a meterse en medio de éste, y por esto y nada más: estoy avergonzada.

—Anna, cariño, sabemos que estás haciendo algo que necesitabas hacer...

—Yo no pienso eso —interrumpe mi madre.

Mi padre cierra los ojos.

—Sara, maldita sea, cállate. —Y vuelve a mirarme—. ¿Podemos hablar sólo nosotros tres, sin que haya un abogado para que lo haga por nosotros?

Lo que dice hace que mis ojos se inunden. Pero sabía que esto pasaría. Entonces levanto la barbilla y dejo que las lágrimas caigan al mismo tiempo.

—Papi, no puedo.

—Por el amor de Dios, Anna —dice mi madre—, ¿no te das cuenta de cuáles serían las consecuencias?

Mi garganta se cierra como el obturador de una cámara, para que ni pizca de aire ni excusa alguna puedan salir a través de un túnel tan fino como una aguja. «Soy invisible», pienso y me doy cuenta demasiado tarde de que lo he dicho en voz alta.

Mi madre se mueve tan de prisa que ni siquiera la veo venir. Me da un cachetazo tan fuerte en la cara que me gira la cabeza. Me deja una marca que me mancha más allá del momento en el que desaparece. Sólo para que lo sepan: la vergüenza tiene cinco dedos.

Una vez, cuando Kate tenía ocho años y yo cinco, peleamos y decidimos que no queríamos compartir más la habitación. Sin embargo, dado el tamaño de nuestra casa, el que Jesse tuviera una habitación separada hacía que no tuviéramos otro sitio. Entonces Kate, por ser mayor y más astuta, decidió dividir nuestro espacio por la mitad.

—¿Qué lado quieres tú? —preguntó diplomáticamente—. Incluso te dejo elegir.

Bueno, yo quería la parte en la que estaba mi cama. Además, si se dividía la habitación en dos, la mitad con mi cama, incluía la caja que contenía nuestras barbies y la estantería en la que guardábamos los útiles de pintura y manualidades. Kate fue allí a buscar un rotulador, pero yo la detuve.

—Eso está de mi lado —señalé.

—Entonces dame uno —pidió, y le di uno rojo. Se subió al escritorio, llegando lo más alto que pudo en dirección al techo.

—Cuando hagamos esto —dijo— tú te quedas en tu lado y yo en el mío, ¿de acuerdo?

Yo asentí con la cabeza, comprometida a mantener el trato tanto como ella. Después de todo, yo tenía los mejores juegos. Kate comenzaría a visitarme mucho antes de lo que yo la visitaría a ella.

—¿Lo juras? —preguntó, e hicimos un juramento besándonos los dedos.

Trazó una línea zigzag desde el techo, sobre el escritorio, a través de la alfombra color canela, y de vuelta hasta la mesita de noche en la pared opuesta. Entonces me alcanzó el rotulador.

—No lo olvides —dijo—. Sólo los tramposos faltan a una promesa.

Me senté en el suelo de mi lado de la habitación, sacando cada una de las barbies que teníamos, vistiéndolas y desvistiéndolas, haciendo mucho alboroto por el hecho de que yo las tenía y Kate no. Ella se sentó en su cama con las rodillas dobladas, mirándome. No reaccionó en absoluto. Hasta que mi madre nos llamó abajo a almorzar.

Entonces Kate me sonrió y caminó hacia la puerta para salir del dormitorio: la puerta estaba en su lado.

Me acerqué a la línea que había dibujado sobre la alfombra, pateándola con los dedos de los pies. No quería ser una tramposa. Pero tampoco quería pasar el resto de mi vida en la habitación.

No sé cuánto tiempo le llevó a mi madre preguntarse por qué no iba a la cocina a almorzar, pero cuando tienes cinco años cada segundo puede durar una eternidad. Se detuvo en la entrada, mirando fijamente la línea de rotulador en las paredes y la alfombra, y cerró los ojos para armarse de paciencia. Entró a nuestra habitación y me levantó, y ahí fue cuando empecé a pelearme con ella.

—¡No —lloré—, no volveré a entrar nunca!

Un minuto después se fue y volvió con servilletas, trapos de cocina y cojines. Los puso a mínimas distancias, todo a lo largo del lado de la habitación de Kate.

—Vamos —exhortó, pero yo no me moví. Entonces vino y se sentó a mi lado en mi cama—. Puede ser el estanque de Kate —dijo—, pero éstas son mis hojas de nenúfar.

De pie, saltó sobre un trapo de cocina y de ahí a un cojín. Echó un vistazo por encima del hombro, hasta que trepé sobre el trapo de cocina. Del trapo de cocina al cojín, a la servilleta que Jesse había pintado en primer curso; todo el camino sobre el lado de Kate de la habitación. Seguir los pasos de mi madre era el camino más seguro para salir.

Me estoy duchando cuando Kate destraba la puerta y entra al baño.

—Quiero hablar contigo —dice.

Asomo la cabeza por la cortina de plástico.

—Cuando termine —digo, tratando de ganar tiempo antes de una conversación que realmente no quiero tener.

—No, ahora. —Se sienta en el borde del sanitario y suspira—. Anna... lo que estás haciendo...

—Ya está hecho —digo.

—Pero puedes deshacerlo, sabes, si quieres.

Estoy agradecida de que haya todo ese vapor entre nosotras, porque no soportaría la idea de que pudiera verme la cara en este instante.

—Lo sé —susurro.

Durante un rato largo Kate permanece silenciosa. Su pensamiento divaga en círculos, como un hámster en una rueda, del mismo modo que el mío. Perseguimos cada escalón como si fuera una posibilidad y finalmente no llegamos absolutamente a ningún lado.

Después de un rato, saco la cabeza a hurtadillas otra vez. Kate se enjuga las lágrimas y me mira.

—¿Te das cuenta —dice— de que eres la única amiga que tengo?

—Eso no es cierto —respondo inmediatamente, pero ambas sabemos que estoy mintiendo.

Kate ha pasado demasiado tiempo fuera del sistema escolar para encontrar un grupo en cual encajar. La mayoría de los amigos que ha hecho durante el tiempo de convalecencia han desaparecido, algo mutuo. Ha resultado demasiado duro para un chico normal saber cómo actuar con alguien que está al borde de la muerte, y ha sido igualmente difícil para Kate sentir honestamente algún tipo de excitación con cosas como reencuentros de ex alumnos, cuando no había garantía de que ella estuviera para vivirlos. Tiene un par de conocidos, claro, pero la mayoría de ellos, cuando vienen por aquí, parece que estuvieran cumpliendo una condena. Se sientan en el borde de la cama de Kate contando los minutos que faltan para irse y agradecen a Dios que eso no les pase a ellos.

Un verdadero amigo es incapaz de sentir lástima por ti.

—No soy tu amiga —digo, tirando de la cortina de regreso a su lugar—. Soy tu hermana.

«Y lo estoy haciendo jodidamente mal», pienso. Meto la cara debajo de la lluvia de la ducha, para que no pueda decir que yo también estoy llorando.

De repente, la cortina se descorre, rápidamente, dejándome totalmente desnuda.

—De eso es de lo que quería hablar —dice Kate—. Si no quieres ser más mi hermana, es una cosa. Pero no creo que pueda soportar perderte como amiga.

Vuelve a poner la cortina en su sitio y el vapor sube a mi alrededor. Un momento después, oigo la puerta abrirse y cerrarse, y una ráfaga de aire frío me llega directamente a los talones.

Yo tampoco puedo soportar la idea de perderla.

Esa noche, cuando Kate se ha dormido, me escabullo de la cama y me quedo a su lado. Cuando pongo la palma debajo de su nariz para ver si respira, una bocanada de aire me presiona la mano. Podría empujar hacia abajo ahora, sobre esa nariz y esa boca, sostenerla cuando se defienda. ¿Hay realmente una diferencia entre eso y lo que efectivamente ya estoy haciendo?

El sonido de pisadas en el vestíbulo hace que me sumerja dentro de la cueva de mis colchas. Giro hacia mi lado, lejos de la puerta, sólo por si mis párpados están aún pestañeando cuando mis padres entran a la habitación.

—No lo puedo creer —susurra mi madre—. No puedo creer que haya hecho eso.

Mi padre está tan silencioso que me pregunto si me habré equivocado, si puede ser que él no esté aquí en realidad.

—Es lo mismo que con Jesse, otra vez lo mismo —agrega mi madre—. Lo está haciendo para llamar la atención.

Puedo sentir que me está mirando, como si fuera un tipo de criatura que no hubiera visto nunca.

—Tal vez sea necesario llevarla algún lado, sola. Ir al cine o de compras, así no se sentirá abandonada. Para hacerle ver que no hace falta que haga algo alocado para que sepamos que está ahí. ¿Qué te parece?

Mi padre se toma su tiempo para responder.

—Bueno —dice tranquilamente— tal vez no sea una locura.

¿Sabes cómo el silencio puede colarse en sus tímpanos en la oscuridad y dejarlos sordos? Eso es lo que pasa, por lo que casi me pierdo la respuesta de mi madre.

—Por el amor de Dios, Brian... ¿del lado de quién estás?

Y mi padre:

—¿Quién dijo que hubiera lados?

Pero incluso yo puedo responder eso por él. Siempre hay lados. Siempre hay un ganador y un perdedor. Por cada persona que recibe, siempre hay alguien que debe dar.

Unos segundos después, la puerta se cierra y la luz del pasillo que ha estado bailando en el techo desaparece. Parpadeando, me vuelvo sobre la espalda y encuentro a mi madre todavía de pie al lado de mi cama.

—Pensé que te habías ido —susurro.

Se sienta a los pies de mi cama y yo me alejo unos centímetros. Pero ella me pone la mano en la pantorrilla antes de que pueda alejarme mucho.

—¿Qué más piensas, Anna?

Mi estómago se estruja, retorcido.

—Pienso... pienso que debes odiarme.

Incluso en la oscuridad, puedo ver el brillo de sus ojos.

—Oh, Anna —suspira mi madre— ¿cómo puede ser que no sepas cuánto te quiero?

Extiende los brazos y yo gateo hacia ellos, como si fuera pequeña otra vez y cupiera allí. Aprieto la cara contra su hombro. Lo que quiero, más que nada, es volver atrás un poquito en el tiempo. Volver a ser la niña que era, que creía que cualquier cosa que mi madre dijera era ciento por ciento cierto y estaba bien, sin ver las finísimas grietas.

Mi madre me abraza con más fuerza.

—Hablaremos con el juez y se lo explicaremos. Podemos arreglarlo —dice—. Podemos arreglarlo todo.

Y como esas palabras son todo lo que quería escuchar, asiento con la cabeza.

Sara

1990

Se siente una inesperada comodidad al estar en el ala de oncología del hospital, la sensación como si fuera miembro de un club. Desde el bondadoso empleado del parking que nos pregunta si es nuestra primera vez, hasta las legiones de niños con sus riñoneras rosas abrazadas como si fueran ositos de peluche: toda esa gente ha estado aquí antes que nosotros y el hecho de que seamos varios da seguridad.

Tomamos el ascensor al tercer piso, a la consulta del doctor Harrison Chance. Sólo su nombre ya me exaspera. ¿Por qué no el doctor Victor?

—Se retrasa —le digo a Brian mientras miro el reloj por vigésima vez. Una planta araña languidece, marrón, en el alféizar. Espero que sea mejor con la gente.

Para entretener a Kate, que está desanimándose, inflo un guante de goma y lo anudo de modo que queda una pelota con cresta. En la máquina expendedora que hay cerca del fregadero hay un letrero prominente, advirtiendo a los padres de no hacer exactamente eso que acabo de hacer. Nos lo tiramos la una a la otra, jugando al voley, hasta que el doctor Chance en persona viene, sin disculparse siquiera por su tardanza.

—Señor y señora Fitzgerald. —Es alto y delgado como un palo, con fríos ojos azules magnificados por finas gafas y la boca apretada. Coge la improvisada pelota de Kate con una mano, la mira y frunce el ceño.

—Bueno, puedo ver que ya tenemos un problema.

Brian y yo intercambiamos una mirada. ¿Es este hombre sin corazón el que nos guiará en esta lucha, nuestro general, nuestro caballero blanco? Antes de que podamos excusarnos con explicaciones, el doctor Chance toma un rotulador puntiagudo y dibuja una cara en el látex y lo completa con el borde de un par de gafas similares a las suyas.

—¿Qué tal? —dice y con una sonrisa que le cambia por completo, se lo devuelve a Kate.

Sólo veo a mi hermana Suzanne una o dos veces al año. Ella vive a menos de una hora y a miles de convicciones de distancia de mí.

Hasta donde sé, Suzanne cobra mucho dinero por dar órdenes a la gente que tiene alrededor. Lo que significa que, teóricamente, hizo su carrera entrenándose conmigo. Nuestro padre murió mientras cortaba el césped el día de su cumpleaños número cuarenta y nueve; nuestra madre nunca se rehizo tras la desgracia. Suzanne, diez años mayor, tomó las riendas. Se aseguraba de que hiciera las tareas, completaba las solicitudes de inscripción de la escuela de derecho y soñaba en grande. Era inteligente y hermosa y siempre supo qué decir en todo momento. Podía encarar cualquier catástrofe y encontrar el antídoto lógico para solucionarla, lo que le granjeó tanto éxito en su trabajo. Ella se sentía tan a gusto en una sala de reuniones como haciendo ejercicio con Charles. Lo hacía parecer todo tan fácil. ¿Quién no querría de ejemplo un modelo como ése?

Mi primer golpe fue casarme con un chico sin título universitario. El segundo y el tercero fueron quedarme embarazada. Supongo que, cuando no fui camino de convertirme en la próxima Gloria Allred, estaba en su derecho de considerarme un fracaso. Y supongo que hasta ahora, yo estaba en mi derecho de pensar que no lo era.

No me malentiendan, ella quiere a su sobrina y a su sobrino. Les envía esculturas desde África, conchas marinas desde Bali, chocolates desde Suiza. Jesse quiere un cristal como el de su despacho cuando sea mayor.

—No todos podemos ser como la tía Zanne —le digo, cuando lo que quiero decir es que yo no puedo ser como ella.

No recuerdo quién de las dos dejó de devolver las llamadas primero, pero fue la manera más fácil. No hay nada peor que el silencio, enhebrado como pesadas cuentas, en una conversación tan delicada. Por eso me tomó toda una semana antes de levantar el auricular. Marqué el número directo.

—Línea de Suzanne Crofton —dice un hombre.

—Sí —dudo—, ¿está ella disponible?

—Está en una reunión.

—Por favor... —Respiro profundamente—. Por favor, dígale que la llama su hermana.

Un momento más tarde, su tranquila y fría voz llega a mis oídos.

—Sara. Cuánto tiempo.

Ella es la persona a la que recurrí cuando me vino la primera regla, la que me ayudó a coser de nuevo mi corazón roto por primera vez, la mano que estrechaba en medio de la noche cuando no podía recordar de qué lado se hacía la raya del pelo nuestro padre o cómo sonaba la risa de nuestra madre. No importa lo que es ahora; ante todo, ella ha sido indiscutiblemente mi mejor amiga.

—¿Zanne? —digo—. ¿Cómo estás?

Treinta y seis horas después de que diagnosticaron oficialmente LAP a Kate, nos dieron a Brian y a mí la oportunidad de hacer preguntas. Kate se entretiene con pegamento con un pediatra mientras nosotros nos reunimos con un equipo de médicos, enfermeros y psiquiatras. Los enfermeros, ya lo he aprendido, son quienes nos dan las respuestas por las que estamos desesperados. A diferencia de los médicos, que se mueven nerviosamente como si necesitasen irse a otro lado, los enfermeros nos responden pacientemente como si fuéramos el primer par de padres que tiene este tipo de reunión, en lugar de ser el número mil.

—El asunto con la leucemia —explica un enfermero— es

que, cuando todavía no hemos clavado la aguja del primer tratamiento, ya estamos pensando en los próximos tres tratamientos que siguen. Esta enfermedad en particular tiene un pronóstico bastante pobre, por lo que tenemos que estar pensando en lo que pasará inmediatamente después. Lo que hace de la LAP un poco difícil es que se trata de una enfermedad quimioresistente.

—¿Qué es eso? —pregunta Brian.

—Normalmente, con las leucemias mieloides, tan pronto como los órganos se recuperan, se puede inducir de nuevo al paciente para que entre en remisión cada vez que sufre una recaída. Se está agotando su cuerpo, pero se sabe que responderá al tratamiento una y otra vez. Sin embargo, con la LAP, una vez que se ofrece una terapia determinada, normalmente no se puede confiar en la misma de nuevo. Y, hasta la fecha, no podemos hacer otra cosa.

—¿Está diciendo...? —Brian traga—. ¿Está diciendo que va a morir?

—Estoy diciendo que no hay garantías.

—¿Qué hacemos entonces?

Otra enfermera responde.

—Kate empezará una semana de quimioterapia, con la esperanza de que podamos acabar con todas las células enfermas y ponerla en remisión. Lo más probable es que tenga náuseas y vómitos, que trataremos de minimizar con antieméticos. Perderá el cabello.

Cuando llega a ese punto, se me escapa un pequeño gemido. Es una cosa tan insignificante, y así y todo es el anuncio que dará a entender a la gente cuál es el problema de Kate. Hace sólo seis meses que le cortaron el pelo por primera vez; los dorados tirabuzones enrollados como monedas en el suelo de SuperCuts.

—También tendrá diarrea. Hay muchas posibilidades de que, con el sistema inmunológico deprimido, coja una infección que requiera ingreso en el hospital. La quimio puede producir también retrasos en el crecimiento. Tendrá un tratamiento de quimioterapia de consolidación dos semanas después de eso y luego algunos tratamientos de terapia de mantenimiento. El número exacto dependerá de los resultados que obtengamos de las aspiraciones de médula ósea que vayamos haciendo periódicamente.

—¿Y luego qué? —pregunta Brian.

—Luego la controlaremos —responde el doctor Chance—. Con la LAP, deben estar atentos a las señales de recaída. Tendrá que venir a emergencias si sufre hemorragias, fiebre, tos o alguna infección. Y como tratamiento adicional, tiene algunas opciones. La idea es hacer que el cuerpo de Kate produzca médula ósea sana. En el raro caso de que logremos la remisión molecular con la quimio, podemos recuperar las propias células de Kate y reincorporarlas: una cosecha autogenerada. Si sufre una recaída, podemos intentar trasplantar la médula ósea de otra persona a Kate para que produzca glóbulos. ¿Kate tiene hermanos o hermanas?

—Un hermano —digo. Se me ocurre una idea, una horrible—. ¿Podría tener esto también?

—Es muy poco probable. Pero puede resultar compatible para un trasplante alógeno. Si no, pondremos a Kate en el registro nacional de trasplantes de médula ósea, para buscar un donante no emparentado. De todos modos, hacer un trasplante de un desconocido que coincida es mucho más peligroso que hacerlo de un pariente; el riesgo de mortalidad aumenta enormemente.

La información es interminable, una serie de dardos lanzados tan de prisa que ya ni siquiera puedo sentir cómo se clavan. Nos dicen: «No piensen; sólo entréguennos a su niña, porque de otra manera morirá». Para cada respuesta que nos dan, tenemos otra pregunta.

¿Le volverá a crecer el pelo?
¿Irá alguna vez a la escuela?
¿Puede jugar con otros niños?
¿Esto ha pasado por el sitio en que vivimos?
¿Esto ha pasado por nosotros?

—¿Cómo será —me escucho a mí misma preguntar— si muere?

El doctor Chance me mira.

—Depende cómo sucumba —explica—. Si es por una infección, tendrá una insuficiencia respiratoria y ventilatoria. Si es una hemorragia, se desangrará hasta perder la conciencia. Si es una disfunción en algún órgano, las características variarán dependiendo del sistema que falle. En general, es una combinación de todo eso.

—¿Ella sabrá lo que está sucediendo? —pregunto, cuando lo que en realidad quiero decir es «¿cómo sobreviviré a esto?».

—Señora Fitzgerald —dice, como si hubiera escuchado la pregunta que no hice— de los veinte niños que tenemos hoy ingresados, diez estarán muertos en unos pocos años. No sé en qué grupo estará Kate.

Para salvar la vida de Kate, una parte de ella tiene que morir. Ése es el propósito de la quimioterapia, aniquilar todas sus células leucémicas. Con ese objetivo pusieron una vía central de tres accesos entre las clavículas de Kate, que será el punto de entrada múltiple para el suministro de medicinas, líquidos intravenosos y extracciones de sangre. Miro los tubos que brotan de su delgado pecho y pienso en las películas de ciencia ficción.

Ya tiene los valores de referencia del electrocardiograma, para asegurarse de que su corazón puede resistir la quimio. Le pusieron las gotas de dexametasona oftálmica porque una de las drogas produce conjuntivitis. Le han sacado sangre de la vía central para examinar el funcionamiento renal y hepático.

La enfermera sostiene las bolsas de transfusión en el polo intravenoso y acaricia el cabello de Kate.

—¿Lo sentirá? —pregunto.

—No. Oye, Kate, mira aquí. —Señala la bolsa de daunorubicina, cubierta con una bolsa negra para protegerla de la luz. Está salpicada de pegatinas brillantes que le ayudó a hacer a Kate mientras esperábamos. Vi a un adolescente con un post-it en el suyo: «Jesús la para, la quimio anota una canasta».

Esto es lo que empieza a fluir por sus venas: daunorubicina, 50 mg en 25 cm^3 de D5W; cytarabín, 46 mg en una infusión de D5W, intravenoso continuo las veinticuatro horas; allopurinol, 92 mg intravenoso. O, en otras palabras, veneno. Imagino una enorme batalla librándose dentro de ella. Me figuro ejércitos brillantes, bajas que se eliminan por sus poros.

Nos dijeron que Kate muy probablemente se enferme en los próximos días, pero no pasan ni dos horas antes de que empiece a vomitar. Brian aprieta el botón para llamar y la enfermera viene a la habitación.

—Le daremos un poco de reglan —dice y se va.

Cuando Kate no está vomitando, está llorando. Me siento en el borde de la cama, sosteniéndola a medias sobre mi falda. Los enfermeros no tienen tiempo para atender. Faltos de personal, administran los antieméticos en el intravenoso; se quedan un momento para ver que Kate responda, pero inevitablemente los llaman para otra emergencia y el resto queda para nosotros. Brian, que tiene que salir de la habitación si uno de nuestros hijos coge un virus estomacal, es un modelo de eficiencia: le seca la frente, le sostiene los delgados hombros, le aplica pañuelos alrededor de la boca.

—Puedes superar esto —le murmura cada vez que saca una mucosidad, pero puede que sólo se lo esté diciendo a sí mismo.

Y yo, también, me sorprendo de mí misma. Con triste firmeza finjo un ballet para enjuagar el orinal y traerlo de vuelta. Si te concentras en poner grandes sacos de arena en la orilla del río para que no se inunde, puedes ignorar el tsunami que se acerca.

Inténtalo de otra manera y te volverás loco.

Brian trae a Jesse al hospital para su análisis de sangre: un pinchazo simple en el dedo. Lo tienen que sostener entre Brian y dos residentes; sus gritos se oyen por todo el hospital. Me quedo atrás, cruzo los brazos e, involuntariamente, pienso en Kate, que ha dejado de llorar durante los procedimientos hace ya dos días.

Unos médicos mirarán esa muestra de sangre y estarán en condiciones de analizar seis proteínas que flotan invisibles. Si esas seis proteínas son las mismas que las de Kate, entonces Jesse será un HLA* coincidente, un donante potencial de médula

* Human leukocyte antigens (Antígenos leucocitarios humanos). *(N. de la ed.)*

ósea para su hermana. «¿Tan pocas pueden ser las probabilidades —pienso—, como para que coincidan seis veces»?

«Tan mal como para que tenga leucemia, en primer lugar».

El hematólogo se va con la muestra de sangre, y Brian y los médicos sueltan a Jesse. Viene corriendo desde la camilla a mis brazos.

—Mami, me han pinchado —mantiene el dedo levantado, festoneado con una tirita de los Rugrats. Su cara húmeda y brillante se apoya caliente sobre mi piel. Lo abrazo fuertemente. Digo lo que toca. Pero eso es todo, tan difícil me resulta sentir lástima por él.

—Desafortunadamente —dice el doctor Chance—, su hijo no es compatible.

Mis ojos se enfocan en la planta interior, que todavía permanece marchita y marrón en el alféizar. Alguien tiene que deshacerse de esa cosa. Alguien debería reemplazarla con orquídeas, con aves del paraíso u otras flores igualmente raras.

—Es posible que encontremos un donante no emparentado en el registro nacional de trasplantes de médula ósea.

Brian se inclina hacia adelante, rígido y tenso.

—Pero usted ha dicho que un trasplante de un donante no emparentado era peligroso.

—Así es —dice el doctor Chance—. Pero a veces es todo lo que tenemos.

Levanto la mirada.

—¿Y qué pasa si no encuentra a alguien compatible en el registro?

—Bueno —dice el oncólogo frotándose la frente—, entonces trataremos de mantenerla funcionando hasta que las investigaciones se pongan al día con ella.

Está hablando de mi pequeña como si fuera algún tipo de máquina: un coche con un carburador defectuoso, un avión con el tren de aterrizaje atascado. Antes que hacer frente a eso, me doy la vuelta justo en el momento en que una hoja de la planta se suicida tirándose en la moqueta. Sin ninguna explicación, me pongo de pie y cojo la maceta. Salgo de la consulta del doctor Chance, delante de la recepcionista y de los otros padres con neurosis de guerra esperando con sus hijos enfermos. En el primer recipiente de residuos que encuentro, vierto la planta y toda su tierra reseca. Miro fijamente la vasija de terracota en mi mano, y estoy pensando en hacerla pedazos contra el suelo de baldosas cuando oigo una voz detrás de mí.

—Sara —dice el doctor Chance—, ¿está usted bien?

Me doy la vuelta lentamente, con lágrimas brotando de los ojos.

—Estoy bien. Estoy sana. Viviré una larga, larga vida.

Entregándole la maceta, me disculpo. Él asiente con la cabeza y me ofrece un pañuelo de su bolsillo.

—Creí que sería Jesse quien pudiera salvarla. Quería que fuese Jesse.

—Todos queríamos —responde el doctor Chance—. Escuche. Hace veinte años, el rango de supervivencia era todavía menor. Y he conocido a muchas familias en las que un hermano no coincide, pero otro hermano resulta ser coincidente.

«Sólo tenemos estos dos», empiezo a decir y entonces me doy cuenta de que el doctor Chance está hablando de la familia que todavía no hemos tenido, de niños que nunca pensamos tener. Lo miro con una pregunta en los labios.

—Brian se estará preguntando adónde hemos ido. —Empieza a caminar hacia su despacho con la maceta—. ¿Qué plantas —pregunta con ánimo de conversar— sería menos probable que matara?

Cuando tu vida se ha detenido absolutamente es muy fácil creer que la del resto del mundo también lo ha hecho. Pero el recolector de basura se ha llevado nuestra basura y ha dejado las latas, como siempre. Hay una factura del camión de aceite metida en la puerta principal. Cuidadosamente amontonada en el mueble está la acumulación de correo de una semana. Sorprendentemente, la vida ha seguido.

Kate es dada de alta del hospital una semana después de administrarle quimioterapia de inducción. La vía central todavía serpentea desde su pecho, hinchándole la blusa como una campana. La enfermera me da palabras de ánimo para darme coraje, una larga lista de instrucciones a seguir: cuándo sí y cuándo no llamar al servicio de emergencia, cuándo se supone que tenemos que volver para más quimioterapia, cómo tener cuidado durante el período de inmunodepresión de Kate.

A la mañana siguiente, a las seis, se abre la puerta de nuestro dormitorio. Kate camina de puntillas hacia la cama, y Brian y yo nos levantamos al instante.

—¿Qué es, cariño? —pregunta Brian.

Ella no habla, sólo levanta la mano hasta la cabeza y enhebra los dedos en el pelo. Se le suelta un mechón fino, que cae lentamente sobre la alfombra como una pequeña ventisca.

—Ya terminé —anuncia Kate, algunas noches después en la cena. Su plato está lleno todavía; no ha tocado las judías ni el pastel de carne. Sale bailando al salón para jugar.

—Yo también. —Jesse se empuja hacia atrás con la mesa—. ¿Puedo levantarme?

Brian coge otro bocado con el tenedor.

—No hasta que te hayas terminado lo verde.

—Odio las judías.

—Ellas tampoco están locas por ti.

Jesse mira el plato de Kate.

—Ella tendría que haber terminado. Eso no es justo.

Brian pone el tenedor a un lado del plato.

—¿Justo? —responde con una voz demasiado tranquila— ¿Quieres ser justo? Muy bien, Jess. La próxima vez que Kate tenga una aspiración de médula ósea, te haremos una a ti también. Cuando drenemos su vía central, nos aseguraremos de que tú pases por algo igualmente doloroso. Y la próxima vez que vaya a la quimio, bueno, haremos...

—¡Brian! —interrumpo.

Se detiene tan abruptamente como comenzó y se pasa una mano temblorosa sobre los ojos. Luego su mirada aterriza sobre Jesse, que ha buscado refugio bajo mi brazo.

—Yo... lo siento, Jess. No quise... —Pero lo que sea que iba a decir se desvanece mientras sale de la cocina.

Durante un largo rato permanecemos sentados en silencio. Luego Jesse me mira.

—¿Papá también está enfermo?

Pienso bien antes de responder.

—Todos estaremos bien —contesto.

El día en que se cumple una semana de nuestro regreso a casa, nos despertamos en mitad de la noche por un estrépito. Brian y yo corremos hacia la habitación de Kate. Está acostada en la cama, temblando tanto que ha tirado la lámpara de la mesilla de noche.

—Está hirviendo —le digo a Brian cuando apoyo la mano sobre su frente.

Me había preguntado si decidiría llamar o no al médico, si desarrollaría Kate algún síntoma extraño. La miro ahora y no puedo creer que haya sido tan estúpida para creer que no sabría, inmediatamente, cómo se ve una persona descompuesta.

—Vamos a urgencias —anuncio, pese a que Brian ya está estrechando entre los brazos las mantas de Kate a su alrededor y levantándola de la cama. La llevamos apresuradamente al coche, encendemos el motor, y entonces nos damos cuenta de que no podemos dejar a Jesse solo en casa.

—Ve tú con ella —responde Brian, leyéndome la mente—. Yo me quedaré aquí —pero no quita los ojos de Kate.

Unos minutos después, vamos a toda velocidad hacia el hospital, Jesse en el asiento trasero junto a su hermana, preguntando por qué hemos de salir cuando el sol no lo ha hecho.

En urgencias, Jesse duerme en un nido hecho con nuestros abrigos. Brian y yo miramos a los médicos planeando sobre el cuerpo enfebrecido de Kate, como abejas sobre un campo de flores, haciendo lo que pueden. Le hacen todo tipo de cultivos y una punción lumbar para intentar aislar la causa y descartar que sea meningitis. Un radiólogo trae un aparato de rayos equis portátil para hacerle una placa del pecho y ver si la infección se encuentra en los pulmones.

Más tarde, coloca la radiografía del pecho en el panel iluminado que está en el exterior de la puerta. Las costillas de Kate parecen cerillas y hay un gran borrón gris a un lado. Mis rodillas se debilitan y me encuentro agarrada del brazo de Brian.

—Es un tumor. El cáncer ha hecho metástasis. —El médico pone la mano en mi hombro—. Señora Fitzgerald —dice— es el corazón de Kate.

Pancitopenia es la estrambótica palabra que significa que no hay nada en el cuerpo de Kate que la esté protegiendo de la infección. Eso quiere decir, dice el doctor Chance, que la quimio funcionó: se ha aniquilado la gran mayoría de leucocitos en el cuerpo de Kate. También quiere decir que una infección posquimio no es probable, pero ocurre.

Le dan una dosis de tylenol para reducirle la fiebre. Le han tomado muestras de sangre, orina y secreciones respiratorias, para administrarle los antibióticos apropiados. Pasan seis horas antes de que se encuentre libre de rigores, una serie de violentos sacudones tan fieros que corre el riesgo de caerse de la cama temblando.

La enfermera —una mujer que peinaba el pelo de Kate en sedosas hileras de trenzas, una tarde hace un par de semanas, para hacerla sonreír— toma la temperatura de Kate y luego me mira.

—Sara —dice amablemente— ahora puedes respirar.

La cara de Kate se ve tan pequeñita y blanca como una luna de ésas que a Brian le gusta mirar por el telescopio: inmóvil, remota, fría. Parece un cadáver... y lo peor es que eso es un alivio comparado con verla sufrir.

—Eh. —Brian me toca la coronilla. Hace malabarismos con Jesse con el otro brazo. Es casi mediodía y todavía estamos en pijama; en ningún momento pensamos en cambiarnos de ropa.

—Lo llevaré abajo a la cafetería, a almorzar. ¿Quieres algo?

Sacudo la cabeza. Mientras arrastro la silla más cerca de la cama de Kate, le aliso las mantas sobre las piernas. Cojo su mano y la mido contra la mía.

Abre los ojos. Por un momento se mueve con dificultad, sin saber bien dónde está.

—Kate —susurro— estoy aquí. —Cuando vuelve la cabeza y me mira, levanto la palma de su mano hasta mi boca y le doy un beso en el centro.

—Eres muy valiente —le digo y luego sonrío—. Cuando crezca quiero ser como tú.

Para mi sorpresa, Kate sacude la cabeza con energía. Su voz es una pluma, un fino hilo.

—No, mami —dice—. Estarías enferma.

En mi primer sueño, el fluido intravenoso está goteando muy de prisa en la línea central de Kate. El suero sube de adentro afuera, como una pelota que se infla. Intento tirar del tubo, pero se pega a la vía central. Mientras miro, los rasgos de Kate se suavizan, se hacen borrosos, se obstruyen hasta que su cara se transforma en un óvalo blanco que podría ser de cualquier persona.

En mi segundo sueño, estoy en la sala de maternidad, pariendo. Mi cuerpo entra en la etapa de expulsión, mi corazón late despacio. Hay una ráfaga de presión, y luego mi bebé llega en un relámpago urgente y fluido.

—Es una niña. —La enfermera sonríe abiertamente y me entrega a la recién nacida.

Retiro la manta rosada de su cara y me paralizo.

—Ésta no es Kate —digo.

—Claro que no —concuerda la enfermera— pero así y todo es suya.

El ángel que llega lleva puesto un Armani y está ladrando en un móvil mientras entra a la sala del hospital.

—Véndelo —ordena mi hermana—. No me importa si tienes que poner un puesto de limonadas en Faneuil Hall y regalar las ganancias, Peter. Dije *vende*. —Aprieta el botón y me extiende los brazos—. Eh —Zanne me tranquiliza cuando rompo a llorar—, ¿realmente creías que te haría caso cuando me dijiste que no viniera?

—Pero...

—Faxes. Teléfonos. Puedo trabajar desde tu casa. ¿Quién cuidaría de Jesse si no?

Brian y yo nos miramos el uno al otro; no habíamos pensado tanto. En respuesta, Brian se levanta, abraza a Zanne torpemente. Jesse corre hacia ella a toda velocidad.

—¿Quién es este niño que has adoptado, Sara...? Porque es imposible que Jesse esté tan grande... —Suelta a Jesse de sus rodillas y se inclina hacia la cama del hospital en la que Kate está durmiendo—. Apuesto a que no te acuerdas de mí —dice Zanne. Sus ojos brillan—, pero yo sí me acuerdo de ti.

Se hace tan fácil dejarla hacerse cargo. Zanne hace que Jesse se implique en un juego de ta-te-tí y le da cortezas de cerdo de un restaurante chino que no reparte comida para llevar. Me siento al lado de Kate, regodeándome en la competencia de mi hermana. Hago como si ella pudiera solucionar las cosas que yo no puedo.

Después de que Zanne se llevó a Jesse a casa a pasar la noche, Brian y yo nos convertimos en sujetalibros en la oscuridad, sosteniendo a Kate por los lados, como entre paréntesis.

—Brian —murmuro—, he estado pensando.

Él se mueve en su asiento.

—¿En qué?

Me inclino para poder ver sus ojos.

—En tener un bebé.

Los ojos de Brian se hacen más pequeños.

—Por Dios, Sara. —Se pone de pie, dándome la espalda—. Por Dios.

Yo también me levanto.

—No es lo que piensas.

Cuando me mira, el dolor dibuja cada línea de sus tensos rasgos.

—No podemos simplemente reemplazar a Kate si muere —dice.

En la cama del hospital, Kate se cambia de posición, haciendo ruido con las sábanas. Me esfuerzo por imaginarla a la edad de cuatro años, llevando un disfraz de Halloween; a los doce, probándose brillo labial; a los veinte, bailando en un dormitorio.

—Lo sé. Por eso tenemos que asegurarnos de que no lo haga.

Miércoles

Leeré cenizas para ti si me lo pides.
Miraré en el fuego y te diré de las pestañas grises
Y, fuera de las lenguas y rayas rojas y negras,
Te diré cómo aparece el fuego
Y cómo el fuego corre tan de prisa como el mar.

Carl Sandburg
Páginas de fuego

Campbell

Supongo que todos estamos atados a nuestros padres. La pregunta es, ¿cuánto? Esto es lo que me da vueltas en la cabeza mientras mi madre farfulla acerca del último *affaire* de mi padre. No es la primera vez que deseo tener hermanos, si fuera así recibiría llamadas al amanecer como ésta una o dos veces a la semana, en lugar de siete.

—Madre —interrumpo— dudo de que realmente tenga dieciséis.

—Subestimas a tu padre, Campbell.

Tal vez, pero también sé que es un juez federal. Puede mirar lascivamente a las colegialas, pero nunca haría nada ilegal.

—Mamá, llego tarde al juzgado. Te llamaré luego —digo, y cuelgo antes de que pueda protestar.

No iré al juzgado, pero da igual. Respiro profundamente, sacudo la cabeza y me encuentro con Juez mirándome fijamente.

—Razón número 106 por la que los perros son más inteligentes que los humanos —digo—. Una vez que dejan la camada, cortan la relación con sus madres.

Camino hacia la cocina mientras me anudo la corbata. Mi apartamento es una obra de arte. Pulcro y minimalista; lo que hay aquí es lo mejor que el dinero puede comprar: un sofá de cuero negro único en su clase; un televisor de pantalla plana colgado en la pared; una vitrina de vidrio cerrada llena de primeras ediciones firmadas por autores como Hemingway y Hawthorne. La cafetera es importada de Italia, la nevera es bajo cero. La abro y encuentro una única cebolla, una botella de ketchup y tres carretes de película en blanco y negro.

Eso tampoco es sorprendente, raramente como en casa. Juez está tan acostumbrado a la comida de restaurante que no reconocería el alimento equilibrado kibble ni aunque se deslizara por su garganta.

Ladra tan pronto como le abrocho el arnés de perro de asistencia. Juez y yo llevamos juntos siete años. Se lo compré a un criador de perros policía, pero fue especialmente entrenado teniéndome a mí en mente. En lo que respecta a su nombre, bueno, ¿qué abogado no querría poder poner al juez en una jaula de vez en cuando?

Rosie es lo que Starbucks quisiera ser: ecléctico y enrollado, atiborrado de clientes que en cualquier momento pueden estar leyendo literatura rusa en lengua original, calculando el presupuesto en un portátil o escribiendo una obra de teatro mientras se abastecen de cafeína. Juez y yo acostumbramos a venir aquí y a sentarnos al fondo en nuestra mesa de siempre. Pedimos un expreso doble y dos cruasanes de chocolate y flirteamos desvergonzadamente con Ofelia, la camarera veinteañera. Pero hoy, cuando entramos, Ofelia no está en ningún sitio donde se la pueda encontrar y una mujer está sentada en «nuestra» mesa, alimentando a un niño pequeño, en su cochecito, con una galleta. Eso me desorienta tanto que es necesario que Juez me tire hacia el único lugar vacío, un taburete en el mostrador que mira a la calle.

Siete y media de la mañana y este día ya es un desperdicio.

Un chico delgado por la heroína, con suficientes pendientes en las cejas para parecer la barra de la cortina de la ducha, se acerca con un bloc de notas. Ve a Juez a mis pies.

—Lo siento, amigo. No se permiten perros.

—Es un perro de asistencia —explico—. ¿Dónde está Ofelia?

—Se ha ido, amigo. Se fugó con un amante anoche.

¿Se fugó con un amante? ¿La gente todavía hace eso?

—¿Con quién? —pregunto, pese a que no es asunto mío.

—Algún artista que esculpía en caca de perro los bustos de los líderes mundiales. Se suponía que era una declaración.

Siento una preocupación momentánea por la pobre Ofelia. Prestame atención. El amor tiene la duración de un arco iris: es muy hermoso cuando está ahí, pero también es muy probable que haya desaparecido en el instante en que parpadeas.

El camarero saca del bolsillo una tarjeta de plástico y me la extiende.

—Aquí está el menú en braille.

—Quiero un expreso y dos cruasanes de chocolate, y no soy ciego.

—¿Entonces para qué lleva a Fido?

—Tengo síndrome respiratorio grave agudo —digo—. Él lleva la cuenta de las personas a las que contagio.

El camarero no parece darse cuenta de que estoy bromeando. Se da la vuelta, inseguro, para ir a buscar mi café.

A diferencia de mi mesa de siempre, ésta tiene vista a la calle. Miro a una mujer mayor que con poco margen evita que la golpee un taxi; un muchacho pasa bailando con una radio que tiene tres veces el tamaño de su cabeza haciendo equilibrio sobre su hombro; unos mellizos con uniformes de escuela parroquial riéndose detrás de las páginas de una revista para adolescentes, y una mujer con el cabello fluyendo como un río derrama café en su falda, dejando caer el vaso de papel al suelo.

Dentro de mí, todo se detiene. Espero que levante la cara —para ver si es quien pienso que es— pero se aleja de mí, secando la tela con una servilleta. Un autobús pasa por el medio y mi móvil comienza a sonar.

Echo una mirada al número de la llamada entrante: no hay sorpresa. Apago sin molestarme en atender la llamada de mi madre, vuelvo a mirar a la mujer a través de la ventana, pero para entonces el autobús se ha ido y ella también.

Abro la puerta de la oficina, ladrándole órdenes a Kerri.

—Llama a Osterlitz y pregúntale si está disponible para testificar en el juicio de Weiland; consigue una lista de los demandantes que se hayan presentado contra New England

Power en los últimos cinco años; hazme una copia de la declaración de Melbourne, y llama a Jerry al juzgado y pregunta quién será el juez para la audiencia de la niña Fitzgerald.

Me echa una mirada y el teléfono comienza a sonar.

—Hablando del rey de Roma... —Mueve la cabeza en dirección a la puerta de mi santuario íntimo. Anna Fitzgerald está de pie en el umbral con un aerosol de limpiador industrial y una gamuza, puliendo el pomo de la puerta.

—¿Qué estás haciendo? —pregunto.

—Lo que me dijo que hiciera. —Mira al perro—. Hola, Juez.

—Llamada en la línea dos —interrumpe Kate. La miro brevemente (por qué ha dejado que esa niña entrara aquí es algo que va más allá de mí) e intento entrar en mi despacho, pero lo que sea que Anna ha puesto en el pomo lo ha engrasado y ahora no puede girarse. Forcejeo por un momento hasta que ella aprieta el pomo con el trapo y me abre la puerta.

Juez da vueltas en el suelo, hasta que encuentra el sitio más cómodo. Golpeo la luz que titila en la línea de llamada.

—Campbell Alexander.

—Señor Alexander, soy Sara Fitzgerald. La madre de Anna Fitzgerald. —Dejo que esa información se asiente. Miro fijamente a su hija, limpiando a sólo dos metros de distancia.

—Señora Fitzgerald —respondo y como suponía, Anna se queda paralizada en el sitio.

—Llamo porque... bueno, mire usted, todo esto es un malentendido.

—¿Ha rcllcnado una respuesta a la petición?

—Eso no será necesario. He hablado con Anna anoche y no seguirá con el caso. Quiere hacer todo lo que pueda para ayudar a Kate.

—Es eso entonces —mi voz se hace más grave—. Desafortunadamente, si mi cliente quiere cancelar el juicio, necesitaré escucharlo directamente de ella. —Levanto una ceja para captar la atención de Anna—. ¿No sabría usted dónde se encuentra en este momento?

—Ha salido a correr —dice Sara Fitzgerald—. Pero iremos al juzgado esta tarde. Hablaremos con el juez y resolveremos esto.

—Supongo que la veré entonces. —Cuelgo el teléfono, me cruzo de brazos y miro a Anna—. ¿Hay algo que quieras decirme?

Ella se encoge de hombros.

—En realidad no.

—Eso no es lo que parece pensar tu madre. Por otra parte, también supone que estás por ahí haciendo de Flo Jo.[1]

Anna echa un vistazo hacia la zona de recepción donde Kerri, naturalmente, está agarrada a nuestras palabras como un gato a un cordel. Cierra la puerta y se encamina hacia mi escritorio.

—No le pude decir que venía aquí, no después de lo de anoche.

—¿Qué pasó anoche? —Cuando Anna enmudece, pierdo la paciencia—. Escucha. Si no estás dispuesta a pasar por un juicio... si esto es una pérdida colosal de mi tiempo... entonces apreciaría que tuvieras la honestidad de decírmelo ahora, mucho más que después. Porque no soy un terapeuta familiar ni tu mejor amigo; soy tu abogado. Y, para que yo sea tu abogado, tiene que haber un caso. De modo que te lo preguntaré una vez más, ¿has cambiado de opinión con respecto a este juicio?

Espero que esta diatriba ponga fin al litigio, que reduzca a Anna a un vacilante charco de indecisión. Pero, para mi sorpresa, me mira directamente, fría y serena.

—¿Todavía quieres representarme? —pregunta.

A pesar de que sé que es un error, digo que sí.

—Entonces no —dice— no he cambiado de opinión.

La primera vez que navegué en una carrera del club de yates con mi padre tenía catorce años, y él estaba en contra de ello firmemente. Yo no era lo suficientemente grande, no era lo suficientemente maduro, el tiempo era demasiado inestable. Lo que él realmente quería decir con todo eso era que, teniéndome como tripulación, era más probable que perdiera la copa que la ganara. A los ojos de mi padre, si no eras perfecto, simplemente no eras.

Su embarcación era de la clase USA-1, una maravilla de

1. Famosa corredora norteamericana. *(N. del t.)*

caoba y teca, que le había comprado al teclista J. Geils en Marblehead. En otras palabras, un sueño, un símbolo de estatus y un rito de paso, todo terminado con una reluciente vela blanca y un casco de color miel.

Dimos con el comienzo exacto al cruzar la línea a toda vela justo cuando el cañón disparó. Hice todo lo posible para estar un paso por delante de donde mi padre necesitara que estuviese: dirigiendo el timón antes incluso de que diera la orden, cambiando el curso y haciendo una bordada hasta que mis músculos se quemaban por el esfuerzo. Y podría haber tenido un final feliz, pero entonces una tormenta sopló desde el norte, trayendo ráfagas de lluvia y olas que se levantaban hasta tres metros de altura, arrojándonos desde las alturas hasta las profundidades.

Vi a mi padre moverse en su chubasquero amarillo. Parecía no darse cuenta de que estaba lloviendo; desde luego que no quería gatear hasta un pozo y agarrar su estómago descompuesto y morir, como hice yo.

—Campbell —rugió— ¡vamos!

Pero volverme al viento significaba montar en otra montaña rusa arriba y abajo.

—Campbell —repitió mi padre— ahora.

Un abismo se abrió frente a nosotros; el barco bajó tan bruscamente que me caí. Mi padre se lanzó delante de mí, agarrando el timón. Por un bendito momento las velas se quedaron quietas. La botavara se movió rápidamente de un extremo a otro, y el barco se clavó en el rumbo opuesto.

—Necesito coordenadas —ordenó mi padre.

Navegar implicaba bajar al casco donde estaban las cartas de navegación y hacer las cuentas para calcular en qué dirección teníamos que estar para alcanzar la próxima boya de la regata. Pero estar abajo, lejos del aire fresco, sólo empeoró las cosas. Abrí el mapa justo a tiempo para vomitarlo todo encima de él.

Mi padre me encontró sentado en el charco de mi propio vómito.

—Por el amor de Dios —dijo entre dientes y me dejó.

Hice acopio de todas mis fuerzas para levantarme y seguirle.

Dio un tirón a la rueda y giró el timón. Hacía como si yo no estuviera allí. Cuando cambió el curso, no lo informó. La vela silbó sobre el barco, rasgando la costura del cielo. La botavara se movió, dándome un golpe en la parte trasera de la cabeza y dejándome inconsciente.

Volví en mí justo cuando mi padre estaba copando el viento a otro barco, a escasos pies de la meta. La lluvia se había serenado y convertido en neblina, y, cuando puso la embarcación entre la ráfaga de aire y nuestro competidor más próximo, el otro barco retrocedió. Ganamos por segundos.

Me dijo que limpiara el desastre que había hecho y que tomara un taxi, mientras él iba en un bote de remos a celebrarlo al club de yates. Era una hora más tarde cuando finalmente llegué, y para entonces estaba alegre, bebiendo escocés de la copa de cristal que había ganado.

—Aquí viene tu tripulación, Cam —gritó un amigo. Mi padre levantó la copa de la victoria para brindar, bebió profundamente y luego la golpeó tan fuerte contra el bar que el asa se hizo añicos.

—Oh, —dijo otro navegante— es una pena.

Mi padre no me quitó los ojos de encima.

—No lo es, sin embargo —dijo.

En el parachoques trasero de uno de cada tres coches de Rhode Island, encontrarán una pegatina roja y blanca recordando a las víctimas de algunos de los más grandes casos criminales del estado: «Mi amiga Katie DeCubellis fue asesinada por un conductor ebrio». «Mi amigo John Sisson fue asesinado por un conductor ebrio». Las entregan en los jardines de las escuelas, en los eventos para recaudar fondos y en las peluquerías, y no importa si nunca conocieron al chico que asesinaron; lo ponen en su vehículo por solidaridad y con el secreto regocijo de que esa tragedia no les haya sucedido a ustedes.

El año pasado, hubo pegatinas con el nombre de una nueva víctima, Dena DeSalvo. A diferencia de otras víctimas, a ésta la conocía indirectamente. Era la hija de doce años de un juez, quien según se cuenta, se desmoronó en un juicio por custodia que tuvo lugar poco tiempo después del funeral y cogió una excedencia de tres meses para lidiar con su dolor. El mismo juez, a propósito, que ha sido asignado para el caso de Anna Fitzgerald.

Mientras me dirijo al complejo Garrahy, donde se encuentra el juzgado de familia, me pregunto si un hombre con semejante carga sobre sus hombros estará en condiciones de tratar un caso en el que un resultado favorable para mi cliente precipitaría la muerte de su hermana adolescente.

Hay un nuevo alguacil en la entrada. Un hombre con el cuello tan fino como una secuoya y con una capacidad mental a tono.

—Lo siento —dice—. Sin animales.

—Éste es un perro de asistencia.

Confundido, el alguacil se inclina hacia mí y se esfuerza por ver dentro de mis ojos. Hago lo mismo, mirándole fijamente.

—Soy miope. Me ayuda a leer las señales de tráfico.

Rodeando al muchacho, Juez y yo nos dirigimos al vestíbulo de la sala de justicia.

Adentro, el secretario de justicia está siendo incomodado por la madre de Anna Fitzgerald. Ésa es mi suposición, al menos, porque en realidad la mujer no se parece en absoluto a su hija, que está al lado de ella.

—Estoy seguro de que en este caso el juez entenderá —argumenta Sara Fitzgerald. Su esposo espera un par de pasos detrás de ella, alejado.

Cuando Anna nota que estoy, una estela de alivio sube a sus rasgos. Me vuelvo hacia el secretario de justicia.

—Soy Campbell Alexander —digo—. ¿Hay algún problema?

—He estado intentando explicarle a la señora Fitzgerald que sólo admitimos abogados en el recinto.

—Bueno, yo estoy aquí en representación de Anna —replico.

El secretario se vuelve hacia Sara Fitzgerald.

—¿Quién está representando su parte?

La madre de Anna se queda paralizada un momento. Se vuelve hacia su esposo.

—Es como andar en bicicleta —dice tranquilamente.

Su esposo sacude la cabeza.

—¿Estás segura de que quieres hacerlo?

—No quiero hacerlo. Tengo que hacerlo.

Las palabras encajan como dientes.

—Espera —digo—. ¿Usted es abogada?

Sara responde.

—Bueno, sí.

Echo una mirada a Anna, incrédulo.

—¿Y omitiste mencionarlo?

—Nunca lo preguntaste —susurra.

El secretario nos da a cada uno un formulario de comparecencia y cita al *sheriff*.

—Vern. —Sonríe Sara—. Qué bueno verte de nuevo.

Oh, esto va mejorando.

—¡Oye! —El *sheriff* besa su mejilla, se da la mano con su esposo—. Brian.

Entonces, no sólo ella es abogada, sino que tiene además a todos los funcionarios en la palma de la mano.

—¿Terminamos con el día internacional del reencuentro? —pregunto, y Sara Fiztgerald hace un gesto con los ojos al *sheriff*, como diciendo «el chico es tonto, pero ¿qué le vamos a hacer?».

—Quédate aquí —le digo a Anna y sigo a su madre hacia el recinto.

El juez DeSalvo es un hombre bajo con una sola ceja y afición al café con leche.

—Buenos días —dice, señalando con la mano nuestros asientos—. ¿Qué pasa con el perro?

—Es un perro de asistencia, señoría. —Antes de que pueda decir nada más, salto la genial conversación que precede a cada encuentro en la cámara de Rhode Island. Somos un Estado pequeño, más pequeño todavía en la comunidad legal. No es sólo concebible que tu asistente legal sea la sobrina o cuñada del juez con el que te encuentras, sino completamente probable. Mientras conversamos, echo una mirada a Sara, que necesita entender quiénes de nosotros participamos en este juego y quiénes no. Puede ser que ella sea abogada, pero no en los diez años que lo he sido yo.

Está nerviosa, haciendo pliegues con el extremo de la blusa. El juez DeSalvo se da cuenta.

—No sabía que estuvieras ejerciendo de nuevo.

—No estaba en mis planes, señoría, pero la demandante es mi hija.

Ahora el abogado se vuelve hacia mí.

—Bueno, ¿de qué trata todo esto, abogado?

—La hija menor de la señora Fitzgerald está buscando la emancipación médica de sus padres.

Sara sacude la cabeza.

—Eso no es cierto, juez. —Al escuchar su nombre, mi perro mira hacia arriba—. He hablado con Anna y me ha asegurado que realmente no quiere hacer eso. Ha tenido un mal día y quería un poco de atención extra. —Sara se encoge de hombro—. Usted sabe cómo pueden ser las niñas de trece años.

Se hace tal silencio en la sala que puedo oír mi propio pulso. El juez DeSalvo no sabe cómo pueden ser las niñas de trece años. Su hija murió cuando tenía doce.

La cara de Sara arde. Como el resto del Estado, ella conoce el caso de Dena DeSalvo. Por lo que sé, tiene una pegatina en el parachoques de su furgoneta.

—Oh, Dios, lo siento. No quise...

El juez mira hacia otro lado.

—Señor Alexander, ¿cuándo fue la última vez que habló con su cliente?

—Ayer por la mañana, señoría. Estaba en mi oficina cuando su madre llamó para decirme que había un malentendido.

Previsiblemente, la mandíbula de Sara cae.

—No puede ser. Ella estaba haciendo ejercicio.

La miro.

—¿Está segura de eso?

—Se suponía que estaba haciendo ejercicio...

—Señoría —digo—, éste es precisamente mi argumento, y la razón por la que la petición de Anna Fitzgerald tiene mérito. Su propia madre no es consciente de dónde está una determinada mañana; las decisiones médicas que competen a Anna son hechas de la misma forma caótica...

—Abogado, cállese. —El juez se vuelve hacia Sara—. ¿Su hija le dijo que quería cancelar el juicio?

—Sí.

Me echa una mirada.

—¿Y le dijo a usted que quería que continuara?

—Así es.

—Entonces, mejor hablo directamente con Anna.

Cuando el juez se levanta y sale del recinto, lo seguimos. Anna está sentada en un banco en el vestíbulo con su padre. Una de sus zapatillas está desatada.

—Veo algo verde —la oigo decir, y luego levanta la mirada.

—Anna —digo en el momento exacto en que lo dice Sara Fitzgerald.

Es mi responsabilidad explicarle a Anna que el juez DeSalvo quiere hablar con ella unos minutos a solas. Necesito prepararla para que diga las cosas correctas, para que el juez no descarte el juicio antes de que ella logre lo que quiere. Ella es mi cliente; por definición, se supone que debe seguir mi consejo.

Pero, cuando digo su nombre, ella se vuelve hacia su madre.

Anna

Creo que nadie vendría a mi entierro. Mis padres, supongo, y la tía Zanne y tal vez el señor Ollincott, el profesor de estudios sociales. Me imagino el mismo cementerio al que fuimos para el funeral de mi abuela, aunque era en Chicago, y por eso no tiene ningún sentido. Habría colinas onduladas que se verían como el terciopelo y estatuas de dioses y ángeles menores, y ese gran agujero marrón en la tierra como un desgarrón en la costura, esperando para tragar el cuerpo que solía ser yo.

Imagino a mi madre con un sombrero negro con velo tipo Jackie O., sollozando. Mi padre, agarrándola. Kate y Jesse, mirando fijamente al brillo del ataúd y tratando de pedir o negociar con Dios por todas las veces que me hicieron algo malo. Es posible que algunos chicos de mi equipo de hockey vinieran, apretando azucenas y su propia serenidad.

—Esa Anna —dirían y no llorarían pero querrían hacerlo.

Habría una necrológica en la página veinticuatro del periódico, y puede que Kyle McFee la viera y viniera al funeral, con su hermosa cara contraída con los «y si...» de la novia que nunca llegó a tener. Pienso que habría flores, dulces margaritas y ramos de hortensias azules. Me gustaría que alguien cantara «Amazing grace», no sólo el primer verso famoso, sino todos. Y luego, cuando las hojas se cayeran y la nieve viniera, de vez en cuando aparecería en las mentes de todos como una marea.

Al funeral de Kate vendrán todos. Estarán las enfermeras del hospital de las que nos hicimos amigas, otros enfermos de cáncer que todavía cuentan sus estrellas de la suerte y la gente de la ciudad que ayudó a reunir dinero para sus tratamientos. Se alejarán dolientes de las verjas del cementerio. Habrá tantas cestas de flores que algunas serán donadas a la caridad. El periódico convertirá en noticia su corta y trágica vida.

Escuchen lo que digo: estará en primera plana.

El juez DeSalvo lleva chanclas, como las que usan los jugadores de fútbol cuando se quitan las botas. No sé por qué, pero eso me hace sentir un poco mejor. Quiero decir, ya es suficientemente malo estar en este juzgado y que me lleven hacia una sala privada al fondo; hay algo agradable en saber que no soy la única que no cuadra.

Saca una lata de la nevera enana y me pregunta qué me gustaría beber.

—Coca-Cola estaría bien —digo.

El juez abre la lata.

—¿Sabías que si dejas un diente de bebé en un vaso de Coca-Cola desaparecería en pocas semanas? Ácido carbónico. —Me sonríe—. Mi hermano es dentista en Warwick. Hace ese truco cada año para los niños del jardín de infancia.

Tomo un sorbo de Coca-Cola e imagino mi interior disolviéndose. El juez DeSalvo no se sienta detrás de su escritorio sino que acerca una silla a mi lado.

—Aquí hay un problema, Anna —dice—. Tu madre me dice que quieres hacer una cosa. Y tu abogado me dice que quieres hacer otra. Ahora, en circunstancias normales, esperaría que tu madre te conociera mejor que un joven que has conocido hace sólo dos días. Pero nunca lo hubieras conocido si no hubieras buscado sus servicios. Y eso hace que piense que necesito oír qué es lo que piensas tú de todo esto.

—¿Puedo preguntarle algo?

—Claro —dice.

—¿Tiene que haber un juicio?

—Bueno... tus padres podrían estar de acuerdo con la emancipación médica y eso sería todo —dice el juez.

Como si eso pudiera pasar alguna vez.

—Por otro lado, una vez que uno presenta una petición, como has hecho tú, entonces el demandado, tus padres, tienen que ir a juicio. Si tus padres realmente creen que no estás lista para tomar ese tipo de decisiones por ti misma, tienen que presentarme sus razones a mí o si no arriesgarse a que yo me dicte a tu favor.

Asiento con la cabeza. Me he dicho a mí misma que, pase lo que pase, me mantendré fría. Si me desbarato, no hay manera de que este juez piense que soy capaz de decidir nada. Tengo estas intenciones brillantes, pero me salgo de mi objetivo a la vista del juez, sosteniendo su lata de zumo de manzana.

No hace mucho tiempo, cuando Kate estaba en el hospital para hacerse un control de los riñones, una nueva enfermera le entregó un recipiente y le pidió una muestra de orina.

—Mejor que esté listo para cuando vuelva —dijo. Kate, que no es una fanática de los requerimientos petulantes, decidió que había que poner a la enfermera en su lugar. Me envió en una misión a las máquinas expendedoras, a comprar exactamente el mismo zumo que el juez está bebiendo ahora. Lo vertió en el recipiente de la muestra y, cuando la enfermera volvió, lo miró a la luz.

—Umm —dijo Kate—. Se ve un poco turbio. Mejor lo filtro de nuevo. —Y lo levantó hasta los labios y se lo bebió.

La enfermera se volvió blanca y salió volando de la habitación. Kate y yo nos reímos hasta que se nos acalambró el estómago. Durante el resto del día, todo lo que hicimos fue cruzar miradas cómplices, y el recuerdo se disolvió.

Como un diente y entonces no queda nada.

—¿Anna? —el juez DeSalvo interrumpe y luego apoya esa estúpida lata de Mott en la mesa que está entre nosotros, y rompo a llorar.

—No puedo darle un riñón a mi hermana. Simplemente no puedo.

Sin decir palabra, el juez DeSalvo me da una caja de Kleenex.

Hago una bola con algunos pañuelos, me seco los ojos y la nariz. Por un momento se queda callado, dejándome recuperar la respiración. Cuando levanto la vista lo encuentro esperando.

—Anna, ningún hospital en este país sacará un órgano de un donante que no esté dispuesto a ello.

—¿Quién cree usted que firma la autorización? —pregunto—. No el niño pequeño al que llevan al quirófano, sino sus padres.

—Tú no eres una niña pequeña. Seguramente puedes dar a conocer tus objeciones —dice.

—Oh, claro —digo, rompiendo a llorar de nuevo—. Cuando te quejas porque alguien te está clavando una aguja por décima vez, se considera una operación de procedimiento estándar. Todos los adultos miran alrededor con sonrisas falsas y se dicen entre ellos que nadie, voluntariamente, pide más agujas. —Me sueno la nariz con un Kleenex—. El riñón, hoy sólo es eso. Mañana será algo más. Siempre es algo más.

—Tu madre me dijo que quieres suspender el juicio —dice—. ¿Me mintió?

—No. —Trago con dificultad.

—Entonces... ¿por qué le mentiste a ella?

Hay mil respuestas para eso; elijo la fácil.

—Porque la quiero —digo, y las lágrimas vuelven de nuevo—. Lo siento, realmente lo siento.

Me mira seriamente.

—¿Sabes qué, Anna? Voy a designar a alguien que ayudará a tu abogado a decirme qué es lo mejor para ti. ¿Qué tal suena eso?

Se me cae el pelo en la cara; lo pongo detrás de la oreja. Mi cara está tan roja que la siento hinchada.

—Vale —contesto.

—Vale. —Presiona un botón del intercomunicador y pide a todos que vuelvan.

Mi madre es la primera que viene hacia la sala y empieza a caminar hacia mí, hasta que Campbell y su perro la interceptan. Él levanta las cejas y me hace una seña con los pulgares hacia arriba, pero es una pregunta.

—No estoy seguro de lo que está pasando —dice el juez DeSalvo—, por lo que asignaré un tutor ad litem para que pase dos semanas con ella. No hace falta decir que espero absoluta colaboración de las dos partes. Quiero el informe del tutor ad litem y luego celebraremos una audiencia. Si hay algo más que necesite saber para ese momento, traiganlo con ustedes.

—Dos semanas... —dice mi madre. Sé lo que está pensando—. Señoría, con el debido respeto, dos semanas es un tiempo muy largo, dada la gravedad de la enfermedad de mi otra hija.

No la reconozco. La he visto antes ser un tigre, luchando contra el sistema sanitario que no se movía lo suficientemente deprisa para ella. La he visto ser una roca, dándonos al resto de nosotros algo a lo que agarrarnos. La he visto ser un boxeador, fintando antes de que el destino pudiera dar su próximo golpe. Pero nunca antes la había visto ser una abogada.

El juez DeSalvo asiente con la cabeza.

—De acuerdo. Entonces tendremos la audiencia el próximo lunes. Mientras tanto, quiero que me traigan la historia clínica de Kate para...

—Señoría— interrumpe Campbell Alexander— como usted bien sabe, debido a las extrañas circunstancias de este caso, mi cliente está viviendo con el abogado de la otra parte. Eso es un incumplimiento flagrante de la justicia.

Mi madre toma aire.

—Usted no estará sugiriendo que alejen a mi hija de mí.

¿Alejarme? ¿Adónde iría?

—No puedo estar seguro de que el abogado de la otra parte no intentará usar sus pactos de convivencia para su mejor ventaja, señoría, y posiblemente presionar a mi cliente. —Campbell mira fijamente al juez sin parpadear.

—Señor Alexander, no hay forma de que saque a esta niña de su hogar —dice el juez DeSalvo, pero luego se vuelve hacia mi madre—. Sin embargo, señora Fitzgerald, usted no puede hablar sobre el caso con su hija a menos que esté presente su abogado. Si no puede estar de acuerdo con esto o si me entero de algún incumplimiento en esa muralla china doméstica, tendré que tomar medidas más drásticas.

—Entendido, señoría —dice mi madre.

—Bien. —El juez DeSalvo se pone de pie—. Los veré a todos la próxima semana. —Sale de la habitación y las chanclas hacen pequeños ruidos de ventosas en el suelo embaldosado.

En el instante en que se va, me vuelvo hacia mi madre. «Puedo explicarlo», quiero decir pero no me sale. De repente, una nariz húmeda me toca la mano. Juez. Hace que mi corazón, ese tren desbocado, se tranquilice.

—Necesito hablar con mi cliente —dice Campbell.

—En este momento es mi hija —dice mi madre, que me toma de la mano y me arranca de la silla. En el umbral de la puerta me las arreglo para mirar atrás. Campbell echa humo. Podría haberle dicho que acabaría así. La palabra «hija» gana a cualquiera, no importa cual sea el juego.

La tercera guerra mundial comienza inmediatamente, no con el asesinato de un archiduque ni con un dictador loco, sino con un desvío a la izquierda pasado de largo.

—Brian —dice mi madre estirando el cuello— ésa era la calle North Park.

Mi padre parpadea, confundido.

—Podrías habérmelo dicho antes de que pasara el desvío.

—Lo hice.

Antes incluso de sopesar los costes y beneficios de volver a entrar en la batalla de otra persona digo:

—Yo no te oí.

Mi madre se da la vuelta de golpe.

—Anna, ahora mismo eres la última persona de quien necesitaría y querría apoyo.

—Yo sólo...

Ella levanta la mano como el tabique de privacidad de un taxi. Sacude la cabeza.

En el asiento de atrás, me deslizo a un lado y me hago un ovillo con los pies mirando hacia atrás, entonces todo lo que veo es negro.

—Brian —dice mi madre— te lo has pasado de nuevo.

* * *

Cuando entramos, mi madre pasa con furia al lado de Kate, que nos ha abierto la puerta, y al lado de Jesse, que está mirando lo que parece el canal codificado de Playboy en la televisión. En la cocina, abre los armarios y los golpea al cerrarlos. Saca comida de la nevera y la tira sobre la mesa.

—Oye —dice mi padre a Kate—, ¿cómo te encuentras?

Ella lo ignora, metiéndose en la cocina.

—¿Qué ha pasado?

—¿Qué ha pasado? Bueno —responde mi madre clavándome la mirada—. ¿Por qué no le preguntas a tu hermana qué ha pasado?

Kate me mira; es toda ojos.

—Asombroso lo silenciosa que estás ahora que no hay un juez para oírte —dice mi madre.

Jesse apaga la televisión.

—¿Te hizo hablar con un juez? Maldita sea, Anna.

Mi madre cierra los ojos.

—Jesse, sabes, éste sería un buen momento para que te fueras.

—No tienes que pedírmelo dos veces —dice con la voz llena de cristales rotos. Oímos la puerta de la calle abrirse y cerrarse; toda una historia.

—Sara. —Mi padre entra en la cocina—. Todos necesitamos calmarnos un poco.

—Una de mis hijas acaba de firmar la sentencia de muerte de su hermana, ¿y se supone que debo calmarme?

Se hace tal silencio en la cocina que puedo oír cómo susurra la nevera. Las palabras de mi madre cuelgan como una fruta demasiado madura, y cuando caen al suelo, estallan. Ella se estremece en un temblor.

—Kate —dice, yendo hacia mi hermana con los brazos extendidos—. Kate, no debería haber dicho eso, no es lo que quería decir.

En mi familia parece que tenemos una historia torturada de no decir lo que queremos y de no querer decir lo que decimos. Kate se tapa la boca con la mano. Sale por la puerta de la cocina, chocando con mi padre, que lo intenta pero no la alcanza, mientras ella trepa por la escalera. Oigo la puerta de nuestro dormitorio cerrarse de golpe. Mi madre, por supuesto, va detrás de ella.

Entonces hago lo que mejor sé hacer. Me muevo en la dirección opuesta.

¿Hay algún lugar en la Tierra que huela mejor que una lavandería? Es como un domingo lluvioso, cuando no quieres salir de debajo de las colchas, o como estar recostada boca arriba en el césped que tu padre acaba de cortar: un alimento de consuelo para tu nariz. Cuando era pequeña mi madre solía sacar la ropa caliente de la secadora y echarla encima de mí, que estaba sentada en el sofá. Pretendía muchas veces que las prendas eran una sola piel y que yo estaba enroscada, apretada entre ellas como un gran corazón.

La otra cosa que me gusta de las lavanderías es que arrastran a gente solitaria como los imanes a los metales. Hay un muchacho desmayado en un banco al fondo, con botas del ejército y una camiseta que pone «Nostradamus era un optimista». Una mujer en la mesa plegable examina un montón de camisas de hombre, tragándose las lágrimas. Ponga diez personas juntas en una lavandería y lo más probable es que tú no seas el que está peor de todos.

Me siento en el borde de un banco enfrente de las lavadoras e intento unir la ropa con la gente que espera. Las medias rosas y el camisón de encaje pertenecen a la chica que está leyendo una novela rosa. Los calcetines de lana y la camiseta a cuadros son del desagradable estudiante que duerme. Los jerséis de fútbol y los monos infantiles son del niñito que sostiene un tarro con suavizante a su madre, inconsciente con su móvil. ¿Qué clase de persona puede pagar un teléfono móvil y no una lavadora y una secadora?

A veces juego a eso e intento imaginarme cómo sería la persona cuya ropa está centrifugándose frente a mí. Si estuviera lavando esos tejanos de carpintero, quizá sería un constructor de tejados en Phoenix, con brazos fuertes y la espalda curtida. Si tuviera esas sábanas floreadas, estaría en la Universidad de Harvard, donde estudiaría perfiles criminales. Si esa capa de satén fuera mía, tal vez tendría entradas para la temporada de ballet. Y luego trato de hacerme una imagen de mí misma haciendo alguna de esas cosas y no puedo. Todo lo que alcanzo a ver es a mí misma, siendo donante de Kate, donando y esperando donar la siguiente vez.

Kate y yo somos mellizas siamesas; no puedes ver el sitio por el que estamos conectadas. Eso hace que la separación sea mucho más difícil.

Cuando levanto la vista, la chica que trabaja en la lavandería está frente a mí, con el pendiente en el labio y las extensiones azules de rastas.

—¿Necesitas cambio? —pregunta.

A decir verdad, tengo miedo de oír mi propia respuesta.

Jesse

Soy el niño que jugaba con cerillas. Solía robarlas del estante de encima de la nevera y llevarlas al baño de mis padres. La colonia de baño Jean Naté arde, ¿sabían eso? Derrámala toda y podrás incendiar el suelo. Se enciende de color azul y, cuando el alcohol se ha consumido, se apaga.

Una vez, Anna entró cuando estaba en el baño.

—Oye —dije— mira esto.

Eché unas gotas de Jean Naté en el suelo y dibujé sus iniciales. Luego las encendí. Supuse que ella correría gritando como una chismosa, pero, en lugar de eso, se sentó en el borde de la bañera. Cogió la botella de Jean Naté, hizo un dibujo descabellado en las baldosas y me dijo que lo hiciera de nuevo.

Anna es la única prueba de que nací en esta familia, en lugar de haber sido abandonado en el escalón de la entrada por alguna pareja de Bonnie y Clyde que huyó en la noche. Superficialmente, somos polos opuestos. Debajo de la piel, somos iguales: la gente cree que sabe lo que somos pero siempre se equivoca.

«Que se vayan todos al diablo». Debería tener eso tatuado en la frente, de tantas veces que lo he pensado. Normalmente estoy en tránsito, corriendo en mi jeep hasta que mis pulmones no dan más. Hoy estoy conduciendo a noventa y cinco por la Ruta 95.

Entro y salgo con un movimiento zigzagueante entre los coches, como si cosiera una cicatriz. La gente me grita detrás de sus ventanas cerradas. Yo les enseño el dedo.

Miles de problemas se solucionarían si volcara con el jeep en un terraplén. No es que no lo haya pensado, ¿saben? En mi carné pone que soy donante de órganos, pero la verdad es que podría ser un mártir de órganos. Estoy seguro de que valgo mucho más muerto que vivo, la suma de las partes vale más que el todo. Me pregunto quién podría acabar caminando por ahí con mi hígado, mis pulmones, incluso mis córneas. Me pregunto a qué pobre imbécil le meterían lo que sea que tenga yo que no sea el corazón.

Para mi asombro, siempre salgo sin ningún rasguño. Subo la rampa y conduzco por la avenida Allens. Hay un paso subterráneo en el que sé que puedo encontrar a Duracell Dan. Es un hombre sin casa, veterano de Vietnam, que se pasa la mayoría del tiempo recogiendo pilas que la gente tira a la basura. Qué demonios hace con ellas, no lo sé. Las abre, eso es todo lo que sé. Dice que la CIA esconde mensajes para sus espías en las Energizer doble A, que el FBI los mete en las Eveready.

Dan y yo tenemos un trato: yo le traigo un menú de McDonald's un par de veces a la semana y él me cuida las cosas. Lo encuentro acurrucado sobre el libro de astrología que él considera su manifiesto.

—Dan —digo saliendo del coche y dándole su Big Mac— ¿qué pasa?

Me mira con los ojos entornados.

—La Luna está en el descontrolado Acuario. —Se llena la boca de patatas fritas—. No debí haber salido de la cama.

Si Dan tiene cama, es una novedad para mí.

—Siento oír eso —digo— ¿tienes mis cosas?

Estira la cabeza hacia los barriles detrás de la columna de cemento donde guarda mis cosas. El ácido perclórico birlado del laboratorio del instituto; en otro barril está el aserrín. Levanto la funda de cojín llena, la pongo debajo de mi brazo y la arrastro hasta el coche. Lo encuentro esperando junto a la puerta.

—Gracias.

Se inclina contra el coche; no me dejará subirme.

—Me han dado un mensaje para ti.

Aunque todo lo que sale de la boca de Dan son patrañas, mi estómago da un vuelco.

—¿Quién?

Mira a lo largo de la calle y después vuelve a mirarme a mí.

—Ya sabes —susurra acercándose—. Piénsalo dos veces.

—¿Ése era el mensaje?

Dan asiente con la cabeza.

—Sí. Era eso o bebe dos veces. No puedo estar seguro.

—Ese consejo es el que probablemente siga.

Lo empujo un poco, para entrar en el coche. Es más liviano de lo que piensan, como si todo lo que alguna vez hubo en su interior se hubiera consumido. Con ese razonamiento, es un prodigio que no esté flotando en el cielo.

—Hasta luego —le digo y conduzco hacia el almacén que he estado buscando.

Busco lugares como yo: grandes, vacíos, olvidados por la mayoría de la gente. Éste está en la zona de Olneyville. Alguna vez se usó como instalaciones de almacenamiento de un negocio de exportaciones. Ahora no es mucho más que el hogar de una extendida familia de ratas. Aparco a suficiente distancia para que nadie pueda pensar dos veces en mi coche. Arrastro la funda del cojín hasta meterla debajo de mi abrigo y la saco.

Resulta que he aprendido algo de mi viejo y querido padre después de todo: los bomberos son expertos en llegar a los lugares en los que no deberían estar. No tardo mucho en forzar la cerradura, luego sólo es cuestión de imaginar el lugar por el que quiero empezar. Abro un agujero en el fondo de la funda y dejo que el aserrín dibuje tres iniciales gordas: JBF. Luego cojo el ácido y derramo unas gotas sobre las letras.

Es la primera vez que lo hago a plena luz del día.

Saco un paquete de Merits de mi bolsillo, los aprieto y me pongo uno en la boca. Mi Zippo está a punto de quedarse sin gasolina; tengo que acordarme de comprar. Cuando termino, me pongo en camino, doy una última calada y tiro el cigarro al aserrín. Sé que arderá de prisa, por eso ya estoy corriendo cuando las llamas intentan alcanzarme por detrás. Como todos los demás, buscarán pistas. Pero este cigarro y mis iniciales habrán desaparecido mucho antes. El suelo debajo de ellas se derretirá. Las paredes se torcerán y cederán.

El primer camión llega a la escena justo cuando vuelvo a mi coche y saco los binoculares del salpicadero. Para entonces, el fuego ha hecho lo que yo quería: escapar. Los vidrios han estallado en las ventanas; el humo se levanta negro, como un eclipse.

La primera vez que vi llorar a mi madre tenía cinco años. Estaba parada ante la ventana de la cocina, haciendo como si no estuviera. El sol estaba saliendo, era un nudo hinchado.

—¿Qué haces? —pregunté.

No fue hasta muchos años después que comprendí que había oído mal su respuesta. Que cuando dijo *mourning*,[2] no se refería al momento del día.

El cielo, ahora, está lleno y oscuro de humo. Cae una lluvia de destellos del techo. Un segundo equipo de bomberos llega; sus hombres han sido arrancados de las mesas del comedor, las duchas y los salones de las casas. Con los binoculares puedo distinguir su nombre, brillando en la espalda de su abrigo reversible como si estuviera deletreado en diamantes. Fitzgerald. Mi padre pone las manos sobre una manguera conectada y yo me subo al auto y me alejo conduciendo.

En casa, mi madre sufre un ataque de nervios. Pasa volando por la puerta tan bien pongo el coche en mi sitio para aparcar.

—Gracias a Dios —dice—. Necesito tu ayuda.

Ni siquiera se da la vuelta para ver si la estoy siguiendo, y así me doy cuenta de que se trata de Kate. La puerta del dormitorio de mis hermanas ha sido abierta de una patada; el marco de madera de alrededor está astillado. Mi hermana yace tranquilamente en su cama. Luego, muy repentinamente estalla a la vida,

2. Juego de palabras intraducible: *mourning* («luto», «duelo») se pronuncia casi exactamente igual que *morning* («mañana»). *(N. del t.)*

sacudiéndose como un muñeco con resorte y vomitando sangre. Una mancha se extiende sobre su camisa y su edredón floreado, amapolas rojas donde antes no había.

Mi madre se agacha a su lado, sosteniéndole el cabello y presionando una toalla contra la boca cuando Kate vomita de nuevo otro chorro de sangre.

—Jesse —dice de modo práctico—, tu padre está en una emergencia y no logro dar con él. Necesito que conduzcas hasta el hospital para que pueda sentarme atrás con Kate.

Los labios de Kate están manchados como cerezas. La levanto en brazos. No es más que huesos, ángulos agudos que sobresalen de su piel y su camiseta.

—Cuando Anna se fue corriendo, Kate no me dejaba entrar a su habitación —dice mi madre apresurándose detrás de mí— y luego la oí toser. Tuve que entrar.

«Entonces has roto la puerta de una patada», pienso y no me sorprendo. Llegamos al coche y abre la puerta para que pueda deslizar a Kate adentro. Cojo la carretera y corro más de prisa de lo normal a través de la ciudad, en la autopista, hacia el hospital.

Hoy, cuando mis padres estaban en los juzgados con Anna, Kate y yo mirábamos la tele. Ella quería poner su telenovela y yo la mandé a la mierda y puse en cambio, el canal Playboy codificado. Ahora, mientras me paso los semáforos en rojo, desearía haberla dejado ver esa telenovela. Hago todo lo posible por no mirar por el espejo retrovisor su cara pálida como una pequeña moneda blanca. Pensarán que con todo el tiempo que he tenido para acostumbrarme, estos momentos no deberían impresionarme. La pregunta que no podemos hacer empuja a través de mis venas en cada latido. «¿Es esta vez? ¿Es esta vez? ¿Es esta vez?»

En el minuto que entramos en el camino de entrada al hospital, mi madre ya está fuera del coche, apresurándome para que saque a Kate. Parecemos un cuadro cuando atravesamos las puertas automáticas: yo con Kate sangrando en brazos y mi madre agarrando a la primera enfermera que encuentra.

—Necesita plaquetas —ordena mi madre.

La alejan de mí y, por unos instantes, incluso después de que el equipo de emergencias y mi madre han desaparecido con Kate detrás de las cortinas cerradas, permanezco con los brazos sostenidos, intentando acostumbrarme al hecho de que ya no hay nada en ellos.

El doctor Chance, el oncólogo que conozco, y el doctor Nguyen, un experto que no conozco, nos dicen lo que ya suponíamos: ésos son los síntomas de la agonía, de la etapa final de la disfunción renal. Mi madre permanece junto a la cama, con la mano apretada en el tubo intravenoso de Kate.

—¿Todavía pueden hacerle el trasplante? —pregunta mi madre como si Anna nunca hubiera comenzado el juicio, como si eso no significara absolutamente nada.

—Kate está en un estado clínico bastante grave —le dice el doctor Chance—. Ya le había dicho que no sabía si estaba lo suficientemente fuerte para sobrevivir a una cirugía semejante; ahora, las probabilidades son menores todavía.

—Pero si hubiera un donante —dice— ¿lo haría?

—Espera. —Pensarían que mi garganta se ha atascado con paja ahora mismo—. ¿El mío funcionaría?

El doctor Chance sacude la cabeza.

—Un donante de riñón no necesariamente tiene que ser genéticamente idéntico en un caso ordinario. Pero tu hermana no es un caso ordinario.

Cuando los médicos se van, puedo sentir la mirada de mi madre clavada en mí.

—Jesse —dice.

—No era que me estuviera ofreciendo. Sólo quería saberlo.

Pero en mi interior estoy ardiendo tanto como lo hacía el fuego cuando se encendió el almacén. Pero ¿qué me hizo creer que yo podría valer algo? ¿Qué me hizo pensar que podría salvar a mi hermana cuando no puedo salvarme ni a mí mismo?

Los ojos de Kate se abren y se queda mirándome fijamente. Se lame los labios que todavía están cubiertos de sangre y eso hace que parezca un vampiro. La inmortal. Si así fuera...

Me inclino más cerca, porque ahora no puede hacer que las palabras atraviesen el aire que hay entre nosotros.

—Dile —gesticula con la boca de modo que mi madre no la vea.

Respondo igual de silencioso.

—¿Dile? —quiero asegurarme de que lo he entendido bien.

—Dile a Anna...

Pero la puerta se abre de golpe y mi padre llena la habitación con humo. Su cabello, su ropa y su piel apestan tanto que levanto la vista, esperando que se esparza un poco.

—¿Qué ha sucedido? —pregunta, yendo directo a la cama.

Me escabullo de la habitación porque ya nadie me necesita allí. En el ascensor, frente al letrero de NO FUMAR, enciendo un cigarrillo.

¿Que le diga a Anna qué?

Sara

1990–1991

Por pura casualidad, o tal vez por distribución kármica, las tres clientas de la peluquería estamos embarazadas. Estamos sentadas bajo los secadores, con las manos cruzadas sobre las barrigas como una hilera de budas.

—Los primeros nombres que he elegido son Freedom, Low y Jack —dice la chica sentada a mi lado, que se está tiñendo el pelo de rosa.

—¿Y qué pasa si no es un niño? —pregunta la mujer a mi otro lado.

—Oh, ésos son para cualquiera de los dos.

Escondo una sonrisa.

—Yo voto por Jack.

La chica entorna los ojos y mira a través de la ventana el horrible tiempo.

—Sleet es bonito —dice, ausente, y lo prueba para ver cómo queda—. Sleet, recoge tus juguetes. Sleet, cariño, ven o llegaremos tarde al concierto del tío Tupelo.

Saca de los bolsillos de su mono de embarazada un trozo de papel y un pequeño lápiz y garabatea el nombre.

La mujer me sonríe abiertamente.

—¿Es tu primer bebé?

—El tercero.

—El mío también. Tengo dos varones. Cruzo los dedos.

—Yo tengo un niño y una niña —le digo— cinco y tres años.

—¿Y sabes qué viene esta vez?

Lo sé todo de este bebé, desde su sexo hasta el emplazamiento exacto de sus cromosomas, incluyendo los que la hacen genéticamente idéntica a Kate. Sé exactamente lo que tendré: un milagro.

—Es una niña —respondo.

—¡Oh, qué envidia! Mi marido y yo no lo descubrimos en la ecografía. Pensé que si oía que era otro varón, no pasaría los cinco meses que me quedan. —Apaga el secador y lo empuja hacia atrás—. ¿Has elegido nombres?

Me sorprende no haberlo hecho. Aunque estoy embarazada de nueve meses, aunque he tenido muchos sueños, no he considerado realmente los detalles de este bebé. He pensado en esta hermana sólo en los términos de lo que hará por la suya y lo que ya ha hecho. Ni siquiera he admitido esto ante Brian, que yace cada noche con la cabeza apoyada en mi considerable barriga, esperando las contracciones que anuncien —piensa— a la lanzadora de los Patriots. Luego también, mis sueños no son menos exaltados; planeo que le salve la vida a su hermana.

—Estamos esperando —le digo a la mujer.

A veces, es todo lo que hacemos.

Hubo un momento, el año pasado, después de tres meses de quimioterapia de Kate, que era lo suficientemente estúpida para creer que habíamos superado las probabilidades. El doctor Chance dijo que parecía estar en remisión, y todo lo que teníamos que hacer era prestar atención a lo que viniera luego. Y, por un breve espacio de tiempo, mi vida incluso volvió a la normalidad: llevaba en coche a Jesse a sus entrenamientos de fútbol y ayudaba a Kate con las clases de preescolar e incluso tomaba algún baño caliente para relajarme.

Pero, incluso así, había una parte de mí que sabía que el otro zapato estaba a punto de caerse. Ésa es la parte que revisaba el cojín de Kate cada mañana, incluso después de que su pelo comenzara a crecer de nuevo, con las puntas crespadas y quemadas, sólo por si eventualmente volvía a caérsele. Entonces fuimos al genetista que nos recomendó el doctor Chance. Manipularon un embrión al que los científicos dieron el visto bueno para que fuera genéticamente idéntico a Kate. Tomaron hormonas para fertilización in vitro y concibieron el embrión, por las dudas.

Fue durante una aspiración de médula de rutina cuando supimos que Kate tenía una recaída molecular. Por fuera se veía como cualquier niña de tres años. Por dentro, el cáncer había surgido de nuevo en su sistema, demoliendo el progreso que se había hecho con la quimio.

Ahora, con Jesse en el asiento trasero, Kate está pateando y jugando con un teléfono de juguete. Jesse está sentado a su lado, mirando con avidez por la ventana.

—Mamá, ¿los autobuses se caen encima de la gente?

—¿Como los árboles?

—No, como... sólo encima. —Hace con la mano un movimiento giratorio.

—Sólo si el tiempo es horriblemente malo o si el conductor va demasiado de prisa.

Asiente con la cabeza, aceptando mi explicación para sentirse seguro en este universo. Luego:

—Mamá, ¿tienes un número favorito?

—Treinta y uno —le digo. Es la fecha en que salgo de cuentas—. ¿Y tú?

—Nueve. Porque puede ser un número, la edad que tienes o el seis cabeza abajo. —Hace una pausa para tomar aliento.

—Mamá, ¿tenemos tijeras especiales para cortar carne?

—Tenemos. —Giro a la derecha y conduzco frente a un cementerio, con las lápidas distribuidas delante y detrás como una doble fila de dientes amarillos.

—Mamá, ¿es ahí donde irá Kate?

La pregunta, tan inocente como cualquiera de las otras que Jesse podría preguntar, hace que se me aflojen las piernas. Detengo el coche a un lado y enciendo las luces de emergencia. Luego me desabrocho el cinturón de seguridad y me vuelvo.

—No, Jess —le digo—. Se quedará con nosotros.

* * *

—¿Señor y señora Fitzgerald? —dice el productor—. Aquí es donde los pondremos.

Nos sentamos en el plató del estudio de televisión. Hemos sido invitados porque nuestro bebé es de concepción no ortodoxa. De algún modo, en el esfuerzo por mantener sana a Kate, nos convertimos, sin querer, en la cara visible del debate científico.

Brian me busca la mano cuando somos abordados por Nadya Carter, la reportera del programa de noticias.

—Estamos casi listos. Ya he grabado una introducción sobre Kate. Todo lo que haré será preguntarles un par de cosas y terminaremos antes de que se den cuenta.

Justo antes de que la cámara comience a grabar, Brian se limpia las mejillas con la manga de la camisa. La maquilladora, que está detrás de las luces, gruñe.

—Bien, por Dios santo —me susurra—. No apareceré en la televisión nacional con colorete.

La cámara cobra vida con mucha menos ceremonia de la que esperaba; sólo un pequeño zumbido que me sube por los brazos y las piernas.

—Señor Fitzgerald —dice Nadya— en primer lugar, ¿puede explicarnos por qué han elegido visitar a un genetista?

Brian me mira.

—Nuestra hija de tres años tiene una forma muy agresiva de leucemia. Su oncólogo sugirió que encontráramos un donante de médula ósea, pero su hermano mayor no coincidía genéticamente. Hay un registro nacional, pero cuando aparecieran donantes para Kate, ella tal vez no... estaría. Entonces pensamos que sería una buena idea ver si otro hermano de Kate coincidía con ella.

—Un hermano —dice Nadya— que no existe.

—Todavía no —replica Brian.

—¿Y qué los hizo ir a un genetista?

—El tiempo apremia —digo abruptamente—. No podríamos tener hijos año tras año hasta que uno coincidiera con Kate. El médico estaba en condiciones de analizar los embriones para ver cuál, si es que había alguno, podría ser el donante ideal para Kate. Tuvimos suerte para encontrar uno de cuatro, que fue implantado con inseminación artificial.

Nadya mira sus notas.

—Han recibido manifestaciones en contra, ¿verdad?

Brian asiente con la cabeza.

—La gente parece pensar que estamos intentando hacer un bebé de diseño.

—¿Y no es así?

—No hemos pedido un bebé con ojos azules o uno que creciera hasta un metro noventa de alto o uno que tuviera un cociente intelectual de doscientos. Claro, pedimos características especiales, pero ninguna de ellas podría considerarse rasgos humanos modelo. Son sólo los rasgos de Kate. No queremos un superbebé; sólo queremos salvar la vida de nuestra hija.

Aprieto la mano de Brian. Dios, le amo.

—Señora Fitzgerald, ¿qué le dirá a ese bebé cuando crezca? —pregunta Nadya.

—Con algo de suerte —digo— podré decirle que pare de molestar a su hermana.

Empiezo a parir la noche de Año Nuevo. La enfermera que me cuida intenta distraerme de las contracciones hablando de los signos del zodíaco.

—Será Capricornio —dice Emelda mientras me masajea los hombros.

—¿Eso es bueno?

—Oh, los capricornio hacen bien su trabajo.

Inspirar, exhalar.

—Es... bueno... saberlo —le digo.

Hay otros dos bebés a punto de nacer. Una madre, dice Emelda, tiene las piernas cruzadas.

El bebé de Año Nuevo tiene derecho a paquetes de pañales gratis y a 100 dólares en una cuenta de ahorro del Citizens Bank para su educación universitaria.

Cuando Emelda se va al cuarto de enfermeras y nos deja solos, Brian me aprieta la mano.

—¿Estás bien?

Hago una mueca cuando tengo otra contracción.

—Estaría mejor si hubiera terminado.

Me sonríe. Para un paramédico bombero, un parto rutinario en el hospital no es nada del otro mundo. Si hubiera roto aguas en un accidente de tren o estuviera pariendo en el asiento trasero de un taxi...

—Sé lo que estás pensando —interrumpe, aunque no he dicho una sola palabra en voz alta— y estás equivocada. —Me levanta la mano y me besa los nudillos.

De repente siento como si un ancla se soltara dentro de mí. La cadena, gruesa como un puño, gira en mi abdomen.

—Brian —jadeó—, trae al médico.

Llega mi obstetra y pone las manos entre mis piernas. Levanta la vista hacia el reloj.

—Si puedes esperar un minuto, la niña nacerá famosa — dice, pero yo sacudo la cabeza.

—Sácala —le digo—. Ahora.

El médico mira a Brian.

—¿Deducción de impuestos? —adivina.

Estoy pensando en ahorrar, pero eso no tiene nada que ver con los impuestos. La cabeza del bebé se desliza sobre mi piel. La mano del médico la sostiene, libera su cuello de ese magnífico cordón, saca un hombro y luego el otro.

Me incorporo sobre los codos para mirar qué sucede abajo.

—El cordón umbilical —le recuerdo—. Ten cuidado. —Lo corta, brota sangre hermosa, y se apresura a sacarla de la sala y llevarla a un lugar que estará criogénicamente preservado hasta que Kate esté lista.

El Día Cero del plan pretrasplante de Kate comienza a la mañana siguiente del nacimiento de Anna. Bajo de la sala de maternidad y me encuentro con Kate en radiología. Las dos llevamos trajes de aislamiento amarillos y eso la hace reír.

—Mami —dice— hacemos juego.

Le han dado un cóctel pediátrico para sedarla y, en otras circunstancias, eso hubiera sido gracioso. Kate no puede encontrar su propio pie. Cada vez que se pone de pie, se desploma. Me impresiona pensar que así es como se sentirá cuando coja su primera borrachera con chupitos de melocotón en el instituto o en la universidad, e inmediatamente después me recuerdo a mí misma que puede que Kate nunca llegue a esa edad.

Cuando el radiólogo viene a llevársela a la sala de radioterapia, Kate se coge de mi pierna.

—Cariño —dice Brian— todo va a salir bien.

Ella sacude la cabeza e intenta acercarse. Cuando me agacho se lanza a mis brazos.

—No te quitaré los ojos de encima —prometo.

La sala es grande, con murales de junglas pintados en las paredes. Los aceleradores lineales están construidos dentro del techo y en un hueco debajo de la camilla de tratamiento, que es poco más que una cuna de lona cubierta con una sábana. El radiólogo coloca finas piezas con forma de judías en el pecho de Kate y le dice que no se mueva. Le promete que cuando todo termine, podrá llevarse una pegatina.

Miro fijamente a Kate a través de la pared protectora de vidrio. Rayos gamma, leucemia, paternidad. Son las cosas que no ves venir y que son lo suficientemente fuertes para matarte.

Hay una Ley de Murphy para la oncología, una que no está escrita en ningún lado pero que está sostenida por una creencia extendida: si no te descompones, no mejorarás. Así es que si tu quimio te enferma terriblemente, si la radiación chamusca tu piel, está todo bien. Por el contrario, si te manejas con la terapia rápidamente, con nada más que una náusea o dolor insignificantes, lo más probable es que las drogas no estén haciendo su trabajo.

Siguiendo ese criterio, Kate debería estar absolutamente bien curada en este momento. A diferencia de la quimio del año pasado, esta serie de tratamientos ha cogido a una niña que ni siquiera moqueaba, y la ha convertido en un desastre físico. Tres días de radiación le han causado diarrea constante y ha vuelto a usar pañales. Al principio eso le daba vergüenza, ahora está tan enferma que no le importa. Los cinco días que siguieron a la quimio se le llenó la garganta de mucosidad, lo que la mantiene conectada al tubo de succión como si fuera una garantía de preservación de su vida. Cuando está despierta, todo lo que hace es llorar.

Desde el Día Seis, cuando los leucocitos y neutrófilos de Kate comienzan a caer en picado, ha estado en aislamiento inverso. Cualquier germen del mundo podría matarla; por este motivo, el mundo debe ser mantenido a distancia. Han restringido las visitas y a los que se les permite entrar parecen astronautas, con trajes y máscaras. Kate tiene que leer sus cuentos con guantes de goma. No se permiten plantas ni flores, porque portan bacterias que podrían matarla. Cualquier juego que se le da debe ser limpiado primero con una solución antiséptica. Duerme con su osito de peluche, metido en una bolsa Ziploc que cruje toda la noche y a veces la despierta.

Brian y yo estamos sentados en la antesala, esperando. Mientras Kate duerme, practico poniéndole inyecciones a una naranja. Después del trasplante, Kate necesitará aplicaciones de factor de crecimiento, y la tarea de colocárselas recaerá en mí. Clavo la jeringa debajo de la fina piel de la fruta, hasta que siento el suave tacto del tejido por debajo. La droga que le estaré dando será subcutánea, inyectada apenas bajo la piel. Necesito asegurarme de que el ángulo sea correcto y de que la cantidad de presión que hago sea la adecuada. La velocidad con la que presionas la aguja puede causar más o menos dolor. La naranja, por supuesto, no llora cuando cometo un error. Pero las enfermeras me dicen constantemente que inyectar a Kate no será muy diferente.

Brian levanta una segunda naranja y empieza a pelarla.

—¡Deja eso!

—Tengo hambre. —Señala con la cabeza la fruta que tengo en las manos—. Y tú ya tienes un paciente.

—Sabes que esa naranja es de alguien. Dios sabrá qué le habrán metido.

De repente, el doctor Chance gira la esquina y se nos acerca. Donna, una enfermera del servicio de oncología, camina detrás de él, blandiendo una bolsa intravenosa llena con un líquido carmesí.

—Redoble —dice.

Bajo la naranja, los sigo a la antesala y me visto para entrar y acercarme a tres metros de mi hija. En minutos, Donna acopla la bolsa al polo intravenoso y conecta el suero a la vía central de Kate. Es todo tan distendido que Kate ni siquiera se levanta. Me quedo de pie a uno de los lados, mientras Brian va hacia el otro. Aguanto la respiración. Miro fijamente las caderas de Kate, su cresta ilíaca, donde la médula se fabrica. Por algún milagro, estas células madres de Anna irán por el torrente sanguíneo de Kate desde su pecho, pero encontrarán la manera de llegar al lugar correcto.

—Bien —dice el doctor Chance, y miramos el torrente de sangre que se desliza lentamente a través del tubo como por una pajita de refresco.

Julia

Después dos horas viviendo de nuevo con mi hermana, se me hace difícil creer que alguna vez compartimos un útero. Isobel ya ha organizado mis discos por orden de aparición, ha barrido debajo del sofá y ha metido la mitad de la comida que tenía en la nevera.

—Las fechas son nuestras amigas, Julia —observa—. Aquí tienes yogur de cuando los demócratas mandaban en la Casa Blanca.

Cierro la puerta de un golpe y cuento hasta diez. Pero cuando Izzy se acerca al horno y comienza a buscar los controles de limpieza, pierdo la calma.

—*Sylvia* no necesita una limpieza.

—Ésa es otra cosa: *Sylvia*, el horno; *Smilla*, la nevera. ¿Realmente necesitamos ponerle un nombre a nuestros electrodomésticos?

Mis electrodomésticos de cocina. Míos, no nuestros, maldita sea.

—Estoy empezando a entender por qué Janet rompió contigo —murmuro.

Ante eso, Izzy levanta la vista, herida.

—Eres horrible —dice—. Eres horrible y después de nacer yo deberían haber cosido a mamá y cerrarla. —Corre al baño llorando.

Isobel es tres minutos mayor que yo, pero siempre he sido yo quien la ha cuidado. Soy su bomba nuclear: cuando algo le sienta mal, voy y me deshago de ello, sea uno de nuestros hermanos mayores que la molesta o la maldita Janet, que decidió que ya no era gay después de siete años de relación con Izzy. Mientras crecíamos, ella era la niña buena y formalita y yo era la que me metía en líos, aparecía con la cabeza afeitada para provocar a nuestros padres o llevando botas militares con el uniforme del instituto. Ahora que tengo treinta y dos, soy miembro con carné del club de la Rat Race, mientras que Izzy es una lesbiana que vende joyas hechas con clips y tornillos. Imagínense.

La puerta del baño no se cierra pero Izzy no lo sabe. Entonces entro y espero hasta que termine de enjuagarse la cara con agua fría y le alcanzo una toalla.

—Iz, no quise decir eso.

—Lo sé. —Me mira por el espejo. La mayoría de la gente no podría decir que tengo un trabajo real que requiere un peinado convencional y ropa convencional.

—Al menos tú has tenido una relación —señalo—. La última vez que tuve una cita fue cuando compré ese yogur.

Los labios de Izzy se curvan y se vuelve hacia mí.

—¿El sanitario tiene nombre?

—Pensé que podría ser *Janet* —digo, y mi hermana se parte de risa.

Suena el teléfono y voy a la sala para cogerlo.

—¿Julia? Habla el juez DeSalvo. Tengo un caso que requiere un tutor ad litem y esperaba que estuvieras disponible para ayudarme.

Me convertí en tutora ad litem hace un año, cuando me di cuenta de que el trabajo sin ánimo de lucro no me daba para pagar el alquiler. La corte nombra a un GAL para ser el defensor de un niño durante los procedimientos legales que implican a un menor. No es necesario ser abogado para ser instruido como tal, pero sí tienes que tener una especie de brújula moral y corazón. Lo cual, probablemente, descalifica para dicho trabajo a la mayoría de los abogados.

—¿Julia? ¿Estás ahí?

Daría volteretas por el juez DeSalvo; él movió los hilos para conseguirme un trabajo apenas me hice GAL.

—Lo que sea que necesite —prometo—. ¿Qué sucede?

Me da información de los antecedentes: conceptos como «emancipación médica» «trece» y «madre con historial legislativo» me flotan en la cabeza. Sólo dos cosas se fijan rápidamente: la palabra «urgente» y el nombre del abogado.

Dios, no puedo hacerlo.

—Puedo estar ahí en una hora —digo.

—Bien. Porque creo que esa niña necesita que alguien esté muy cerca de ella.

—¿Quién era? —pregunta Izzy. Está desempaquetando la caja que contiene sus instrumentos de trabajo: herramientas, alambre y pequeños contenedores de trocitos de metal, que cuando los suelta, suenan como dientes rechinando.

—Un juez —respondo—. Hay una niña que necesita ayuda.

Lo que no le digo a mi hermana es que estoy hablando de mí misma.

No hay nadie en casa de los Fitzgerald. Llamo al timbre dos veces, segura de que ha de haber un error. Por lo que me hizo creer el juez DeSalvo, esta familia está en crisis. Pero me encuentro de pie frente a un bien cuidado parterre, con flores cuidadosamente alineadas delineando el camino.

Cuando me doy la vuelta para volver al coche, veo a la niña. Todavía tiene ese aspecto desgarbado, parecido a un cachorro, que tienen los preadolescentes. Salta sobre cada grieta de la acera.

—Hola —digo cuando está lo suficientemente cerca para oírme—. ¿Eres Anna?

Levanta la barbilla.

—Es posible.

—Soy Julia Romano. El juez DeSalvo me pidió que fuera tu tutora ad litem. ¿Te ha explicado qué es eso?

Anna entrecierra los ojos.

—Había una chica en Brockton que fue secuestrada por

alguien que dijo que la madre le había pedido que la recogiera y la llevara adonde ella trabajaba.

Hurgo en mi bolsa y saco el carné de conducir y un montón de papeles.

—Toma —digo—.

Me echa una mirada y luego mira la foto infernal del carné; lee la copia de la demanda de emancipación que recogí en el juzgado de familia antes de venir aquí. Si soy una asesina psicópata, entonces he hecho bien el trabajo. Pero hay una parte de mí que todavía hace que Anna se muestre cautelosa: no es una niña que se precipite en sus decisiones. Si está pensando largo y tendido en marcharse conmigo, presumiblemente debe haber pensado largo y tendido en soltarse de la red de su familia.

Me devuelve todo lo que le he dado.

—¿Dónde están todos? —pregunta.

—No lo sé. Pensaba que tú podrías decírmelo.

La mirada de Anna se desliza hacia la puerta principal, nerviosa.

—Espero que no le haya pasado nada a Kate.

Inclino la cabeza, evaluando a la niña, que ya ha logrado sorprenderme.

—¿Tienes tiempo para hablar? —pregunto.

Las cebras son la primera parada en el zoológico Roger Williams. De todos los animales de la sección de África, siempre han sido mis favoritas. Los elefantes ni me van ni me vienen; nunca puedo encontrar a los chimpancés, pero las cebras me cautivan. Serían una de las pocas cosas que encajarían si tuviéramos la suerte de vivir en un mundo en blanco y negro.

Pasamos a los antílopes azules, los antílopes bongo y algo llamado topo-rata que no sale de su cueva. A menudo traigo a los niños al zoológico cuando me asignan sus casos. A diferencia de cuando nos sentamos cara a cara en la sala de justicia, o incluso en el Dunkin' Donuts, en el zoológico es más probable que se abran a mí. Miran a los gibones balanceándose por ahí como gimnastas olímpicos y comienzan a hablar de lo que pasa en casa, sin darse cuenta siquiera de que lo están haciendo.

Anna, sin embargo, es mayor que todos los niños con los que he trabajado y está menos encantada de estar aquí. Pensándolo mejor, me doy cuenta de que fue una mala elección. Debería haberla llevado a un centro comercial o al cine.

Caminamos por el sendero serpenteante del zoológico, y Anna habla sólo cuando se ve forzada a responder. Contesta con formalidad cuando hago preguntas sobre la salud de su hermana. Dice que su madre es, además, la abogada de la parte contraria. Me da las gracias cuando le compro un helado.

—Dime qué te gusta hacer —digo— para divertirte.

—Jugar al hockey —dice Anna—. Solía ser portera.

—¿Solías?

—Cuanto más grande eres, el entrenador menos te perdona si no vas a un partido. —Se encoge de hombros—. No me gusta dejar a todo el equipo plantado.

«Interesante manera de exponerlo», pienso.

—¿Tus amigos todavía juegan?

—¿Amigos? —Sacude la cabeza—. No puedes invitar a nadie a casa cuando tu hermana necesita descansar. No te invitan a dormir fuera de casa cuando tu madre te recoge a las dos de la mañana para ir al hospital. Es probable que haya pasado bastante desde que fuiste al instituto, pero la mayoría de la gente piensa que la condición de fenómeno es contagiosa.

—Entonces, ¿con quién sí hablas?

Me mira.

—Kate —dice. Luego me pregunta si tengo móvil.

Saco uno de la cartera y la veo marcar el número del hospital de memoria.

—Estoy buscando a una paciente —dice Anna a la telefonista—. Kate Fitzgerald. —Levanta la mirada hacia mí—. Gracias de todos modos. —Presionando los botones, me lo devuelve—. Kate no está registrada.

—Eso es bueno, ¿no?

—Sólo podría querer decir que el papeleo no ha llegado aún a la telefonista. A veces tarda un par de horas.

Me inclino contra la verja cercana a los elefantes.

—Pareces bastante preocupada por tu hermana en este

momento —señalo—. ¿Estás segura de que estás lista para afrontar lo que pasará si dejas de ser donante?

—Sé lo que pasará. —La voz de Anna es baja—. Nunca dije que me gustara.

Levanta la cara hacia mí, desafiándome a que le ponga reparos.

La miro durante un minuto. ¿Qué haría yo si descubro que Izzy necesita un riñón o parte de mi hígado o médula? La respuesta ni siquiera es discutible: preguntaría con qué rapidez podemos ir al hospital y hacerlo.

Pero entonces, hubiera sido mi elección, mi decisión.

—¿Alguna vez tus padres te preguntaron si querías ser donante de tu hermana?

Anna se encoge de hombros.

—Algo así. De la manera en que los padres hacen las preguntas que ya han respondido en sus cabezas. «Tú no eras el motivo por el que todo el segundo grado se quedó sin salir al recreo, ¿no?». O «Quieres más brócoli, ¿verdad?».

—¿Alguna vez les dijiste a tus padres que no estabas cómoda con la elección que hicieron por ti?

Anna se aleja de los elefantes y comienza a subir la colina.

—Debo haberme quejado un par de veces. Pero también son los padres de Kate.

Pequeñas fichas del puzzle empiezan a unirse para mí. Tradicionalmente, los padres toman decisiones por un niño o una niña, porque supuestamente buscan lo mejor para sus intereses. Pero si están cegados por los intereses de otro de sus hijos, el sistema se colapsa. Y, en algún lugar, por debajo de los escombros, hay víctimas como Anna.

La pregunta es: ¿Ha instigado ella este juicio porque verdaderamente siente que puede tomar mejores decisiones sobre su propio cuidado médico que lo que pueden hacerlo sus padres o porque quiere que sus padres la escuchen por una vez que llora?

Acabamos frente a los osos polares, Trixie y Norton. Por primera vez desde que llegamos aquí, la cara de Anna se enciende. Mira a Kobe, el cachorro de Trixie, la nueva adquisición del zoológico. Aplasta a su madre que yace en una roca, intentando que juegue.

—La última vez que hubo un cachorro de oso polar —dice Anna— lo dieron a otro zoológico.

Tiene razón. Los recuerdos de los artículos en el *ProJo* nadan en mi memoria. Fue un gran movimiento de relaciones públicas para Rhode Island.

—¿Crees que se pregunta qué ha hecho para que lo hayan mandado lejos?

Estamos preparados, como tutores ad litem, para ver los signos de la depresión. Sabemos cómo leer el lenguaje corporal, el comportamiento llano y los cambios de humor. Las manos de Anna están apretadas alrededor de la verja de metal. Sus ojos se apagan como el oro viejo.

«O esta niña pierde a su hermana —pienso— o se perderá a sí misma.»

—Julia —pregunta—, ¿te gustaría que nos fuéramos a casa?

Cuanto más nos acercamos a su casa, más se aleja Anna de mí. Un truco bastante ingenioso, dado que el espacio físico que nos separa permanece inalterado. Se encoge contra la ventana de mi coche, mirando las calles que vamos pasando.

—¿Qué viene ahora?

—Hablaré con todos los demás. Tu madre y tu padre, tu hermano y tu hermana. Tu abogado.

Ahora un jeep destartalado está estacionado en el camino de entrada y la puerta principal de la casa está abierta. Giro la llave de encendido, pero Anna no se mueve para quitarse el cinturón de seguridad.

—¿Entrarás conmigo?

—¿Por qué?

—Porque mi madre va a matarme.

Esta Anna —genuinamente de comedia— tiene una pequeña semejanza con la que he pasado la última hora. Me pregunto cómo una niña puede ser lo suficientemente valiente para provocar un juicio y al mismo tiempo tener miedo de enfrentarse a su propia madre.

—¿Cómo es eso?

—Hoy me fui todo el día sin decirle adónde iba.

—¿Lo haces muy a menudo?

Anna sacude la cabeza.

—Generalmente, hago lo que se me dice.

Bueno, ya que tendré que hablar con Sara Fitzgerald tarde o temprano, salgo del coche y espero que Anna haga lo mismo. Recorremos el camino principal, flanqueadas por unos cuidados setos, y atravesamos la puerta de entrada.

Ella no es el enemigo que me había construido en la imaginación. Ante todo, la madre de Anna es más baja que yo y más delgada. Tiene el cabello oscuro, ojos absortos y se está paseando de un lado a otro. En el momento en que la puerta cruje y se abre, corre hacia Anna.

—Por el amor de Dios —llora, sacudiendo a su hija por los hombros—, ¿dónde has estado? ¿Te haces alguna idea...?

—Disculpe señora Fitzgerald. Me gustaría presentarme. —Doy un paso adelante, extendiendo la mano—. Soy Julia Romano, la tutora ad litem nombrada por el juzgado.

Desliza el brazo alrededor de Anna, en una forzada demostración de ternura.

—Gracias por traer a Anna a casa. Estoy segura de que tiene mucho que discutir con ella, pero justo ahora...

—En realidad esperaba poder hablar con usted. Me han pedido en el juzgado que presente mi informe en menos de una semana, así es que si tuviera un par de minutos...

—No los tengo —dice Sara abruptamente—. Ahora es realmente un mal momento. Mi otra hija acaba de ser reingresada en el hospital.

Mira a Anna, que todavía está de pie en la entrada de la cocina, como diciendo: «Espero que estés contenta».

—Lamento oír eso.

—Yo también —Sara se aclara la garganta—. Aprecio que haya venido a hablar con Anna. Y sé que sólo está haciendo su trabajo. Pero esto se resolverá. Es un malentendido. Estoy segura de que el juez DeSalvo se lo dirá en un día o dos.

Da un paso hacia atrás, desafiándome —y desafiando a Anna— a decir lo contrario. Miro a Anna, que ve que la miro y mueve imperceptiblemente la cabeza, a modo de ruego para que lo deje pasar por ahora.

¿A quién está protegiendo? ¿A su madre o a sí misma?

Una bandera roja se desenmaraña en mi mente: «Anna tiene trece años. Anna vive con su madre. La madre de Anna es la abogada de la parte opuesta. ¿Cómo puede ser posible que Anna viva en la misma casa y no sea influenciada por Sara Fitzgerald»?

—Anna, te llamo mañana. —Luego, sin decir adiós a Sara Fitzgerald, me voy de la casa y me dirijo al único lugar en el mundo al que nunca hubiera querido ir.

Las oficinas de Campbell Alexander son exactamente como me las había imaginado: en la cima de un edificio revestido de vidrio negro, al final de un vestíbulo cruzado por una alfombrilla persa, con dos pesadas puertas de caoba que mantienen alejada a la chusma. Sentada en el escritorio gigante de la recepción, hay una chica con rasgos de porcelana y un auricular de teléfono escondido bajo su melena. La ignoro y camino directamente hacia la única puerta cerrada.

—¡Oye! —grita—, ¡no puedes entrar ahí!

—Me espera —digo.

Campbell no levanta la vista de lo que sea que está escribiendo con mucha furia. Tiene las mangas de la camisa arremangadas hasta los codos. Necesita un corte de pelo.

—Kerri —dice—, mira a ver si puedes encontrar una trascripción de Jenny Jones sobre mellizos idénticos que no se supiera que...

—Hola Campbell.

Primero, deja de escribir. Luego, levanta la cabeza.

—Julia. —Se pone de pie como un niño de colegio atrapado en un acto indecente.

Entro y cierro la puerta detrás de mí.

—Soy la tutora ad litem asignada al caso de Anna Fitzgerald.

Un perro en el que no me había fijado hasta ahora se coloca al lado de Campbell.

—He oído que has ido a la facultad de derecho.

Harvard. Con una beca completa.

Me sonríe y de repente tengo diecisiete años otra vez, el año en que me di cuenta de que el amor no respeta las reglas, el año que comprendí que nada tiene más valor que lo que es inalcanzable.

—Providence es un lugar bastante pequeño... Esperaba... —su voz se arrastra y sacude la cabeza—. Bueno, pensé que seguro nos encontraríamos antes.

—No es tan difícil evitar a alguien cuando quieres —respondo fríamente—. Tú deberías saberlo mejor que nadie.

Campbell

Estoy extraordinariamente tranquilo, en realidad, hasta que el director de la Ponaganset High School empieza a darme una lección de corrección política.

—Por el amor de Dios —petardea— ¿qué clase de mensaje ofrece el hecho de que un grupo de estudiantes aborígenes llame a su liga interna de básquet Los Blanquitos?

—Me imagino que el mismo que dieron ustedes cuando eligieron Caciques como lema de su escuela.

—Hemos sido los Caciques de Ponaganset desde 1970 —argumenta el director.

—Sí, y ellos han sido miembros de la tribu Narragansett desde que nacieron.

—Es despectivo. Y políticamente incorrecto.

—Desafortunadamente —señalo— no puede demandarse a una persona por incorrección política o debería haber presentado la citación judicial hace años. Sin embargo, por otro lado, la Constitución protege diversos derechos individuales de los americanos, incluyendo a los aborígenes: uno de reunirse en asamblea y otro de expresarse libremente, lo que supone que Los Blanquitos tendrían garantizado su permiso para reunirse incluso si su ridícula amenaza de juicio llega a prosperar. En ese aspecto, usted puede considerar una acción de clase contra la humanidad en general, a partir de que seguramente querría también aplastar el racismo inherente que está implícito en la Casa Blanca, las Montañas Blancas y las Páginas Blancas.

Hay un silencio mortal al otro lado del teléfono.

—¿Asumiría, entonces, que puedo decirle a mi cliente que después de todo usted no tiene pensado querellarse?

Después de colgarme el teléfono, presiono el botón intercomunicador.

—Kerri, llama a Ernie Fishkiller y dile que no tiene de qué preocuparse.

Mientras me acomodo bajo la montaña de trabajo que hay en mi escritorio, alcanzo a ver a Juez. Está dormido, acurrucado como una alfombrilla enrollada a la izquierda de mi escritorio. Su pata se sacude.

Eso es vida, me dijo ella, mientras mirábamos a un cachorro persiguiéndose su propia cola. Eso es lo que quiero ser la próxima vez que nazca.

Yo me reí. Acabarías como un gato, le dije. Ellos no necesitan a nadie.

Yo te necesito a ti, replicó.

Bueno, dije. Tal vez yo volvería como una planta.

Me aprieto los ojos con los pulgares. Evidentemente, no estoy durmiendo lo suficiente; primero fue ese momento en la cafetería y ahora esto. Frunzo la frente hacia Juez, como si fuera su culpa, y después dirijo la atención a unas notas que he tomado en mi bloc. Cliente nuevo: un distribuidor de droga pillado por el demandante en un vídeo. No hay manera de evitar la condena, a menos que el hombre tenga un mellizo idéntico que su madre ha mantenido en secreto.

Lo cual, pensándolo bien...

La puerta se abre y sin levantar la vista, disparo una orden a Kerri.

—Kerri, fíjate si puedes encontrar alguna transcripción de Jenny Jones sobre mellizos idénticos que no se supiera que...

—Hola, Campbell.

Me estoy volviendo loco, definitivamente me estoy volviendo loco. Porque a menos de un metro y medio de distancia está Julia Romano, a quien no he visto en quince años. Tiene el pelo más largo, y unas finas líneas encierran su boca, paréntesis alrededor de un tiempo de palabras que no estaba ahí para escuchar.

—Julia —logro decir.

Cierra la puerta y con el sonido Juez salta sobre sus patas.

—Soy la tutora ad litem asignada al caso de Anna Fitzgerald —dice.

—Providence es un lugar bastante pequeño... Esperaba... Bueno, pensé que seguro que nos encontraríamos antes.

—No es tan difícil evitar a alguien cuando quieres —responde—. Tú deberías saberlo mejor que nadie.

Luego, de repente, su enfado parece evaporarse.

—Lo siento. Eso estuvo absolutamente fuera de lugar.

—Ha sido mucho tiempo —replico, cuando lo que en realidad quiero es preguntarle qué ha estado haciendo los últimos quince años. Si todavía toma té con leche y limón. Si es feliz.

—Tu pelo ya no es rosa —digo porque soy un idiota.

—No, no lo es —responde—. ¿Hay algún problema?

Me encojo de hombros.

—Es sólo que... bueno... —¿Dónde están las palabras cuando las necesitas?—. Me gustaba el rosa —confieso.

—Tendía a menoscabar mi autoridad en los juzgados —admite Julia.

Eso me hace sonreír.

—¿Desde cuándo te importa lo que la gente piense de ti?

No responde, pero algo cambia. La temperatura de la habitación o tal vez el muro que aparece en sus ojos.

—Tal vez, en vez de recordar el pasado, deberíamos hablar de Anna —sugiere diplomáticamente.

Asiento con la cabeza. Pero se siente como si estuviéramos en el asiento estrecho de un autobús con un extraño entre nosotros, uno que ninguno de los dos quiere mencionar ni admitir, y entonces nos encontramos hablando sobre él y espiando cuando el otro no está mirando. ¿Cómo se supone que tengo que pensar en Anna Fitzgerald cuando me estoy preguntando si Julia se ha despertado alguna vez en los brazos de alguien, y por un momento, antes de que el sueño se le fuera del todo, creyó que era yo?

Juez siente la tensión, se levanta y se coloca a mi lado. Julia parece notar por primera vez desde que entró que no estamos solos en la sala.

—¿Tu compañero?

—Sólo un socio —digo—. Pero tiene educación.

Sus dedos rascan a Juez detrás de la oreja —maldito bastardo con suerte— y con una mueca le pido que pare.

—Es un perro de asistencia. Se supone que no debe ser acariciado.

Julia levanta la vista, sorprendida. Pero antes de que pueda preguntar, cambio de conversación.

—Entonces Anna...

Juez me empuja la mano con la nariz.

Ella se cruza de brazos.

—Fui a verla.

—¿Y?

—Los niños de trece años son fuertemente influenciados por sus padres. Y la madre de Anna parece estar convencida de que este juicio no se llevará a cabo. Tengo la sensación de que puede estar intentando convencer a Anna también.

—Puedo ocuparme de eso —digo.

Ella me mira.

—¿Cómo?

—Haré que Sara Fitzgerald sea alejada de la casa.

Su mandíbula cae.

—Estás bromeando, ¿verdad?

Ahora, Juez ha comenzado a tirarme de la ropa en serio. Cuando no respondo, ladra dos veces.

—Bueno, creo que no es mi cliente quien debe ser alejada. Ella no ha violado las órdenes del juez. Conseguiré una orden de restricción temporal para que Sara Fitzgerald se abstenga de tener cualquier contacto con ella.

—¡Campbell, es su madre!

—Esta semana es la abogada de la parte contraria, y si está

perjudicando a mi cliente de alguna forma, es necesario que se le ordene que no lo haga.

—Tu cliente tiene un nombre, una edad y un mundo que se le está desmoronando: lo último que necesita es más inestabilidad en su vida. ¿Te has molestado siquiera en conocerla?

—Claro que lo hice —miento, mientras Juez aúlla a mis pies.

Julia le echa una mirada.

—¿Le pasa algo a tu perro?

—Está bien. Mira. Mi trabajo es proteger los derechos legales de Anna y ganar el caso, y eso es exactamente lo que haré.

—Claro que lo harás. No necesariamente porque sea en beneficio de Anna... sino en el tuyo. Qué irónico resulta que una niña que quiere dejar de ser utilizada en beneficio de otra persona acabe eligiendo tu nombre en las páginas amarillas.

—No sabes nada de mí —digo apretando la mandíbula.

—Bueno, ¿y quién tiene la culpa de eso?

Demasiado para no traer a colación el pasado. Un escalofrío me recorre a lo largo y cojo a Juez por el collar.

—Discúlpame —digo y camino hacia la puerta de la oficina, dejando a Julia por segunda vez en mi vida.

En realidad, la Wheeler School era una fábrica que producía debutantes y futuros inversores bancarios en grandes cantidades. Parecíamos todos iguales y hablábamos del mismo modo. Para nosotros, verano era un verbo.

Había estudiantes, claro, que rompían ese molde. Como algunos chicos becados, con los cuellos de las camisas levantados y que sabían pelear, que nunca se daban cuenta de que estando todos juntos éramos conscientes de que no eran uno de los nuestros. Estaban las estrellas, como Tommy Boudreaux, que fue fichado por la Detroit Redwings en su primer año. O los casos psicológicos, que trataban de cortarse las muñecas o mezclar bebidas alcohólicas con valium y después dejaban el campus tan silenciosamente como habían vagado por él.

Estaba en el sexto año cuando Julia Romano llegó a Wheeler. Llevaba botas militares y una camiseta de Cheap Trick bajo el blazer de la escuela; era capaz de memorizar sonetos enteros sin ningún problema. Durante los ratos libres, mientras el resto de nosotros nos las arreglábamos para fumar a espaldas del director, ella trepaba por la escalera al tejado del gimnasio, se sentaba con la espalda contra el tubo de la ventilación y leía libros de Henry Miller y Nietzsche. A diferencia de otras chicas de la escuela, con sus suaves cascadas de cabello rubio atado en una cola, el suyo era un tornado de rizos negros y nunca se maquillaba; sólo esos rasgos angulosos, tómalo o déjalo. Tenía el piercing más delgado que he visto, un filamento de plata en la ceja izquierda. Olía como una masa fresca fermentando.

Corrían rumores sobre ella, que la habían echado a patadas de una escuela-reformatorio para chicas, que era una especie de genio con una puntuación perfecta en el Examen Preliminar de Valoración Académica, que era dos años más joven que todos los de la clase, que tenía un tatuaje. Nadie sabía realmente qué hacer con ella. La llamaban Fenómeno porque no era uno de los nuestros.

Un día, Julia Romano llegó al colegio con el cabello corto y rosa. Todos asumimos que sería suspendida, pero resultó que entre las reglas sobre qué debía uno llevar en Wheeler, la peluquería estaba notablemente ausente. Eso hizo que me preguntara por qué ni un solo chico en la escuela tenía rastas y me di cuenta de que no era porque no pudiésemos destacarnos; era porque no queríamos.

En el almuerzo de ese día, ella pasó al lado de la mesa en la que estaba sentado con un grupo de chicos del equipo de remo y algunas de sus novias.

—Oye —dijo una de las chicas— ¿te dolió?

Julia caminó más despacio.

—¿El qué?

—Caerte en la máquina de algodón de azúcar.

Ella ni siquiera parpadeó.

—Lo siento, yo no puedo pagar un corte de pelo en Lavar, Cortar y Chupar.

Luego caminó hacia el rincón de la cafetería donde siempre comía sola, haciendo solitarios con un mazo de cartas que tenían dibujos de santos al dorso.

—Mierda —dijo uno de mis amigos— ésa es una chica con la que no me juntaría.

Me reí, porque cualquier otro lo haría. Pero yo también la miré sentarse, empujar la bandeja de comida y empezar a echar cartas. Me pregunté cómo sería que no te importara un comino lo que la gente piense de ti.

Una tarde me ausenté del equipo de vela del que era capitán y la seguí. Me aseguré de estar lo suficientemente lejos detrás de ella para que no pudiera darse cuenta de mi presencia. Bajó por el Blackstone Boulevard, giró hacia el cementerio Swan Point y subió hasta el punto más alto. Abrió la mochila, sacó los libros de texto y la carpeta y se desparramó frente a una tumba.

—Puedes salir —dijo entonces, y casi me trago la lengua esperando un fantasma, hasta que me di cuenta de que me hablaba a mí.

—Si pagas unos dólares extra, puedes incluso mirar de cerca.

Di un paso y salí de detrás de un roble grande, con las manos en los bolsillos. Ahora que estaba ahí, no tenía idea de por qué había ido. Señalé la tumba con la cabeza.

—¿Un pariente?

Miró por encima del hombro.

—Sí. Mi abuela se sentó junto a él en el Mayflower. —Me miró fijamente, con todos sus ángulos y bordes perfectos—. ¿No tienes ningún partido de cricket al que ir?

—Polo —dije sonriendo—. Estoy esperando a mi caballo.

No entendió la broma... o tal vez no le hizo gracia.

—¿Qué quieres?

No podía admitir que la estaba siguiendo.

—Ayuda —dije—. Deberes.

En realidad ni siquiera había mirado los trabajos pendientes de inglés. Agarré un papel de arriba de todo de su carpeta y leí en voz alta: «Te encuentras con un horrible accidente en el que han chocado cuatro coches. Hay gente gimiendo de dolor y cuerpos esparcidos. ¿Tienes la obligación de parar»?

—¿Por qué debería ayudar? —dijo.

—Bueno, legalmente, no deberías. Si tiras de alguien para sacarlo y le haces más daño, podrías ser demandada.

—Quería decir por qué debería ayudarte a ti.

El papel cayó suavemente al suelo.

—No piensas mucho en mí, ¿no?

—No pienso en ninguno de ustedes, punto. Son una pandilla de idiotas superficiales que ni muertos tendrían nada con alguien diferente de ustedes mismos.

—¿No es eso también lo que estás haciendo tú?

Me miró fijamente durante un largo segundo. Luego comenzó a meter de nuevo las cosas en su mochila.

—Tienes un fondo de inversión, ¿verdad? Si necesitas ayuda, ve a pagarle a un tutor.

Apoyé el pie sobre la tapa de un libro de texto.

—¿Lo harías?

—¿Ser tutora tuya? De ningún modo.

—No. Lo del accidente de coche.

Dejó las manos quietas.

—Sí. Porque, incluso aunque la ley diga que nadie es responsable de otra persona, ayudar a alguien que lo necesita es hacer lo correcto.

Me senté a su lado, lo suficientemente cerca para que la piel de su brazo zumbara exactamente junto a la mía.

—¿Realmente crees eso?

Bajó la vista a su falda.

—Sí.

—Entonces, ¿cómo —pregunté— puedes dejarme?

Me seco la cara con toallitas de papel y me arreglo la corbata. Juez se pasea en pequeños círculos a mi lado, del modo en que siempre lo hace.

—Bien hecho —le digo, palmeándole el cuello.

Cuando vuelvo a mi despacho, Julia se ha ido. Kerri está sentada en el ordenador en un raro momento de productividad, tecleando.

—Dijo que si la necesitabas, sabrías encontrarla puñeteramente bien. Son sus palabras, no las mías. Y preguntó por el historial médico. —Kerri me mira por encima del hombro—. Tienes muy mal aspecto.

—Gracias —un post-it naranja en su escritorio me llama la atención—. ¿Es aquí a donde quiere que le mandemos el historial?

—Sí.

Deslizo la dirección en mi bolsillo.

—Yo me ocupo —digo.

Una semana más tarde, frente a la misma tumba, le desaté las botas militares a Julia Romano. Le quité el abrigo de camuflaje. Sus pies eran pequeños y tan rosados como el interior de un tulipán. Su clavícula era un misterio.

—Sabía que eras hermosa ahí debajo —dije, y fue el primer lugar donde la besé.

Los Fitzgerald viven en Upper Darby, en una casa que podría pertenecer a cualquier familia americana típica. Garaje para dos coches, revestimiento de aluminio, pegatinas de Totfinder* en las ventanas para los bomberos. Cuando llegué allí, el sol se escondía detrás de la línea del tejado.

Durante todo el camino, he intentado convencerme a mí mismo de que lo que Julia dijo no influyó en nada para que decidiera visitar a mi cliente. Es que planeaba tomar este pequeño desvío antes de dirigirme a casa.

Pero la verdad es que, en todos los años que llevo ejerciendo, es la primera vez que hago una visita domiciliaria.

Anna abre la puerta cuando toco el timbre.

—¿Qué estás haciendo aquí?

—Haciendo averiguaciones sobre ti.

—¿Eso se paga aparte?

—No —digo secamente—. Es parte de una promoción especial que estoy haciendo este mes.

—Oh. —Se cruza de brazos—. ¿Has hablado con mi madre?

—Intento hacer todo lo posible para evitarlo. ¿Supongo que no está en casa?

* Las pegatinas Totfinder se colocan en las ventanas y las puertas de las habitaciones de los niños de la casa para guiar a los bomberos en las tareas de rescate. *(N. de la ed.)*

Anna sacude la cabeza.

—Está en el hospital. Kate ha sido ingresada de nuevo. Pensé que habrías ido para allá.

—Kate no es mi cliente.

Eso parece decepcionarla. Se mete el pelo detrás de las orejas.

—¿Quieres pasar?

La sigo por la sala y me siento en el sofá, una paleta de alegres rayas azules. Juez huele los bordes de los muebles.

—Me he enterado de que has conocido a tu tutora ad litem.

—Julia. Me llevó al zoológico. Parece simpática. —Clava los ojos en los míos—. ¿Ha dicho algo de mí?

—Está preocupada de si tu madre te habla del caso.

—Aparte de Kate —dice Anna—, ¿de qué más quieres hablar?

Nos miramos fijamente un momento. Más allá de la relación cliente abogado, estoy perdido.

Podría pedirle que me enseñara su habitación, excepto que no hay forma de que un abogado defensor pueda subir a solas con una niña de trece años a su habitación. Podría llevarla a cenar fuera, pero dudo de que aprecie el Café Nuevo, uno de mis sitios favoritos y no creo que soporte un Whopper. Podría preguntarle por la escuela, pero no tiene clases.

—¿Tienes hijos?

Me río.

—¿Tú qué crees?

—Probablemente sea algo bueno —admite—. Sin ánimo de ofender, pero no tienes mucha pinta de padre.

Eso me fascina.

—¿Qué pinta tienen los padres?

Parece pensarlo.

—¿Sabes el muchacho de la cuerda floja en el circo que quiere que todos crean que su acción es arte, pero que en el fondo puedes ver que sólo espera hacer el recorrido? Como eso. —Me lanza una mirada—. Puedes relajarte, sabes. No te ataré ni te haré escuchar rap.

—Oh, bien —bromeo—. En ese caso... —Me aflojo la corbata y me recuesto sobre los cojines.

Eso hace asomar brevemente un atisbo de sonrisa en su cara.

—No tienes que fingir que eres mi amigo ni nada por el estilo.

—No lo pretendo. —Me paso la mano por el pelo—. La cuestión es que esto es nuevo para mí.

—¿El qué?

Hago un gesto señalando la sala.

—Visitar a un cliente. Darle a la lengua. No dejar un caso en la oficina al final del día.

—Bueno, para mí esto también es nuevo.

—¿El qué?

Se enrosca un mechón de pelo alrededor del dedo meñique.

—La esperanza —dice.

La parte de la ciudad en la que está el apartamento de Julia es una zona exclusiva con reputación para los divorciados solteros, lo que siempre me irrita cuando intento encontrar un sitio para aparcar. Luego el portero nos mira a Juez y a mí y nos bloquea el paso.

—No se permiten perros —dice—. Lo siento.

—Éste es un perro de asistencia. —Cuando parece que eso no hace sonar su campana, se lo deletreo—. Ya sabe, como *Seeing Eye*.

—Usted no parece ciego.

—Soy un alcohólico en recuperación —le digo—. El perro se interpone entre la cerveza y yo.

El apartamento de Julia está en el séptimo piso. Toco a la puerta y luego veo un ojo controlándome por la mirilla. Abre de golpe, pero deja la cadena puesta. Tiene un pañuelo envuelto alrededor de la cabeza y parece que hubiera estado llorando.

—Hola —digo—. ¿Podemos empezar de nuevo?

Se seca la nariz.

—¿Quién carajo eres tú?

—Bueno. Tal vez me lo merezca. —Echo una ojeada a la cadena—. Déjame entrar, ¿quieres?

Me mira como si estuviera loco o algo así.

—¿Estás bajo los efectos del crack?

Se oye un ruido y otra voz y luego la puerta se abre del todo, y pienso tontamente: «*Hay dos de ella*».

—Campbell —dice la Julia real—, ¿qué estás haciendo aquí?

Sostengo los antecedentes médicos, con la tinta todavía secándose. ¿Cómo diablos nunca mencionó todo ese año en Wheeler que tenía una hermana melliza?

—Izzy, él es Campbell Alexander. Campbell, ella es mi hermana.

—Campbell... —Veo a Izzy mover mi nombre en su lengua.

Una segunda mirada, y no se parece en absoluto a Julia. Su nariz es un poco más larga, su complexión no tiene parecido ni de cerca. Por no decir que mirando cómo mueve la boca, no me pone.

—¿Campbell, Campbell? —dice, volviéndose hacia Julia—. De...

—Sí —suspira.

Los ojos de Izzy se achican.

—Sabía que no debía dejarlo entrar.

—Está bien —insiste Julia y me quita los archivos—. Gracias por traérmelos.

Izzy chasquea los dedos.

—Ahora puedes irte.

—Para. —Julia aplasta el brazo de su hermana—. Campbell es el abogado con el que estoy trabajando esta semana.

—Pero no era el chico que...

—Sí, gracias, tengo una memoria que funciona perfectamente.

—¡Bueno! —interrumpo—. Pasé por casa de Anna.

Julia se vuelve hacia mí.

—¿Y?

—Tierra llamando a Julia —dice Izzy—, esto es comportamiento autodestructivo.

—No cuando implica un cheque, Izzy. Tenemos un caso juntos, eso es todo. ¿Vale? Y realmente no tengo ganas de ser aleccionada por ti acerca de comportamientos autodestructivos. ¿Quién llamó a Janet para un polvo piadoso la noche después de dejarte?

—Oye —digo volviéndome hacia Juez—, ¿qué tal los *Red Sox**?

Izzy patea la pared.

—Es tu suicidio —grita, y luego oigo un portazo.

—Creo que realmente le gusto —digo, pero Julia no asoma una sonrisa.

—Gracias por los antecedentes médicos. Adiós.

—Julia...

—Oye, sólo te evitaba problemas. Debe haber sido duro entrenar a un perro para que te saque de una habitación cuando necesitas ser rescatado de una situación emocionalmente delicada, como una vieja novia que te dice la verdad. ¿Cómo funciona eso, Campbell? ¿Señales con la mano? ¿Instrucciones verbales? ¿Un silbido en otra frecuencia?

La miro melancólicamente en el vestíbulo vacío.

—¿Puede volver Izzy, mejor?

Julia trata de empujarme fuera de la puerta.

—Está bien. Lo siento. No quería cortarte hoy en la oficina. Pero... era una emergencia.

Me mira fijamente.

—¿Para qué dijiste que era el perro?

—No lo dije. —Cuando se vuelve, Juez y yo nos metemos más en el apartamento, cerrando la puerta detrás de nosotros.

—Entonces he ido a ver a Anna Fitzgerald. Tenías razón. Antes de sacar una orden de restricción contra su madre, necesitaba hablar con ella.

—¿Y?

Pienso de nuevo en nosotros dos, sentados en ese sofá rayado, tejiendo una red de confianza entre nosotros.

—Creo que estamos en la misma página.

Julia no responde, sólo levanta una copa de vino blanco de la encimera de la cocina.

—Por qué no. Me gustaría —digo.

Ella se encoge de hombros.

—Está en Smilla.

* Equipo de béisbol de Boston. *(N. de la ed.)*

La nevera, claro. Por la película *Smilla. Misterio en la nieve*. Cuando camino hacia allí y saco la botella, puedo sentir el esfuerzo que hace por no sonreír.

—Olvidaste que te conozco.

—Conocías —corrige.

—Entonces instrúyeme. ¿Qué has estado haciendo estos quince años? —Hago con la cabeza un gesto desde el vestíbulo hasta la habitación de Izzy—. Digo, además de clonarte.

Se me ocurre una idea y antes de que pueda decirla, Julia responde.

—Mis hermanos se hicieron constructores, chefs y fontaneros. Mis padres querían que sus niñas fueran a la universidad y creyeron que yendo a Wheeler el último año podía aumentar las probabilidades. Conseguí notas lo suficientemente buenas para obtener una beca parcial. Izzy, no. Mis padres sólo podían mandar a una escuela privada a una de nosotras.

—¿Ella fue a la universidad?

—A la Escuela de diseño de Rhode Island —dice Julia—, es diseñadora de joyas.

—Una diseñadora de joyas hostil.

—Que te rompan el corazón puede hacer eso. —Nuestros ojos se encuentran y Julia se da cuenta de lo que ha dicho—. Se acaba de mudar hoy.

Mis ojos recorren el apartamento, buscando un palo de hockey, una revista *Sports Illustrated*, una silla La-Z-Boy, algo revelador y masculino.

—¿Es difícil acostumbrarse a un compañero de piso?

—Estaba viviendo sola antes, Campbell, si es lo que estás preguntando.

Me mira por encima de la copa de vino.

—¿Qué tal tú?

—Tengo seis esposas, quince hijos y un rebaño de ovejas.

Sus labios se curvan.

—La gente como tú siempre me hace sentir como si estuviera rindiendo menos de lo deseable.

—Oh, sí, eres un verdadero desperdicio de espacio en el

planeta. Estudiante de Harvard, abogada de Harvard, una tutora ad litem de corazón sangrante...

—¿Cómo sabes a qué facultad de derecho fui?

—El juez DeSalvo —miento y se lo cree.

Me pregunto si Julia siente como si sólo hubieran pasado minutos, y no años, desde que estuvimos juntos. Si estando sentada en la mesa conmigo siente que no hace falta esforzarse, como me pasa a mí. Es como levantar la partitura de una pieza desconocida de música y tropezar con ella, sólo para darte cuenta de que es una melodía que habías aprendido de memoria alguna vez, una que puedes tocar sin ensayarla siquiera.

—No creía que te convertirías en tutora ad litem —admito.

—Yo tampoco. —Julia sonríe—. Todavía tengo momentos en los que fantaseo con estar en una tribuna improvisada en Boston Common, despotricando contra la sociedad patriarcal. Desafortunadamente, no puedes pagar al casero con dogmas. —Me echa una mirada—. Claro, también me equivoqué creyendo que tú serías el presidente de Estados Unidos para entonces.

—Quise serlo —confieso—. Tuve que poner el listón un poco más bajo. Y tú, bueno, en realidad, me imaginaba que estarías viviendo en las afueras, haciendo de mamá que va a los partidos y se sienta en un banco repleto de niños y un chico afortunado.

Julia sacude la cabeza.

—Creo que me estás confundiendo con Muffy o Bitsie o Toto o como sea que se llamen las chicas que había en Wheeler.

—No. Sólo pensé que... yo podía ser el chico.

Hay un tenue, viscoso silencio.

—Tú no quisiste ser ese chico —dice Julia finalmente—, lo dejaste bastante claro.

«Eso no es cierto», quiero discutir. Pero supongo que fue así, porque no quise nada más con ella. Porque, después, me comporté como todos los demás.

—¿Te acuerdas...? —comienzo.

—Lo recuerdo todo, Campbell —interrumpe ella—. Si no fuese así, esto no sería tan duro.

Mi pulso va tan rápido que Juez se detiene y me empuja con el morro la cadera, alarmado. Había creído que nada podía herir a Julia, que parecía ser tan libre. Tenía la esperanza de tener la misma suerte.

Estaba equivocado en las dos cosas.

Anna

En nuestra sala tenemos toda una estantería dedicada a la historia visual de nuestra familia. Los retratos de todos cuando éramos bebés están ahí, algunas de la escuela y, luego, varias fotos de vacaciones, cumpleaños y viajes. Me recuerdan las muescas en un cinturón o las marcas en la pared de una prisión, pruebas de que el tiempo ha pasado, de que no hemos estado nadando en el limbo.

Hay marcos dobles, simples, de 8 x 10 y de 4 x 6. Están hechos de madera clara y labrada y hay uno de mosaico de cristales extravagantes. Cojo uno de Jesse; tiene alrededor de dos años y lleva un disfraz de cowboy. Mirándolo, nunca imaginarías lo que vendría después.

Está Kate con pelo y Kate toda pelada; una de Kate de bebé sentada en la falda de Jesse; una de mi madre abrazándolos en el borde de una piscina. Hay fotografías mías, claro, pero no muchas. Paso de bebé a los diez años de golpe.

Tal vez es porque era la tercera niña, y estaban hartos y cansados de llevar un catálogo de su vida. Tal vez es porque se olvidaron.

No es culpa de nadie y tampoco es un gran problema, pero es un poco deprimente, de todos modos. Una foto dice «Eras feliz, y quería captar eso». Otra foto dice «Eras tan importante para mí que la puse donde todos pudieran verte».

* * *

Mi padre llama a las once en punto para preguntar si quiero que me pase a buscar.

—Mamá se quedará en el hospital —explica—. Pero si no quieres estar sola en casa, puedes dormir en el cuartel.

—No, está bien —le digo—. Siempre puedo acudir a Jesse si necesito algo.

—Claro, Jesse —dice mi padre y los dos hacemos como si eso fuera un plan de apoyo fiable.

—¿Cómo está Kate? —pregunto.

—Bastante ida. La tienen medicada. —Le oigo arrastrar la respiración—. Sabes, Anna —empieza, pero entonces se oye un estridente timbre de fondo—. Cariño, tengo que irme. —Me deja con el tono del teléfono sonando.

Por un instante sostengo el teléfono, imaginándome a mi padre poniéndose las botas y subiéndose el charco que forman sus pantalones en el suelo, cogiéndolos por los tirantes. Imagino la puerta del parque de bomberos bostezando como la cueva de Aladino, y el camión rugiendo, con mi padre en el asiento delantero. Cada vez que va a trabajar tiene que apagar fuegos.

Es justo el estímulo que necesito. Cojo un jersey, salgo de casa y me dirijo al garaje.

Había un chico en mi escuela, Jimmy Stredboe, que solía ser un perdedor absoluto. Tenía granos en la punta de los granos, una rata como mascota llamada Anita la huerfanita, y una vez en la clase de ciencias vomitó en una pecera. Nadie le hablaba siquiera, por si la estupidez era contagiosa. Pero luego, un verano, le diagnosticaron esclerosis múltiple. Después de eso, nadie más fue desagradable con él. Si pasabas a su lado por el pasillo, sonreías. Si se sentaba a tu lado en la mesa del almuerzo, lo saludabas con la cabeza. Era como si estar atravesando una tragedia cancelara el que hubieras sido un cretino.

En el momento en que nací, ya era la niña con la hermana enferma. Durante toda mi vida, los cajeros de banco siempre me daban piruletas de más, los directores me conocían por mi nombre. Nadie es nunca abiertamente desagradable conmigo.

Eso hace que me pregunte cómo sería tratada si fuera como todos los demás. Tal vez soy una persona bastante mala, algo que nadie ha tenido nunca las agallas de decirme en la cara. Tal vez todos piensen que soy grosera, fea o estúpida, pero tienen que ser agradables porque podrían ser las circunstancias de mi vida las que me han hecho de este modo.

Lo cual me hace preguntarme si lo que estoy haciendo ahora es en realidad a causa de mi verdadera naturaleza.

Los faros de otro coche se reflejan en el espejo retrovisor e iluminan el contorno de los ojos de Jesse como si fueran gafas. Conduce con una muñeca en el volante, con dejadez. Necesita un corte de pelo, uno bastante completo.

—Tu coche huele a humo.

—Sí, pero tapa el olor del whisky derramado. —Sus dientes destellan en la oscuridad—. ¿Por qué? ¿Te molesta?

—Un poco.

Jesse se estira sobre mí y alcanza la guantera. Saca un paquete de Merits y un Zippo, lo enciende y sopla el humo en mi dirección.

—Lo siento —dice, aunque no sea cierto.

—¿Me das uno?

—¿Un qué?

—Un cigarrillo. —Son tan blancos que parecen brillar.

—¿Quieres un cigarrillo? —Jesse se parte de risa.

—No estoy bromeando —digo.

Levanta una ceja y gira el volante tan bruscamente que pienso que vamos a volcar. Una nube de polvo del camino nos mancha los hombros. Jesse enciende las luces interiores y sacude el paquete de cigarrillos para que se asome uno.

Se ve muy delicado entre los dedos, como el fino hueso de un pájaro. Lo sostengo del modo en que lo haría una diva, entre los dedos medio e índice. Me lo pongo en los labios.

—Primero tienes que encenderlo. —Jesse se ríe y enciende el Zippo.

No hay maldita manera de que me incline sobre la llama: lo más probable es que me encienda el pelo, en lugar del cigarrillo.

—Hazlo por mí —digo.

—No. Si quieres aprender, lo aprenderás todo. —Enciende el mechero de nuevo.

Acerco el cigarro a la llama, aspiro tan fuertemente como le he visto hacer a Jesse. Hace que me estalle el pecho y toso con tanta energía que, por un minuto, realmente creo que puedo sentir el pulmón en la base de la garganta, rosa y esponjoso. Jesse pierde el control y me arranca el cigarrillo de la mano antes de que lo tire. Da dos largas caladas y lo lanza por la ventana.

—Buen intento —dice.

Mi voz es un cajón de arena de parque.

—Es como lamer una barbacoa.

Mientras intento recordar cómo se respira, Jesse vuelve a la carretera.

—¿Qué te hizo querer probar?

Me encojo de hombros.

—Me imaginé que podría, también.

—Si quieres un inventario de perversiones, te puedo hacer uno. —Cuando no respondo me echa una mirada—. Anna —dice— no estás haciendo nada incorrecto.

Ahora entra al parking del hospital.

—Tampoco estoy haciendo lo correcto —señalo.

Apaga el motor pero no hace el gesto de salir del coche.

—¿Has pensado en el dragón que cuida la cueva?

Entorno los ojos.

—Habla claro.

—Bueno, suponía que mamá estaría dormida a dos metros de distancia de Kate.

Oh, mierda. No es que piense que mi madre podría echarme, pero seguramente no me dejará a solas con Kate, y justo ahora quiero eso más que nada. Jesse me mira.

—Ver a Kate no hará que te sientas mejor.

En realidad no hay manera de explicar por qué necesito saber que está bien, al menos ahora, incluso cuando he dado los pasos para ponerle fin a eso.

Por una vez, sin embargo, alguien parece entender. Jesse mira por la ventanilla del coche.

—Déjamelo a mí —dice.

Teníamos once y catorce años y nos estábamos entrenando para el *Libro Guinness de los Récords*. Seguramente nunca había habido dos hermanas que aguantaran cabeza abajo simultáneamente durante tanto tiempo, que sus mejillas se pusieran duras como ciruelas y sus ojos no vieran nada más que rojo. Kate tenía la forma de un duendecillo, con los brazos y las piernas como fideos y, cuando bajaba y apoyaba los pies, parecía como una delicada araña caminando por la pared. Yo desafiaba la gravedad con un ruido sordo.

Hacíamos equilibrio en silencio durante pocos segundos.

—Quisiera que mi cabeza fuera más plana —dije, mientras sentía las cejas hincharse.

—¿Crees que vendrá un hombre a casa para medirnos el tiempo? ¿O sólo enviaremos un vídeo?

—Supongo que nos lo dirán. —Kate cruza los brazos a lo largo de la moqueta.

—¿Crees que seremos famosas?

—Quizá aparezcamos en el programa *Today*. Allí estuvo el chico de once años que podía tocar el piano con los pies. —Pensó durante un segundo—. Mamá conoció a alguien que murió asesinado por un piano que cayó desde una ventana.

—Eso no es verdad. ¿Por qué alguien empujaría un piano por la ventana?

—Es verdad. Pregúntaselo. Y no lo estaban sacando, lo estaban metiendo —cruzó las piernas contra la pared, así parecía que estaba sentada al revés—. ¿Cuál crees que es la mejor forma de morir?

—No quiero hablar de eso —digo.

—¿Por qué? Me estoy muriendo. Tú te estás muriendo. —Cuando fruncí el ceño, ella dijo: Bueno, lo estás. —Luego sonrió abiertamente—. Lo único que pasa es que yo estoy más dotada para eso que tú.

—Esta conversación es estúpida. —Ya me estaba empezando a picar la piel en lugares que sabía que nunca podría rascarme.

—Tal vez un avión se estrella —medita Kate—. Sería horrible, sabes, cuando te dieras cuenta de que estás cayendo... pero luego ocurre y no eres más que polvo. ¿Cómo puede ser que la gente se evapore, pero que encuentren sin embargo ropa en los árboles y esas cajas negras?

Mi cabeza comenzaba ya a latir.

—Cállate Kate.

Se bajó gateando de la pared y se sentó, sonrojada.

—Se puede estar durmiendo cuando la palmas, pero eso es un poco aburrido.

—Que te calles —repetí, enojada porque sólo duramos alrededor de veintidós segundos, enojada porque ahora tendríamos que hacer otro intento para el récord, todo de nuevo. Me incliné con el lado bueno para arriba otra vez e intenté despejar el nudo de cabellos que tenía en la cara.

—Sabes, la gente normal no se sienta a pensar sobre la muerte.

—Mentirosa. Todo el mundo piensa en la muerte.

—Todo el mundo piensa en tu muerte —dije.

Se hizo tal silencio en la habitación que me preguntaba si debíamos ir por un récord diferente: ¿Cuánto tiempo pueden contener el aliento dos hermanas?

Luego una sonrisa nerviosa cruzó su cara.

—Bueno —dice— por lo menos ahora estás diciendo la verdad.

Jesse me da un billete de veinte dólares para pagar un taxi de vuelta a casa; ésa es la única dificultad de su plan: una vez que nos metamos en esto, él no podrá conducir de regreso. Subimos por la escalera hasta el octavo piso en lugar de coger el ascensor, porque así aparecemos detrás del oficial de enfermería, y no enfrente. Luego me mete adentro de un armario de ropa blanca lleno de cojines de plástico y sábanas con el nombre del hospital estampado.

—Espera —se me escapa cuando está a punto de dejarme— ¿cómo sabré cuándo es el momento?

Comienza a reírse.

—Lo sabrás, confía en mí.

Saca una botella de plata del bolsillo (la que el jefe le regaló a mi padre y que cree perdida desde hace tres años), desenrosca la tapa y derrama whisky sobre la parte delantera de su camiseta. Luego comienza a caminar por el pasillo. Bueno, *caminar* sería una aproximación lejana: Jesse se golpea como una bola de billar contra las paredes y tumba un carrito de limpieza.

—¿Mamá? —grita—. Mamá, ¿dónde estás?

No está borracho, pero seguro como que el sol brilla que es capaz de hacer una buena imitación. Eso hace que me pregunte si las veces que le vi por la ventana de mi dormitorio en medio de la noche, vomitando en los rododendros, también eran parte del espectáculo.

Las enfermeras salen revoloteando de la colmena del oficial e intentan dominar a un chico de la mitad de edad que ellas y tres veces más fuerte, que en ese mismo momento agarra la hilera más alta de percheros y los tira hacia adelante, haciendo tanto ruido que me rebota en los oídos. Los botones de llamada empiezan a sonar como un operador de centralita detrás del oficial de las enfermeras, pero las tres señoras que están de guardia nocturna hacen todo lo que pueden para sujetar a Jesse mientras patea los percheros.

Se abre la puerta de la habitación de Kate, y con los ojos llorosos, sale mi madre. Mira a Jesse, y durante un segundo su cara se congela cuando se da cuenta de que, de hecho, las cosas *pueden* empeorar. Jesse sacude la cabeza hacia ella, como un gran toro, con los rasgos borrosos.

—Eh, mamá —saluda y le sonríe tontamente.

—Lo siento mucho —dice mi madre a las enfermeras. Cierra los ojos mientras Jesse tropieza y lanza los brazos desgarbados alrededor de ella.

—Hay café en la cafetería —sugiere una enfermera, pero mi madre está demasiado avergonzada incluso para contestarle. Sólo se mueve hacia el borde del ascensor con Jesse pegado a ella, como un mejillón en una roca, y presiona el botón una y otra vez, con la infructuosa esperanza de que realmente conseguirá que las puertas se abran más rápidamente.

Cuando se van, es casi demasiado fácil. Una enfermera se apresura para controlar a los pacientes que han llamado; otras se acomodan detrás de sus escritorios, intercambiando comentarios por lo bajo sobre Jesse y mi pobre madre, como si fuera algún juego de cartas. No miran el camino que recorro a escondidas desde el armario, de puntillas a través del pasillo, hasta la habitación de mi hermana.

Un día de Acción de Gracias, cuando Kate no estaba en el hospital, hicimos como si fuéramos una familia normal. Miramos el desfile por televisión, donde un globo gigante cayó víctima de un viento inesperado y terminó envolviendo una señal de tráfico luminosa de Nueva York. Hicimos nuestra propia salsa. Mi madre trajo el hueso de los deseos a la mesa y peleamos para ver a quién se le concedía el derecho de partirlo. Se nos otorgó el honor a Kate y a mí. Antes de que pudiera agarrarlo bien, mi madre se inclinó cerca de mí y me susurró al oído:

—Ya sabes lo que tienes que desear.

Entonces cerré los ojos bien apretados y pensé con fuerza en la curación de Kate, a pesar de que había estado planeando pedir un discman, y tuve una desagradable satisfacción cuando no gané el juego de tirar del hueso.

Después de comer, mi padre nos llevó afuera para jugar un partido de fútbol americano de dos contra dos, mientras mi madre estaba lavando los platos. Salió cuando Jesse y yo ya habíamos marcado dos tantos.

—Dime que estoy alucinando. —No hizo falta que dijera nada más: todos habíamos visto a Kate caerse como una niña normal y acabar sangrando descontroladamente como una niña enferma.

—Oh, Sara —dijo mi padre aumentando su sonrisa—. Kate está en mi equipo. No dejaré que la saquen.

Se pavoneó delante de mi madre y la besó tan larga y lentamente que mis mejillas se encendieron, porque estaba segura de que los vecinos los veían. Cuando él levantó la cara, los ojos de mi madre eran de un color que nunca había visto y no volvería a ver jamás.

—Confía en mí —dijo y luego le tiró la pelota a Kate.

Lo que recuerdo de ese día era el suelo mordiéndote el trasero cuando te sentabas en él, el primer indicio del invierno. Recuerdo las zancadillas que me hacía mi padre, siempre preparado para hacer una flexión para que no recibiéramos nada de peso pero sí todo su calor. Recuerdo a mi madre, alentándonos por igual a los dos equipos.

Y recuerdo que le tiré la pelota a Jesse, pero Kate la atrapó en el camino, con una expresión de sorpresa absoluta en la cara cuando aterrizaba en la cuna de sus brazos y papá le gritó que marcara. Ella corrió de prisa y casi lo logra, pero Jesse saltó corriendo y la tumbó en el suelo, aplastándola bajo él.

En ese momento todo se detuvo. Kate yacía con los brazos y las piernas desmadejados, sin moverse. Mi padre estuvo allí en un suspiro, empujando a Jesse.

—¿Cuál es tu maldito problema?

—¡Me olvidé!

Mi madre:

—¿Dónde te duele? ¿Puedes sentarte?

Pero cuando Kate se dio la vuelta, estaba sonriendo.

—No me duele. Me siento genial.

Mis padres se miraron el uno al otro. Ninguno de ellos entendió, como yo, como Jesse, que no importa quien seas, hay una parte de ti que siempre quiere ser otra persona. Y cuando, durante un milisegundo, consigues lo que deseas, es un milagro.

—Se olvidó —dijo Kate a nadie, y se recostó sobre la espalda, sonriendo ampliamente al frío y quieto sol.

Las habitaciones de hospital nunca se quedan a oscuras del todo; siempre hay algún panel brillando detrás de la cama en caso de catástrofe, una señal para que enfermeros y médicos puedan encontrar el camino. He visto a Kate cientos de veces en camas como ésta, aunque los tubos y cables cambien. Siempre parece más pequeña de lo que la recordaba.

Me siento lo más suavemente que puedo. Las venas en su cuello y su pecho son un mapa de rutas, autopistas que no van a ninguna parte. Me hago creer a mí misma que puedo ver esas pícaras células leucémicas moviéndose como un río a través de su organismo.

Cuando abre los ojos, casi me caigo de la cama; es un momento de *El exorcista*.

—¿Anna? —dice, mirándome fijamente. No la he visto tan asustada desde que éramos pequeñas y Jesse nos convencía de que un viejo fantasma indio había venido a reclamar sus huesos enterrados por error debajo de nuestra casa.

Si tienes una hermana y muere, ¿dejas de decir que la tienes? ¿O siempre serás una hermana, aunque la otra mitad de la ecuación ya no esté?

Gateo por la cama, que es estrecha, pero es lo suficientemente grande para nosotras dos. Apoyo la cabeza en su pecho, tan cerca de su vía central que puedo ver el líquido goteando hacia su interior. Jesse estaba equivocado: no vine a ver a Kate porque me haría sentir mejor. Vine porque sin ella es difícil recordar quién soy.

Jueves

Tú, si fueras sensible,

Cuando te digo que las estrellas hacen señales,
Cada una de ellas atroz,

No te volverías para responderme

«La noche es maravillosa»

D. H. Lawrence
Debajo del roble

Brian

Nunca sabemos, al principio, si nos dirigimos a una cocina o a un fuego. A las 2:46 de anoche, las luces se encendieron arriba. Las campanas dejaron de sonar también, pero no puedo decir que realmente las haya escuchado. En diez segundos estaba vestido y saliendo por la puerta de mi habitación del cuartel. En veinte estaba poniéndome el equipo de bombero, tirando de los largos tirantes elásticos y encogiendo los hombros dentro del abrigo de caparazón de tortuga. Cuando pasaron dos minutos, Caesar estaba conduciendo el camión por las calles de Upper Darby; Paulie y Red iban montados fuera, a los lados.

Un poco después, la conciencia vino en pequeñas ráfagas brillantes: recordamos controlar los artefactos respiratorios, nos pusimos los guantes, la central nos llamó para decirnos que la casa era en Hoddington Drive, que parecía ser una estructura o una habitación en llamas.

—Dobla aquí a la izquierda —le dije a Caesar. Hoddington estaba a sólo ocho manzanas de donde vivía.

La casa parecía la boca de un dragón. Caesar condujo alrededor lo más lejos que pudo, intentando ofrecerme una vista de los tres lados. Luego nos bajamos del camión y observamos detenidamente durante un momento, cuatro Davids contra un Goliat.

—Carga una línea de seis centímetros —le dije a Caesar, en el operador principal de la bomba.

Una mujer en bata corre hacia mí, sollozando, con tres niños agarrados de su falda.

—*Mija*[3] —grita, señalando—, *¡Mija!*[4]

—*¿Dónde está?*[5] —me pongo frente a ella, para que no pueda ver nada más que mi cara— *¿Cuántos años tiene?*[6]

Señala una ventana en el segundo piso.

—*Tres*[7] —llora.

—Capi —grita Caesar— aquí ya estamos listos.

Oigo el chirrido de un segundo camión que se acerca, los muchachos de reserva que vienen a respaldarnos.

—Red, descarga en la esquina noreste del techo; Paulie, contén el fuego y trata de empujarlo cuando veas el camino libre. Tenemos una niña en el segundo piso. Iré a ver si puedo sacarla.

No era, como en las películas, una escena para que el héroe se gane el Oscar. Si voy ahí adentro y las escaleras ya no están... si la estructura amenaza con colapsarse... si la temperatura del espacio ha aumentado tanto que todo es combustible y está preparado para explotar... debería volver a salir y decirles a mis hombres que salieran conmigo. La seguridad de los rescatadores es prioritaria sobre la seguridad de la víctima.

Siempre.

Soy un cobarde. Hay veces, cuando termina mi turno, que me quedo y enrollo mangueras o hago una cafetera para el equipo que entra, en lugar de irme directamente a mi casa. Me he preguntado a menudo por qué consigo descansar más en un lugar en el que, la mayoría de las veces, me despiertan dos o tres veces en la noche. Creo que es porque en el parque de bomberos no tengo que preocuparme por si hay emergencias; se supone que ocurren. Al instante en que entro por la puerta de casa, me preocupo por lo que sucederá a continuación.

Una vez, en segundo, Kate hizo un dibujo de un bombero con un halo sobre el casco. Le dijo a su clase que yo sólo sería

3, 4, 5, 6, 7. En español en el original. *(N. del t.)*

admitido en el Cielo, porque si fuera al Infierno, apagaría todos los fuegos.

Todavía tengo el dibujo.

En un tazón coloco una docena de huevos y comienzo a batirlos con frenesí. El jamón ya se está dorando en la sartén, la plancha está caliente para los creps. Los bomberos comemos juntos, o al menos lo intentamos, antes de que suene la campana. Este desayuno será un regalo para mis muchachos, que todavía están en la ducha, quitándose de la piel los recuerdos de la noche anterior. Detrás de mí, oigo unos pasos.

—Acérca una silla —digo por encima de mi hombro—. Casi está listo.

—No, gracias —dice una voz femenina—. No quiero abusar.

Me doy la vuelta, blandiendo la espátula. Oír una mujer por aquí es sorprendente; una que aparece cuando acaban de dar las siete de la mañana es más extraordinario todavía. Es pequeña, con el pelo fosco; me hace pensar en un incendio forestal. Lleva las manos llenas de anillos de plata que destellan.

—Capitán Fitzgerald, soy Julia Romano. Soy la tutora ad litem asignada al caso de Anna.

Sara me habló de ella: es la mujer a la que el juez escuchará, cuando llegue el momento crucial.

—Huele genial —dice, sonriendo. Se acerca y me quita la espátula de la mano—. No puedo ver cocinar a alguien sin ayudar. Es una anormalidad genética. —La miro ir hacia la nevera y hurgar en ella. De todas las cosas, elige un bote de rábanos picantes.

—Esperaba que tuviera un momento para hablar.

—Claro. ¿Rábanos picantes?

Agrega una buena cantidad a los huevos y luego saca cáscara de naranja del especiero, junto con un poco de chile en polvo, y también lo echa.

—¿Cómo le está yendo a Kate?

Vierto un círculo de masa en la plancha, miro cómo se convierte en una burbuja. Cuando le doy la vuelta, es de un marrón claro y cremoso. Ya he hablado con Sara esta mañana. La noche pasó sin sobresaltos para Kate; no para Sara. Pero a causa de Jesse.

Hay un momento durante el incendio en que sabes si llevarás la delantera o si el fuego te llevará la delantera a ti. Notas el techo manchado a punto de caer, la escalera comiéndose viva a sí misma y la alfombra sintética pegándose a las suelas de tus botas. La suma de todo eso abruma, y ahí es cuando vuelves a salir y te obligas a recordar que todo fuego se consume a sí mismo, incluso sin tu ayuda.

Estos días, estoy peleando contra el fuego en seis frentes. Miro hacia adelante y veo a Kate enferma. Miro atrás y veo a Anna con su abogado. El único momento en que Jesse no está bebiendo está tomando drogas. Sara está agarrándose a un clavo ardiendo. Y yo tengo mi traje puesto, a salvo. Estoy sosteniendo docenas de ganchos, hierros y palos, herramientas que están hechas para destruir, cuando lo que necesito es algo que nos ate a todos.

—Capitán Fitzgerald... ¡Brian! —La voz de Julia Romano me saca de golpe de mis propios pensamientos, de nuevo a la cocina que rápidamente se ha llenado de humo. Pasa por mi lado y moja bajo el grifo el crep que se está quemando en la plancha.

—¡Dios!

Dejo caer en el fregadero el disco de carbón que iba a ser un crep y silba.

—Lo siento.

Como «ábrete sésamo», esas dos simples palabras cambian el paisaje.

—Menos mal que tenemos los huevos —dice Julia Romano.

En una casa ardiendo, aparece tu sexto sentido. No puedes ver, por el humo. No puedes oír porque el fuego es estruendoso. No puedes tocar porque sería tu fin.

Enfrente de mí, Paulie dirigía la boquilla. Una línea de bomberos lo respaldaba; una manguera cargada es un gran peso muerto. Nos hicimos un camino hasta la escalera, todavía intacta, intentamos empujar el fuego lejos del sombrero rojo que hay puesto en el techo. Como cualquier cosa que está confinada, el fuego tiene un instinto natural para escapar.

Me agaché hasta ponerme sobre mis manos y rodillas, y empecé a gatear por el vestíbulo. La madre dijo que era la tercera puerta a la izquierda. El fuego rodaba a lo largo del otro lado del techo, corriendo hacia la rejilla de ventilación. Ante el ataque con el rociador, un vapor blanco se tragó al resto de los bomberos.

La puerta de la habitación de la niña estaba abierta. Entré gateando y gritando su nombre. Una forma grande en la ventana me atrajo como un imán, pero resultó ser un enorme animal disecado. Revisé los armarios y debajo de la cama también, pero no había nadie.

Regresé al vestíbulo otra vez y casi tropecé con la manguera, gruesa como un puño. Un humano podría pensar; un fuego no. Un fuego seguiría un camino específico; un niño no. ¿Adónde hubiera ido si hubiera estado aterrorizado?

Moviéndome de prisa, empecé a meter la cabeza en cada entrada. Una era rosa, la habitación de un bebé. Otra tenía coches Matchbox por todo el suelo y camas deshechas. Una no era una habitación sino un vestidor. El dormitorio principal estaba al otro lado de la escalera.

Si fuera un niño, querría a mi madre.

A diferencia de los otros dormitorios, de ése estaba saliendo humo denso y negro. El fuego había quemado la juntura en la parte de encima de la puerta. La abrí, sabiendo que estaba dejando entrar el aire, sabiendo que no estaba bien lo que hacía y que era la única opción que tenía.

Como era de esperar, se encendió una línea de fuego, las llamas llenaron la entrada. La embestí como un toro, sintiendo la lluvia de brasas que caía sobre la parte trasera del casco y el abrigo.

—¡Luisa! —grité.

Percibí a mi alrededor el perímetro de la habitación y encontré el armario. Golpeé con fuerza y llamé de nuevo.

Era débil, pero definitivamente había un golpe de respuesta.

—Hemos tenido suerte —le digo a Julia Romano, las últimas palabras que probablemente esperaba escuchar de mí— la hermana de Sara cuida de los niños cuando la ingresan mucho tiempo. Para los ingresos más cortos, nos turnamos, sabes; Sara se queda con Kate una noche en el hospital y yo voy a casa con los otros chicos, y viceversa. Ahora es más fácil. Son lo suficientemente grandes para cuidarse solos.

Escribe algo en su librito cuando digo eso, lo que hace que me retuerza en el asiento. Anna sólo tiene trece, ¿es demasiado pequeña para quedarse sola en casa? Para los servicios sociales tal vez sí, pero Anna es diferente. Anna creció hace muchos años.

—¿Cree que a Anna le va bien? —pregunta Julia.

—No creo que hubiera presentado una demanda si así fuera —dudo—. Sara dice que lo que quiere es atención.

—Y usted, ¿qué piensa?

Para ganar tiempo, como un poco de huevos. Los rábanos picantes resultan ser algo sorprendentemente bueno. Acentúan el sabor de la naranja. Se lo digo a Julia Romano.

Dobla la servilleta junto a su plato.

—No ha respondido a mi pregunta, señor Fitzgerald.

—No creo que sea tan simple. —Dejo muy cuidadosamente el tenedor—. ¿Tiene hermanos o hermanas?

—Las dos cosas. Seis hermanos mayores y una hermana melliza.

Silbo.

—Sus padres deben haber tenido muchísima paciencia.

Se encoge de hombros.

—Buenos católicos. No sé cómo lo hicieron tampoco, pero ninguno de nosotros fracasó rotundamente.

—¿Siempre ha pensado eso? —pregunto—. ¿Alguna vez sintió cuando era niña que estuvieran haciendo favoritismos?

Su cara se tensa, sólo un poquito, y me siento mal por haberla puesto en un aprieto.

—Todos sabemos que se supone que hay que amar a los hijos por igual, pero no siempre funciona así. —Me pongo de pie—. ¿Tiene un ratito más? Hay alguien que me gustaría que conociese.

El invierno pasado nos llamaron desde la ambulancia, cuando el frío era de muerte, por un chico que vivía en la carretera rural. El trabajador que había llamado para quitar la nieve de la entrada de su casa lo encontró y llamó al 911. Aparentemente, el chico había salido del coche la noche anterior, se había resbalado y congelado justo sobre la grava; el operario casi pasa por encima de él, creyendo que era un montón de nieve.

Cuando llegamos a la escena, había estado fuera cerca de ocho horas y no era más que un cubo de hielo sin pulso. Sus rodillas estaban torcidas; lo recuerdo porque cuando finalmente lo pusimos en una camilla, allí estaban, clavadas, rígidas en el aire. Encendimos la calefacción en la ambulancia, lo metimos y comenzamos a cortarle la ropa. Cuando tuvimos el papeleo para el traslado al hospital en orden, el chico estaba sentado conversando con nosotros.

Le digo esto para mostrarle que, más allá de lo que usted piense, los milagros ocurren.

Es un cliché, pero la razón por la que me convertí en bombero fue, en primer lugar, porque quería salvar gente. Por eso, el momento en el que salí por el arco ardiente de la puerta con Luisa en los brazos, cuando su madre la vio y cayó de rodillas, supe que había hecho mi trabajo y que lo había hecho bien. La niña se desmoronó al lado del segundo equipo, que le puso una vía en el brazo y la conectaron al oxígeno. Estaba tosiendo, asustada, pero se repondría.

El fuego había pasado; los muchachos estaban dentro, ocupados en el rescate de lo que quedara y revisando. El humo pintó un velo sobre el cielo de la noche; no pude distinguir ni una sola estrella de la constelación de Escorpio. Me quité los guantes y me pasé las manos por los ojos, que me seguirían ardiendo durante horas.

—Buen trabajo —le dije a Red, mientras recogía la manguera.

—Buen rescate, Cap —respondió.

Hubiera sido mejor, claro, que Luisa hubiese estado en su habitación, como esperaba su madre. Pero los niños no se quedan donde se supone que tienen que estar. Te das la vuelta y la encuentras, no en su habitación, sino escondida en un armario; te das la vuelta y no tiene tres años, sino trece. En realidad, ser padres es sólo una cuestión de seguir la pista, esperando que tus hijos no se alejen tanto para que no puedas seguir viendo sus próximos movimientos.

Me quité el casco y estiré los músculos del cuello. Miré hacia arriba, a la estructura que alguna vez fue un hogar. De repente sentí unos dedos agarrados a mi mano. La mujer que vivía allí estaba de pie, con lágrimas en los ojos. Su hijita menor todavía estaba en sus brazos; los otros niños estaban sentados en el camión bajo la supervisión de Red. Silenciosamente, levantó mis nudillos hasta sus labios. Un poco de hollín cayó de mi abrigo y le trazó una raya en la cara.

—De nada —dije.

En el camino de regreso al parque, dirigí a Caesar por el camino más largo, para pasar exactamente por la calle en la que vivía. El jeep de Jesse estaba en la entrada y las luces de la casa apagadas. Imaginé a Anna con las mantas estiradas hasta la barbilla, como siempre; la cama de Kate, vacía.

—¿Estamos listos, Fitz? —preguntó Caesar. El camión apenas se arrastraba; casi se para enfrente de mi entrada.

—Sí, estamos listos —dije—. Llevémoslo a casa.

Me hice bombero porque quería salvar gente. Pero debería haber sido más específico. Debería haber puesto nombres.

Julia

El coche de Brian Fitzgerald está lleno de estrellas. Hay mapas en el asiento del acompañante y gráficos atiborrando el salpicadero y entre nosotros, el asiento de atrás es una paleta de fotocopias de nebulosas y planetas.

—Lo siento —dice, enrojeciendo—. No esperaba compañía.

Le ayudo a hacer espacio para mí, y en el proceso levanto un mapa con agujeros.

—¿Qué es esto? —pregunto.

—Un mapa estelar. —Se encoge de hombros—. Es una especie de hobby.

—Cuando era pequeña, una vez intenté ponerles a las estrellas el nombre de todos mis parientes. La parte graciosa es que ni siquiera había acabado con todos los nombres cuando me quedé dormida.

—El nombre de Anna viene de una galaxia —dice Brian.

—Eso está mucho mejor que un nombre puesto por un santo patrón —digo—. Una vez le pregunté a mi madre por qué brillaban las estrellas. Me dijo que eran luces nocturnas para que los ángeles pudieran encontrar su camino en el Cielo. Cuando le pregunté a mi padre, empezó a hablar de gas, y de alguna manera junté todo y me imaginé que la comida que servía Dios causaba muchos viajes al baño en medio de la noche.

Brian se ríe con ganas.

—Y yo intentaba explicar la fusión atómica a mis niños.

—¿Funcionó?

Lo consideró por un momento.

—Probablemente podrían encontrar la Osa Mayor con los ojos cerrados.

—Eso es impresionante. Las estrellas me parecen todas iguales.

—No es tan difícil. Ubicas una parte de una constelación, como el cinturón de Orión, y de repente es más fácil encontrar a Rigel en su pie y Betelgeuse en sus hombros —duda—. Pero el noventa por ciento del universo está hecho de cosas que ni siquiera podemos ver.

—Entonces, ¿cómo sabes que están ahí?

Aminora la velocidad y se detiene en un semáforo en rojo.

—La materia oscura tiene efecto gravitacional sobre otros objetos. No puedes verlo, ni puedes sentirlo, pero puedes ver algo que está siendo atraído en su dirección.

Diez segundos después de irse Campbell anoche, Izzy entró en la sala cuando estaba a punto de tener uno de esos llantos que te limpian hasta los huesos y que una mujer debe tener por lo menos una vez durante el ciclo lunar.

—Sí —dijo secamente—. Puedo ver que esto es una relación totalmente profesional.

Le frunzo el ceño.

—¿Estabas escuchando a hurtadillas?

—Perdóname si tú y tu Romeo estaban teniendo un pequeño *tête-à-tête* al otro lado de una pared delgada.

—Si tienes algo que decir —sugiero—, dilo.

—¿Yo? —Izzy arrugó la frente—. Oye, no es asunto mío, ¿no?

—No, no lo es.

—Bien, entonces me guardo mi opinión para mí.

Entorné los ojos.

—Suéltalo, Isobel.

—Creí que nunca me lo preguntarías. —Se sentó a mi lado

en el sofá—. Sabes, Julia, la primera vez que un insecto ve esa luz inmensa púrpura que va a cazarle, le parece Dios. La segunda vez, corre en otra dirección.

—Primero, no me compares con un mosquito. Segundo, volaría en otra dirección, no correría. Tercero, no hay segunda vez. El insecto está muerto.

Izzy sonríe con suficiencia.

—Eres tan abogada...

—No estoy dejando que Campbell me cace.

—Entonces pide un traslado.

—Esto no es la Marina. —Abracé uno de los cojines del sofá—. Y no puedo hacer eso, ahora no. Haría que él pensara que soy una debilucha que no puede combinar la vida profesional con un... incidente estúpido, tonto, adolescente.

—No puedes. —Izzy sacudió la cabeza—. Es un estúpida egoísta que te masticará y te escupirá, y tú tienes un horrible historial en eso de caer en los brazos de tiparracos de los que deberías salir corriendo. No tengo ganas de sentarme aquí a oírte llorar para convencerte de que ya no sientes nada por Campbell Alexander, cuando, de hecho, has pasado los últimos quince años intentando llenar el agujero que hizo dentro de ti.

La miré fijamente.

—Guau.

Se encogió de hombros.

—Supongo que tenía mucho para sacarme del pecho, después de todo.

—¿Odias a todos los hombres o sólo a Campbell?

Izzy parece pensarlo por un momento.

—Sólo a Campbell —dijo finalmente.

Lo que quería en ese momento era estar sola en el salón de mi casa para tirar cosas, como el mando de la tele o un jarrón de cristal o, preferiblemente, a mi hermana. Pero no podía ordenarle a Izzy que se fuera de la casa a la que acababa de mudarse hacía apenas dos horas. Me puse de pie y cogí las llaves del mueble.

—Voy a salir —le dije—. No me esperes despierta.

* * *

No soy una chica muy fiestera, lo que explica por qué nunca he ido al Shakespeare's Cat antes, aunque esté a sólo ocho manzanas de mi condominio.

El bar era oscuro, estaba abarrotado y olía a pachuli y clavos de olor.

Empujé para entrar, cogí un taburete y le sonreí al hombre que estaba sentado a mi lado.

Estaba de ánimo para estar sentada en la última fila del cine con alguien que no supiera ni mi nombre. Quería que tres muchachos se pelearan por el honor de pagarme una copa.

Quería mostrarle a Campbell Alexander lo que se estaba perdiendo.

El hombre que estaba detrás de mí tenía los ojos del color del cielo, una cola de caballo negra y la sonrisa franca de Cary Grant. Me hizo un gesto amable con la cabeza, luego se dio la vuelta y comenzó a besar en la boca a un caballero de pelo blanco. Miré alrededor y vi algo que no había visto cuando entré: el bar estaba lleno de hombres solos pero estaban bailando, flirteando, ligando unos con otros.

—¿Qué te pongo? —El camarero tenía el cabello como un puercoespín fucsia y una argolla que le atravesaba la nariz.

—¿Es un bar gay?

—No, es el club de oficiales de West Point. ¿Quieres un trago o no?

Señalé sobre su hombro la botella de tequila y alcanzó un vaso. Hurgué en mi bolso y saqué un billete de cincuenta dólares.

—¿Toda? —Echando una mirada a la botella, me encogí de hombros—. Apuesto a que Shakespeare ni siquiera tenía un gato.

—¿Quién te ha jodido el día? —preguntó el camarero.

Entrecerrando los ojos, lo miré fijamente.

—Tú no eres gay.

—Claro que sí.

—Basándome en mi experiencia anterior, si fueras gay, probablemente te encontraría atractivo. Si es así... —Miré a la pareja ocupada a mi lado y luego me encogí de hombros. Él palideció, luego me devolvió el billete de cincuenta. Lo guardé de nuevo en la cartera.

—¿Quién dice que no puedes comprar amigos? —murmuré.

Tres horas más tarde, yo era la única persona que quedaba allí, sin contar a Siete, que era como se había rebautizado el camarero el agosto pasado, después de que decidió tirar por la borda cualquier tipo de etiqueta que sugiriera el nombre de Neil. Siete se quedó sin nada, me había dicho, que era exactamente lo que le gustaba.

—Tal vez yo tendría que ser Seis —le dije, cuando me tomaba lo que quedaba de la botella de tequila—, y tú podrías ser Nueve.

Siete terminó de apilar los vasos limpios.

—Ya es suficiente. Estás borrachísima.

—Solía llamarme «joya» —dije, y eso fue suficiente para que comenzara a llorar.

Una joya no es más que una piedra puesta bajo calor y presión enormes. Las cosas extraordinarias siempre se esconden en lugares donde la gente nunca se le ocurriría mirar.

Pero Campbell ha mirado. Y luego me ha dejado, recordándome que lo que sea que hubiera visto no valía la pena el esfuerzo.

—Solía tener el cabello rosa —le dije a Siete.

—Y yo solía tener un trabajo real —contestó.

—¿Qué pasó?

Se encogió de hombros.

—Me teñí el pelo de rosa. ¿Qué te pasó a ti?

—Lo dejé crecer —respondí.

Siete secó lo que había tirado sin darme cuenta.

—Nadie quiere lo que tiene —dijo.

Anna está sentada sola en la mesa de la cocina, comiendo un bol de cereales Golden Graham. Sus ojos se abren, como si se sorprendiera de verme con su padre, pero eso es todo lo que demuestra.

—Un buen fuego anoche, ¿no? —dice inspirando.

Brian cruza la cocina y la abraza.

—Uno grande.

—¿El incendiario?

—Lo dudo. Él se mueve por edificios vacíos y éste tenía una niña dentro.

—A la que has salvado —adivina Anna.

—Puedes apostar. —Me echa una vistazo—. Pensé que podría llevar a Julia al hospital. ¿Quieres venir?

Mira el bol.

—No sé.

—Oye —dice Brian levantándole el mentón— nadie va a impedirte que veas a Kate.

—Nadie estará muy emocionado de verme allí, tampoco —dice.

Suena el teléfono y él lo atiende. Escucha durante un momento y luego sonríe.

—Eso es genial. Eso es tan bueno. Sí, claro que voy. —Le alcanza el teléfono a Anna— Mamá quiere hablar contigo —dice y se excusa para ir a cambiarse de ropa.

Anna duda, luego enrosca la mano alrededor del tubo. Sus hombros se encogen, formando un pequeño cubículo de privacidad personal.

—¿Hola? —y luego, suavemente— ¿En serio? ¿Lo hizo?

Unos momentos más tarde, cuelga. Se sienta y toma otra cucharada de cereales y luego aparta el bol.

—¿Era tu madre? —pregunto, sentándome al lado de ella.

—Sí, Kate está despierta.

—Son buenas noticias.

—Supongo.

Pongo los codos sobre la mesa.

—¿Por qué no serían buenas noticias?

Pero Anna no responde a mi pregunta.

—Preguntó dónde estaba yo.

—¿Tu madre?

—Kate.

—¿Has hablado con ella sobre el juicio, Anna?

Ignorándome, agarra la caja de cereales y comienza a enrollar el plástico de adentro.

—Están pasados —dice—. Nunca nadie saca todo el aire ni lo cierra del todo bien.

—¿Alguien le dijo a Kate lo que estaba pasando?

Anna empuja la tapa de la caja de cereales para sacar la lengüeta de cartón de su lugar.

—Ni siquiera me gustan los Golden Graham.

Cuando lo intenta de nuevo, la caja se le cae de los brazos y su contenido se derrama por todo el suelo.

—¡Maldición!

Gatea debajo de la mesa, intentando recoger los cereales con las manos.

Me agacho con Anna y la veo meter puñados de cereales en la basura. No mira en mi dirección.

—Podemos comprarle más a Kate antes de que llegue a casa —digo amablemente.

Anna se detiene y levanta la vista. Sin el velo de ese secreto, se ve mucho más joven.

—Julia, ¿y si me odia?

Le pongo un mechón de pelo detrás de la oreja.

—¿Y si no?

—La conclusión de todo —explicó Siete anoche— es, entonces, que no debemos enamorarnos de la gente que no debemos.

Lo miré, intrigada lo suficiente para esforzarme en levantar la cara de donde estaba.

—¿No soy sólo yo?

—¡Qué va! —Colocó un montón de vasos limpios—. Piénsalo: Romeo y Julieta sacudieron el sistema y mira lo que consiguieron. Superman estaba con Lois Lane, cuando la mejor opción era, sin duda, estar con la Mujer Maravilla. Dawson y Joey, ¿hace falta que siga? Y no me dejes empezar con lo de Charlie Brown y la pequeña chica pelirroja.

—¿Y tú qué?

Se encogió de hombros.

—Como he dicho, le pasa a todo el mundo.

Apoyando los hombros en el mostrador, se acercó tanto que pude ver las raíces oscuras de su cabello magenta.

—Para mí fue Linden.[8]

—¿Chica o chico? —pregunté—. Yo terminé con alguien que también tenía nombre de árbol —dije solidariamente.

Sonrió con suficiencia:

—Nunca te lo diré. —Me miró—. Bueno, ella...

—¡Ja! Has dicho ella.

Entrecerró los ojos.

—Sí, detective Julia. Me sacaste de ese bar gay. ¿Contenta?

—No especialmente.

—Mandé a Linden de vuelta a Nueva Zelanda. Su permiso de residencia se terminó. Era eso o casarnos.

—¿Cuál era el problema con ella?

—Absolutamente ninguno —confesó Siete—. Limpiaba como una *banshee*, nunca me dejaba lavar un plato, escuchaba todo lo que yo tenía que decir, era un huracán en la cama. Estaba loca de amor por mí y, créelo o no, yo era el hombre perfecto para ella. Era como un noventa y ocho por ciento perfecto.

—¿Y el otro dos por ciento?

—Dímelo tú. —Comenzó a apilar los vasos limpios detrás de la barra—. Algo faltaba. No te podría decir qué era si me lo preguntas. Y si piensas en una relación para toda la vida, supongo que una cosa es si ese dos por ciento de algo que falta es, por ejemplo, una uña. Pero cuando es el corazón, es una cosa muy diferente. —Se volvió hacia mí—. No lloré cuando se subió al avión. Había vivido conmigo cuatro años y, cuando se fue, casi no sentí nada.

—Bueno, yo tuve otro problema —le dije—. Tenía el corazón de la relación, pero no un cuerpo en cual crecer.

—¿Qué pasó entonces?

—¿Qué más? —dije—. Se rompió.

La ridícula ironía era que yo le gustaba a Campbell porque era diferente de todo lo que había en Wheeler School, y a mí me gustaba Campbell porque quería desesperadamente tener contacto con alguien. Había rumores, lo sabía, y el modo en que nos miraban sus amigos cuando pasábamos, intentando imagi-

8. Tilo. *(N. del t.)*

narse por qué Campbell perdía el tiempo con alguien como yo. Sin duda, pensaban que era una chica fácil.

Pero no estábamos haciendo eso. Nos encontrábamos después de la escuela en el cementerio. A veces nos decíamos poesía. Una vez intentamos mantener toda una conversación sin usar la letra S. Nos sentamos espalda contra espalda y tratamos de pensar qué estaba pensando el otro, haciendo como si fuera clarividencia cuando en realidad lo único que tenía sentido era que toda su mente estaba llena de mí y la mía de él.

Amaba el modo en que olía cuando su cabeza se acercaba para escuchar lo que decía, como el sol brillando en la piel de un tomate o el jabón secándose en el capó de un coche. Amaba la forma en que sentía su mano en mi columna. Le amaba.

—¿Y si —dije una noche, robando aliento del borde de su boca— lo hiciéramos?

Él yacía sobre la espalda, mirando la Luna y su hamaca de estrellas, con una mano debajo de la cabeza y la otra anclándome a su pecho.

—¿Hacer qué?

No respondí; me levanté sobre un codo y le besé tan profundamente que el suelo vibró.

—Oh —dijo Campbell, ronco—. Eso.

—¿Lo has hecho alguna vez?

Sonrió abiertamente. Pensé que probablemente se habría tirado a Muffy, Buffy o Puffy, o a las tres, en la casita del campo de béisbol de Wheeler o después de una fiesta en casa de alguien, oliendo los dos al bourbon de papá.

Me pregunté por qué, entonces, no había intentado acostarse conmigo.

Asumí que era porque no era Muffy, ni Buffy, ni Puffy, sino sólo Julia Romano, que no era lo suficientemente buena.

—¿Quieres? —pregunté.

Era uno de esos momentos en los que sabía que no estábamos teniendo la conversación que necesitábamos. Y, como no sabía realmente qué decir, ni nunca había cruzado ese puente tan especial ni hecho semejante hazaña, presioné la mano contra la montañita dura de sus pantalones. Se alejó de mí.

—Joya —dijo— no quiero que pienses que estoy aquí por eso. Déjenme decirles algo. Si conoces a un solitario, no importa lo que diga; no es que le divierta estar solo es que ha intentado conectar se con el mundo pero la gente continúa decepcionándole.

—¿Entonces por qué estás aquí?

—Porque te sabes la letra de «American Pie» —dijo Campbell—. Porque cuando sonríes, casi puedo ver el lado en el que tu diente se tuerce. —Me miró fijamente—. Porque no eres como nadie que haya conocido.

—¿Me amas? —susurré.

—¿No acabo de decirlo?

Esta vez, cuando alcancé los botones de sus tejanos, no se alejó. Lo sentí tan caliente en la palma de la mano que me imaginé que me dejaría una cicatriz. A diferencia de mí, él sabía qué hacer. Me besó y se deslizó, empujó, me ensanchó.

—No dijiste que fueras virgen —dijo.

—No preguntaste.

Pero él había asumido que no. Se estremeció y comenzó a moverse dentro de mí, una poesía en el limbo. Me estiré para retener en la memoria la lápida que había detrás de mí, palabras que veo en mi memoria: Nora Dean. 1832–1838.

—Joya —susurró cuando hubo terminado—, pensé...

—Sé lo que pensaste. —Me pregunté qué pasaba cuando te ofrecías a alguien y te abrían, sólo para descubrir que no eras el regalo que esperaba y tenía que sonreír, asentir y agradecer al mismo tiempo.

Culpé a Campbell Alexander de mi mala suerte con las relaciones. Es vergonzoso admitirlo, pero sólo tuve sexo con tres hombres y medio, y ninguno de ellos mejoró mucho mi primera experiencia.

—Déjame adivinar —dijo Siete la noche anterior— el primero fue por despecho. El segundo era casado.

—¿Cómo lo sabes?

Se rió.

—Porque eres un cliché.

Removí el martini con el meñique. Era una ilusión óptica haciendo que mi dedo pareciese doblado.

—El otro era del Club Med, un instructor de surf.

—Ése debe de haber valido la pena —dijo Siete.

—Era absolutamente deslumbrante —respondí—. Y tenía el pene del tamaño de un salchichón.

—Uy.

—En realidad, no sentí nada.

Siete sonrió abiertamente.

—¿Entonces ése era el medio?

Me puse roja como una remolacha.

—No, ése era otro chico. No sé su nombre —admití—. Me levanté una mañana con él encima de mí, después de una noche como ésta.

Kate Fitzgerald es un fantasma esperando aparecer. Su piel es casi traslúcida, su cabello tan fino se derrama en la funda de la almohada.

—¿Cómo estás, cariño? —murmura Brian y se inclina para darle un beso en la frente.

—Creo que tendré que dejar de competir contra el hombre de hierro —bromea Kate.

Anna se queda en la puerta frente a mí; Sara le sostiene la mano. Esto es todo el coraje que Anna necesita para inclinarse sobre la colcha de Kate, y registro ese pequeño gesto de madre a hija.

—Brian —dice— ¿qué está haciendo ella aquí?

Espero que Brian se lo explique, pero no parece que vaya a decir palabra. Entonces sonrío y doy un paso al frente.

—Oí que Kate estaba hoy mejor y pensé que sería un buen momento para hablar con ella.

Kate se encoge de hombros hasta los codos.

—¿Quién eres?

Espero que Sara diga algo, pero es Anna la que habla.

—No creo que sea una buena idea —dice, aunque sabe que es el motivo por el que he venido—. Quiero decir, Kate está muy enferma todavía.

Tardo un instante pero después lo entiendo: En la vida de Anna, todo el que habla con Kate se pone de su lado. Lo que está haciendo es impedir que deserte.

—Sabes. Anna tiene razón —agrega secamente Sara—. Kate sólo ha pasado una etapa.

Pongo la mano en el hombro de Anna.

—No te preocupes. —Luego me vuelvo hacia su madre—. Tengo entendido que querían tener una audiencia...

Sara me interrumpe.

—Señorita Romano, ¿podríamos hablar fuera?

Salgo al vestíbulo y Sara espera que pase una enfermera con una bandeja de agujas con styrofoam.

—Sé lo que piensa de mí.

—Señora Fitzgerald...

Sacude la cabeza.

—Usted apoya a Anna, y es lo que debe hacer. Trabajé de abogada, y lo entiendo. Es su trabajo, y parte de él consiste en imaginarse qué es lo que nos hace ser como somos. —Se frota la frente con un puño—. El mío es ocuparme de mis hijas. Una de ellas está extremadamente enferma y la otra es extremadamente infeliz. Y puede que no se haya dado cuenta todavía, pero... sé que Kate no mejorará mucho más de prisa si descubre que la razón por la que está usted aquí es que Anna no ha detenido el juicio todavía. Por eso le pido que no se lo diga. Por favor.

Asiento lentamente con la cabeza y Sara vuelve a la habitación de Kate. Con la mano en la puerta, duda.

—Las quiero a las dos —dice, una ecuación que se supone que estoy en condiciones de interpretar.

Le dije a Siete, el camarero, que el verdadero amor era un delito.

—No si tiene más de dieciocho —dijo, cerrando el cajón de la caja registradora.

Cuando el bar se ha convertido en un apéndice, un segundo torso sostiene el mío.

—Le has quitado la respiración a alguien —remarco.

—Tú les has robado la habilidad de decir una sola palabra. —Incliné el cuello de la botella de licor vacía hacia él—. Has robado un corazón.

Me tiró un trapo de cocina.

—Cualquier juez se pasaría este caso por el trasero.

—Te sorprenderías.

Siete pasó el trapo sobre el mostrador para secarlo.

—Suena como un delito menor.

Apoyé la mejilla en la madera fría.

—De ninguna manera —dije—. Una vez que te metes, es de por vida.

Brian y Sara bajan a Anna a la cafetería. Me dejan a solas con Kate, que está especialmente curiosa. Imagino que puede contar con los dedos de la mano el número de veces que su madre se ha alejado de su lado. Le explico que estoy ayudando a la familia a tomar decisiones sobre el cuidado de su salud.

—¿Comité ético? —adivina Kate—. ¿O eres del departamento legal del hospital? Pareces una abogada.

—¿Qué pinta tiene una abogada?

—Parecida a un médico cuando no quiere contarte lo que dicen los resultados del laboratorio.

Acerco una silla.

—Bueno, me alegra que hoy estés mejor.

—Sí, aparentemente ayer estaba un poco inconsciente —dice—. Lo suficientemente drogada como para confundir a Ozzy y Sharon con Ozzie y Harriet.*

—¿Sabes dónde estás, médicamente hablando, ahora mismo?

Kate asiente.

—Después de mi BMT, tuve una enfermedad corruptos-versus-huéspedes, lo que es algo bueno, porque le patea el trasero

* Ozzy Osbourne es un controvertido cantante y compositor. Fue miembro del grupo Black Sabbath, uno de los precursores del *heavy metal*. Él y su esposa, Sharon, protagonizan junto a sus hijos Kelly y Jack, la serie televisiva *The Osbournes*, emitida actualmente por MTV y ambientada en su propia y extravagante familia. En cuanto a Ozzie y Harriet, también se trata del matrimonio en la vida real que protagonizó a su vez su propia comedia *The Adventures of Ozzie & Harriet* fue en los años cuarenta una comedia radiofonica, transformada en serie televisiva en los cincuenta y los sesenta, que presentaba a una idílica familia estadounidense de la época. *(N. de la ed.)*

a la leucemia, pero también le hace algo original a la piel y los órganos. Los médicos me dieron esteroides y ciclosporina para controlarlo, y funcionó, pero también se las arregló para fastidiarme los riñones, que se han convertido en el hit del momento. Así es más o menos cómo va: arreglar una filtración en el dique, justo a tiempo para que otra comience a drenar. Algo que siempre me está pasando.

Lo tiene tan asumido que lo dice como si hablara del tiempo o del menú del hospital. Le podría preguntar si habló con el nefrólogo del trasplante de riñón, si tiene sentimientos especiales sobre someterse a tantos tratamientos diferentes y dolorosos. Pero eso es exactamente lo que Kate espera que le pregunte, y es quizá por eso que la pregunta que me viene a los labios es completamente diferente.

—¿Qué quieres ser cuando seas mayor?

—Nadie me lo ha preguntado nunca. —Me mira cuidadosamente—. ¿Qué te hace pensar que llegaré a mayor?

—¿Qué te hace pensar que no? ¿No estás haciendo todo esto por eso?

Entonces habla cuando creía que no iba a contestarme.

—Siempre he querido ser bailarina —sube el brazo haciendo un arabesco desdibujado—. ¿Sabes qué tienen las bailarinas?

«Desórdenes alimentarios», pienso.

—El control absoluto. Controlan su cuerpo y saben exactamente qué va a suceder y cuándo. —Kate se encoge de hombros, volviendo a este momento, a la habitación de hospital—. Qué más da.

—Háblame de tu hermano.

Kate se pone a reír.

—Creo que todavía no has tenido el placer de conocerlo.

—Aún no.

—Puedes formarte una opinión sobre Jesse en los primeros treinta segundos que pasas con él. Se mete demasiadas cosas.

—¿Quieres decir drogas y alcohol?

—Por ahí va —dice Kate.

—¿Ha sido difícil para tu familia?

—Bueno, sí. Pero no creo que lo haga a propósito. Es su forma de hacerse notar, ¿sabes? Quiero decir que puedes imaginarte cómo sería si fueses una ardilla viviendo en la jaula del elefante en el zoo. ¿Acaso llega alguien y dice «Oye, mira esa ardilla»? No, porque hay algo mucho mayor que ves a la primera.

Kate pasa los dedos arriba y abajo por uno de los tubos que le salen del pecho.

—A veces roba en tiendas y a veces se emborracha. El año pasado fue la broma del ántrax. Ése es el tipo de cosas que hace Jesse.

—¿Y Anna?

Kate se pone a hacer pliegues en la manta a la altura del regazo.

—Hubo un año en que cada día de fiesta, y quiero decir incluso en el Día de los Caídos, yo estaba en el hospital. No estaba planeado, por supuesto, sólo sucedió así. Teníamos un árbol de Navidad en mi habitación, escondimos los huevos de Pascua en la cafetería, jugamos a «truco o trato»* en la sala de ortopedia. Anna tenía unos seis años, y le dio una gran rabieta porque no podía llevar bengalas al hospital el Cuatro de Julio, por las máscaras de oxígeno.

Kate me mira.

—Se escapó. No fue lejos ni nada. Creo que la cogieron en recepción. Me dijo que quería buscarse otra familia. Como he dicho, tenía sólo seis años, y nadie se lo tomó en serio. Aun así, yo solía preguntarme cómo sería ser normal. Así que entendía totalmente por qué ella también se lo preguntaba.

—Cuando no están enfermas, ¿lo pasan bien Anna y tú?

—Creo que somos como cualquier par de hermanas. Nos peleamos para poner nuestros CD, hablamos de chicos buenos, nos robamos el esmalte de uñas. Remueve mis cosas y me pongo a gritar; remuevo sus cosas y se pone a chillar. A veces es una chica genial. Y otras veces deseo que nunca hubiese nacido.

* «Truco o trato» *«trick or treat»*, es la expresión que usan los niños en Halloween cuando llaman a las puertas de sus vecinos disfrazados para reclamar las golosinas típicas de esta fiesta. *(N. de la ed.)*

Eso me suena tan familiar que sonrío.

—Tengo una hermana gemela. Cada vez que le decía eso, mi madre me preguntaba si de verdad era capaz de imaginarme siendo hija única.

—¿Y eras capaz?

Me reí.

—Oh... te aseguro que había momentos en que podía imaginarme la vida sin ella.

Kate ni siquiera sonríe.

—Ves —dice— mi hermana es la única que siempre ha tenido que imaginarse la vida sin mí.

Sara

1996

A las ocho, Kate es una gran maraña de brazos y piernas, pareciéndose más a una criatura pura de luz que a una niña pequeña. Meto la cabeza en su habitación por tercera vez esa mañana y me la encuentro con otro conjunto. Ahora lleva un vestido de cerezas estampadas.

—Vas a llegar tarde a tu propia fiesta de cumpleaños —le digo.

Kate se quita el vestido deshaciendo el nudo de la cinta.

—Parezco un pastel de chocolate.

—Hay cosas peores —le hago notar.

—Si fueses yo, ¿llevarías la falda rosa o la rayada?

Miro las dos. Son horribles.

—La rosa.

—¿No te gustan las rayas?

—Pues póntela.

—Me pondré el vestido de las cerezas —dice dándose la vuelta para cogerla.

En la parte posterior del muslo tiene un hematoma del tamaño de medio billete de dólar, una cereza que ha traspasado la tela.

—Kate —le pregunto— ¿qué es eso?

Dándose la vuelta, se mira el punto que le señalo.

—Supongo que me he dado un golpe.

Durante cinco años, Kate ha estado en recuperación. Al principio, cuando el trasplante de sangre del cordón parecía funcionar, esperé que alguien me dijese que se trataba de un error. Cuando Kate se quejaba de que le dolían los pies, la llevaba corriendo al doctor Chance, segura de que le había vuelto el dolor de huesos, para encontrarme con que se le habían quedado pequeñas las zapatillas deportivas. Cuando se caía, en lugar de besarle los arañazos, le preguntaba si tenía bien las plaquetas.

Los hematomas aparecen cuando se derrama sangre en tejidos subcutáneos. Casi siempre son el resultado de un golpe.

Habían pasado cinco años. ¿No lo he mencionado?

Anna mete la cabeza en la habitación.

—Papá dice que el primer coche acaba de aparecer y que le da igual si Kate quiere bajar vestida con un saco de harina. ¿Qué es un saco de harina?

Kate termina de pasar la cabeza por el vestido, tira del dobladillo y se frota el hematoma.

—Vaya... —dice.

Abajo hay veinticinco estudiantes de segundo curso, un pastel con forma de unicornio y un chico del instituto contratado para hacer espadas, osos y coronas con globos. Kate abre los regalos. Collares de abalorios brillantes, estuches de manualidades y complementos de la Barbie (lo que Brian y yo le habíamos comprado). Un pez de colores nada en una bola de cristal.

Kate quería una mascota. Pero Brian es alérgico a los gatos, y los perros necesitan mucha atención, así que acabamos con un pez. Kate no podría ser más feliz. Lo lleva arriba y abajo el resto de la fiesta. Lo llama Hércules.

Tras la fiesta, cuando estamos limpiando, me quedo mirando el pez. Brilla mucho y nada en círculos, feliz por ir a ninguna parte.

Sólo tardas treinta segundos en darte cuenta de que suspenderás todos los planes, cambiando cualquier cosa que hayas podido planificar. Te lleva sesenta segundos entender que, por más que te hayas empeñado, no tienes una vida normal.

Una succión rutinaria de médula ósea, que habíamos planeado mucho antes de que viera ese hematoma, ha revelado promielocitos anormales. Entonces una prueba de reacción en cadena de polimerasa, que permite el estudio de ADN, reveló que los cromosomas 15 y 17 de Kate estaban desplazados.

Todo eso significa que Kate está sufriendo una recaída molecular, y los síntomas clínicos no pueden retrasarse mucho. Quizá no tenga problemas en un mes. Quizá no le encontremos sangre en la orina o en las deposiciones en un año. Pero inevitablemente sucederá.

Pronuncian esa palabra, «recaída», como podrían decir «cumpleaños» o «fecha límite fiscal», algo que sucede tan rutinariamente que se ha convertido en parte de tu calendario, quieras o no.

El doctor Chance nos ha explicado que ése es uno de los grandes debates de los oncólogos. ¿Arreglas una rueda que no está rota o esperas que el coche se desplome? Nos recomienda que demos a Kate ácido retinoico All-trans. Viene en una píldora como la mitad de mi pulgar, y de hecho la copiaron a antiguos médicos chinos que llevaban años usándola. A diferencia de la quimioterapia, que avanza matando todo lo que encuentra, este ácido se va directamente al cromosoma 17. Dado que el desplazamiento de los cromosomas 15 y 17 es, en parte, lo que hace que la maduración del promielocito no sea correcta, el ácido ayuda al desarrollo de los genes que se han ligado mutuamente... e impide que las anomalías progresen.

El doctor Chance dice que el ácido retinoico puede hacer que Kate se recupere.

Pero luego puede que desarrolle resistencia a él.

—¿Mamá?

Jesse entra en el salón, donde estoy sentada en el sillón. Llevo horas aquí. No puedo levantarme para hacer nada de lo que tengo que hacer, porque, ¿qué sentido tiene envolver almuerzos escolares, hacer los dobladillos de un par de pantalones o pagar la factura de la calefacción?

—Mamá —dice Jesse de nuevo—. No te has olvidado, ¿verdad?

Lo miro como si estuviese hablando en griego.

—¿Qué?

—Dijiste que me llevarías a comprar botas nuevas después de ir al dentista. Lo prometiste.

Sí, se lo prometí. Porque el fútbol empieza dentro de dos días, y a Jesse se le ha quedado pequeño su antiguo par. Pero ahora no sé si me siento capaz de ir al dentista, donde la recepcionista sonreiría a Kate y me diría, como siempre, qué bonitos son mis niños. Y hay algo en la idea de ir a la tienda de deportes que parece completamente obsceno.

—Voy a anular la cita con el dentista —digo.

—¡Bien! —Sonríe mientras le brilla la boca de plata—. ¿Podemos ir a comprar las botas?

—Ahora no es el momento.

—Pero...

—Jesse, déjalo ya.

—No puedo jugar sin botas nuevas. Y ni siquiera estás haciendo nada. Sólo estás sentada.

—Tu hermana —digo sin alterar la voz— está muy enferma. Lo siento si eso interfiere con la cita de tu dentista o tu plan para comprar un par de botas. Todo eso no es lo primero en el orden de prioridades ahora mismo. Creo que, como ya tienes diez años, eres capaz de darte cuenta de que el mundo no gira alrededor de ti.

Jesse mira por la ventana y ve a Kate montada a horcajadas en la rama de un roble, enseñando a Anna cómo subir.

—Sí, vale, está enferma —dice—. ¿Por qué no creces tú? ¿Por qué no entiendes que el mundo no gira alrededor de ella?

Por primera vez en mi vida me doy cuenta de por qué un padre puede pegarle a su hijo. Es porque puedes mirarlos a los ojos y ver un reflejo de ti mismo que preferirías no haber visto. Jesse sube corriendo arriba y da un portazo.

Cierro los ojos y aspiro profundamente. Me choca que no todo el mundo muera de viejo. Algunos mueren atropellados. Otros se estrellan en aviones. Otros se ahogan con cacahuetes. No hay garantías de nada, y menos del propio futuro.

Subo la escalera suspirando y llamo a la puerta de mi hijo. Acaba de descubrir la música. Se oye por debajo de la fina línea de luz bajo la puerta. Cuando Jesse baja el volumen, las notas se desvanecen abruptamente.

—Qué.

—Quiero hablar contigo. Quiero disculparme.

Se oyen unos sonidos extraños al otro lado de la puerta, y entonces se abre. La sangre cubre la boca de Jesse como el lápiz de labios de un vampiro. Pedazos de cable le sobresalen de la boca como imperdibles de una costurera. Tiene un tenedor en la mano, y me doy cuenta de que lo acaba de usar para sacarse los hierros correctivos.

—Ahora ya no tendrás que llevarme a ningún sitio —dice.

Kate lleva dos semanas tomando el ácido retinoico.

—¿Sabías —dice Jesse un día mientras estoy preparando la píldora— que una tortuga gigante puede vivir 177 años?

Se está distrayendo con el *Aunque usted no lo crea* de Ripley.

—Una almeja ártica puede vivir 220 años.

Anna está sentada en la encimera, comiendo mantequilla de cacahuete con una cuchara.

—¿Qué es una almeja ártica?

—¿A quién le importa? —dice Jesse—. Un loro puede vivir ochenta años. Un gato, treinta.

—¿Y Hércules? —pregunta Kate.

—En el libro dice que, cuidándolo bien, un pez de colores puede vivir siete años.

Jesse observa cómo Kate se pone la píldora en la lengua y se la traga con un poco de agua.

—Si fueses Hércules —dice— ya estarías muerta.

Brian y yo nos sentamos en nuestras respectivas sillas en la oficina del doctor Chance. Aunque han pasado cinco años, los asientos se adaptan como viejos guantes de béisbol. Ni siquiera las fotografías de la mesa del oncólogo han cambiado: su mujer sigue llevando el mismo sombrero de ala ancha en un malecón de piedra de Newport; su hijo está congelado en los seis años, sosteniendo una trucha moteada, contribuyendo a la sensación de que a pesar de lo que yo piense, nunca nos hemos marchado de aquí.

El ácido funcionaba. Durante un mes, Kate volvió a hacer una recuperación molecular. Y entonces un análisis de sangre reveló que había más promielocitos.

—Podemos seguir dándole ácido —dice el doctor Chance— pero creo que el fallo nos dice que ya ha agotado ese camino.

—¿Y qué hay de un trasplante de médula ósea?

—Es arriesgado, especialmente para una niña que todavía no muestra síntomas de una recaída clínica fuerte.

El doctor Chance nos observa.

—Hay algo más que podemos intentar. Se trata de una infusión de linfocitos donantes. A veces, una transfusión de células blancas de un donante identificado puede ayudar al clon original de las células del cordón para que luchen contra las células de la leucemia. Piensa que son un ejército de apoyo, ayudando a la línea de frente.

—¿La hará mejorar? —pregunta Brian.

El doctor Chance sacude la cabeza.

—Es una medida temporal. Con toda probabilidad, Kate sufrirá una recaída absoluta. Pero nos da tiempo para reconstruir sus defensas antes de recurrir a un tratamiento más agresivo.

—¿Y cuánto tiempo tardaremos en tener los linfocitos? —pregunté.

—Eso depende de cuánto tarde en traerme a Anna —me respondió el doctor Chance.

Cuando las puertas del ascensor se abren sólo hay una persona dentro, un mendigo con gafas de sol azules y seis bolsas de plástico llenas de harapos.

—Cierra la puerta, joder —grita tan pronto como entramos—. ¿No te das cuenta de que soy ciego?

Aprieto el botón de recepción.

—Puedo traer a Anna después de la escuela. El jardín de infancia termina mañana a mediodía.

—No toques mi bolsa —gruñe el mendigo.

—No la he tocado —contesto manteniendo la distancia con educación.

—No creo que tengas que hacerlo —dice Brian.

—¡No estoy cerca de él!

—Sara, me refiero a la transfusión. No creo que tengas que traer a Anna para que dé sangre.

El ascensor se abre en la planta undécima sin motivo y luego se vuelve a cerrar.

El mendigo comienza a hurgar en las bolsas de plástico.

—Cuando tuvimos a Anna —le recuerdo a Brian— sabíamos que iba a ser una donante para Kate.

—Una vez. Y no lo recuerda.

Espero que mire.

—¿Darías sangre para Kate?

—Por el amor de Dios, Sara, qué pregunta...

—Yo también. Le daría mi corazón, por Dios, si eso la pudiese ayudar. Haces lo que haga falta cuando se trata de aquellos a los que amas, ¿no?

Brian baja la cabeza, asintiendo.

—¿Qué te hace pensar que Anna sienta algo distinto?

Las puertas del ascensor se abren, pero Brian y yo permanecemos dentro, mirándonos. El mendigo nos empuja por detrás para pasar, con su botín crujiendo entre los brazos.

—Dejen de chillar —grita a pesar de que estemos en completo silencio—. ¿No ven que no estoy sordo?

Para Anna es una fiesta. Su madre y su padre están pasando tiempo con ella a solas. Nos coge de la mano por todo el garaje. ¿Qué más da si vamos a un hospital?

Le he explicado que Kate no está bien, y que los médicos necesitan sacar algo de Anna y dárselo a Kate para que se sienta mejor. Supuse que era información más que suficiente.

Esperamos en la sala de exámenes, coloreando dibujos de pterodáctilos y del tiranosaurius rex.

—Hoy, en el descanso, Ethan ha dicho que los dinosaurios murieron porque se resfriaron —dice Anna—, pero nadie se lo ha creído.

Brian sonríe.

—¿Por qué crees que murieron?

—Pues... porque tenían un millón de años —dice mirándolo—. ¿Hacían fiestas de cumpleaños entonces?

La puerta se abre y la hematóloga entra.

—Hola a todos. Mamá, ¿quieres sostenerla en el regazo?

Me subo a la mesa y sostengo a Anna en los brazos. Brian se queda detrás de nosotras para coger el hombro y el codo de Anna y mantenerla inmóvil.

—¿Estás lista? —le pregunta la doctora a Anna, que continúa sonriendo.

Entonces saca una aguja.

—Es sólo un pinchacito —promete la doctora.

Todo lo que no tenía que decir. Anna empieza a revolverse. Me coge de la cara y la barriga. Brian no puede sujetarla. Por encima de sus gritos, Brian me dice:

—¡Pensaba que se lo habías dicho!

La doctora, que ha salido de la habitación sin que me haya dado cuenta, regresa con varias enfermeras.

—Niños y flebotomía no son amigos —dice mientras las enfermeras sacan a Anna de mi falda y la consuelan con caricias suaves y palabras más suaves—. No se preocupe, somos profesionales.

Es un *déjà vu*, como el día que diagnosticaron a Kate. «Ten cuidado con lo que deseas», pienso. Anna es su hermana.

Estoy pasando la aspiradora por la habitación de las chicas cuando el asa de la Electrolux golpea la pecera de Hércules y lo lanza volando. El cristal no se rompe, pero me lleva un tiempo encontrar el pez, que ahora está retorciéndose sobre la alfombra bajo la mesa de Kate.

—Espera, amigo —susurro devolviéndolo a la pecera.

La lleno de agua en el fregadero del lavabo. El pez flota. «No —pienso—. Por favor.»

Me siento en el borde de la cama. ¿Cómo puedo decirle a Kate que he matado a su pez? ¿Se dará cuenta si voy corriendo a la tienda y compro otro?

De pronto Anna está a mi lado. Acaba de llegar del jardín de infancia.

—Mamá, ¿por qué Hércules no se mueve?

Abro la boca a punto de confesar. Pero entonces el pez se sacude, se hunde y vuelve a nadar.

—Mira —digo— está bien.

Cuando cinco mil linfocitos no son suficientes, el doctor Chance pide diez mil. La cita de Anna para una segunda extracción de linfocitos coincide con la fiesta de cumpleaños de una chica de su clase de gimnasia. La dejo ir un rato, con la condición de llevarla luego del gimnasio al hospital.

La niña es una princesita preciosa con pelo de hada blanca, una copia en pequeño de su madre. Mientras me quito los zapatos para pasar por el suelo acolchado, intento recordar los nombres con desesperación. La niña es... ¿Mallory? Y la madre es... ¿Mónica? ¿Margaret?

Veo a Anna a lo lejos, sentada en el trampolín mientras un instructor las hace rebotar como palomitas. La madre se me acerca, con una sonrisa dibujada en la cara como una tira de luces de Navidad.

—Debes de ser la madre de Anna. Soy Mittie —dice—. Me sabe mal que tenga que irse, pero claro, lo entendemos. Tiene que ser increíble ir a un lugar adonde nadie consigue ir.

«¿El hospital?», pienso.

—Bueno, espero que nunca tengas que hacerlo.

—Oh, lo sé. Me mareo en ascensor.

Se da la vuelta hacia el trampolín.

—¡Anna, bonita! ¡Tu madre está aquí!

Anna echa a correr por el suelo acolchado. Eso es exactamente lo que quería hacer en el comedor cuando mis hijos eran pequeños: acolchar las paredes, el suelo y el techo por seguridad. Pero, al final, por más que hubiese puesto a Kate en una burbuja, el peligro estaba ya bajo su piel.

—¿Qué se dice? —pregunto, y Anna le da las gracias a la madre de Mallory.

—Oh, de nada —contesta dando a Anna una pequeña bolsa de regalos—. Que tu marido nos llame cuando quiera. Estaremos muy contentos de pasar el rato con Anna mientras estés en Texas.

Anna se me queda mirando mientras se ata los zapatos.

—¿Mittie? —le pregunto—. ¿Qué te ha dicho Anna exactamente?

—Que tenía que irse pronto para que toda la familia pudiese acompañarte al aeropuerto. Porque, cuando el entrenamiento haya empezado en Houston, no los volverás a ver hasta después del vuelo.

—¿El vuelo?

—En el transbordador espacial...

Me quedo de piedra. Anna se ha inventado una historia absolutamente ridícula y esa mujer se la ha creído.

—No soy astronauta —le confieso—. No sé por qué Anna te habrá dicho eso.

Pongo en pie a Anna con el zapato todavía desatado. Arrastrándola fuera del gimnasio, llegamos al coche sin decir nada.

—¿Por qué le has mentido?

Anna frunce el ceño.

—¿Por qué tengo que dejar la fiesta?

Porque tu hermana es más importante que el pastel y el helado; porque yo no puedo hacerlo; porque lo digo yo.

Estoy tan enfadada que no puedo abrir la camioneta a la primera.

—Deja de comportarte como si tuvieses cinco años —le espeto.

Pero entonces recuerdo que ésa es su edad.

—Hacía tanto calor —dice Brian— que un juego de té de plata podía derretirse. Los lápices estaban doblados.

Aparto los ojos del periódico.

—¿Cómo empezó todo?

—Con un gato y un perro persiguiéndose cuando los propietarios estaban de vacaciones. Encendieron un horno Jenn-Air —dice despegándose los tejanos con una mueca de dolor—. Me he hecho quemaduras de segundo grado con sólo arrodillarme en el techo.

Tiene la piel pelada, con ampollas. Lo observo mientras se

aplica Neosporin y una gasa. Sigue hablando, diciéndome algo sobre un novato apodado Caesar. Acaba de entrar en la compañía. Pero tengo los ojos pegados a un artículo del periódico:

> *Querida Abby*:
> *Cada vez que mi suegra me visita, quiere limpiar la nevera. Mi marido dice que sólo pretende ayudar, pero me siento como si me estuviese juzgando. Me hace la vida imposible. ¿Cómo puedo detener a esa mujer sin destrozar mi matrimonio?*
> *Sinceramente*
> *Fuera de fecha*
> *Seattle*

¿Qué tipo de mujer considera que ése es su problema principal? Me la imagino garabateando una nota a Querida Abby en papel con mezcla de lino. Me pregunto si ha sentido alguna vez a un hijo girando en su interior, con manos y pies pequeños caminando en círculos lentos, como si el interior de una madre fuese un lugar totalmente señalizado.

—¿A qué estás enganchada? —pregunta Brian, poniéndose a leer el artículo por encima de mi hombro.

Sacudo la cabeza, incrédula.

—Una mujer cuya vida se viene abajo por tarros de mermelada.

—Qué pena —apostilla Brian riéndose entre dientes.

—La lechuga se le pudrirá. Por Dios, ¿cómo podrá seguir viviendo?

Entonces nos ponemos a reír. Es contagioso. Cuanto más nos miramos, más reímos.

Entonces, tan súbitamente como había empezado a ser gracioso, deja de serlo. No todos vivimos en un mundo donde el contenido de la nevera es el barómetro de nuestra felicidad. Algunos trabajamos en edificios ardiendo. Algunos tenemos hijas pequeñas que se están muriendo.

—Puta lechuga podrida —digo con voz entrecortada—. No es justo.

Brian se me acerca con rapidez y me abraza.

—Nunca lo es, amor mío —contesta.

Un mes después vamos a una tercera donación de linfocitos. Anna y yo nos sentamos en la oficina de la doctora, esperando que nos llame. Tras unos minutos, me tira de la manga.

—Mami —dice.

La miro. Anna está moviendo los pies. En las uñas lleva el esmalte de Kate, que cambia de color con el estado de ánimo.

—¿Qué?

Me sonríe.

—Por si me olvido de decírtelo después: no fue tan malo como pensaba.

Un día mi hermana llega sin avisar, y con el permiso de Brian me lleva a una suite del Ritz Carlton de Boston.

—Podemos hacer lo que quieras —me dice—. Museos de arte, paseos por el Freedom Trail, cenas al aire libre en el puerto.

Pero lo que de verdad quiero hacer es olvidar, así que tres horas más tarde estoy sentada en el suelo a su lado, terminando nuestra segunda botella de vino de 100 dólares.

Levanto la botella por el cuello.

—Podría haberme comprado un vestido con esto.

Zanne suspira.

—Quizá en el sótano de Filene.

Tiene los pies sobre una silla tapizada con brocados y el cuerpo tendido en la alfombra blanca. Por la televisión, Oprah nos enseña a no dramatizar la vida.

—Además, cuando cierras la cremallera de un gran Pinot Noir, no pareces gorda.

Me la quedo mirando, sintiendo súbitamente pena de mí misma.

—No. No vas a llorar. Llorar no va incluido en el precio de la habitación.

Entonces me pongo a pensar en lo estúpidas que parecemos las mujeres cuando habla Oprah, con los Filofaxes llenos y los armarios repletos. Me pregunto qué ha hecho Brian para cenar. Si Kate está bien.

—Voy a llamar a casa.

Ella se incorpora sobre un codo.

—Puedes tomarte un descanso, ¿sabes? Nadie tiene que ser un mártir veinticuatro horas al día, siete días a la semana.

Pero no la oigo bien.

—Creo que cuando aceptas ser madre, es el único turno que ofrecen.

—He dicho «mártir» —dice Zanne riendo—, no «madre».

Sonrío un poco.

—¿Hay alguna diferencia?

Me quita el teléfono de las manos.

—¿Querías ser la primera en sacar la corona de espinas de la maleta? Escúchate a ti misma, Sara, y deja de ser la reina del drama. Sí, te ha tocado un mal número en la tómbola. Sí, jode que seas tú.

Se me encienden las mejillas.

—No tienes ni idea de cómo es mi vida.

—Ni tú —dice Zanne—. No estás viviendo, Sara. Estás esperando que muera Kate.

—No estoy esperando que... —empiezo a decir, pero me detengo. El caso es que sí lo estoy esperando.

Zanne me acaricia el pelo y me deja llorar.

—Es tan difícil a veces —confieso con palabras que no he dicho a nadie, ni siquiera a Brian.

—Mientras no sea todo el rato —dice Zanne—. Bonita, Kate no va a morir antes porque te tomes otro vaso de vino, porque pases la noche en un hotel o porque te pongas a reír con un mal chiste. Así que vuelve a aposentar tu trasero aquí, sube el volumen y compórtate como una persona normal.

Echo una ojeada a la lujosa habitación, al decadente desorden de botellas de vino y fresas con chocolate.

—Zanne —digo secándome los ojos— esto no es lo que hace la gente normal.

Ella sigue mi mirada.

—Tienes toda la razón.

Coge el mando de la tele y se pone a cambiar de canal hasta que encuentra a Jerry Springer.

—¿Está mejor?

Me pongo a reír y ella también, y pronto la habitación está dando vueltas. Nos caemos de espaldas y nos quedamos mirando el diseño con forma de corona que ribetea el techo. De pronto recuerdo que, cuando éramos pequeñas, Zanne solía ir delante de mí a la parada del autobús. Podía correr para alcanzarla, pero nunca lo hice. Sólo quería seguirla.

Las risas se elevan con fuerza, atravesando las ventanas. Después de tres días de lluvia, los niños están contentos de salir a la calle. Patean una pelota de fútbol con Brian. Cuando la vida es normal, es demasiado normal.

Me meto en la habitación de Jesse, intentando navegar entre piezas de Lego y cómics esparcidos para dejar la ropa limpia en la cama. Luego voy a la habitación de Kate y Anna para ordenar la ropa plegada.

Cuando pongo las camisetas de Kate en el tocador, veo que Hércules está nadando al revés. Meto la mano en la pecera y le doy la vuelta, sujetándolo de la cola. Respira un poco y flota despacio hacia la superficie, con la barriga blanca, sofocado.

Recuerdo que Jesse dijo que, con cuidado, un pez puede vivir siete años. Éste ha durado siete meses.

Después de dejar la pecera en mi dormitorio, llamo a información.

—Petco —digo.

Cuando me pasan, pregunto a una dependienta acerca de Hércules.

—¿Quiere comprar otro pez? —pregunta.

—No, quiero salvar éste.

—Señora —dice la chica— estamos hablando de un pez de colores, ¿verdad?

Entonces llamo a tres veterinarios, pero ninguno trata peces. Observo la agonía de Hércules otra vez y llamo al departamento de oceanografía de URI, preguntando por cualquier profesor disponible.

El doctor Orestes estudia marismas, me dicen. Moluscos, mariscos y erizos de mar, pero no peces de colores. Pero entonces le hablo de mi hija, que tiene leucemia, y le hablo de Hércules, que sobrevivió una vez contra todo pronóstico.

El biólogo marino se queda en silencio un momento.

—¿Le ha cambiado el agua?

—Esta mañana.

—¿Ha llovido mucho durante los últimos dos días?

—Sí.

—¿Tiene un pozo?

«¿Qué tiene eso que ver»?

—Sí.

—Es sólo una corazonada, pero tratándose de residuos líquidos, el agua puede tener demasiados minerales. Llene la pecera de agua embotellada, y quizá se anime.

Así que vacío la pecera de Hércules, la friego y añado dos litros de Poland Spring. Hércules tarda veinte minutos en ponerse a nadar. Se mueve entre las hojas de la planta falsa. Mordisquea la comida.

Kate me sorprende observándolo media hora después.

—No tenías por qué cambiar el agua. Lo hice esta mañana.

—Ah, no lo sabía —miento.

Pone la cara contra la pecera para que se le agrande la sonrisa.

—Jesse dice que los peces de colores sólo pueden prestar atención durante nueve segundos —dice Kate—. Pero creo que Hércules sabe muy bien quién soy.

Le toco el pelo. Y me pregunto si ya he usado mi cuota de milagro.

Anna

Si prestas atención a suficientes anuncios, empiezas a creerte cualquier tontería: que la miel brasileña se puede usar como cera depilatoria, que los cuchillos pueden cortar metal, que la fuerza del optimismo puede funcionar como alas que te llevarán adonde quieras. Gracias a un poco de insomnio y muchas dosis de Tony Robbins,* un día me obligué a imaginar cómo sería todo tras la muerte de Kate. De ese modo, según me había jurado Tony, cuando llegase el momento estaría preparada.

Lo hice durante semanas. Es más difícil de lo que parece mantenerse en el futuro, especialmente cuando mi hermana está revoloteando alrededor, como suele hacer. Mi forma de hacerlo era imaginar que Kate me estaba hechizando. Dejaba de hablarle y ella pensaba que había hecho algo mal, lo que probablemente fuese cierto de todos modos. Me pasaba días enteros llorando. En otros, parecía como si me hubiese tragado una pesa. Y en otros me esforzaba por vestirme, hacer la cama y los deberes, porque eso era más fácil que cualquier otra cosa.

Pero algunas veces dejaba que el luto se relajase un poco, y entonces, aparecían otras ideas. Por ejemplo, cómo sería

* Escritor, orador y *life coach* («maestro de vida») estadounidense. *(N. de la ed.)*

estudiar oceanografía en la Universidad de Hawai. O hacer paracaidismo. O irme a Praga. O cualquier otro sueño entre un millón. Me imaginaba en uno de esos escenarios, pero era como llevar zapatos de la talla treinta y cinco cuando la tuya es la treinta y siete: puedes avanzar unos pasos, pero entonces tienes que sentarte y quitarte los zapatos porque te duelen demasiado. Estoy segura de que tengo un censor con un sello rojo en el cerebro, recordándome qué es lo que ni siquiera tengo que pensar, sin importar lo atractivo que sea.

Probablemente sea algo bueno. Tengo la sensación de que si realmente intento imaginar quién soy sin Kate, no me va a gustar la persona que veré.

Mis padres y yo nos hacemos compañía en la cafetería del hospital, aunque uso la palabra «compañía» con amplitud. Es como si fuésemos astronautas, cada uno con su casco, cada uno sostenido por su propia fuente de aire. Mi madre tiene enfrente el pequeño paquete rectangular de terrones de azúcar. Los está organizando rigurosamente. Primero el blanco, luego el moreno y después los cristales naturales marrones y rugosos. Me mira.

—Cosita dulce —me dice.

¿Por qué en inglés las palabras cariñosas son siempre de alimentos? «*Honey*», «*cookie*», «*sugar*», «*pumpkin*».* No parece que preocuparte por alguien sea suficiente para sostenerte.

—Entiendo lo que intentas hacer quedándote aquí —dice mi madre—. Y creo que quizá tu padre y yo necesitemos escucharte un poco más. Pero Anna, no necesitamos un juez que nos ayude a hacer esto.

Tengo el corazón en un puño.

—¿Quieres decir que puedo dejarlo?

Cuando sonríe, parece el primer día cálido de marzo, tras una eternidad de nieve, cuando de pronto recuerdas la sensación del verano en las pantorrillas desnudas y en el pelo.

* En inglés, «dulce», «galletita», «azucarillo» y «caramelo», respectivamente. En castellano las palabras que expresan cariño no suelen ser nombres de alimentos. *(N. de la ed.)*

—Eso es exactamente lo que quiero decir —afirma mi madre.

Basta de donación de sangre. Basta de granulocitos, linfocitos, células madre o células renales.

—Si quieres, se lo digo a Kate —me ofrezco— para que no tengas que hacerlo.

—No pasa nada. Cuando el juez DeSalvo lo sepa, podremos hacer como que no ha pasado.

Algo me da vueltas por la cabeza.

—Pero... ¿Kate no preguntará por qué ya no soy su donante?

Mi madre habla muy despacio.

—Cuando digo *dejarlo*, me refiero al juicio.

Sacudo la cabeza con fuerza, tanto para responderle como para soltar las palabras que se me han acumulado en la boca.

—Por Dios, Anna —dice mi madre, pasmada—. ¿Qué te hemos hecho para merecer esto?

—No es lo que me han hecho.

—Es lo que no hemos hecho, ¿verdad?

—¡No me estás escuchando! —grito, y en ese momento Vern Stackhouse se acerca a nuestra mesa.

El ayudante del *sheriff* nos mira a todos, a mí, a mi madre y a mi padre, y fuerza una sonrisa.

—Creo que no es el mejor momento para interrumpir —dice—. Lo siento mucho, Sara. Brian.

Le da a mi madre un paquete, saluda y se va.

Saca el papel y lo lee. Luego me lo da a mí.

—¿Qué le has dicho? —me pregunta.

—¿A quién?

Mi padre coge la nota. Está tan llena de argot legal que podría ser griego.

—¿Qué es esto?

—Una moción para una orden temporal de alejamiento.

Se la quita a mi padre.

—¿Te das cuenta de que me estás pidiendo que me echen de casa y que deje de verte? ¿Es eso lo que quieres?

«¿Que la echen?» No puedo respirar.

—Nunca he pedido algo así.

—Bueno, un abogado no habría redactado esto por sí solo, Anna.

¿Recuerdas que a veces, cuando vas en bicicleta y comienzas a derrapar sobre la arena o cuando te saltas un peldaño y comienzas a caerte por la escalera, dispones de esos segundos tan largos para darte cuenta de que vas a hacerte daño, y mucho?

—No sé lo que está pasando —digo.

—¿Entonces cómo puedes pensar que estás preparada para tomar decisiones por ti misma?

Mi madre se pone en pie tan bruscamente que la silla produce un fuerte estrépito contra el suelo de la cafetería.

—Si eso es lo que quieres, Anna, podemos empezar ahora.

Su voz suena densa y ruda cuando me deja.

Hace unos tres meses, cogí el maquillaje de Kate. Bueno, *cogí* no es la palabra más correcta: lo robé. No tenía uno para mí. Se suponía que no podía maquillarme hasta cumplir los quince. Pero había sucedido un milagro, y Kate no estaba por allí. Los momentos desesperados exigen soluciones desesperadas.

El milagro medía metro ochenta, con el pelo color de las espigas de maíz y una sonrisa que me aturdía. Se llamaba Kyle y acababa de trasladarse desde Idaho, directamente al asiento que había detrás de mí en el aula. Él no sabía nada de mí ni de mi familia, así que cuando me preguntó si quería ir a ver una película con él, sabía que no era porque sintiese pena de mí. Vimos la nueva versión de *Spiderman*, o al menos él la vio. Yo pasé el rato imaginando que la electricidad saltaba el diminuto espacio entre su brazo y el mío.

Al llegar a casa, todavía estaba flotando. Por eso Kate pudo pillarme desprevenida. Me tiró sobre la cama y me inmovilizó.

—Ladrona —me acusó—. Has andado en mi neceser sin pedir permiso.

—Tú siempre me coges las cosas. Me cogiste la sudadera hace dos días.

—Eso es totalmente distinto. La sudadera se lava.

—¿Por qué te parece bien tener mis gérmenes flotando en tus arterias pero no en tu barra Max Factor Cherry Bomb?

La empujé con más fuerza, consiguiendo que rodásemos para ponerme encima.

Se le iluminaron los ojos.

—¿Quién es?

—¿De qué hablas?

—Si llevas maquillaje, Anna, tiene que haber alguna razón.

—Déjame en paz —le dije.

—Y tú, a la mierda —me dijo Kate sonriendo.

Entonces puso la mano libre bajo mi brazo y empezó a hacerme cosquillas, cogiéndome tan por sorpresa que tuve que soltarla. Un minuto después estábamos luchando en la cama. Una intentaba que la otra se rindiera.

—Anna, para ya —jadeó Kate—. Me estás matando.

Esas palabras eran todo lo necesario. La solté como si me hubiese quemado. Nos quedamos espalda contra espalda entre las camas, mirando el techo y respirando profundamente, fingiendo que lo que había dicho no significaba nada serio.

Mis padres se pelean en el coche. «Quizá debiéramos acudir a un abogado de verdad», dice mi padre, y mi madre contesta «yo lo soy».

«Pero Sara —dice mi padre— si esto no va a salir adelante, lo único que digo es que...»

«Pero ¿qué dices, Brian? —exclama desafiante—. ¿Qué estás diciendo? ¿Que un desconocido en un juicio será capaz de explicárselo a Anna mejor que su propia madre?» Luego mi padre conduce en silencio durante el resto del trayecto.

Para mi sorpresa, hay cámaras de televisión esperando en la escalera del edificio Garrahy. Estoy segura de que están ahí por algo muy gordo, así que imagínate mi sorpresa cuando me ponen un micrófono en la cara y un periodista con tupé me pregunta por qué he denunciado a mis padres. Mi madre empuja a la mujer.

—Mi hija no va a hacer comentarios —dice una y otra vez.

Y cuando un hombre me pregunta si sé que soy el primer bebé de diseño de Rhode Island, por un momento quiero que ella lo noquee.

Desde que tenía siete años sé cómo me concibieron, y no fue ningún drama. Para empezar, mis padres me lo dijeron cuando su imagen haciendo el amor era mucho más desagradable que la de mi creación en una placa de petri. Además, ya había mucha gente tomando potenciadores de fertilidad y teniendo septillizos, de manera que mi historia no era tan original. Pero ¿un bebé de diseño? Sí, perfecto. Si mis padres iban a pasar por todo eso, deberían haberse asegurado de implantar los genes de la obediencia, la humildad y la gratitud.

Mi padre está sentado a mi lado en el banco, con las manos entrelazadas en las rodillas. En las habitaciones de los jueces, mi madre y Campbell Alexander están atacándose verbalmente. En el vestíbulo permanecemos incómodamente quietos, como si se hubiesen llevado todas las palabras posibles y nos hubiesen dejado sin nada.

Oigo que una mujer maldice, y entonces llega Julia.

—Anna, perdona que llegue tarde. No podía pasar entre los periodistas. ¿Estás bien?

Hago un gesto y sacudo la cabeza.

Julia se arrodilla frente a mí.

—¿Quieres que tu madre salga de la sala?

—¡No!

Para mi completa vergüenza, se me llenan los ojos de lágrimas.

—He cambiado de opinión. No quiero seguir con esto. Ya no.

Me mira un buen rato y luego asiente.

—Déjame entrar para hablar con el juez.

Cuando se va, me concentro en mi respiración. Hay muchas cosas en las que me tengo que concentrar. Antes las hacía instintivamente: aspirar oxígeno, mantenerme en silencio, hacer lo correcto. El peso de la mirada de mi padre hace que me dé la vuelta.

—¿Lo has dicho en serio? ¿Ya no quieres seguir?

No contesto. No me muevo en absoluto.

—Porque si no estás segura, quizá no sea mala idea tener cierto espacio para respirar. Quiero decir que tengo una cama libre en el parque de bomberos.

Se frota la nuca.

—Sería como si nos estuviésemos mudando o algo así. Sólo...

Se me queda mirando.

—...respirar —termino, y lo hago.

Mi padre se levanta y alza la mano. Salimos juntos del Complejo Garrahy. Los periodistas se nos acercan como lobos, pero esta vez las preguntas no me afectan. Siento el pecho luminoso y ligero, como lo sentía cuando era pequeña y montaba sobre los hombros de mi padre al anochecer, cuando sabía que si levantaba las manos y extendía los dedos como una red, podía atrapar las estrellas.

Campbell

Tiene que haber un lugar especial en el Infierno para los abogados que se dan tanta importancia sin ninguna vergüenza, aunque puedes estar seguro de que todos estamos preparados para ponernos en primer plano. Al llegar al juicio de la familia y encontrarme una horda de periodistas esperando, les doy algo de carnaza, asegurándome de que las cámaras me enfoquen. Digo lo adecuado, que el caso es poco ortodoxo, además de doloroso para todos los implicados. Insinúo que la decisión del juez puede afectar a los derechos de los menores a nivel nacional, así como la investigación con células madre. Luego me aliso la americana del traje Armani, apelo a la comprensión del juez y me excuso diciendo que tengo que ir a hablar con mi cliente.

Dentro, Vern Stackhouse me mira y me hace un signo de aprobación. Ya había ido a hablar con el ayudante del *sheriff*, y muy inocentemente le había preguntado si su hermana, una periodista del *ProJo*, vendría.

—No puedo decir nada —comento— pero la vista... va a ser algo muy gordo.

En ese lugar especial del Infierno, probablemente haya un trono para aquellos de nosotros que intentemos capitalizar nuestro trabajo en favor del bien.

Unos minutos después empieza el juicio.

—Señor Alexander —dice el juez DeSalvo levantando la moción para poner orden—. ¿Podría decirme por qué ha presentado esto, cuando di instrucciones explícitas ayer?

—Me vi con la tutora ad litem, juez —respondo—. Mientras estaba presente la señora Romano, Sara Fitzgerald dijo a mi cliente que el juicio era un malentendido que terminaría bien.

Deslizo la mirada hacia Sara, que no muestra ninguna emoción más allá de tensión en la mandíbula.

—Es una violación directa de su orden, su señoría. Por más que este tribunal intente crear las condiciones que mantengan la familia unida, no creo que funcione hasta que la señora Fitzgerald consiga separar mentalmente el papel de madre del papel de abogado opuesto. Hasta entonces, es necesaria una separación física.

El juez DeSalvo golpea la mesa con los dedos.

—¿Señora Fitzgerald? ¿Se lo ha dicho a Anna?

—¡Sí, por supuesto! —exclama en un arrebato—. ¡Estoy intentado llegar al fondo del asunto!

La confesión es como una carpa de circo que se viene abajo, sumiéndonos en un silencio absoluto. Julia elige ese momento para irrumpir en la sala.

—Siento llegar tarde —dice sin aliento.

—Señora Romano —dice el juez—, ¿ha tenido ocasión de hablar con Anna hoy?

—Sí, hace poco.

Me mira, y luego mira a Sara.

—Creo que está muy confundida.

—¿Cuál es su opinión sobre la petición que el señor Alexander ha presentado?

Se pone un mechón de pelo rebelde detrás de la oreja.

—No creo disponer de suficiente información para tomar una decisión formal, pero mi instinto me dice que sería un error para la madre de Anna que la echasen de su casa.

Me pongo tenso al instante. Reaccionando, el perro se prepara.

—Juez, la señora Fitzgerald acaba de admitir que ha violado

la orden de la corte. Como mínimo, debería ser denunciada al colegio por violaciones éticas y...

—Señor Alexander, en este caso hay más que la ley escrita.

El juez DeSalvo se dirige ahora a Sara.

—Señora Fitzgerald, le recomiendo vivamente contratar a un abogado independiente para que la represente a usted y a su marido en esta petición. No voy a conceder hoy la orden de restricción, pero le aviso una vez más que no hable con su hija sobre el caso hasta la vista de la próxima semana. Si me entero en el futuro de que ha vuelto a ignorar esta orden, yo mismo la denunciaré al colegio y la escoltaré personalmente a su casa.

Cierra la carpeta y se levanta.

—No vuelva a importunarme hasta el lunes, señor Alexander.

—Necesito ver a mi cliente —anuncio, y me apresuro hacia el vestíbulo donde sé que Anna está esperando con su padre.

Cómo no, Sara Fitzgerald se me pega a los talones. Siguiéndola para mantener la paz, sin duda alguna, está Julia. Los tres nos paramos súbitamente al ver a Vern Stackhouse, dormitando en el banco donde Anna estaba sentada.

—¿Vern? —digo.

Se pone en pie de inmediato, aclarándose la garganta a la defensiva.

—Es un problema lumbar. Tengo que sentarme de vez en cuando para relajarme.

—¿Sabes dónde ha ido Anna Fitzgerald?

Estira la cabeza hacia la puerta delantera del edificio.

—Se ha ido con su padre hace un momento.

Por la expresión de la cara de Sara, ella tampoco se lo esperaba.

—¿Necesitas que te lleve de vuelta al hospital? —pregunta Julia.

Ella sacude la cabeza y echa un vistazo a través de las puertas de cristal, donde los periodistas se han reunido.

—¿Hay una salida trasera?

A mi lado, Juez se pone a olerme la mano. «¡Caramba!»

Julia lleva a Sara a la parte de atrás del edificio.

—Tengo que hablar contigo —me dice volviéndose y mirándome.

Espero que vuelva a mirar al frente. Entonces cojo con rapidez el arnés de Juez y lo arrastro hacia el otro lado del pasillo.

—¡Eh!

Un momento después, los tacones de Julia golpean las baldosas tras de mí.

—He dicho que quiero hablar contigo.

Por un instante considero seriamente huir por una ventana. Pero me detengo abruptamente, me doy la vuelta y le ofrezco mi sonrisa más agradable.

—Técnicamente hablando, has dicho que tenías que hablar conmigo. Si hubieses dicho que querías hablar conmigo, te habría esperado. —Juez me clava los dientes en un extremo del traje, del caro Armani, y tira—. Pero ahora tengo una reunión.

—¿Qué diablos te pasa? —dice—. Me dijiste que habías hablado con Anna sobre su madre y que todos estábamos en el mismo barco.

—Lo hice, y lo estábamos. Sara la estaba coaccionando, y Anna quería que dejase de hacerlo. Le expliqué las alternativas.

—¿Alternativas? Es una chica de trece años. ¿Sabes cuántos niños veo cuya idea de un juicio es completamente diferente de la de sus padres? Una madre viene y promete que su hijo testificará contra un chico que molesta, porque quiere que aparten de por vida al criminal. Pero al niño no le importa lo que le pase al criminal, mientras no tenga que estar con él en la misma habitación otra vez. O él cree que quizá el criminal debería tener otra oportunidad, como sus padres se la dan cuando él se porta mal. No puedes esperar que Anna sea como un cliente adulto normal. No tiene la capacidad emocional de tomar decisiones independientemente de su situación en casa.

—Bueno, por eso estamos con esta querella —digo.

—De hecho, no hace ni una hora que Anna me ha dicho que ha cambiado de opinión sobre la querella. No lo sabías ¿verdad? —dice Julia arqueando una ceja.

—No me ha dicho nada.

—Porque estás hablando de algo equivocado. Hablaste con ella sobre la forma legal de evitar que se la presione para que suspenda el juicio. Por supuesto, ella se lo saltó todo. Pero ¿de verdad crees que ella estaba considerando lo que significa realmente: que habrá un progenitor menos en casa para cocinar, conducir o ayudarla con los deberes, que no podrá dar un beso de buenas noches a su madre, que el resto de su familia probablemente estará muy disgustada con ella? Todo lo que oía cuando hablabas eran las palabras «basta de presión». No oía «separación».

Juez comienza a gruñir en serio.

—Tengo que irme.

Pero ella me sigue.

—¿Adónde?

—Te lo he dicho, tengo una cita.

El pasillo está lleno de salas, todas cerradas. Al final encuentro un pomo y lo giro. Entro y cierro la puerta con cerrojo.

—Señores —digo con sinceridad.

Julia intenta abrir. Golpea el panel de cristal ahumado. Siento que la frente se me empapa de sudor.

—No te me vas a escapar esta vez —me grita a través de la puerta—. Te estoy esperando.

—Sigo ocupado —le grito.

Cuando Juez señala con el morro hacia adelante, hundo los dedos en el espeso pelo de su cuello.

—No pasa nada —le digo.

Entonces me doy la vuelta hacia la habitación vacía.

Jesse

De vez en cuando me contradigo a mí mismo y creo en Dios, como en este preciso momento, cuando llego a casa y me encuentro con una chica impresionante en la puerta. Se pone de pie y me pregunta si conozco a Jesse Fitzgerald.

—¿Quién pregunta?

—Yo.

Sonrío de la manera más encantadora.

—Pues soy yo.

Deja que me detenga un momento y te diga que es mayor que yo, pero cuanto más la miro menos me importa. Podría perderme en su pelo, y su boca es tan suave y carnosa que me cuesta no mirar el resto de su cuerpo. Tengo ganas de tocarle la piel, aunque sea un brazo, sólo para saber si es tan suave como parece.

—Soy Julia Romano —dice—. Soy la tutora ad litem.

Los violines que estaba oyendo se paran de golpe.

—¿Como un policía?

—No, soy abogada, y colaboro con un juez para ayudar a tu hermana.

—¿Quieres decir a Kate?

Su expresión se vuelve algo tensa.

—Quiero decir a Anna. Ha presentado una querella para emanciparse médicamente de tus padres.

—Ah, sí. Ya lo sé.

—¿En serio?

Parece sorprendida, como si sólo Anna pudiese ser la desafiante.

—¿Por casualidad sabes dónde está?

Miro la casa, oscura y vacía.

—¿Soy el cuidador de mi hermana? —digo sonriéndole—. Si quieres esperar, ven conmigo y te enseño mis aguafuertes.

Para mi sorpresa, acepta.

—Pues no es mala idea. Me gustaría hablar contigo.

Me apoyo en la puerta y cruzo los brazos para que me sobresalgan los bíceps. La obsequio con la sonrisa que ha parado en seco a la mitad de la población femenina de la Universidad Roger Williams.

—¿Tienes planes para esta noche?

Se me queda mirando como si hubiese dicho algo en griego. No, joder, seguramente le ha sonado a griego. O marciano. O vulcano de mierda.

—¿Me estás pidiendo una cita?

—Creo que vale la pena —digo.

—Creo que es una pena —responde rotundamente—. Soy suficientemente mayor para ser tu madre.

Tienes los ojos más bonitos que he visto nunca.

Por ojos entiendo tetas, pero da igual.

Julia Romano decide entonces abrocharse el traje chaqueta, lo que me hace reír.

—¿Por qué no charlamos aquí?

—Como quieras —le digo, y la llevo a mi estudio.

No está tan desordenado como suele. Los platos que están en la encimera llevan allí sólo uno o dos días, y los cereales desparramados no quedan tan feos tras un día fuera de casa como la leche derramada. En medio del suelo hay un cubo, trapos y una lata de gasolina. Estoy haciendo unos palos para crear fuego. Hay ropa por todo el suelo, colocada artísticamente para minimizar el efecto de una gotera sobre la inmóvil luz de la Luna.

—¿Qué te parece? —le digo sonriendo—. A Martha Stewart* le gustaría, ¿no?

—Martha Stewart te planificaría la vida —murmura Julia.

Se sienta en el sofá, se levanta y saca un puñado de patatas fritas que ya han dejado, gracias a Dios, una marca de grasa con forma de corazón en su adorable trasero.

—¿Quieres beber algo?

Que no se diga que mi madre no me enseñó modales.

Echa un vistazo y sacude la cabeza.

—No, gracias.

Encogiéndome de hombros, saco una Labatt's de la nevera.

—¿Así que ha habido problemillas en casa?

—¿No lo sabías?

—Intento mantenerme al margen.

—¿Por qué?

—Porque es lo que sé hacer mejor. —Sonriendo, tomo un buen trago de cerveza—. Aunque es una pena habérmelo perdido.

—Háblame de Kate y Anna.

—¿Qué se supone que tengo que decirte?

Me acerco a ella en el sofá, mucho. A propósito.

—¿Cómo te llevas con ellos?

Me inclino hacia adelante.

—A ver, señora Romano. ¿Me estás preguntando si finjo bien? —Dado que ni siquiera parpadea, lo dejo estar—. Me soportan —contesto—. Como todo el mundo.

Esa respuesta ha tenido que interesarle, ya que apunta algo en un bloc.

—¿Cómo ha sido crecer en tu familia?

Se me ocurren una docena de respuestas, pero la que suelto es la peor.

—Cuando yo tenía doce años, Kate enfermó. Nada grave, sólo una infección, pero no podía sobreponerse por sí misma. Así que se llevaron a Anna para que diera granulocitos, células sanguíneas blancas. No es que Kate lo hubiese planeado, pero casualmente era Nochebuena. Teníamos que hacer una salida

* Presentadora del programa de entrevistas sensacionalista, «Martha».

familiar, ya sabes, para coger un árbol. —Saco un paquete de tabaco del bolsillo—. ¿Te importa? —pregunto, pero no la dejo responder y lo enciendo—. Me endilgaron en casa de un vecino en el último momento, cosa que me jodió porque estaban pasando una gran Nochebuena con sus parientes y se pusieron a murmurar sobre mí como si fuera un caso perdido de beneficencia. Bueno, todo se malogró muy rápidamente, así que dije que tenía que ir a mear y me largué. Caminé hasta casa, cogí una de las hachas de mi padre y una sierra y corté ese pequeño pino de en medio del jardín delantero. Cuando el vecino se dio cuenta de que me había ido, ya había colocado todo eso en nuestro comedor, el árbol, las guirnaldas, la decoración, como quieras llamarlo.

Todavía puedo ver las luces, rojas, azules y amarillas, parpadeando una y otra vez en un árbol tan recargado y fuera de lugar como un esquimal en Bali.

»Así que el día de Navidad por la mañana, mis padres fueron a casa de los vecinos para recogerme. Ambos tenían un aspecto horrible, pero cuando me llevaron a casa había regalos bajo el árbol. Estoy muy emocionado y cojo uno con mi nombre, que resulta ser ese pequeño coche, algo que habría sido magnífico para un chico de tres años pero no para mí. Además, yo sabía que se vendía en la tienda de regalos del hospital. Como todos mis regalos de ese año. Imagínatelo. —Apago el cigarrillo en el muslo—. Ni siquiera dijeron nada del árbol —añado—. Así es crecer en esta familia.

—¿Te parece que sucede lo mismo con Anna?

—No. Controlan a Anna porque tiene un papel en su gran plan para Kate.

—¿Cómo deciden tus padres en qué momento Anna ayudará a Kate médicamente?

—Lo dices como si fuese un proceso o algo así. Como si en realidad hubiese otra alternativa.

Ella levanta la cabeza.

—¿No la hay?

No le hago caso, porque es la pregunta retórica por antonomasia, y miro por la ventana. En el patio de enfrente todavía se ve el tronco del pino. En esta familia no hay nadie que cubra sus errores.

Cuando tenía siete años se me metió en la cabeza cavar hasta China. ¿Sería muy difícil, me preguntaba, hacer un túnel que fuese directamente? Saqué una pala del garaje y me puse a cavar un agujero suficientemente ancho para mí. Cada noche arrastraba conmigo la tapa del viejo cajón de arena, por si llovía. Trabajé en eso durante cuatro semanas, mientras las piedras me mordían en los brazos, haciéndome cicatrices de guerra, y las raíces se me aferraban a los tobillos.

Con lo que no contaba era con las altas paredes que crecían alrededor de mí o el vientre del planeta, caliente bajo mis zapatillas de deporte. Cavando en línea recta me había perdido sin esperanza. En un túnel tienes que iluminar el camino, y nunca he sido muy bueno en eso.

Cuando me puse a gritar, mi padre me encontró en segundos, aunque me parecieron siglos. Reptó por el hoyo, desgarrándose entre mi duro trabajo y mi estupidez.

—¡Se te podría haber derrumbado encima! —me dijo, y me sacó a tierra firme.

Desde ese punto de vista, me di cuenta de que mi agujero no era ni mucho menos de kilómetros. De hecho, si mi padre se quedaba de pie en él, sólo le llegaba al pecho.

Como sabes, la oscuridad es relativa.

Brian

Anna no tarda ni diez minutos en meterse en mi habitación del parque de bomberos. Mientras pone la ropa en un cajón y deja el peine al lado del mío en el tocador, voy a la cocina donde Paulie está haciendo la cena. Los chicos están esperando una explicación.

—Se va a quedar conmigo un tiempo —les digo—. Estamos solucionando unas cosas.

Caesar aparta los ojos de una revista.

—¿Va a venir con nosotros?

No he pensado en eso. Quizá la ayude a desconectar, a sentirse como una aprendiz.

—Bueno, quizá...

Paulie se da la vuelta. Está haciendo fajitas con ternera para esta noche.

—¿Va todo bien, capitán?

—Sí, Paulie, gracias por preguntar.

—Si alguien la molesta —dice Red—, tendrá que vérselas con nosotros cuatro.

Los demás asienten. Me pregunto qué pensarían si les dijese que los que molestan a Anna somos Sara y yo.

Dejo a los chicos preparando la cena y vuelvo a mi habitación. Anna está en la segunda cama gemela, sentada sobre las piernas cruzadas.

—Eh —le digo sin que me conteste.

Me doy cuenta de que lleva auriculares, metiéndose Dios sabe qué en los oídos.

Me ve y apaga la música. Se cuelga los auriculares del cuello como una gargantilla.

—Eh.

Me siento en el borde de la cama y me la quedo mirando.

—Así que tú... ¿quieres hacer algo?

—¿Como qué?

Me encojo de hombros.

—No sé. ¿Jugar a cartas?

—¿Como al póquer?

—Póquer, canasta. Lo que sea.

Me mira atentamente.

—¿Canasta?

—¿Quieres hacerte trenzas?

—Papá —pregunta Anna—, ¿estás bien?

Me siento más cómodo entrando en un edificio que se cae a pedazos que intentando hacerla sentir bien.

—Yo sólo... me gustaría que supieras que puedes hacer lo que quieras aquí.

—¿Puedo dejar una caja de tampones en el lavabo?

Me pongo rojo al instante, y luego Anna, como si fuese contagioso. Sólo hay una bombera, a tiempo parcial, y la habitación de mujeres está en la planta inferior del parque. Y aún así...

El pelo le cae sobre la cara.

—No quería... puedo guardarlos...

—Déjalos en el lavabo —le digo.

Y añado con autoridad:

—Si alguien se queja, diremos que son míos.

—Me parece que no te creerían, papá.

Le paso un brazo por los hombros.

—Quizá no lo haga bien a la primera. Nunca he dormido con una chica de trece años.

—Tampoco me junto a menudo con hombres de cuarenta y dos años.

—Mejor, porque tendría que matarlos.

Su sonrisa me desarma. Quizá no sea tan difícil como pensaba. Quizá me convenza de que este movimiento conseguirá mantener unida a la familia, aunque el primer paso conlleve romperla.

—¿Papá?

—¿Sí?

—Que sepas que nadie juega a la canasta si tiene algo mejor que hacer.

Me abraza con mucha fuerza, como cuando era pequeña. Recuerdo, ese momento, la última vez que llevé a Anna en brazos. Íbamos de excursión por un campo, los cinco, y los juncos y las margaritas salvajes eran más altas que ella. La cogí en brazos y cruzamos juntos un mar de cañas. Pero por primera vez nos dimos cuenta de cuánto le colgaban las piernas, de lo grande que era para llevarla en brazos, y, al poco rato, ya se retorcía para bajar y caminar sola.

Los peces de colores se adaptan a la pecera donde los metes. Los bonsáis se retuercen en miniatura. Habría dado lo que fuera para que no creciese. Los hijos se nos hacen grandes mucho más de prisa de lo que nos quedamos pequeños para ellos.

Es singular que mientras una de nuestras hijas nos lleva a una crisis legal, la otra está en la agonía de una crisis médica. Sabemos desde hace tiempo que Kate está al borde de un fallo renal. Es Anna, esta vez, la que nos asombra. Pero, como siempre, te haces cargo y consigues salir adelante. La capacidad humana para soportar cargas pesadas es como la del bambú: mucho más flexible de lo que crees a primera vista.

Mientras Anna recogía sus cosas esa tarde, yo fui al hospital. Kate estaba terminando la diálisis cuando entré en la habitación. Estaba dormida con los auriculares del CD puestos. Sara se levantó de la silla con un dedo en los labios, como aviso.

Me llevó al vestíbulo.

—¿Cómo está Kate? —le pregunté.

—Está igual —contestó—. ¿Cómo está Anna?

Intercambiábamos el estado de nuestras hijas como cromos de béisbol que enseñásemos un momento, sin querer canjearlos todavía. Miraba a Sara, preguntándome cómo iba a decirle lo que había hecho.

—¿Adónde se han escapado mientras yo hablaba con el juez? —dijo.

Bueno. Si te paras a pensar en lo caliente que estará el fuego, no te decides a apagarlo.

—He llevado a Anna al parque de bomberos.

—¿Pasa algo en el trabajo?

Tomé aire y salté el obstáculo en que se había convertido mi matrimonio.

—No. Anna se va a quedar allí conmigo unos días. Creo que necesita tiempo para sí misma.

Se me quedó mirando.

—Pero Anna no se va a quedar sola. Se va a quedar contigo.

El vestíbulo parecía brillante y ancho de pronto.

—¿Y eso está mal?

—Sí —dijo—. ¿De verdad crees que seguirle el juego a Anna va a ayudarla en algo a la larga?

—No le estoy siguiendo el juego. Le estoy dando espacio para que llegue por sí misma a las conclusiones correctas. Tú no eres quien se ha quedado con ella mientras estabas en el despacho del juez. Me preocupa.

—Bueno, eso es lo que nos diferencia —arguyó Sara—. Me preocupan nuestras dos hijas.

Me la quedé mirando, y durante una fracción de segundo vi a la mujer que era antes. La que sabía sonreír de forma espontánea, la que mezclaba chistes y hacía reír, la que podía atraparme sin intentarlo siquiera. Le puse las manos en las mejillas. «Oh, aquí estás —pensé— y me incliné para darle un beso en la frente».

—Sabes dónde encontrarnos —dije. Y me fui.

Poco después de medianoche nos piden una ambulancia. Anna parpadea en la cama mientras las alarmas suenan y la luz inunda la habitación automáticamente.

—No hace falta que vengas —le digo, pero ya está en pie y poniéndose los zapatos.

Le he dado equipamiento de nuestra bombera de tiempo

parcial: un par de botas y un casco. Se mete la chaqueta y sube a la parte trasera de la ambulancia, abrochándose el cinturón del asiento que mira hacia atrás y está detrás de Red, el conductor.

Hacemos bastante ruido por las calles de Upper Darby hasta la Casa de Reposo Sunshine Gates, un anexo del Saint Peter. Red coge la camilla de la ambulancia mientras yo entro el botiquín de asistencia. Una enfermera nos espera en la puerta de entrada.

—Se ha caído y ha perdido la conciencia un momento. Está confusa.

Nos llevan a una de las habitaciones. Dentro, una mujer mayor yace en el suelo, pequeña y huesuda como un pájaro, con sangre brotándole de la cabeza. Huele como si hubiese perdido el control de los esfínteres.

—Hola, bonita —digo agachándome inmediatamente.

Le cojo la mano. Tiene la piel como un crep.

—¿Puede apretarme los dedos?

Entonces miro a la enfermera.

—¿Cómo se llama?

—Eldie Briggs. Tiene ochenta y siete años.

—Eldie, vamos a ayudarla —digo sin dejar de asistirla—. Tiene una herida en el área occipital. Voy a necesitar la tabla espinal.

Mientras Red corre a la ambulancia para traerla, tomo la presión y el pulso a Eldie. Son irregulares.

—¿Le duele el pecho?

La mujer gime, pero sacude la cabeza con una mueca de dolor.

—Bonita, voy a tener que ponerle un collarín, ¿vale? Parece que se ha golpeado la cabeza con fuerza.

Red vuelve con la tabla. Levanto la cabeza para mirar a la enfermera.

—¿Sabemos si estaba consciente antes de caerse?

—Nadie la vio caer —dice sacudiendo la cabeza.

—Claro —murmuro para mí—. Necesito una manta.

La mano que me la ofrece es pequeña y temblorosa. Me había olvidado totalmente de que Anna estaba con nosotros.

—Gracias, pequeña —digo sonriéndole—. ¿Quieres ayudarme? ¿Puedes coger los pies de la señora Briggs?

Asiente, pálida, y se agacha. Red alinea la tabla.

—Vamos a moverla, Eldie. A la de tres...

Contamos, la movemos y la atamos. El movimiento hace que sangre de nuevo.

La metemos en la ambulancia. Red conduce hacia el hospital mientras rebusco por los desordenados rincones de la cabina, conectando el tanque de oxígeno, que la ayuda.

—Anna, pásame el kit para ponerle una vía.

Comienzo a cortar la ropa de Eldie.

—¿Está todavía consciente, señora Briggs? Va a sentir un pinchacito —le digo.

Le sujeto el brazo e intento encontrar una vena, pero son como líneas muy finas trazadas a lápiz, sombras desdibujadas. El sudor me gotea de la frente.

—La del veinte no entra. Anna, ¿hay alguna del veintidós?

Que la paciente se queje y llore no ayuda. Tampoco que la ambulancia se balancee adelante y atrás, doblando esquinas, frenando, mientras intento insertar la aguja más pequeña.

—Caramba —digo perdiendo la segunda vena.

Le mido las pulsaciones con rapidez y agarro la radio para llamar al hospital y decirles que ya llegamos.

—Paciente de ochenta y siete años, se ha caído. Está consciente y contesta preguntas, presión sanguínea 136 sobre 83, pulso 130 e irregular. He intentado hacer un acceso intravenoso pero no he tenido mucha suerte. Tiene una herida en la parte posterior de la cabeza pero por ahora está controlada. Le estoy dando oxígeno. ¿Alguna pregunta?

A la luz de un camión que se acerca veo la cara de Anna. El camión gira y la luz cae, y me doy cuenta de que mi hija está sujetando la mano de esa extraña.

En la entrada de emergencias del hospital, sacamos la camilla de la cabina y la metemos por las puertas automáticas. Un equipo de doctores y enfermeras está esperando.

—Todavía habla —digo.

Un enfermero le da unos golpecitos en las delgadas muñecas.

—Dios mío.

—Sí, por eso no veía una vena claramente. He necesitado una almohada infantil para tomarle la presión.

De pronto recuerdo a Anna, que está esperando en la entrada con los ojos totalmente abiertos.

—Papá, ¿se va a morir esa señora?

—Creo que puede haber sufrido una apoplejía... pero sobrevivirá. Oye, ¿por qué no vas a esperar allí, en una silla? Estaré listo en cinco minutos como mucho.

—Papá —dice. Me detengo en el umbral—. ¿No sería mejor que fuesen todos así?

Ella no lo ve como yo. No ve que Eldie Briggs es la pesadilla de un paramédico, que no tiene venas, que no hay nada que hacer con ella y que no ha sido una buena idea que nos llamasen. Lo que Anna quiere decir es que todo lo malo de Eldie Briggs se puede arreglar.

Voy adentro y sigo informando al personal de emergencias según conviene. Unos diez minutos después, termino el informe y voy a buscar a mi hija a la sala de espera, pero no está. Me encuentro con Red colocando sábanas limpias en la camilla, atando una almohada bajo el cinturón.

—¿Dónde está Anna?

—Pensaba que estaba contigo.

Miro en un vestíbulo y luego en otro, sólo veo a médicos cansados, a otros paramédicos y pequeños grupos de personas aturdidas sorbiendo café y esperando lo mejor.

—Ahora vuelvo.

Comparado al frenesí de emergencias, la planta octava está en calma. Las enfermeras me saludan por mi nombre mientras me dirijo a la habitación de Kate y abro la puerta con cuidado.

Anna es demasiado grande para el regazo de Sara, pero ahí está. Las dos están dormidas. Sara me ve llegar por encima de la cabeza de Anna.

Me arrodillo frente a mi mujer y aparto el pelo de las sienes de Anna.

—Cariño —suspiro—, es hora de irse a casa.

Anna se incorpora despacio. Deja que la coja de la mano y la ponga en pie, mientras la mano de Sara le recorre la columna.

—No vamos a casa —dice Anna, pero de todos modos me sigue fuera de la habitación.

Pasada la medianoche, me inclino al lado de Anna y le susurro al oído:

—Ven a ver esto.

Se incorpora, coge una sudadera y mete los pies en las zapatillas. Subimos juntos al tejado.

La noche nos rodea. Los meteoritos caen como fuegos artificiales, rasgones fugaces en la textura de la oscuridad.

—¡Oh! —exclama Anna sentándose para verlo mejor.

—Son las Perseidas —le digo— una lluvia de meteoros.

—Es increíble.

Las estrellas fugaces no son estrellas. Sólo son piedras que penetran en la atmósfera y se encienden con la fricción. Lo que deseamos cuando vemos una no es nada más que una cola de escombros.

En el cuadrante izquierdo superior del cielo, una radiante, estalla en una nueva corriente de centellas.

—¿Cada noche es así, mientras dormimos? —pregunta Anna.

Es una pregunta interesante. «¿Todo lo maravilloso sucede cuando no nos damos cuenta?» Niego con la cabeza. Técnicamente, la ruta de la Tierra cruza la cola arenosa del cometa una vez al año. Pero un espectáculo tan magnífico como ése debe suceder sólo una vez en la vida.

—¿No sería estupendo que una estrella aterrizase en el patio de atrás? ¿Y si pudiésemos encontrarla al salir el sol, ponerla en una pecera y usarla como una luz nocturna o una linterna de acampada?

Puedo imaginarla haciéndolo, peinando el césped en busca de marcas de hierbas quemadas.

—¿Crees que Kate puede verlas por la ventana?

—No estoy seguro.

Me incorporo sobre un codo y la miro con atención.

Pero Anna mantiene los ojos pegados a la bóveda celeste.

—Sé que quieres preguntarme por qué estoy haciendo todo esto.

—No tienes que decir nada si no quieres.

Anna se tumba, apoyando la cabeza en mi hombro. Cada segundo brilla otro rayo de plata; paréntesis, signos de exclamación, comas. Toda una gramática hecha de luz, en lugar de palabras demasiado duras de pronunciar.

Viernes

Duda de que las estrellas estén hechas de fuego,
Duda de que el sol se mueva,
Duda de que la verdad sea mentira,
Pero nunca dudes de que te amo.

William Shakespeare
Hamlet

Campbell

En cuanto entro con Juez en el hospital, me doy cuenta de que hay un problema. Un guarda de seguridad (tipo Hitler en versión *dragqueen* con una permanente horrible) se cruza de brazos y me impide la entrada a la zona de ascensores.

—No pueden entrar perros —ordena.

—Es un perro de asistencia.

—Usted no es ciego.

—Tengo pulsaciones irregulares y él sabe hacer reanimación cardiopulmonar.

Me dirijo a la oficina del doctor Peter Bergen, un psiquiatra que resulta ser el presidente del Comité de Ética médica del Hospital de Providence. Estoy aquí para nada: no parece que vaya a encontrar a mi cliente, que puede o no querer seguir adelante en la demanda. Francamente, tras la vista de ayer me enfadé. Quería que ella viniese a mí. Como no lo hizo, llegué incluso a sentarme durante una hora en la puerta de su casa, pero nadie se presentó. Esta mañana, suponiendo que Anna estaba con su hermana, fui al hospital sólo para que me dijeran que no podía ver a Kate. Tampoco encuentro a Julia, aunque creía que la vería ayer esperando aún al otro lado de la puerta cuando Juez y yo salimos, tras el incidente en los juzgados. Pedí a su hermana su móvil, por lo menos, pero algo me dice que vete-a-cagar está fuera de cobertura.

Así, como no tengo nada mejor que hacer, voy a trabajar en el caso, suponiendo que todavía exista.

La secretaria de Bergen parece el tipo de mujer con talla de sostén superior a su cociente intelectual.

—¡Oh, un perrito! —chilla alargando la mano para acariciar a Juez.

—Por favor, no lo toque.

Me pongo a soltarle una de mis explicaciones estudiadas, pero ¿para qué malgastarlas con ella? Entonces me dirijo a la puerta del fondo.

Allí me encuentro a un hombre pequeño y rechoncho con un pañuelo con las barras y estrellas cubriéndole los rizos de color gris. Está vestido con ropa de yoga y hace Tai Chi.

—Ocupado —gruñe Bergen.

—Tenemos algo en común, doctor. Soy Campbell Alexander, el abogado que solicitó información de la chica Fitzgerald.

Con los brazos extendidos hacia adelante, el psiquiatra suspira:

—Se los envié.

—Envió los datos de Kate Fitzgerald. Necesito los de Anna Fitzgerald.

—Sabe —replica— ahora no es un buen momento para esto...

—No pretendo interrumpir sus ejercicios.

Me siento con Juez a sus pies.

—Como estaba diciendo... Anna Fitzgerald... ¿Tiene informes del Comité de Ética sobre ella?

—El Comité de Ética no se ha reunido nunca para tratar de Anna Fitzgerald. La paciente es su hermana.

Lo observo mientras arquea la espalda y se mueve hacia adelante.

—¿Sabe cuántas veces ha sido Anna paciente externa o interna de este hospital?

—No —dice Bergen.

—Creo que ocho.

—Pero esos tratamientos no tienen que llegar necesariamente al Comité de Ética. Cuando los médicos están de acuerdo con lo que quieren los pacientes, y viceversa, no hay conflicto. No hay motivo siquiera para prestarle atención.

El doctor Bergen baja los pies, que mantenía suspendidos en el aire, y coge una toalla para secarse debajo de los brazos.

—Todos tenemos mucho trabajo, señor Alexander. Somos psiquiatras, enfermeras, doctores, científicos y curas. No vamos buscando problemas.

Julia y yo nos apoyamos contra el armario mientras hablamos sobre la Virgen María. Estaba tocando su medalla milagrosa. Bueno, en realidad buscaba su clavícula, y la medalla se interpuso.

—¿Y si no era más que una chica que se encontró con un problema y se inventó una historia ingeniosa para salir de él?

Julia casi se ahoga.

—Creo que pueden echarte de la Iglesia Episcopal por eso, Campbell.

—Piénsalo. Tienes trece años, o la edad que tuvieran entonces cuando se enrollaban, y te das un buen revolcón en el heno con José, y antes de que te des cuenta estás embarazada. Puedes afrontar la cólera de tu padre o inventarte una buena historia. ¿Quién va a contradecirte si dices que es Dios el que te ha dejado preñada? ¿No crees que el padre de María podría haber pensado: «Si no la creo y es verdad, quizá venga una plaga»?

Entonces abrí mi taquilla y un centenar de condones se desparramaron. Un grupo de chicos del equipo de vela sacaron la cabeza, riendo como hienas.

—Pensé que podrías necesitar más —dijo uno de ellos.

Bueno, ¿qué podía hacer? Sonreí.

Antes de darme cuenta, Julia se había ido. Para ser una chica, corría muy rápidamente. No la atrapé hasta que la escuela se convirtió en una mancha distante detrás de nosotros.

—Cariño —dije sin saber qué más decir.

No era la primera vez que hacía llorar a una chica, pero era la primera vez que me dolía hacerlo.

—¿Me debería haber pegado con ellos? ¿Eso es lo que quieres?

Se dio la vuelta.

—*¿Qué les dices de nosotros cuando estás en el vestidor?*

—*No les digo nada.*

—*¿Qué les dices a tus padres?*

—*Nada —admití.*

—*Vete a la mierda —dijo echando a correr de nuevo.*

Las puertas del ascensor se abren en el tercer piso y ahí está Julia Romano. Nos miramos un momento. Entonces Juez se levanta y empieza a menear la cola.

—¿Bajas?

Entra y pulsa el botón de recepción, que ya estaba encendido. Para hacerlo tiene que inclinarse por delante de mí, de manera que le huelo el pelo. Vainilla y canela.

—¿Qué haces aquí? —pregunta.

—Me decepciona terriblemente el estado de la sanidad americana. ¿Y tú?

—He visto al oncólogo de Kate, el doctor Chance.

—Supongo que significa que todavía estamos de juicio.

Julia sacude la cabeza.

—No lo entiendo. Nadie de la familia me devuelve las llamadas, menos Jesse, y eso es únicamente hormonal.

—¿Has subido a...?

—¿La habitación de Kate? Sí. No me han dejado entrar. No sé qué de la diálisis.

—Me han dicho lo mismo —le digo.

—Bueno, si hablas con ella...

—Mira —la interrumpo— tengo que suponer que todavía tenemos una visita dentro de tres días a menos que Anna me diga lo contrario. Si es así, tú y yo tendremos que sentarnos y adivinar qué cosa le pasa a esa niña. ¿Quieres un café?

—No —dice Julia saliendo.

—Espera.

Al cogerla del brazo se queda helada.

—Sé que esto no te resulta cómodo. A mí tampoco. Pero que tú y yo no podamos crecer no significa que Anna no deba tener ninguna oportunidad de hacerlo —digo con un aire particularmente avergonzado.

Julia cruza los brazos.

—¿Quieres apuntarte este tanto para volverla a utilizar?

Me pongo a reír.

—Dios mío, no hay quien pueda contigo...

—Déjalo ya, Campbell. Tienes tanta labia que te pones aceite en la boca cada mañana.

Eso me evoca todo tipo de imágenes, que implican su cuerpo.

—Tienes razón —dice luego.

—Ahora quisiera apuntarme éste...

Se pone a andar de nuevo, pero Juez y yo la seguimos.

Sale del hospital y toma una calle lateral, un callejón y un bloque de pisos hasta que llegamos de nuevo a un espacio abierto en la avenida Mineral Spring, en North Providence. En ese momento, agradezco tener la mano izquierda sujetando la correa de un perro con muchos dientes.

—Chance me dijo que no hay nada que hacer con Kate —dice Julia.

—Quieres decir fuera del trasplante de riñón.

—No. Eso es lo increíble —dice deteniéndose y poniéndose delante de mí—. El doctor Chance no cree que Kate sea suficientemente fuerte.

—Y Sara Fitzgerald sigue queriéndolo —digo.

—Cuando lo piensas, Campbell, no puedes reprochárselo. Si Kate va a morir de todos modos sin un trasplante, ¿por qué no hacerlo?

Rodeamos con cuidado a un vagabundo con un montón de botellas.

—Porque el trasplante implica una operación seria para su otra hermana —señalo—. Y poner en peligro la salud de Anna por una intervención que no es necesaria, parece fuera de lugar.

Julia se detiene frente a una casucha con las palabras *Luigi Ravioli* pintadas a mano. Parece el típico sitio que está oscuro para que no se vean las ratas.

—¿No hay un Starbucks cerca? —pregunto justo cuando un calvo enorme con delantal blanco abre la puerta y casi golpea a Julia.

—¡Isobella! —grita besándola en las mejillas.

—No, tío Luigi, soy Julia.

—¿Julia? —pregunta apartándose y frunciendo el ceño—. ¿Estás segura? Deberías cortarte el pelo, chica.

—Ya te metías con mi pelo cuando lo llevaba corto.

—Nos metíamos con tu pelo porque era rosa.

Entonces me mira.

—¿Tienes hambre?

—Queríamos un poco de café y una mesa tranquila.

Sonríe.

—¿Una mesa tranquila?

Julia suspira.

—No ese tipo de mesa tranquila.

—Bien, bien, todo es un gran secreto. Vengan, les daré la habitación trasera. Los perros se quedan aquí —añade echando un vistazo a Juez.

—El perro viene —respondo.

—No a mi restaurante —insiste Luigi.

—Es un perro de asistencia, no puede quedarse fuera.

Luigi se inclina a un par de centímetros de mi cara.

—¿Es usted ciego?

—Ciego a los colores —contesto—. El perro me indica cuándo cambian las luces de tráfico.

El tío de Julia hace una mueca con la boca.

—Todo el mundo va de listillo hoy día —dice acompañándonos dentro.

Durante semanas, mi madre intentó enterarse de quién era mi novia.

—Es Bitsy, ¿verdad? La que conocimos en Vineyard. O no, espera, ¿no será la hija de Sheila, la pelirroja?

Le dije una y otra vez que no la conocía, cuando lo que en realidad quería decir era que nunca la reconocería.

—Sé lo que le conviene a Anna —me dice Julia— pero no estoy segura de que sea suficientemente madura para tomar decisiones.

Me tomo otro *antipasto*.

—Si crees que está justificado que presente la petición, ¿cuál es el problema?

—Compromiso —dice Julia secamente—. ¿Quieres que te dé una definición?

—Sabes que no es educado sacar las garras en la mesa.

—Ahora mismo, cada vez que la madre de Anna se enfrenta a ella, desiste. Cada vez que sucede algo con Kate, desiste. Y, a pesar de lo que ella crea que es capaz de hacer, nunca antes ha tomado una decisión de tal magnitud, considerando las consecuencias que su hermana va a sufrir.

—¿Y si te dijera que cuando tengamos la vista, ya será capaz de tomar esa decisión?

Julia me mira.

—¿Por qué estás tan seguro de que eso va a pasar?

—Siempre estoy seguro de mí mismo.

Coge una oliva de la bandeja que nos separa.

—Sí —dice con tranquilidad—. Eso lo recuerdo.

Aunque Julia debía estar recelosa, no le dije nada de mis padres, de mi casa. Mientras entrábamos en Newport con mi jeep, me metí en el camino de entrada de una gran mansión de ladrillos.

—Campbell —dijo Julia— estás de broma.

Recorrí la curva del camino y salí por el otro lado.

—Pues sí.

Así, cuando entré en la casa por el camino de abajo, aquella inmensidad de estilo georgiano, con avenidas de hayas y vistas a la bahía, resultó tan impresionante. En realidad, era más pequeña que a primera vista.

Julia sacudió la cabeza.

—Tus padres me verán y nos separarán con una palanca.

—Les vas a gustar —le dije mintiéndole por primera vez.

No sería la última.

Julia se pone debajo de la mesa con un plato lleno de pasta.

—Toma, Juez —dice—. ¿Qué pasa con el perro?

—Traduce para mis clientes de habla hispana.

—¿En serio?

Le sonrío.

—En serio.

Se inclina hacia adelante, estrechando los ojos.

—Sabes que tengo seis hermanos. Sé cómo son los hombres.

—Dime.

—¿Y contar mis secretos comerciales? Ni loca —dice negando con la cabeza—. Quizá Anna te ha contratado porque eres tan evasivo como ella.

—Me ha contratado porque vio mi nombre en el periódico —explico—. Ni más ni menos.

—Pero ¿por qué lo has aceptado? No es el tipo de caso que sueles llevar.

—¿Cómo sabes cuáles son los casos que llevo?

Lo digo con ligereza, bromeando, pero Julia se calla, y entonces me respondo: todo este tiempo ha estado siguiendo mi carrera.

Pero yo también he seguido la suya.

Me aclaro la garganta, incómodo, y le señalo la cara.

—Tienes salsa... ahí.

Coge la servilleta y se seca la comisura de los labios, pero no acierta.

—¿Me lo he quitado? —pregunta.

Inclinándome con mi servilleta, le limpio la manchita, pero me quedo allí. Dejo la mano en su mejilla. Nos miramos fijamente. En ese instante, volvemos a ser unos jóvenes que descubren el cuerpo del otro.

—Campbell —dice Julia— no me hagas esto.

—¿Que no te haga qué?

—No me hagas saltar al vacío dos veces.

Cuando suena mi móvil, los dos respingamos. Julia vuelca sin darse cuenta el vaso de Chianti mientras contesto.

—No, cálmate. Cálmate. ¿Dónde estás? Bien, ya voy.

Julia deja de frotar la mesa cuando cuelgo.

—Tengo que irme.

—¿Va todo bien?

—Era Anna —le digo—. Está en la comisaría de policía de Upper Darby.

* * *

De vuelta a Providence, intenté imaginar al menos cada kilómetro una muerte horrible para mis padres. Pegarles, despellejarlos vivos y sazonarlos con sal. Ahogarlos en ginebra, aunque no sé si eso se consideraría tortura o sólo Nirvana.

Era posible que me hubiesen visto entrando con sigilo en la habitación de invitados, llevando a Julia por la escalera de servicio hasta la puerta trasera de la casa. Es posible que se imaginasen las siluetas mientras nos desnudábamos y nos metíamos en la bahía. Quizá vieran sus piernas enroscándose en mí o me vieran tumbarla en una cama hecha de sudaderas y franela.

Su disculpa, dada en el desayuno siguiente con huevos hervidos y tocino sobre panecillos tostados, fue una invitación a una fiesta en el club esa noche, sólo la familia y con corbata. Una invitación que, por supuesto, no incluía a Julia.

Al llegar a su casa, hacía tanto calor que algún chico listo había abierto la boca de incendio, y los niños saltaban como palomitas de maíz sobre el agua.

—Julia, no debería haberte llevado a conocer a mis padres.

—Hay muchas cosas que no deberías hacer —aseguró—. Y la mayoría tiene relación conmigo.

—Te llamaré antes de la graduación —le dije.

Me besó y salió del coche.

Pero no la llamé. Y no la vi en la graduación. Ella cree saber por qué, pero no lo sabe.

Lo curioso de Rhode Island es que no tiene nada de Feng Shui. Quiero decir que hay un Little Compton, pero no un Big Compton. Hay un Upper Darby pero no un Lower Darby. Hay todo tipo de lugares definidos en términos de algo más que en realidad no existe.

Julia me sigue en su propio coche. Juez y yo habremos superado un récord, porque no parece que hayan pasado ni cinco minutos desde la llamada y el momento en que entramos en la comisaría para encontrarnos con Anna, histérica, al lado de la mesa del cabo. Se me echa encima, frenética.

—Tienes que ayudarme —grita—. Han arrestado a Jesse.

—¿Qué?

Me quedo mirando a Anna, que me ha sacado de una comida muy buena, por no decir de una conversación que habría querido continuar hasta el final.

—¿Por qué es problema mío?

—Porque necesito que lo saques —me explica Anna lentamente, como si fuese tonto—. Eres abogado.

—No soy su abogado.

—Pero puedes serlo.

—¿Por qué no llamas a tu madre? —le sugiero—. He oído que está buscando clientes nuevos.

Julia me golpea en el brazo.

—Cállate —dice volviéndose hacia Anna—. ¿Qué ha sucedido?

—Jesse ha robado un coche y lo han pillado.

—Dame más detalles —digo arrepintiéndome ya.

—Era un Humvee, creo. Uno grande y amarillo.

Sólo hay un Humvee grande y amarillo en todo el Estado, y pertenece al juez Newbell. Comienza a dolerme la cabeza entre los ojos.

—¿Tu hermano ha robado el coche de un juez y tú quieres que lo saque?

Anna se me queda mirando.

—Pues sí.

«Dios mío».

—Déjame hablar con el oficial.

Dejo a Anna con Julia, me dirijo al cabo, que (lo juro) ya se está riendo de mí.

—Represento a Jesse Fitzgerald —suspiro.

—Lo siento.

—Es el coche del juez Newbell, ¿verdad?

El oficial sonríe.

—Sí.

Respiro profundamente.

—El chico no tiene antecedentes.

—Pero acaba de cumplir los dieciocho. Tiene una ficha juvenil de un kilómetro de largo.

—Mire —digo— su familia lo está pasando muy mal. Una

hermana se está muriendo y la otra ha denunciado a los padres. ¿Puede darle un respiro?

El oficial mira a Anna.

—Hablaré con el fiscal, pero mejor que usted defienda al chico, porque estoy seguro de que el juez Newbell no querrá venir a testificar.

Tras un rato de negociación regreso con Anna, que se levanta de un salto en cuanto me ve.

—¿Lo has arreglado?

—Sí. Pero no volveré a hacerlo, y no he terminado contigo.

La sigo a la parte trasera de la comisaría, donde están las celdas.

Jesse Fitzgerald está tumbado de espaldas en la cama de metal, tapándose los ojos con un brazo. Me quedo un momento parado fuera de su celda.

—Sabes, eres el mejor argumento que he visto en mi vida para la selección natural.

Él se incorpora.

—¿Quién diablos eres?

—Tu hada madrina. Pequeño capullo, ¿te das cuenta de que has robado el Humvee de un juez?

—Bueno, ¿y cómo iba a saber de quién era el coche?

—¿Quizá por la vanidosa chapa que dice «Todos de pie»? —le digo—. Soy abogado. Tu hermana me ha pedido que te represente. Contra mi propio criterio, he aceptado.

—¿En serio? ¿Así que puede sacarme?

—Te dejarán en libertad condicional. Tienes que darles tu carné de conducir y comprometerte a no salir del Estado, cosa que harás, así que no debería haber ningún problema.

Jesse lo piensa.

—¿Tengo que darles mi coche?

—No.

Ya se ven los engranajes moviéndose. Un chico como Jesse no podría preocuparse menos por un pedazo de papel que le permita conducir siempre y cuando conserve el coche.

—Entonces bien —dice.

Me dirijo a un oficial cercano, que abre la celda para que

Jesse salga. Caminamos juntos hasta la sala de espera. Es tan alto como yo, pero tiene los hombros inacabados. La cara se le ilumina cuando doblamos la esquina, y por un momento creo que es posible redimirlo, que quizá sienta lo suficiente por Anna para permanecer a su lado.

Pero ignora a su hermana y se acerca a Julia.

—Eh —dice— ¿estabas preocupada por mí?

En ese momento quiero volver a encerrarlo para después matarlo.

—Lárgate —suspira Julia—. Anna, vamos a comer algo.

Jesse levanta la cabeza.

—Perfecto, tengo hambre.

—Tú no —aclaro—. Nos vamos al juzgado.

El día que me gradué en Wheeler hubo una plaga de langostas. Llegaron como una espesa tormenta de verano, enmarañándose en las ramas de los árboles y haciendo un ruido sordo en el suelo. Los meteorólogos hicieron su agosto, intentando explicar el fenómeno. Mencionaron plagas bíblicas, El Niño y nuestra prolongada sequía. Recomendaron paraguas, sombreros de ala ancha y quedarse en casa.

De todos modos, la ceremonia de graduación tuvo lugar al aire libre, bajo una gran carpa de lona blanca. Mientras el estudiante hablaba, los saltos suicidas de los bichos salpicaban su discurso. Las langostas se deslizaban por el techo inclinado, cayendo en el regazo de los espectadores.

Yo no quería asistir, pero mis padres me obligaron a ir. Julia me encontró mientras me ponía la capa. Me abrazó por la cintura e intentó besarme.

—Eh —dijo— ¿se puede saber dónde estabas?

Recuerdo pensar que con las togas blancas parecíamos fantasmas. La aparté de mí.

—No lo hagas, ¿bueno? Déjalo.

En todas las fotos de la graduación que mis padres tomaron, yo sonreía como si ese nuevo mundo fuese un lugar en el cual yo quisiese vivir, mientras alrededor de mí los insectos caían, tan grandes como puños.

* * *

Lo que es ético para un abogado difiere de lo que es ético para el resto del mundo. De hecho, tenemos un código escrito (las Reglas de Responsabilidad Profesional): tenemos que leerlas, aceptarlas y seguirlas para ejercer. Pero esas normas requieren que hagamos cosas que la mayor parte de la gente considera inmorales. Por ejemplo, si entras en mi habitación y dices «He matado al hijo de los Lindbergh», tengo que preguntarte dónde está el cadáver. «Bajo el suelo de mi habitación —me dices— un metro por debajo de los cimientos de la casa.» Si tengo que hacer mi trabajo correctamente, no puedo decirle a nadie dónde está el niño. De hecho, si lo hiciese, podrían echarme.

Todo eso significa que en realidad me han educado para pensar que la moral y la ética no van necesariamente juntas.

—Bruce —digo al fiscal— mi cliente renunciará a la información. Y si te deshaces de esos delitos menores, te juro que nunca se volverá a acercar a cinco metros del juez ni de su coche.

Me pregunto hasta qué punto la población de este país sabe que el sistema legal tiene que ver mucho más con jugar una buena mano de póquer que con la justicia.

Bruce es un buen chico. Además, resulta que sé que le acaban de asignar un doble asesinato. No quiere perder tiempo con la condena de Jesse Fitzgerald.

—Sabes, estamos hablando del Humvee del juez Newbell, Campbell —dice.

—Sí, me he dado cuenta —respondo con seriedad, cuando lo que estoy pensando es que cualquiera que sea tan vanidoso para tener un Humvee está pidiendo a gritos que se lo roben.

—Déjame hablar con el juez —suspira Bruce—. Seguramente me mate por sugerirlo, pero le diré que a los policías no les importa si damos un respiro al chico.

Veinte minutos después, hemos rellenado todos los formularios y Jesse está a mi lado en el juzgado. Veinticinco minutos después está en libertad provisional, oficialmente, y salimos a la escalera del palacio de justicia.

Es uno de esos días de verano que sienta como un recuerdo

que te tapona la garganta. En días como éstos solía navegar con mi padre.

Jesse echa la cabeza hacia atrás.

—Solíamos pescar renacuajos —dice de pronto—. Los metíamos en un cubo y observábamos cómo las olas se convertían en piernas. Ni uno, lo juro, se convirtió en rana.

Se vuelve hacia mí y saca un paquete de cigarros del bolsillo de la camisa.

—¿Quiere uno?

No he fumado desde que estaba en la facultad de derecho. Cojo un cigarrillo y lo enciendo. Juez me mira con la lengua colgando. Jesse enciende una cerilla a mi lado.

—Gracias —dice— por lo que está haciendo por Anna.

Pasa un coche en cuya radio suena una de esas canciones que las emisoras nunca ponen en invierno. Humo azul emana de la boca de Jesse. Me pregunto si ha navegado alguna vez. Si tiene algún recuerdo que haya guardado todos estos años: sentarse en el jardín delantero y relajarse en el césped tras el atardecer, sostener una bengala el Cuatro de Julio hasta quemarse los dedos. Todos tenemos algo.

Ella dejó la nota bajo el limpiaparabrisas de mi jeep setenta días después de la graduación. Antes de abrirla ya me estaba preguntando cómo habría llegado a Newport y cómo habría vuelto. Me la llevé a la bahía para leerla en las rocas. Y al acabar la acerqué a la nariz y la olí, por si olía a ella.

En teoría yo no podía conducir, pero eso no importaba. Nos encontramos, como decía la nota, en el cementerio.

Julia estaba sentada frente a la lápida, sujetándose las rodillas con las manos. Levantó la cabeza al acercarme.

—Pensaba que eras distinto.

—Julia, no es culpa tuya.

—¿No? —dijo poniéndose de pie—. No tengo un fondo de inversiones, Campbell. Mi padre no tiene un yate. Si estabas cruzando los dedos, esperando que me transformase en la Cenicienta un día de éstos, estabas muy equivocado.

—No me preocupa nada de eso.

—Y una mierda —exclamó estrechando los ojos—. ¿Qué pensabas? ¿Qué sería divertido rebajarte? ¿Lo hiciste para provocar a tus padres? ¿Y ahora puedes deshacerte de mí como si nada?

Se me echó encima, cogiéndome por el pecho.

—No te necesito. Nunca te he necesitado.

—¡Pues yo sí que te he necesitado! —le grité.

Cuando se daba la vuelta la cogí y la besé. Cogí lo que no me atrevía a decir y lo derramé dentro de ella.

Algunas cosas las hacemos porque nos convencemos de que será lo mejor para todos. Nos decimos que es lo correcto, lo altruista. Es mucho más fácil que decirnos la verdad.

Alejé a Julia de mí. Bajé por la colina del cementerio. No miré atrás.

Anna está sentada en el asiento del copiloto, lo que no le gusta a Juez. El perro tiene la cara de pena mirando al frente, justo entre nosotros, jadeando con fuerza.

—Hoy no ha sido un buen anticipo de lo que va a venir —le digo.

—¿De qué estás hablando?

—Si quieres tener derecho a tomar decisiones, Anna, tienes que empezar a tomarlas ya. No puedes confiar en los demás para salir de líos.

Me mira frunciendo el ceño.

—¿Lo dices porque te he llamado para que ayudes a mi hermano? Pensaba que éramos amigos.

—Ya te dije una vez que no somos amigos. Soy tu abogado. Hay una diferencia importante.

—Bien —dice cogiendo la manilla—. Volveré a la comisaría a pedir que arresten otra vez a Jesse.

Se dispone a abrir la puerta del copiloto sin importarle que estemos en una autopista.

—¿Estás loca? —digo agarrando el tirador para cerrar la puerta.

—No lo sé —responde—. Te preguntaría qué crees, pero es probable que no venga en las obligaciones del trabajo.

Con un chirrido de las ruedas desvío el coche a la orilla.

—¿Sabes qué creo? El motivo por que nadie te pregunta nunca tu opinión sobre algo importante es porque cambias de opinión tan a menudo que los demás no saben qué creer. Tómame como ejemplo. Ni siquiera sé si todavía estamos pidiendo al juez una emancipación médica.

—¿Por qué no?

—Pregunta a tu madre. Pregunta a Julia. Cada dos de tres me informa de que no quieres seguir con esto.

Dirijo la mirada al tirador de la puerta, donde está su mano. Tiene las uñas, de color púrpura brillante, mordidas por todas partes.

—Si quieres que el tribunal te trate como a una adulta, tienes que empezar a comportarte como tal. La única manera que tengo de luchar por ti, Anna, es que puedas probar a todo el mundo que puedes luchar por ti misma cuando yo desaparezca.

Me incorporo de nuevo a la carretera, mirándola de reojo. Anna está sentada con las manos entre los muslos, mirando al frente con cara de disgusto.

—Estamos casi en tu casa —digo secamente—. Ahora podrás salir y cerrarme la puerta en las narices.

—No quiero ir a mi casa. Tengo que ir al parque de bomberos. Mi padre y yo estamos allí por un tiempo.

—¿Me equivoco o pasé ayer un par de horas en el juzgado de familia discutiendo este punto en concreto? Y pensaba que dijiste a Julia que no querías que te separasen de tu madre. Justamente es eso de lo que estoy hablando, Anna —digo golpeando el volante—. ¿Qué es lo que realmente quieres?

Suspira con fuerza.

—¿Quieres saber qué quiero? Estoy harta de ser un conejillo de Indias. Estoy harta de que nadie me pregunte cómo me siento. Estoy harta, pero nunca estoy suficientemente harta para mi familia.

Abre la puerta del coche mientras todavía se mueve y se baja corriendo hacia al parque de bomberos, a unos pocos metros de distancia.

Bueno. En lo más recóndito de mi pequeña cliente está el potencial de hacer que los demás escuchen. Eso significa que, en el estrado, aguantará mejor de lo que imaginaba.

E inmediatamente pienso que Anna puede ser capaz de testificar, pero lo que ha dicho la hace parecer antipática. Incluso inmadura. En otras palabras, es altamente improbable que convenza al juez de dictar sentencia en su favor.

Brian

El fuego y la esperanza están conectados. Como dijeron los griegos, Zeus encargó a Prometeo y Epimeteo que creasen vida en la Tierra. Epimeteo hizo los animales, proporcionándoles características como rapidez, fortaleza, pelo y alas. Cuando Prometeo hizo al hombre, las mejores cualidades ya estaban agotadas. Resolvió hacerlos caminar derechos y darles el fuego.

Zeus, enfadado, se lo quitó. Pero Prometeo vio que su orgullo y alegría se tambaleaban y no era capaz de cocinar. Encendió una antorcha con el Sol y volvió a dar el fuego a los hombres. Para castigar a Prometeo, Zeus lo encadenó a una piedra, donde un águila se alimentaba de su hígado. Para castigar al hombre, Zeus creó a la primera mujer, Pandora, y le dio un regalo: una caja que tenía prohibido abrir.

La curiosidad de Pandora pudo con ella, y un día abrió la caja. Salieron plagas, miserias y calamidades. Consiguió cerrar la tapa antes de que se escapase la esperanza. Es la única arma que nos queda para luchar contra las otras.

Pregunta a cualquier bombero. Te dirá que es verdad. Infierno. Pregunta a mi padre.

—Suba —digo a Campbell Alexander cuando llega con Anna—. Hay café recién hecho.

Me sigue por la escalera con su pastor alemán. Sirvo dos tazas.

—¿Para qué es el perro?

—Es un imán para chicas —dice al abogado—. ¿Tiene leche?

Le paso el tetrabrik de la nevera y me siento con mi taza. Hay mucha tranquilidad. Los chicos están abajo lavando los motores y haciendo el mantenimiento diario.

—Bueno —dice Alexander sorbiendo algo de café—. Anna me dice que se han trasladado.

—Sí. Imaginaba que querría preguntarme sobre eso.

—Usted es consciente de que su mujer es parte oponente —me advierte. Lo miro a los ojos.

—Supongo que con eso quiere preguntarme si soy consciente de que no debería estar aquí sentado con usted.

—Eso sólo es un problema si su mujer todavía lo representa.

—Nunca he pedido a Sara que me represente.

Alexander frunce el ceño.

—No estoy seguro de que ella lo sepa.

—Mire, con todo respeto, esto puede parecer un asunto increíble, y lo es, pero tenemos otro asunto increíble en las manos. Nuestra hija mayor está hospitalizada y... bueno, Sara está luchando en dos frentes.

—Lo sé. Y lo siento por Kate, señor Fitzgerald —dice.

—Llámame Brian —digo cogiendo la taza con ambas manos—. Y me gustaría hablar contigo... sin Sara presente.

Se inclina hacia atrás en la silla plegable.

—¿Hablamos ahora?

No es buen momento, pero nunca será un buen momento.

—Bueno.

Tomo mucho aire.

—Creo que Anna tiene razón.

Al principio no creo ni siquiera que Campbell Alexander me haya oído. Entonces me pregunta:

—¿Le dirá eso al juez en el juicio?

Hundo la mirada en el café.

—Creo que debo.

* * *

Cuando Paulie y yo respondimos esa mañana a la llamada de la ambulancia, el novio ya había metido a la chica en la ducha. Estaba sentada en el suelo, con las piernas alrededor del desagüe, totalmente vestida. El pelo enmarañado le caía por la cara, pero era obvio que estaba inconsciente.

Paulie entró con rapidez y la sacó.

—Se llama Magda —dijo el novio—. Se pondrá bien, ¿verdad?

—¿Es diabética?

—¿Qué importancia tiene eso?

«Por el amor de Dios.»

—Dime qué estaban metiéndose —le digo.

—Sólo nos estábamos emborrachando —dijo el chico—. Tequila.

No tenía más de diecisiete años. Suficientemente mayor para haber oído el mito de que una ducha saca a alguien de una sobredosis de heroína.

—Voy a explicártelo. Mi compañero y yo queremos ayudar a Magda, salvarle la vida. Pero si me dices que se ha metido alcohol y luego resulta que no es eso sino una droga, lo que le demos podría hacerla empeorar. ¿Lo entiendes?

Fuera de la ducha, Paulie le había quitado a Magda la camisa. Tenía marcas arriba y abajo en el brazo.

—Si es tequila se lo ha estado inyectando. ¿Cóctel coma?

Saqué la naxolona de la bolsa paramédica y le pasé el equipo a Paulie para que le pusiese el microsuero.

—Así que... —titubeó el chico—. No se lo va a decir a la policía, ¿verdad?

Con un movimiento rápido, lo cogí del cuello de la camisa y lo empujé contra la pared.

—¿Tan imbécil eres?

—Es que mis padres me matarían.

—No parece preocuparte mucho matarte a ti mismo o a ella —dije volviéndole la cabeza hacia la chica, que ya estaba vomitando en el suelo—. ¿Crees que la vida es algo de lo que puedas deshacerte como si fuese basura? ¿Crees que puedes sufrir una sobredosis y tener otra oportunidad?

Le estaba gritando en la cara. Noté la mano de Paulie en el hombro.

—Cálmate, capitán —dijo resoplando.

Lentamente me di cuenta de que el chico estaba temblando en mis manos, que él no tenía nada que ver con el motivo por el que yo estaba gritando. Salí para despejarme. Paulie terminó con la paciente y vino hacia mí.

—Sabes que si no puedes, nosotros te sustituiremos —me dice—. El jefe te dará tantos permisos como quieras.

—Necesito trabajar.

Por encima de su hombro vi a la chica, que se estaba recuperando, y al chico, llorando con las manos en la cara. Miré a Paulie a los ojos.

—Cuando no estoy aquí —le expliqué— tengo que estar allí.

El abogado y yo terminamos el café.

—¿Quieres otro? —le ofrezco.

—Mejor que no. Debo volver a la oficina.

Nos saludamos con la cabeza, pero no hay nada que decir.

—No te preocupes por Anna —añado—. Me aseguraré de que tenga todo lo necesario.

—Quizá quieras pasarte por casa —dice Alexander—. Acabo de hacer que suelten a tu hijo en libertad condicional por robar el Humvee de un juez.

Pone la taza de café en el fregadero y me deja con esa información, sabiendo que tarde o temprano deberé tenerlo en cuenta.

Sara

1997

No importa cuántas veces vayas a la sala de emergencia, porque nunca se vuelve rutina. Brian lleva a nuestra hija en los brazos mientras la sangre le cae por la cara. La enfermera nos lleva adentro y mueve a los otros chicos a la fila de sillas de plástico donde pueden esperar. Un residente entra en el cúbiculo haciéndose el ocupado.

—¿Qué ha ocurrido?

—Ha salido disparada por encima de la bicicleta —digo—. Ha chocado contra el suelo. No parece tener conmoción cerebral, pero tiene un golpe en la cabeza, en la línea del pelo, de alrededor de dos centímetros.

El doctor la coloca con cuidado en la mesa, se pone unos guantes y echa un vistazo a la frente.

—¿Es usted médico o enfermera?

Esbozo una sonrisa.

—Es que estoy acostumbrada.

Son necesarios veintiocho puntos para coser la herida. Después, con un parche de gasa blanca en la cabeza y una dosis considerable de tylenol infantil en las venas, salimos a la sala de espera cogidos de la mano.

Jesse le pregunta cuántos puntos ha necesitado. Brian le

dice que ha sido tan valiente como un bombero. Kate observa el vendaje nuevo de Anna.

—Prefiero no venir aquí —dice.

Comienza cuando Kate chilla en el lavabo. Subo corriendo y fuerzo la cerradura para encontrarme a mi niña de nueve años de pie, delante del lavabo salpicado de sangre. La sangre le cae por las piernas y ha empapado su ropa interior. Es la tarjeta de visita de la leucemia aguda promielocítica: hemorragias bajo todo tipo de presentaciones y disfraces. A Kate le había sangrado el recto anteriormente, pero era muy pequeña. No lo recordaría.

—No pasa nada —le digo con calma.

Cojo una toallita caliente para limpiarla y encuentro una compresa. Veo que intenta ponerse un tampón entre las piernas. Ése es el momento que habríamos pasado juntas cuando tuviese el período. ¿Vivirá lo suficiente para eso?

—Mamá —dice Kate—. Ha vuelto.

—Recaída clínica.

El doctor Chance se quita las gafas y se presiona los lagrimales con los pulgares.

—Creo que lo que hay que hacer es un trasplante de médula ósea.

La mente se me va al recuerdo de un muñeco para golpear que tenía a la edad de Anna. Lo llenaba con arena en los pies y lo golpeaba sólo para ver cómo volvía a enderezarse.

—Pero hace unos meses —dice Brian— nos dijo que es peligroso.

—Y lo es. El cincuenta por ciento de los pacientes que reciben un trasplante de médula ósea se curan. La otra mitad no sobrevive a la quimioterapia ni a la radiación que conlleva al trasplante. Unos mueren por las complicaciones posteriores al trasplante.

Brian me mira y entonces expresa el temor que se tensa entre nosotros.

—¿Entonces para qué arriesgar la vida de Kate?

—Porque si no —explica el doctor Chance— morirá.

* * *

La primera vez que llamo a la aseguradora, me cuelgan por error. La segunda vez, espero con Muzak veintidós minutos antes de que me atienda un empleado del servicio de atención al cliente.

—¿Puede decirme su número de póliza?

Le doy el que tenemos todos los trabajadores municipales y el número del seguro social de Brian.

—¿En qué puedo ayudarla?

—Hablé con alguien de aquí hace una semana —le explico—. Mi hija tiene leucemia y necesita un trasplante de médula ósea. El hospital ha dicho que nuestra aseguradora tiene que autorizar la cobertura.

Un trasplante de médula ósea cuesta, al menos, 100.000 dólares. No hace falta decir que no tenemos ese dinero. Pero que un médico haya recomendado el trasplante no significa que la aseguradora esté de acuerdo.

—Ese tipo de intervención requiere una revisión especial...

—Sí, lo sé. Ahí es donde lo dejamos hace una semana. Llamo porque todavía no he tenido noticias suyas.

Me hace esperar mientras comprueba mi expediente. Oigo un ligero clic y luego la voz débil, grabada, de un operador. «Si desea llamar...»

—¡Mierda!

Cuelgo el teléfono de golpe.

Anna, a la expectativa, asoma la cabeza por la puerta.

—Has dicho una palabra fea.

—Lo sé.

Levanto el auricular y aprieto el botón de rellamada. Vuelvo a pasar por el menú. Al fin llego a un ser vivo.

—Se ha cortado otra vez.

A la empleada le lleva otros cinco minutos apuntar los mismos números, nombres e historial que ya había proporcionado a sus predecesores.

—Pues sí que hemos revisado el caso de su hija —dice la mujer—. Desafortunadamente, en este momento, no creemos que ese tratamiento sea lo más adecuado.

Siento un calor que me invade la cara.

—¿Sabe que se está muriendo?

* * *

Como preparativo para la extracción de médula ósea, tengo que poner a Anna inyecciones de factor de crecimiento progresivo, como las que le di a Kate hace tiempo, tras su primer trasplante de células madre. La intención es atestar la médula de Anna para que, cuando sea el momento de retirar las células, haya muchas para Kate.

También se lo hemos dicho a Anna, pero todo lo que sabe es que, dos veces al día, su madre tiene que ponerle una inyección.

Uso una crema anestésica tópica. La crema debería impedir que sintiera el pinchazo de la aguja, pero aun así grita. Me pregunto si duele tanto como cuando tu hija de seis años te mire y te diga que te odia.

—Señora Fitzgerald —dice el encargado del servicio de atención al cliente de la aseguradora— somos conscientes de lo que está pasando. De verdad.

—Pues me parece difícil de creer —le digo—. Dudo que usted tenga una hija en situación de vida o muerte y que su comité no esté mirando algo más que el coste mínimo de un trasplante.

Me he repetido que no voy a perder el control, pero en treinta segundos de conversación telefónica con la aseguradora ya he perdido esa batalla.

—AmeriLife pagará el noventa por ciento de lo considerado razonable y habitual para una trasfusión de linfocitos donantes. De todos modos, si usted todavía eligiese hacer un trasplante de médula ósea, cubriremos el diez por ciento del coste.

Tomo aire.

—¿Cuál es la especialidad de los médicos del comité que recomienda eso?

—Yo no...

—¿Acaso no es leucemia aguda promielocítica? Porque incluso un oncólogo que se haya graduado el último de la clase en una facultad de medicina de Guam podría decirle que una trasfusión no va a curarla. Que en tres meses volveremos a tener esta misma discusión. Además, si usted hubiese preguntado a un doctor que tuviese cierta familiaridad con la enfermedad de mi hija, le diría que, al repetir un tratamiento que ya se ha probado, es altamente improbable que se produzcan resultados en una paciente con leucemia promielocítica, porque desarrollan resistencia. Lo que significa que AmeriLife, básicamente, está de acuerdo con tirar el dinero a la basura, pero no con gastarlo en lo único que puede salvar de verdad la vida de mi hija.

Hay un silencio elocuente al otro lado del teléfono.

—Señora Fitzgerald —sugiere el supervisor— la condición es que si sigue este protocolo, entonces la aseguradora no tendrá problemas para pagarle el trasplante.

—A menos que mi hija ya no esté viva para recibirlo. No hablamos de un coche, donde podamos usar primero una pieza y, si no funciona, poner otra. Estamos hablando de un ser humano. Un ser humano. ¿Saben ustedes, los autómatas, qué es eso?

Ahora sí que espero el clic cuando me cuelga.

Zanne aparece la noche antes de que vayamos al hospital para empezar el tratamiento preparatorio del trasplante de Kate. Deja que Jesse la ayude a montar su oficina portátil, recibe una llamada de Australia y luego entra en la cocina para que Brian y yo la pongamos al día de las rutinas diarias.

—Anna tiene gimnasia los martes —le digo—. A las tres. Y espero que el camión de gasóil venga esta semana.

—La basura se saca los miércoles —añade Brian.

—No lleves a Jesse a la escuela. Se ve que eso es un pecado para los de sexto.

Ella asiente, escucha e incluso toma notas, y luego dice que tiene un par de preguntas.

—El pez...

—Come dos veces al día. Jesse le dará de comer si se lo recuerdas.

—¿Hay alguna hora para que se vayan a la cama? —pregunta Zanne.

—Sí —contesto—. ¿Quieres que te diga la de verdad o la

que puedes utilizar si vas a añadir una hora extra como trato especial?

—Anna a las ocho en punto —dice Brian—. Jesse a las diez. ¿Algo más?

—Sí.

Zanne mete la mano en el bolsillo y saca un cheque de 100.000 dólares a nuestro nombre.

—Suzanne —digo, aturdida—, no podemos aceptarlo.

—Sé lo que cuesta. Ustedes no pueden cubrirlo. Yo sí. Déjame.

Brian coge el cheque y se lo devuelve.

—Gracias —dice—, pero en realidad ya tenemos el trasplante pagado.

Eso es nuevo para mí.

—¿Cómo?

—Los chicos del parque de bomberos hicieron un llamamiento a nivel nacional y llegaron montones de donaciones de otros bomberos —dice Brian mirándome—. Me he enterado hoy.

—¿De verdad? —digo notando alivio.

Él se encoge de hombros.

—Son mis hermanos —explica.

Me vuelvo hacia Zanne y la abrazo.

—Gracias por ofrecerlo.

—Seguirá aquí si lo necesitan —responde.

Pero no lo necesitamos. Al menos, salimos adelante.

—¡Kate! —la despierto a la mañana siguiente—. ¡Es hora de irnos!

Anna está en el sofá, acurrucada en el regazo de Zanne. Se saca el pulgar de la boca pero no dice adiós.

—¡Kate! —vuelvo a gritar—. ¡Nos vamos!

Jesse sonríe con suficiencia detrás del mando de la Nintendo.

—Como que te irías de verdad sin ella.

—Ella no lo sabe. ¡Kate!

Suspirando, subo la escalera hacia su habitación.

La puerta está cerrada. Llamo con suavidad y la abro. Me la encuentro haciendo la cama. El edredón está tan tenso que se podría hacer rebotar una moneda en medio. Ha sacudido y centrado las almohadas. Los peluches, reliquias ya, están sentados en la ventana en sucesión gradual, de mayor a menor. Incluso los zapatos están perfectamente dispuestos en el armario y la mesa ordenada.

—Bueno —digo, porque ni siquiera le he pedido que limpie—. Está claro que estoy en la habitación equivocada.

Se da la vuelta.

—Es por si no vuelvo —dice.

Cuando fui madre por primera vez solía tumbarme en la cama de noche e imaginar la más horrible sucesión de desgracias: la mordedura de una medusa, el sabor de una baya venenosa, la sonrisa de un extraño peligroso, la inmersión de cabeza en una piscina poco profunda. Hay tantas maneras de que un niño se haga daño que parece casi imposible que una persona sola pueda tener éxito manteniéndolo a salvo. A medida que mis hijos crecían, los riesgos sencillamente cambiaban: inhalar pegamento, jugar con cerillas, pequeñas pastillas rosas vendidas tras la valla de la escuela. Puedes quedarte despierta toda la noche y aun así no cuentas todas las maneras de perder a los que quieres.

Me parece, ahora que es más que hipotético, que un padre tiene dos reacciones posibles cuando se le dice que su hijo tiene una enfermedad fatal. O te caes a pedazos o te llenas de coraje y te levantas una vez más. En eso probablemente nos parezcamos mucho a los pacientes.

Kate está semiconsciente en la cama, con los tubos de la vía central manándole del pecho como una fuente. La quimioterapia la ha hecho vomitar treinta y dos veces, y le ha hecho llagas en la boca y una mucositis tan mala que la hace parecer una paciente de fibrosis cística.

Se vuelve hacia mí e intenta hablar, pero lo que hace es escupir mucosidades.

—Me ahogo —dice atragantándose.

Le limpio la boca y el cuello, levantando el tubo de succión que tiene en las manos.

—Lo haré mientras descansas —le prometo, y así es como comienzo a respirar por ella.

Una sala de oncología es un campo de batalla y tiene jerarquías de mando definidas. Los pacientes son los que hacen el turno de servicio. Los médicos entran y salen como héroes conquistadores, pero tienen que leer el cuadro de tu hija para recordar dónde habían quedado en la última visita. Son las enfermeras las sargentos avezadas, las que están allí cuando tu hija se estremece con tanta fiebre que necesita un baño de hielo, las que te enseñan a desatascar un catéter venoso central, insinúan a qué cocinas de la planta de los pacientes puedes ir a robar helados o te dicen qué limpiadores en seco quitan de la ropa las manchas de sangre y quimioterapia. Las enfermeras saben el nombre de la morsa de peluche de tu hija y le enseñan a hacer flores de papel para enroscar alrededor del gotero. Los médicos planean las estrategias de guerra, pero son las enfermeras las que hacen que el conflicto sea soportable.

Llegas a conocerlas como ellas te conocen a ti, porque ocupan el lugar de amigos que tuviste en tu vida anterior, antes del diagnóstico. La hija de Donna, por ejemplo, estudia para ser veterinaria. Ludmilla, del turno de noche, lleva dibujos de la isla Sanibel colgados del estetoscopio como amuletos, porque es donde quiere irse cuando se jubile. Willie, el enfermero, siente debilidad por el chocolate y por su mujer embarazada de trillizos.

Una noche, durante la inducción al sueño de Kate, cuando llevo despierta tanto que mi cuerpo ha olvidado cómo adormecerse, pongo la televisión mientras ella duerme. Le quito el sonido para que el volumen no la moleste. Robin Leach* se pasea por el palacio de alguien rico y famoso. Hay bidets bañados en oro, camas de teca hechas a mano y una piscina con forma de mariposa. Hay garajes para diez coches, pistas de tenis de tierra roja y once pavos reales vagando. Es un mundo que no me puedo ni imaginar, una vida inconcebible para mí.

Como lo era ésta.

* Presentador del célebre programa de televisión *Lifestyles of the Rich and Famous* («Estilos de vida de los ricos y famosos»). *(N. de la ed.)*

Ni siquiera recuerdo cómo era oír la historia de una madre con cáncer de pecho, un hijo nacido con problemas congénitos de corazón o cualquier otra enfermedad, y sentirme partida en dos: sentir a medias compasión, pero también agradecimiento porque mi familia estuviese a salvo. Para los demás nos habíamos convertido en eso.

No me doy cuenta de que estoy llorando hasta que Donna se arrodilla frente a mí y me quita el control remoto de la televisión de la mano.

—Sara —dice la enfermera— ¿te traigo algo?

Sacudo la cabeza, avergonzada por haberme hundido, y más porque me ha pillado.

—Estoy bien —insisto.

—Sí, y yo soy Hillary Clinton —dice.

Me coge de la mano, me levanta y me arrastra hacia la puerta.

—Kate...

—Ni siquiera se dará cuenta —me interrumpe Donna.

En la cocina pequeña, donde hay café preparado veinticuatro horas al día, sirve una taza para cada una.

—Lo siento —digo.

—¿Por qué? ¿por no estar hecha de granito?

Sacudo la cabeza.

—No se acaba nunca.

Donna asiente, y, como me comprende, me pongo a hablar. Y hablo. Y cuando le he revelado todos mis secretos, respiro profundamente y me doy cuenta de que llevo hablando una hora.

—Oh, Dios mío —digo—. No puedo creer que te haya hecho perder tanto tiempo.

—Ha valido la pena —responde Donna—. Y además, hace una hora que mi turno ha terminado.

Me pongo roja.

—Debes irte. Estoy segura de que prefieres estar en otro sitio.

Pero en lugar de irse, Donna me abraza con sus anchos brazos.

—Bonita —dice— eso nos pasa a todos.

* * *

La puerta de la sala de operaciones lleva a una habitación llena de relucientes instrumentos de plata. Los médicos y enfermeras que ella conoce llevan máscara y bata, y sólo se los reconoce por los ojos. Anna me tira de la ropa hasta que me arrodillo a su lado.

—¿Y si cambio de opinión? —dice.

Le pongo las manos en los hombros.

—No tienes que hacerlo si no quieres, pero sé que Kate cuenta contigo. Y papá, y yo.

Asiente y desliza su mano en la mía.

—No me sueltes —me dice.

Una enfermera la lleva en la dirección adecuada, hacia la mesa.

—Espera a ver qué tenemos para ti, Anna —dice tapándola con una manta térmica.

El anestesiólogo limpia una gasa acolchada teñida de rojo y una máscara de oxígeno.

—¿Te has dormido alguna vez en un campo de fresas?

Hacen su trabajo en el cuerpo de Anna, aplicando electrodos que se conectan a monitores para controlarle el corazón y la respiración. Se los ponen mientras está tumbada boca arriba, aunque sé que le darán la vuelta para extraer médula de las caderas.

El anestesiólogo muestra a Anna el mecanismo de acordeón del equipo.

—¿Puedes soplar este globo? —le pregunta colocándole la máscara en la cara.

Todo este rato está cogiéndome la mano. Finalmente, pierde fuerza. Lucha hasta el último minuto, con el cuerpo dormido pero haciendo fuerza hacia adelante con los hombros. Una enfermera la relaja. La otra me coge.

—El medicamento ya está haciendo efecto en su organismo —me explica—. Puede darle un beso.

Así lo hago a pesar de mi máscara. Le doy las gracias con un susurro. Salgo por la puerta batiente y me saco el sombrero de papel y los patucos. Observo por la ventana cuadriculada mientras ponen a Anna de lado y cogen una aguja extraordinariamente larga de una bandeja esterilizada.

Entonces me voy arriba a esperar con Kate.

* * *

Brian mete la cabeza en la habitación de Kate.

—Sara —dice exhausto— Anna pregunta por ti.

Pero no puedo estar en dos sitios a la vez. Sostengo la palangana a la altura de la boca de Kate mientras vuelve a vomitar. Donna está a mi lado, ayudándome a poner a Kate sobre la almohada.

—Estoy un poco ocupada ahora —le digo.

—Anna pregunta por ti —repite Brian.

Donna lo mira y me mira.

—Estaremos bien sin ti —promete, y, tras un momento, asiento.

Anna está en la planta de pediatría, que no tiene las necesarias habitaciones herméticamente cerradas para el aislamiento total. La oigo llorar incluso antes de entrar en la habitación.

—Mamá —solloza— duele.

Me siento en un lado de la cama y la abrazo.

—Lo sé, cariño.

—¿Puedes quedarte?

—Kate está vomitando. Voy a tener que volver —digo sacudiendo la cabeza.

Anna me aparta.

—¡Pero estoy en el hospital! —dice—. ¡Estoy en el hospital!

Miro a Brian por encima de su cabeza.

—¿Qué le están dando para el dolor?

—Poca cosa. La enfermera ha dicho que no dan muchos medicamentos a los niños.

—Eso es ridículo.

Al levantarme, Anna se queja y me coge.

—Ahora vuelvo, cariño.

Abordo a la primera enfermera que encuentro. A diferencia del personal de oncología, estas enfermeras no son cariñosas.

—Le hemos dado Tylenol hace una hora —me explica la mujer—. Sé que se siente mal...

—Roxicet. Tylenol con codeína. Naproxeno. Y si no lo ha dicho el médico, llame y pregunte si se lo podemos dar.

La enfermera se enfada.

—Con el debido respeto, señora Fitzgerald, hago esto cada día y...

—También yo.

Al volver a la habitación de Anna, llevo una dosis infantil de roxicet, que o la aliviará o la dejará inconsciente e insensible. Entro en la habitación y me encuentro a Brian con sus manos grandes intentando cerrar el broche liliputiense de un collar, para que el colgante penda del cuello de Anna.

—Pensé que merecías tu propio regalo, ya que estabas dando uno a tu hermana —dice.

Por supuesto que hay que homenajear a Anna por dar su médula ósea. Por supuesto que merece un reconocimiento. Pero, francamente, nunca he comprendido la idea de premiar a alguien por su sufrimiento. Lo llevamos haciendo mucho tiempo.

Ambos levantan la vista cuando entro en la habitación.

—Mira qué me ha traído papá —dice Anna.

Yo llevo el vaso de papel de la dosis, un pobre segundo premio.

Un poco después de las diez en punto, Brian trae a Anna a la habitación de Kate. Se mueve lentamente, como una mujer mayor, apoyándose en Brian. Las enfermeras la ayudan con la máscara, la bata, los guantes y los patucos para que pueda entrar. Una ruptura del protocolo por compasión, ya que normalmente no se permite a los niños visitar la zona de aislamiento total.

El doctor Chance está de pie al lado del gotero, sosteniendo la bolsa con la médula. Giro a Anna para que pueda verla.

—Eso —le digo— es lo que nos has dado.

Anna pone cara rara.

—Es asqueroso. Se pueden quedar con ella.

—Al final, todos contentos —dice el doctor Chance, y la rica médula color rubí empieza a alimentar la vía central de Kate.

Pongo a Anna en la cama. Hay espacio para las dos, espalda contra espalda.

—¿Te ha dolido? —pregunta Kate.

—Un poco.

Anna señala la sangre que corre por los tubos de plástico hasta la hendidura en el pecho de Kate.

—¿Y eso?

—No, no mucho —dice incorporándose un poco—. Oye, Anna...

—¿Sí?

—Me alegro de que venga de ti.

Kate coge la mano de Anna y la pone justo debajo del catéter de la vía central, un lugar que queda cerca de su corazón.

Veintiún días después del trasplante de médula ósea, las células blancas de Kate empiezan a subir, lo que prueba el éxito. Para celebrarlo, Brian insiste en llevarme a cenar. Contrata una enfermera para Kate, reserva una mesa en el XO Café e incluso me trae un vestido negro del armario. Se ha olvidado de los zapatos, así que me las arreglo con mis desaliñados zuecos.

El restaurante está casi lleno. Un instante después de habernos sentado, el camarero viene a preguntarnos si queremos vino. Brian pide un Cabernet Sauvignon.

—¿Sabes si es tinto o blanco? —le pregunto, ya que no recuerdo haber visto nunca a Brian beber nada más que cerveza.

—Lo importante es que tenga alcohol.

Cuando el camarero lo ha servido, levanta el brazo.

—Por nuestra familia —brinda.

Hacemos chocar las copas y bebemos un poco.

—¿Qué vas a comer? —pregunto.

—¿Qué quieres que coma?

—El filete. Así puedo probarlo si pido el lenguado —digo sosteniendo el menú—. ¿Sabes los resultados del último recuento sanguíneo?

Brian baja la mirada.

—Esperaba venir aquí para alejarnos de todo eso. Ya sabes. Para estar solos.

—Y quiero hablar —admito.

Pero cuando miro a Brian, la información que me sale de

los labios trata de Kate, no de nosotros. Ni siquiera le pregunto cómo le ha ido en el día. Se ha tomado tres semanas libres en el parque. Estamos conectados por y a través de la enfermedad.

Nos sumimos en el silencio. Echo un vistazo al XO Café y me doy cuenta de que las charlas están principalmente en las mesas donde los comensales son jóvenes. Las parejas mayores, las que llevan anillos de matrimonio que brillan con la vajilla de plata, comen sin la sal de la conversación. ¿Es porque se compenetran tanto que ya saben qué piensa el otro? ¿O es porque, tras cierto tiempo, ya no hay nada que decir?

Cuando el camarero viene a tomar nota, ambos nos volvemos con impaciencia y agradecimiento hacia alguien que nos mantiene a salvo de tener que reconocer que nos hemos convertido en extraños.

Dejamos el hospital con una hija que es distinta de la que trajimos. Kate revisa todo con cuidado, comprobando los cajones de la mesilla de noche por si se deja algo. Ha perdido tanto peso que los pantalones que le he traído no le van bien. Tenemos que usar dos pañuelos atados como cinturón improvisado.

Brian se ha adelantado para traer el coche. Meto en la bolsa de Kate el último número de la revista *Tiger Beat* y el CD. Se pone una gorra de lana en la cabeza lisa y suave y se cubre bien el cuello con una bufanda. Se pone una mascarilla y guantes. Al salir del hospital, es ella la que necesitará protección.

Salimos por la puerta mientras nos aplauden las enfermeras que hemos llegado a conocer tan bien.

—Hagas lo que hagas, no vuelvas a vernos, ¿bueno? —bromea Willie.

Una a una, se acercan a despedirse. Cuando ya se han ido, sonrío a Kate.

—¿Lista?

Kate asiente, pero no da un paso. Está inmóvil, sabiendo que, una vez haya puesto un pie más allá de la entrada, todo cambiará.

—¿Mamá?

Le cojo la mano.

—Lo haremos juntas —le prometo.

Y damos el primer paso.

El correo está lleno de facturas del hospital. Nos hemos enterado de que la aseguradora no se comunicará con el departamento de contabilidad del hospital, y viceversa, pero nadie cree que las cifras sean correctas, por lo que nos cargan gestiones de las que no nos deberíamos responsabilizar, esperando que seamos suficientemente estúpidos para pagarlas. Llevar las cuentas de la parte económica de la salud de Kate es un trabajo que requiere unas horas de las cuales ni Brian ni yo disponemos.

Hojeo el folleto de una tienda de comestibles, una revista de deportes y un anuncio de precios para llamadas a larga distancia antes de abrir una carta de nuestro fondo de inversiones. No es algo a lo que preste mucha atención. Brian suele manejar las finanzas que requieren más que hacer un balance básico del talonario. Además, los tres fondos de inversiones que tenemos están destinados a la educación de los niños. No somos el tipo de familia con suficiente liquidez para jugar en bolsa.

Apreciada señora Fitzgerald:

La presente es para confirmar su reciente extracción del fondo #323456, Brian D. Fitzgerald, custodio de Catherine S. Fitzgerald, la cantidad de 8.369,56 dólares. Tal desembolso cierra definitivamente la cuenta.

Es el mayor error bancario que hemos tenido. Alguna vez nos hemos quedado en números rojos por cuestión de centavos, pero nunca hemos perdido ocho mil dólares. Salgo de la cocina hacia el patio, donde Brian está enrollando la manguera del jardín.

—Bueno, o alguien del fondo de inversiones se ha equivocado —digo pasándole la carta— o la segunda mujer a quien mantienes ya no es un secreto.

Tarda bastante en leerla, tanto que me doy cuenta de que no es un error. Brian se seca la frente con el reverso de la muñeca.

—Yo saqué el dinero —dice.

—¿Sin decírmelo?

No me imagino a Brian haciendo eso. Ha habido momentos, en el pasado, en que hemos sacado algo de las cuentas de los niños, pero sólo porque puntualmente no llegábamos a fin de mes pagando el gasóil y el alquiler, o porque necesitábamos el pago a cuenta del nuevo coche cuando el viejo estaba demasiado viejo. Nos quedábamos despiertos en la cama sintiendo que la culpa nos pesaba como otro edredón, prometiéndonos mutuamente que devolveríamos el dinero a su sitio tan rápidamente como fuese posible.

—Los chicos del parque de bomberos han intentado aportar algo de dinero, como te dije. Tenían diez mil dólares. Con eso, el hospital acepta hacernos un plan de pago.

—Pero dijiste...

—Sé lo que dije, Sara.

Sacudo la cabeza, aturdida.

—¿Me mentiste?

—Yo no...

—Zanne ofreció...

—No dejaré que tu hermana asuma el cuidado de Kate —dice Brian—. Tengo que hacerlo yo.

La manguera cae al suelo, goteando y chorreando a nuestros pies.

—Sara, no va a vivir lo suficiente para necesitar ese dinero para la universidad.

El sol brilla. El regador se mueve en la hierba, creando un arco iris. Es un día demasiado bonito para palabras como ésas. Me doy la vuelta y me meto corriendo en casa. Me encierro en el lavabo.

Un momento después, Brian golpea la puerta.

—¿Sara? Sara, lo siento.

Hago como si no lo oyera. Hago como si no hubiese oído nada de lo que ha dicho.

En casa, todos llevamos máscaras para que Kate no tenga que llevarla. Mientras se lava los dientes o se sirve cereales, le miro las uñas para ver si las estrías oscuras de la quimioterapia han desaparecido, señal del éxito del trasplante de médula ósea. Dos veces al día pongo a Kate inyecciones de factor de crecimiento en el muslo, necesarias hasta que el número de neutrófilos llegue a mil. En ese punto, la médula se estará regenerando a sí misma.

Todavía no puede volver a la escuela, así que hacemos que nos envíen los deberes a casa. Una o dos veces ha venido conmigo a recoger a Anna del jardín de infancia, pero se niega a salir del coche. Va y viene del hospital para el recuento sanguíneo rutinario, pero si luego sugiero desviarnos un momento al videoclub o al Dunkin' Donuts, no quiere.

Un sábado por la mañana, la puerta de la habitación de las chicas está entreabierta. Llamo con educación.

—¿Quieres ir al centro comercial?

—Ahora no —responde Kate.

—Estaría bien salir de casa —digo apoyándome en el marco.

—No quiero.

Sé que no se da cuenta de que lo está haciendo, pero se pasa la mano por la cabeza y mete la mano en el bolsillo trasero.

—Kate —empiezo.

—No lo digas. No me digas que nadie se me va a quedar mirando, porque lo harán. No me digas que no importa, porque importa. Y no me digas que tengo buen aspecto porque es mentira.

Los ojos, sin pestañas, se le llenan de lágrimas.

—Soy un monstruo, mamá. Mírame.

Lo hago y veo los puntos donde antes tenía las cejas, la inclinación de su frente interminable y los pequeños bultos y protuberancias que normalmente se esconden bajo el pelo.

—Bueno —digo sin alterar la voz— podemos arreglarlo.

Sin decir más, salgo de la habitación, sabiendo que Kate me seguirá. Paso por el lado de Anna, que deja el cuaderno de colorear y sigue a su hermana. En el sótano, saco una maquinilla eléctrica antigua que encontramos cuando compramos la casa. Entonces me la paso justo por el centro de mi cabellera.

—Mamá —exclama Kate.

—¿Qué?

Una cascada de olas color castaño cae sobre el hombro de Anna. Ésta la recoge con cuidado.

—No es más que pelo.

Con otra pasada de la maquinilla, Kate se pone a sonreír. Señala un punto que me he olvidado, donde un mechón pequeño sobresale como un bosque. Me siento sobre una caja de leche del revés y le dejo que me afeite el otro lado de la cabeza. Anna se sube a mi regazo.

—Luego yo —me pide.

Una hora después, paseamos por el centro comercial cogidas de la mano, un trío de chicas malas. Nos quedamos varias horas. Por donde pasamos, las cabezas se dan la vuelta y las voces susurran. Somos tres veces más bonitas.

Fin de semana

Por el humo se sabe dónde está el fuego.

John Heywood
Proverbios

JESSE

No lo niegues. Has pasado al lado de una excavadora o de otra máquina aparcada en la orilla de la autopista, tras horas, y te preguntaste por qué los operarios de la carretera dejan allí el equipamiento, donde cualquiera y quiero decir yo, podía robarlo. El primer robo de camión lo cometí hace muchos años: desmonté una hormigonera y la tiré cuesta abajo, mientras me quedaba mirando cómo rodaba hasta estamparse contra el remolque de una compañía de construcción. Ahora mismo hay un camión de la basura a un kilómetro y medio de mi casa. Lo he visto durmiendo como un bebé elefante junto a una pila de barreras en la I-195. No es que lo haga por gusto, pero los pobres no tenemos elección. Debido a mi primer enfrentamiento con la ley, mi padre se ha quedado mi coche y lo guarda en el parque de bomberos.

Conducir un camión de basura es algo muy distinto a conducir mi coche. Primero, ocupas toda la puta carretera. Segundo, es como conducir un tanque o, al menos, como creo que sería conducir un tanque si, para conducir uno, no tuvieses que alistarte en un ejército lleno de tontos mojigatos locos por el poder. Tercero (y menos apetecible), la gente te ve venir. Cuando llego al paso subterráneo donde Duracell Dan construye su casa de cartón, se esconde entre sus filas de bidones de ciento cincuenta litros.

—Oye —digo saliendo de la cabina del camión— soy yo.

Dan tarda todavía un minuto en asegurarse de que le digo la verdad.

—¿Te gusta mi trasto? —le pregunto.

Se levanta con cuidado y se apoya en el lado rayado del camión. Entonces se ríe.

—Tu jeep ha estado tomando esteroides, chico.

Cargo la parte trasera de la cabina con los materiales que necesito. ¡Qué bonito sería llevar el camión hasta una ventana, vaciar varias botellas de mi Especial Pirómano e irme viendo todo arder en llamas! Dan llega hasta la puerta del conductor. «Lávame», escribe en el polvo.

—Eh —digo, y le pregunto si quiere venir sólo porque nunca antes lo he hecho.

—¿De verdad?

—Claro. Pero con una condición. Nada de lo que veas o hagamos debe salir de aquí.

Con un gesto hace como si se cerrara la boca con un candado y tirase la llave. Cinco minutos después, estamos de camino hacia una cabaña que solía utilizar un colega para guardar su barco. Dan juega con los controles del camión, subiendo y bajando el mecanismo trasero mientras conduzco. Me digo a mí mismo que lo he invitado para añadir emoción al asunto. Cuando haces partícipe a otra persona es más excitante. Pero en realidad es porque hay noches en que sólo quieres saber si hay alguien más en este planeta inmenso.

A los once años me regalaron un monopatín. Nunca pedí uno. Fue un regalo por remordimiento. Con los años me cayeron algunos más, normalmente en relación con algún episodio de Kate. Mis padres la llenaban de regalos siempre que tenían que hacerle algo, y dado que Anna solía estar implicada, también le hacían regalos increíbles. Pero luego, al cabo de una semana, mis padres se sentían mal por la falta de equidad y me compraban algún juguete para asegurarse de que no me sintiera al margen.

En cualquier caso, no voy a contar ahora lo increíble que era ese monopatín. En el reverso tenía una calavera que brillaba en la oscuridad, y de los dientes caía sangre verde. Las ruedas eran de color amarillo neón y, cuando saltaba encima de la gruesa tabla con las zapatillas de deporte, chirriaba como una estrella de rock aclarándose la garganta. Iba arriba y abajo por la carretera, por las aceras, aprendiendo a hacer *wheelies*, *kickflips* y *ollies*. Sólo existía una regla: no meterse en medio de la calle porque podía pasar un coche en cualquier momento. Los niños nos podemos hacer daño en un instante.

Bueno, no hace falta que les diga que los locos de once años y las normas paternas son como el aceite y el agua. Al final de mi primera semana con el monopatín ya hubiese preferido tirarme de cabeza al alcohol que seguir circulando por la acera con todos los capullos.

Suplicaba a mi padre que me llevara a sitios como el aparcamiento de Kmart, a la cancha de baloncesto de la escuela o a algún sitio donde pudiese pasármelo un poco mejor. Me prometió que el viernes, después de la aspiración rutinaria de médula ósea de Kate, iríamos todos a la escuela. Yo llevaría el monopatín, Anna la bicicleta y si Kate tenía ganas, los patines en línea.

Dios mío, qué impaciente me puse. Engrasé las ruedas, limpié la tabla y practiqué una doble hélice en el camino de entrada, en la rampa que yo mismo había construido con trozos de madera contrachapada y un tronco grueso. Tan pronto como vi el coche en el que mi madre y Kate llegaban del hematólogo, corrí hacia el porche sin perder tiempo.

Pero mi madre también parecía tener prisa. Porque se abrió la puerta de la furgoneta y vi a Kate cubierta de sangre.

—Llama a tu padre —ordenó sosteniendo un fajo de pañuelos en la cara de Kate.

No era una simple hemorragia nasal. Mi madre siempre me decía, cuando me ponía nervioso, que la sangre es más llamativa de lo que parece en realidad. Fui a buscar a mi padre y los dos llevaron a Kate al cuarto de baño consolándola para que no llorara, ya que eso lo haría todo más difícil.

—Papá —dije—, ¿cuándo nos vamos?

Pero estaba demasiado ocupado taponando la nariz de Kate con montones de papel higiénico.

—¿Papá? —repetí.

Mi padre me miró, pero no contestó. Tenía los ojos nublados, y miraba a través de mí como si yo estuviese hecho de humo.

Ésa fue la primera vez que pensé que quizá lo fuese de verdad.

Lo que más me gusta del fuego es que es insidioso. Repta, lame, te mira por encima del hombro y suelta una carcajada. Y, caray, es hermoso. Como una puesta de sol devorando todo lo que encuentra en su camino. Por primera vez, alguien admira mi obra. A mi lado, Dan suelta un pequeño sonido gutural desde el fondo de la garganta. De respeto, sin duda. Pero cuando lo miro, orgulloso, lo veo con la cabeza metida en el cuello grasiento de la chaqueta militar. Le caen lágrimas por la cara.

—Dan, ¿qué te pasa?

Es cierto que está loco, pero tampoco me lo explico. Le pongo la mano en el hombro y, por su reacción, dirías que le has puesto un escorpión.

—¿Te da miedo el fuego, Danny? No hay por qué temerlo. Aquí no hay nadie, estamos a salvo.

Le muestro lo que espero que sea una sonrisa alentadora. ¿Y si de repente se asusta, empieza a gritar y aparece algún poli?

—Esa cabaña —dice Dan.

—Tranquilo, nadie la echará en falta.

—Pero ahí es donde vive la rata.

—Ya no —respondo.

—Pero la rata...

—Los animales huyen cuando sienten el fuego. Te lo digo yo. La rata estará perfectamente bien. Relájate.

—Pero ¿y los periódicos? En uno está la noticia del asesinato del presidente Kennedy...

Se me pasa por la cabeza que la rata no es un roedor sino otro mendigo. Alguien que usa esa casa abandonada para guarecerse.

—Dan, ¿pretendes decirme que vive alguien allí?

Mira las llamas con lágrimas en los ojos. Después, repitiendo mis propias palabras, dice:

—Ya no.

Como decía, tenía once años, y aún no sé cómo me las apañé para ir de mi casa en Upper Darby hasta el centro de Providence. Supongo que tardé horas. Supongo que pensé que con mi capa de superhéroe que me hacía invisible, podría desaparecer y aparecer de repente en cualquier otro lado.

Me puse a prueba. Me paseé por el centro financiero, mientras la gente iba pasando junto a mí, segura de sí misma, con los ojos clavados en el suelo o la vista al frente como ejecutivos muertos. Pasé ante una pared de espejos de cristal de un edificio en el que veía mi imagen reflejada. Pero ninguna de las caras que hacía ni el largo rato que pasé allí llamaron la atención de la gente.

Acabé en medio de un cruce, justo bajo el semáforo, con los taxis pitando y un coche girando a la izquierda mientras un par de polis corrían para salvarme de morir atropellado. Cuando llegó mi padre a la comisaría, me preguntó en qué demonios estaba pensando.

De hecho, no pensaba nada. Sólo quería encontrar un lugar donde alguien me hiciese caso.

Primero me quito la camiseta y la meto en un charco que hay a un lado de la carretera. Después me la enrollo en la cabeza y la cara. El humo ya crea furiosas nubes negras. En mi oído resuenan sonidos de sirenas. Pero se lo he prometido a Dan.

Lo primero que siento es el calor, un muro de fuego más sólido de lo que parece. La estructura de la cabaña aún resiste, como rayos X de color naranja. Una vez dentro, no veo absolutamente nada.

—Rata —grito mientras ya siento las consecuencias del humo que me van secando la garganta—. ¡Rata!

No obtengo respuesta. La cabaña tampoco es tan grande. Me pongo a cuatro patas y empiezo a moverme.

Lo peor es cuando, accidentalmente, pongo la mano en algo

que fue metal antes de convertirse en un marcador de ganado. Se me pega la piel y me salen ampollas inmediatamente. Toco un pie en una bota cuando ya estoy sollozando, seguro de que nunca saldré. Avanzo un poco, pongo el cuerpo sin fuerzas de Rata sobre mis hombros y salgo tambaleándome.

Gracias a Dios, conseguimos salir. De momento, nuestro vehículo sigue con el motor en marcha. Quizá mi padre también está aquí. Me quedo bajo la pantalla de humo. Dejo a Rata en el suelo. Con el corazón a mil echo a correr en dirección contraria, dejando lo que queda por rescatar a los que de verdad quieren ser héroes.

Anna

¿Te has preguntado alguna vez cómo llegamos hasta aquí? A la Tierra, quiero decir. Olvídate del cuento de Adán y Eva, eso es pura mentira. A mi padre le gusta el mito de los indios Pawnee, que dicen que fueron los dioses de las estrellas los que poblaron el mundo: la Estrella de la Noche y la Estrella de la Mañana se unieron y dieron a luz a la primera mujer. El primer hombre llegó del Sol y de la Luna. Los humanos aparecieron con un tornado.

El señor Hume, mi profesor de ciencias, nos habló de esa sopa original compuesta por gases naturales, lodo y carbono que se solidificó formando unos organismos unicelulares llamados coanoflagelados... que suenan más a una enfermedad de transmisión sexual que al inicio de la cadena evolutiva, en mi opinión. Pero incluso cuando has llegado allí, es un gran salto ir de una ameba a un mono y luego a una persona inteligente.

Lo increíble es que, creas lo que creas, se tardó algo en pasar de un punto en que no había nada a un punto en que las neuronas se disparan y nos permiten tomar decisiones.

Más alucinante es cómo nos las arreglamos para joderlo todo, aunque eso se haya convertido en una segunda naturaleza.

* * *

Es sábado por la mañana y estoy en el hospital con Kate y mi madre, haciendo lo posible por fingir que el juicio no comenzará dentro de dos días. Pensarán que es duro, pero, de hecho, es lo mejor que podía pasar. Mi familia es conocida por mentirse a sí misma por omisión: si no se habla de ello, entonces (¡presto!) ya no hay juicio, ni problemas de riñón, ni nada.

Estoy mirando *Happy Days* en el canal TV Land. La verdad es que los Cunningham no son tan diferentes a nosotros. Sus únicas preocupaciones son si la banda de Richie tocará en Al's o si Fonzie ganará el concurso de besos, cuando incluso yo sé que en los cincuenta Joanie habría estado haciendo ejercicios de ataque aéreo en la escuela, Marion probablemente se metería Valium y Howard habría estado delirando con posibles ataques de los comunistas. Quizá si te tomas las cosas fingiendo estar en un decorado de película, no tengas que admitir que las paredes son de papel, la comida es de plástico y las palabras que salen de tu boca no son realmente tuyas.

Kate está haciendo un crucigrama.

—¿Un sinónimo de *recipiente*? —pregunta.

Hoy es un buen día. Con eso quiero decir que me grita por cogerle dos CD sin preguntar (por Dios, estaba casi en coma, no podría haberme dado permiso). Tiene ganas de resolver el crucigrama.

—*Contenedor* —sugiero.

—No.

—*Vasija* —dice mi madre.

—Sangre —dice el doctor Chance entrando en la habitación.

—Eso son seis letras —responde Kate, en un tono mucho más agradable que cuando se dirige a mí.

A todos nos gusta el doctor Chance. Podría ser el sexto miembro de la familia.

—Dime un número —dice refiriéndose a la escala de dolor— ¿Cinco?

—Tres.

El doctor Chance se sienta en un lado de la cama.

—Puede ser cinco en una hora —advierte—. Quizá nueve.

Mi madre se pone roja.

—¡Pero si se encuentra muy bien! —dice en el estilo de las animadoras.

—Lo sé. Pero los momentos lúcidos serán cada vez más cortos y espaciados —explica el doctor—. No es por la leucemia aguda. Es una disfunción renal.

—Pero después del trasplante... —dice mi madre.

Juro que parece que todo el aire de la habitación se transforma en una esponja. Podrías oír las alas de un pájaro, así de silencioso se queda todo. Quiero desaparecer de la habitación como la bruma. No quiero que sea culpa mía.

El doctor Chance es el único que no tiene miedo de mirarme.

—Por lo que entiendo, Sara, la disponibilidad de un órgano es algo problemático.

—Pero...

—Mamá —interrumpe Kate.

Entonces se vuelve hacia el doctor Chance y dice:

—¿De cuánto tiempo estamos hablando?

—Una semana, quizá.

—Oh, vaya —dice con voz tenue.

Luego, tocando el borde del periódico, frota el pulgar contra la hoja de papel.

—¿Me dolerá mucho?

—No —promete el doctor Chance—. Me aseguraré de ello.

Kate deja el periódico en el regazo y le toca el brazo al doctor.

—Gracias por decirme la verdad.

El doctor Chance levanta la mirada con los ojos enrojecidos.

—No me des las gracias.

Se levanta con tanto ímpetu que parece estar hecho de piedra y se marcha de la habitación sin decir nada más.

Mi madre desaparece en sí misma. Como cuando echas un papel al fuego y en lugar de quemarse parece simplemente esfumarse.

Kate me mira y luego dirige la vista hacia los tubos que la anclan a la cama. Me levanto y camino hacia mi madre. Le pongo una mano en el hombro.

—Mamá —digo—. Para.

Levanta la cabeza y me mira con ojos de hechizada.

—No, Anna. Para tú.

Después de unos segundos, murmuro:

—Anna.

Mi madre se da la vuelta.

—¿Qué?

—Un sinónimo de *recipiente* —digo, y salgo de la habitación.

Esa misma tarde, estoy dando vueltas en la silla giratoria del despacho de mi padre en el parque de bomberos, con Julia al otro lado. En la mesa hay media docena de fotos de mi familia. Una de cuando Kate era un bebé, con un sombrero de punto que parece una fresa. Otra de Jesse y yo, sonriendo con un pescado en las manos. Me vienen a la cabeza esas fotos falsas que encuentras en marcos que venden en las tiendas (señoras de tersas melenas de color castaño y agradables sonrisas, bebés con gorritos sentados en las rodillas de sus hermanos), gente que probablemente en la vida real fueron unos desconocidos reunidos por el fotógrafo.

Después de todo, quizá no estaban tan lejos de la realidad.

Cojo una foto en la que aparecen mi madre y mi padre, más bronceados y jóvenes de lo que yo puedo recordar.

—¿Tienes novio? —pregunto a Julia.

—¡No! —dice en seguida.

Cuando levanto la cabeza se encoge de hombros.

—¿Y tú?

—Hay un chico, Kyle McFee, que pensaba que me gustaba, pero no estoy segura.

Cojo un bolígrafo, lo abro y le saco la mina de la tinta. Sería increíble tener tinta dentro de tu cuerpo, como un calamar. Podrías levantar el dedo y escribir en cualquier sitio.

—¿Qué pasó?

—Fui con él al cine, como si fuera una cita, y cuando se acabó la película y nos pusimos de pie, él estaba... bueno, ya sabes... —digo poniéndome colorada mientras señalo la zona de mi regazo.

—Ah —dice Julia.

—Me preguntó si alguna vez había tocado madera en la escuela. Joder, ¿madera? Le dije que no y, ¡pam!, me quedo mirándolo justo ahí. —Dejo el bolígrafo decapitado encima del papel secante de mi padre—. Cuando ahora lo veo por el barrio no me lo puedo quitar de la cabeza.

Me la quedo mirando y de pronto le pregunto:

—¿Soy una pervertida?

—No, tienes trece años. Y para tu información, Kyle también. No pudo evitar que ocurriese, igual que tú no puedes dejar de pensar en eso cada vez que lo ves. Mi hermano Anthony solía decir que un hombre sólo se excita dos veces: de día y de noche.

—¿Tu hermano solía hablarte de cosas así?

—Supongo. ¿No lo hace Jesse? —dice riéndose.

Resoplo.

—Si le preguntara a Jesse sobre sexo, soltaría una carcajada tan grande que se rompería una costilla y después me pasaría unos cuantos Playboys para que buscara yo solita.

—¿Y tus padres?

Sacudo la cabeza. Mi padre, ni pensarlo, porque es mi padre. Mi madre es demasiado distraída. Y Kate es igual de ingenua que yo.

—¿Tú y tu hermana se han peleado alguna vez por un chico?

—La verdad es que no nos gusta el mismo tipo de chicos.

—¿Cómo te gustan?

Me pongo a pensarlo.

—No lo sé. Altos. Morenos. Que hablen en voz baja. ¿Crees que Campbell es apuesto? —añado.

Julia casi se cae de la silla.

—¿Qué?

—Bueno, quiero decir para la edad que tiene.

—Comprendo por qué algunas mujeres... lo encuentran atractivo —dice.

—Parece un personaje de uno de esos culebrones que le gustan a Kate. —Meto la uña del dedo pulgar en una muesca de la mesa del despacho—. Es raro. Que tengas que hacerte mayor, besar y casarte.

Pero Kate no.

—¿Qué pasará si muere tu hermana, Anna? —dice Julia inclinándose hacia adelante.

En otra de las fotos del despacho aparecemos Kate y yo. Somos pequeñas, cinco y dos años, quizá. Es antes de la primera recaída, pero después de que volviese a crecerle el pelo. Estamos en la orilla de la playa, con idénticos bañadores, jugando a hacer pasteles. Podrías doblar la foto por la mitad y pensar que la otra mitad era la imagen de un espejo, Kate, demasiado pequeña para su edad, y yo muy alta. El pelo de Kate era de un color diferente al mío, pero con el mismo aspecto natural y remolinos en la raíz. Kate aprieta las manos contra las mías. Creo que no me he dado cuenta hasta ahora de lo iguales que somos.

El teléfono suena justo después de las diez y sorprendentemente la llamada es para mí. Cojo el supletorio de la zona de la cocina, limpia y fregada para el turno de noche.

—¿Hola?

—Anna —dice mi madre.

Inmediatamente sé que se trata de Kate. No puede tratarse de nada más, tal como hemos dejado las cosas en el hospital.

—¿Va todo bien?

—Kate duerme.

—Bien —respondo preguntándome si realmente lo es.

—Llamo para decirte dos cosas. La primera es que siento lo de esta mañana.

Me siento compungida.

—Yo también —reconozco.

En ese momento recuerdo cómo solía arroparme de noche. Primero se acercaba a la cama de Kate, se inclinaba y decía que iba a besar a Anna. Luego venía a mi cama y decía que venía a abrazar a Kate. Eso siempre nos hacía reír. Apagaba la luz y durante un buen rato en la habitación quedaba el aroma de la crema que utilizaba mamá para mantener la piel tan suave como el interior de una funda de almohada de franela.

—Y en segundo lugar —dice mi madre— sólo quería desearte buenas noches.

—¿Ya está?

Por su voz sé que sonríe.

—¿No te parece suficiente?

—Sí, claro —le digo, aunque no lo es.

Como no puedo dormir, me deslizo de la cama del parque de bomberos, dejando atrás a mi padre, que ya ronca. Cojo el *Libro Guinness de los Récords* de la habitación de los hombres y me tiendo en la azotea del edificio a leerlo bajo la luz de la Luna. Un niño de dieciocho meses llamado Alejandro se cayó de una altura de veinte metros desde una ventana de la casa de sus padres en Murcia, España, y se convirtió en el niño superviviente a una caída desde más altura. Roy Sullivan, de Virginia, sobrevivió a siete rayos cuando quiso suicidarse por un desengaño amoroso. Un gato fue encontrado vivo en los escombros ocho días después de que un terremoto matara a 2.000 personas en Taiwan, y se recuperó totalmente. Ahí estaba yo, leyendo y releyendo el capítulo de «Supervivientes y salvavidas», recavando información. Me gustaría leer cosas como «La paciente con leucemia aguda promielocítica que ha sobrevivido más años. La hermana más extasiada.»

Mi padre me encuentra justo cuando he dejado el libro y empezado a buscar Vega.

—No hay mucha luz esta noche, ¿verdad? —me pregunta sentándose a mi lado.

Hay muchas nubes. Incluso la Luna parece cubierta de algodón.

—No —digo—. Hoy no es una noche muy bonita.

—¿Has mirado por el telescopio?

Mi padre lo prueba hasta que se da cuenta de que esa noche no merece la pena. De repente recuerdo cuando tenía siete años y me ponía en el asiento del copiloto en el coche, y le preguntaba cómo se las apañaban los mayores para encontrar siempre los lugares adonde iban. Yo nunca había visto a mi padre sacar un mapa.

—Supongo que es una cuestión de hábito —me decía sin convencerme.

—¿Y cuando vas por primera vez?

—Bueno —decía—, tomamos indicaciones.

Pero lo que yo quería saber es quién las tuvo por primera vez. ¿Y si no ha ido nunca nadie antes de que tú vayas?

—Papá, ¿es verdad que puedes guiarte por las estrellas? —pregunto.

—Claro, pero antes tienes que aprender cómo funciona la navegación celeste.

—¿Y es difícil? —digo pensando que quizá debería aprender. Sólo un mapa para todas esas veces en que siento que estoy vagando en círculos.

—Son pura matemática. Tienes que medir la altura de la estrella, fijar su posición utilizando un calendario náutico, imaginar a qué altura debes de estar y en qué dirección debe encontrarse la estrella teniendo en cuenta dónde crees estar, y comparar la altura que has medido con la que has calculado. Luego trazas todo en un mapa, como línea de posición. Salen muchas líneas de posición que se cruzan unas con otras, y el punto resultante es adonde vas.

Mi padre me mira y sonríe.

—Exactamente —dice riéndose—. Nunca salgas de casa sin el GPS.

Apuesto que lo conseguiría. No debe de ser tan difícil. Vas al sitio en el cual se cruzan todas las líneas y esperas que vaya todo bien.

Si el annaísmo fuera una religión y tuviese que explicar cómo llegó el hombre a la Tierra, sería así: en el principio, no había nada excepto el Sol y la Luna. La Luna quería salir durante el día, pero existía algo más brillante que parecía que podía llenar mejor esas horas. De furiosa que se puso, la Luna se fue haciendo cada vez más delgada y más delgada hasta convertirse en muy poca cosa, con unas puntas tan afiladas como cuchillos. De manera fortuita, porque así es como ocurren la mayoría de las cosas, hizo un agujero en la noche y salieron un millón de estrellas, como una fuente de lágrimas.

Aterrorizada, la Luna intentó tragárselas. A veces podía, porque se engordaba y se volvía redonda. Pero la mayor parte del tiempo no, porque había muchas. Las estrellas no pararon de salir, hasta que hicieron que el cielo brillara tanto que el Sol se puso celoso. Él invitó a las estrellas a su lado del mundo, donde siempre había luz. Lo que no les dijo es que durante las horas del día no se las vería nunca. Así que las muy tontas saltaron del cielo al suelo y se congelaron bajo el peso de su propia estupidez.

La Luna hizo lo que pudo. En casa, uno de esos bloques de tristeza talló un hombre o una mujer. Se pasó el resto del tiempo vigilando que las estrellas que quedaban no cayeran. Se pasó el tiempo sujetando las que habían quedado.

Brian

Justo antes de las siete de la mañana del domingo, un pulpo entra en el parque de bomberos. Bueno, la verdad es que es una mujer vestida de pulpo, pero cuando ves algo así no creo que haya mucha diferencia. Estaba llorando y sostenía a un perro pequinés con sus múltiples brazos.

—Tienen que ayudarme —dice, y eso me hace recordar: es la señora Zegna, cuya casa quedó destruida hace unos días por un fuego producido en su cocina.

—Ésta es toda la ropa que me ha quedado —dice tirando de los tentáculos—. Un disfraz de Halloween. Úrsula. Se estaba pudriendo en un guardamuebles de Taunton junto a mi colección de álbumes de Peter, Paul y Mary.

Amablemente, le pido que se siente en la silla del despacho.

—Señora Zegna, sé que su casa es inhabitable...

—¿Inhabitable? ¡Está destrozada!

—Puedo darle el teléfono de un refugio. Y si quiere, puedo hablar con su compañía de seguros para acelerar las cosas.

Levanta un brazo para secarse las lágrimas, y los otros ocho, tirados por cuerdas, se levantan al unísono.

—Mi casa no estaba asegurada. No vivo la vida esperando lo peor.

Me la quedo mirando un momento. Intento recordar lo que se siente al quedarse desconcertado ante la posibilidad real de un desastre.

Cuando llego al hospital, Kate está echada boca abajo, sujetando con fuerza el osito que tiene desde los siete años. Está conectada al gota a gota de morfina autorregulada, apretando de vez en cuando el botón con el pulgar, aunque se queda dormida rápidamente.

Una de las sillas de la habitación se despliega en una pequeña cama con un colchón finísimo. Allí está Sara acurrucada.

—Eh —dice apartándose el pelo de la cara—. ¿Dónde está Anna?

—Durmiendo como un bebé. ¿Cómo ha pasado la noche Kate?

—Bastante bien. Se quejó un poco entre las dos y las cuatro.

Me siento en el borde de la pequeña cama.

—Anna estuvo muy contenta de que llamaras ayer por la noche.

Cuando miro en los ojos de Sara, veo a Jesse. Tienen el mismo color, los mismos rasgos. Me pregunto si cuando Sara me mira a mí piensa en Kate. Y si eso debe doler.

Cuesta creer que, una vez, esta mujer y yo nos metiéramos en un coche y recorriéramos toda la Ruta 66 sin callar un momento. Ahora nuestras conversaciones son una relación de hechos, de detalles de primer orden e información privilegiada.

—¿Recuerdas a aquella pitonisa? —le pregunto.

Cuando me mira sin saber de qué va, sigo hablando.

—Estábamos en medio de Nevada y el Chevrolet se había quedado seco... y no querías quedarte sola mientras yo buscaba una gasolinera.

«De aquí a diez días, cuando sigas vagando en círculos, me encontrarán con los buitres comiéndose mis entrañas», dijo Sara, poniéndose a mi lado. Tuvimos que volver seis kilómetros hacia atrás, hasta aquella especie de barraca que era una gasolinera. Sus dueños eran aquel chico mayor y su hermana, que se anunciaba como médium. «Vamos a hacerlo», suplicó Sara, pero que nos leyera el destino costaba cinco dólares y sólo tenía diez. «Sólo podremos llenar medio tanque, aunque podemos preguntarle a la médium cuando volveremos a quedarnos sin gasolina», dijo Sara, convenciéndome como siempre.

La señora Agnes era esa clase de ciega que asusta a los niños, con unas cataratas en los ojos que parecían el cielo azul vacío. Puso las rugosas manos en la cara de Sara para leerle los huesos y dijo que veía tres hijos y una vida muy larga, aunque no del todo buena. «¿Qué quiere decir con eso?», preguntó Sara, indignada, y la señora Agnes le explicó que la ventura era como la arcilla: se le podía dar forma cada vez. Pero sólo puedes rehacer tu propio futuro, no el de otra persona, y para algunas personas eso no era del todo bueno.

Me puso las manos en la cara y dijo sólo una cosa: «Sálvate».

Nos dijo que nos íbamos a quedar sin gasolina justo antes de la frontera con el Estado de Colorado, y así fue.

Ahora, en la habitación del hospital, Sara me mira con la mirada perdida.

—¿Cuándo fuimos a Nevada? —me pregunta.

Después mueve la cabeza.

—Tenemos que hablar. Si Anna va a seguir con el juicio el lunes, necesito revisar tu testimonio.

—De hecho —digo bajando la vista a las manos— hablaré a favor de Anna.

—¿Qué?

Rápidamente echo una mirada a Kate por encima del hombro para asegurarme de que duerme, y me explico mejor.

—Créeme, Sara, lo he estado pensando mucho. Y si Anna ha decidido no ser donante de Kate, debemos respetarlo.

—Si testificas en su favor, el juez dirá que al menos uno de sus padres puede apoyar la petición, y se decidirá a favor de ella.

—Lo sé —digo—. ¿Por qué si no lo haría?

Nos miramos mutuamente, sin hablar, incapaces de admitir qué hay al final de las alternativas.

—Sara —le pregunto finalmente— ¿qué quieres de mí?

—Quiero mirarte y recordar cómo era todo antes —dice con tristeza—. Quiero volver, Brian, quiero que me lleves de vuelta.

Pero ya no es la mujer que yo conocía, la mujer que viajaba por el campo contando las madrigueras de perros de la pradera, que leía en voz alta la lista de vaqueros solitarios que buscaban mujer y me decía, en la oscuridad de la noche, que me amaría hasta que la Luna se cayera del cielo.

Si soy sincero, ya no soy el mismo hombre. El que la escuchaba. El que le creía.

Sara

2001

Brian y yo estamos sentados en el sofá, compartiendo partes del periódico, cuando Anna entra en la habitación.

—Si corto el césped del jardín hasta que me case, ¿me pueden dar 614,96 dólares ahora mismo?

—¿Para qué? —preguntamos al mismo tiempo.

—Necesito dinero —dice frotando la zapatilla contra la alfombra.

—No creo que los tejanos Gap se hayan vuelto tan caros —dice Brian plegando la sección de noticias nacionales.

—Sabía que responderías así —dice, preparada para irse enfadada.

—Espera —digo incorporándome y descansando los codos en las rodillas—. ¿Qué quieres comprar?

—¿Y qué importa?

—Anna —responde Brian— no te vamos a dar seiscientos dólares sin saber para qué son.

—Es para algo de eBay —dice tras pensarlo un momento.

«¿Mi niña de diez años entra en eBay?»

—Vale —dice suspirando— son rodilleras de portero.

Miro a Brian, pero parece que tampoco lo entiende.

—¿Para hockey?

—Bueno, sí.

—Anna, tú no juegas a hockey —observo.

Pero cuando se pone roja me doy cuenta de que quizá ande equivocada.

Brian le pide una explicación.

—Hace un par de meses, la cadena se me salió de la bici justo enfrente de la pista de hockey. Un grupo de chicos estaba entrenando, pero su portero tenía mononucleosis, y el entrenador dijo que me daría cinco dólares por quedarme en la red y parar los chutes. Me puse el equipo del chico enfermo y resulta que... no lo hice mal. Me gustó. Así que seguí yendo —dice Anna sonriendo tímidamente—. El entrenador me pidió que me uniese al equipo antes de la liga. Soy la primera chica que han tenido. Pero debo tener mi propio equipo.

—¿Y cuesta 614 dólares?

—Y noventa y seis centavos. Pero eso sólo las rodilleras. Todavía necesito un peto, un *catcher*, un guante y una máscara —dice mirándonos fijamente.

—Tenemos que hablar de esto —le digo.

Anna murmulla algo que suena como *cifras*, y sale de la habitación.

—¿Sabías que jugaba a hockey? —me pregunta Brian.

Niego con la cabeza. Me pregunto qué más nos ha estado ocultando nuestra hija.

Estamos a punto de salir para ir a ver a jugar a Anna al hockey por primera vez cuando Kate anuncia que no viene.

—Por favor, mamá —suplica—, no cuando tengo este aspecto.

Tiene un sarpullido muy feo en las mejillas, palmas, plantas de los pies y pecho, y cara de pan, cortesía de los esteroides que toma como tratamiento. Tiene la piel rugosa y gruesa.

Es la tarjeta de visita de la enfermedad de rechazo del injerto al paciente, que Kate ha desarrollado tras el trasplante de médula ósea. Durante los últimos cuatro años iba y venía, apareciendo cuando menos lo esperábamos. La médula ósea es un órgano, y como con un corazón o un hígado, el cuerpo puede rechazarlo. Pero, a veces, en lugar de eso, la médula trasplantada comienza a rechazar el cuerpo receptor.

La buena noticia es que, si eso sucede, las células cancerígenas están también amenazadas, algo que el doctor Chance llama enfermedad del injerto contra la leucemia. La mala noticia es la sintomatología: la diarrea crónica, la ictericia, la pérdida de movilidad en las articulaciones. Se le hacen costras y callos dondequiera que tenga tejido conectivo. Estoy tan acostumbrada a eso que no me preocupa, pero cuando la enfermedad del injerto contra el paciente se muestra con tanta fuerza, permito que Kate no vaya a la escuela. Tiene trece años, y la apariencia lo es todo. Respeto su vanidad porque apenas tiene.

Pero no puedo dejarla sola en casa, y hemos prometido a Anna que iremos a verla jugar.

—Esto es muy importante para tu hermana.

Como respuesta, Kate se deja caer en el sofá y se tapa la cara con un cojín.

Sin decir nada más me dirijo al armario del vestíbulo y saco varias cosas de los cajones. Le doy los guantes a Kate, luego le pongo el sombrero en la cabeza y la bufanda alrededor de la nariz y boca para que sólo se le vean los ojos.

—Hará frío en la pista —digo con una voz que no deja lugar a una negativa.

Apenas reconozco a Anna, hinchada, protegida y envuelta en un equipo que, a la larga, hemos terminado tomando prestado del sobrino del entrenador. No puedes decir, por ejemplo, que sea la única chica sobre el hielo. No puedes decir que es dos años más joven que el resto de los jugadores.

Me pregunto si Anna puede oír los vítores con el casco o si está tan atenta a lo que se le viene encima que lo bloquea todo, concentrándose en el ruido del disco y en los golpes de los palos.

Jesse y Brian están sentados en el borde de los asientos. Incluso Kate, que no quería venir, se está metiendo en el juego. El portero contrario, comparado con Anna, se mueve a cámara lenta. La acción se desarrolla eléctricamente, yendo desde la otra portería hasta la de Anna. El central pasa al lateral derecho, que regatea con las hojas cortando el estruendo de la multitud. Anna da un paso, segura de saber adónde va a ir el disco un momento antes de que dispare, con las rodillas dobladas y los codos apuntando hacia fuera.

—Increíble —me dice Brian tras la segunda parte—. Tiene talento natural como portera.

Eso le iba a decir. Anna salva todos los ataques.

Esa noche, Kate se levanta sangrando por la nariz, el recto y las cuencas de los ojos. Nunca he visto tanta sangre y mientras intento parar la hemorragia me pregunto cuánta puede perder. Cuando llegamos al hospital, está desorientada e intranquila, y finalmente cae inconsciente. El personal le inyecta plasma, sangre y plaquetas para reponer la pérdida de sangre, pero parece que lo pierde con igual rapidez. Le dan fluidos intravenosos para prevenir un *shock* hipovolémico y la intuban. Le hacen tomografías computarizadas del cerebro y los pulmones para ver hasta qué punto ha sangrado.

A pesar de todas las veces que hemos acudido corriendo a emergencias en plena noche cuando Kate ha recaído con síntomas súbitos, Brian y yo sabemos que nunca ha sido con tanta virulencia. Una cosa es sangrar por la nariz y otra es un fallo del sistema. Ha tenido arritmias cardíacas dos veces. Las hemorragias impiden que el cerebro, corazón, hígado, pulmones y riñones reciban el flujo que necesitan.

El doctor Chance nos lleva a la pequeña sala que hay al final de la planta de pediatría. Está pintada con margaritas que sonríen. En una pared hay un cuadro de crecimiento con una oruga de más de un metro que dice: «¿Cuánto puedo crecer?»

Brian y yo nos sentamos y nos quedamos inmóviles, como si nos fuesen a recompensar por buen comportamiento.

—¿Arsénico? —repite Brian—. ¿Veneno?

—Es una terapia muy nueva —explica el doctor Chance—. Se pone por vía intravenosa, de veinticinco a sesenta días. Hasta la fecha, no hemos conseguido resultados con eso. Eso no quiere decir que no se consigan en el futuro, pero de momento no tenemos siquiera curvas de supervivencia de cinco años. Así de nuevo es el medicamento. La realidad es que Kate ha agotado la sangre del cordón, el trasplante alogénico, la radiación, la quimioterapia y el ácido retinoico. Ha vivido diez años más de lo que esperábamos.

Asiento inmediatamente.

—Hágalo —le digo.

Brian baja la mirada.

—Podemos probar. Pero, con toda probabilidad, la hemorragia seguirá imponiéndose al arsénico —dice el doctor Chance.

Me quedo mirando el cuadro de crecimiento de la pared. ¿Le dije que la quería antes de meterla en la cama la noche pasada? No lo recuerdo. No lo recuerdo en absoluto.

Poco después de las dos de la madrugada Brian se va. Sale mientras estoy quedándome dormida al lado de la cama de Kate y, pasada más de una hora, no ha vuelto. Pregunto por él en el despacho de la enfermera, busco por la cafetería y el lavabo de hombres. No está. Al final lo veo en el vestíbulo, en un pequeño atrio en honor de un pobre niño muerto, una habitación de luz, aire y plantas de plástico que un paciente neutropénico disfrutaría. Está sentado en un feo sofá de pana marrón, escribiendo furiosamente en un pedazo de papel con un lápiz azul.

—Eh —digo con suavidad, recordando que los niños coloreaban juntos en el suelo de la cocina, con lápices desparramados por todas partes—. Te cambio uno amarillo por tu azul.

Brian levanta la cabeza, sobresaltado.

—Es...

—Kate está bien. Bueno, está igual.

Steph, la enfermera, ya le ha dado la primera dosis de arsénico. También le ha hecho dos transfusiones de sangre para paliar la que ha perdido.

—Quizá deberíamos llevarnos a Kate a casa —dice.

—Sí, por supuesto que...

—Quiero decir ahora —dice apretándose las manos—. Creo que le gustaría morir en su propia cama.

Esa palabra, entre nosotros, estalla como una granada.

—Ella no va a...

—Sí, va a morir —dice mirándome con la cara marcada por

el dolor—. Se está muriendo, Sara. Morirá esta noche, mañana o quizá en un año si tenemos mucha suerte. Has oído lo que ha dicho el doctor Chance. El arsénico no es una cura. Sólo pospone lo que viene.

Los ojos se me llenan de lágrimas.

—Pero la quiero —digo tan sólo porque es un motivo suficiente para mí.

—Y yo. Demasiado para seguir así.

El papel en que estaba garabateando se le cae de las manos y llega a mis pies. Lo recojo antes que él. Está lleno de manchas de lágrimas y de frases desconectadas. «A ella le gustaba cómo olía en primavera», leo. «Ganaba a cualquiera a las cartas. Bailaba aunque no hubiese música.» También hay notas en los lados: «Color favorito: rosa. Momento favorito del día: anochecer». «Solía leer "Donde están las cosas salvajes" una y otra vez, y todavía se lo sabe de memoria».

Se me ponen los pelos de punta.

—¿Es un... panegírico?

Brian también se ha puesto a llorar.

—Si no lo hago ahora, no seré capaz cuando llegue el momento.

—No es el momento —digo sacudiendo la cabeza.

Llamo a mi hermana a las tres y media de la madrugada.

—Te he despertado —le digo, dándome cuenta instantáneamente de que ella, como cualquier persona normal, está durmiendo.

—¿Es por Kate?

Asiento, aunque ella no puede verme.

—¿Zanne?

—¿Sí?

Cierro los ojos al sentir que me saltan las lágrimas.

—Sara, ¿qué pasa? ¿Quieres que vaya adonde estás?

Es difícil hablar con la presión enorme que siento en la garganta. La verdad se extiende hasta que ahoga. De pequeñas, el dormitorio de Zanne y el mío tenían un mismo pasillo, y nos peleábamos para dejar o no la luz encendida de noche. Yo la quería encendida y ella no. «Ponte un cojín en la cabeza», le decía. «Puedes quedarte a oscuras, pero yo no puedo hacer luz».

—Sí —digo sollozando con más libertad—. Por favor.

Contra todo pronóstico, Kate sobrevive diez días con intensas transfusiones y terapia de arsénico. Al undécimo día de su hospitalización, entra en coma. Decido quedarme al lado de su cama hasta que se despierte. Y lo hago exactamente durante cuarenta y cuatro minutos, hasta que recibo una llamada del director de la escuela de Jesse.

Por lo que parece, el metal de sodio se almacena en el laboratorio del instituto en pequeños recipientes de aceite, debido a su reacción volátil con el aire. Por lo que parece, también reacciona con el agua, creando hidrógeno y calor. Por lo que parece, mi hijo de noveno curso ha sido suficientemente listo para darse cuenta de eso, por lo cual ha robado la muestra, la ha tirado por el retrete y ha hecho estallar la fosa séptica del instituto.

Después de que el director lo ha expulsado durante tres semanas (un hombre que tiene la decencia de preguntar por Kate mientras me dice que mi hijo mayor va a ir a la penitenciaría estatal), Jesse y yo volvemos en coche al hospital.

—No hace falta que te diga que estás castigado.

—Como quieras.

—Hasta que cumplas los cuarenta.

Jesse se hunde en el asiento, juntando aún más las cejas si es posible. Me pregunto cuándo me rendí con él exactamente. Me pregunto por qué, cuando la historia de Jesse no es en absoluto tan descorazonadora como la de su hermana.

—El director es un capullo.

—¿Sabes qué, Jess? El mundo está lleno de capullos. Siempre tendrás problemas con alguien. O con algo.

Se me queda mirando con enfado.

—Podrías empezar una conversación sobre los Red Sox y terminar hablando de Kate.

Entramos en el garaje del hospital, pero no apago el motor. La lluvia cae sobre el parabrisas.

—Todos tenemos un talento. ¿O has volado la fosa séptica por otra razón?

—No sabes cómo es ser el niño cuya hermana está muriéndose de cáncer.

—Me lo imagino bastante bien. Porque soy la madre de la niña que se está muriendo de cáncer. Tienes toda la razón, es una mierda. Y a veces también tengo ganas de volar algo, sólo para deshacerme de la sensación de que voy a estallar en cualquier momento.

Bajo los ojos y veo un hematoma del tamaño de medio dólar en el pliegue del brazo. Hay otro simétrico en el otro lado. Mi mente se va de forma inmediata a la heroína en lugar de a la leucemia, como pasaría con sus hermanas.

—¿Qué es eso?

—Nada —dice doblando los brazos.

—¿Qué es?

—No es asunto tuyo.

—Es asunto mío —digo tirándole del brazo—. ¿Es de una aguja?

Entonces levanta la cabeza, con los ojos brillando.

—Sí, mamá. Me pincho cada tres días. Pero no me meto heroína, sino que me sacan sangre en la tercera planta de este hospital —responde mirándome—. ¿No te preguntabas quién más daba plaquetas a Kate?

Sale del coche antes de que lo pueda detener, dejándome con la mirada clavada en el parabrisas, donde ya no se ve nada claramente.

Dos semanas después de que Kate ha ingresado en el hospital, las enfermeras me convencen de que me tome un día libre. Me voy a casa y me ducho en mi bañera, en lugar de la del personal médico. Pago las deudas atrasadas. Zanne, que todavía está con nosotros, me prepara un café que ya está listo cuando bajo con el pelo húmedo y peinado.

—¿Ha llamado alguien?

—Si con alguien quieres decir el hospital, no —dice pasando la página del libro de cocina que está leyendo—. Esto es una mierda. No hay alegría en la cocina.

La puerta de delante se abre y se cierra con un golpe. Anna entra corriendo en la cocina y se detiene de golpe al verme.

—¿Qué haces aquí?

—Vivo aquí —contesto.

—Aunque no lo parezca —dice Zanne aclarándose la garganta.

Pero Anna no la oye o no quiere oírla. Tiene una sonrisa inmensa en la cara y blande un papel frente a mí.

—Lo ha recibido el entrenador Urlicht. ¡Léelo, léelo!

Querida Anna Fitzgerald:

Nos alegramos de comunicarte que te hemos aceptado en el Campamento de Verano de Hockey de Chicas en Goal. Este año, el campamento será en Minneapolis del 3 al 17 de julio. Por favor, rellena el formulario adjunto y el historial médico y devuélvelo a más tardar 30/04/01. ¡Nos vemos sobre el hielo!

Entrenadora Sarah Teuting

Termino de leer la carta.

—Dejaste ir a Kate a ese campamento cuando tenía mi edad, el campamento para niños con leucemia —dice Anna—. ¿Sabes quién es Sarah Teuting? Es la portera del equipo nacional de Estados Unidos, y no sólo puedo conocerla, sino que me puede dar consejos. El entrenador me ha conseguido una beca, así que no tienes que pagar nada. Me pagarán el avión y me darán un dormitorio y todo lo que necesite. Nadie tiene una oportunidad como ésta...

—Cielo —le digo con suavidad— no puedes aceptarlo.

Sacude la cabeza, como intentando comprender lo que he dicho.

—Pero no es ahora; es para el próximo verano.

«Y Kate puede estar muerta para entonces».

Que recuerde, es la primera vez que Anna da un indicio de estar viendo el fin de ese período, el momento en que pueda liberarse de su obligación con su hermana. Hasta ese punto, ir a Minnesota no es una opción. No porque teme lo que le pueda pasar a Anna allí, sino porque teme lo que le pueda suceder a Kate mientras su hermana falte. Si Kate sobrevive a la última recaída, ¿quién sabe cuánto tiempo pasará hasta que sobrevenga otra crisis? Y cuando venga, necesitaremos a Anna (su sangre, sus células madre, su tejido) inmediatamente.

La situación se complica. Zanne se levanta y rodea a Anna con un brazo.

—¿Sabes qué? Quizá debamos hablar de eso con tu madre en otro momento...

—No —dice Anna negándose a ceder—. Quiero saber por qué no puedo ir.

Arruga la carta y sale corriendo de la cocina. Zanne me sonríe vagamente.

—Bienvenida —me dice.

Afuera, Anna coge un palo de hockey y comienza a tirar contra la pared del garaje. Lo hace durante casi una hora, con un golpe rítmico, hasta que olvido que ella sigue afuera y comienzo a pensar que la casa tiene su propio pulso.

Diecisiete días después de ingresar Kate en el hospital, desarrolla una infección. Tiene fiebre. Le hacen análisis de sangre, orina, deposiciones y esputos para aislar el organismo y le dan un antibiótico de amplio espectro inmediatamente con la esperanza que se muestre lo que la enferma.

Steph, nuestra enfermera favorita, se queda hasta tarde algunas noches para que yo no tenga que enfrentarme sola a eso. Me trae revistas *People* birladas de las salas de espera de cirugía y mantiene alegres monólogos con mi hija inconsciente. Es un modelo de resolución y optimismo en la superficie, pero he visto que los ojos se le llenan de lágrimas mientras baña a Kate con la esponja, cuando cree que no la veo.

Una mañana, el doctor Chance viene a visitar a Kate. Se enrolla el estetoscopio alrededor del cuello y se sienta al otro lado de donde estoy yo.

—Quería que me invitara a su boda.

—Lo estará —le digo, pero él niega con la cabeza.

El corazón se me acelera.

—Un tazón de ponche, eso es lo que le puede comprar —continúo—. Un marco de fotos. Podrá hacer un brindis.

—Sara —dice el doctor Chance— tiene que decirle adiós.

Jesse pasa quince minutos en el lavabo de Kate y sale con aspecto de ser una bomba a punto de explotar. Corre por los vestíbulos de las salas de pediatría.

—Voy yo —dice Brian dirigiéndose hacia Jesse por el corredor.

Anna está sentada de espaldas a la pared. También está enfadada.

—No voy a hacerlo.

Me arrodillo a su lado.

—No hay nada, créeme, que me guste menos que hagas. Pero si no lo haces, Anna, llegará un día en que desearás haberlo hecho.

Anna entra en la habitación de Kate con reluctancia y se sube a una silla. El pecho de Kate sube y baja gracias al respirador. Se calma cuando toca la mejilla de su hermana.

—¿Me oye?

—Desde luego —respondo más para mí que para ella.

—No iré a Minnesota —susurra Anna inclinándose más cerca—. No iré nunca a ninguna parte. Despierta, Kate.

Las dos aguantamos la respiración, pero no sucede nada.

Nunca he entendido por qué se le dice «perder un hijo». Ningún padre es tan descuidado. Todos sabemos exactamente dónde están nuestros hijos e hijas. Lo que pasa es que no queremos necesariamente que estén allí.

Brian, Kate y yo somos una cadena. Estamos sentados en cada lado de la cama y nos sostenemos mutuamente la mano y las de ella.

—Tenías razón —digo a Brian—. Nos la deberíamos haber llevado a casa.

Brian sacude la cabeza.

—Si no hubiésemos probado con el arsénico, nos habríamos pasado el resto de la vida preguntándonos por qué no lo hicimos

—dice echando atrás el pelo claro que rodea la cara de Kate—. Es muy buena chica. Siempre ha hecho lo que le has pedido.

Asiento, incapaz de hablar.

—Por eso está esperando. Necesita tu permiso para dejarnos.

Brian se inclina sobre Kate, llorando tanto que le cuesta respirar. Le pongo la mano en la cabeza. No somos los primeros padres en perder a una hija. Pero somos los primeros padres en perder a nuestra hija. Y eso lo cambia todo.

Cuando Brian se duerme a los pies de la cama, sostengo la mano escarada de Kate entre las mías. Recorro los óvalos de sus uñas y recuerdo la primera vez que se las pinté, cuando Brian no podía creer que estuviese haciendo eso a una niña de un año. Ahora, diez años después, le vuelvo la mano hacia arriba y deseo saber cómo leerla o, mejor aún, cómo editar esa vida.

Acerco la silla a la cama de Kate.

—¿Recuerdas el verano que te apuntamos al campamento? ¿Y la noche antes de irte, cuando dijiste que habías cambiado de opinión y querías quedarte en casa? Te dije que te sentaras en el lado izquierdo del autobús, para que cuando arrancase pudieses mirar atrás y verme —digo apretándole la mano contra mi mejilla con fuerza suficiente para que me deje una marca—. Coge el mismo asiento en el cielo. Uno desde el cual puedas verme mientras te veo.

Entierro la cara en las mantas y le digo a mi hija cuánto la quiero. Aprieto su mano por última vez para sentir su pulso ligero, su débil apretón, sus dedos cogiéndome mientras se abre camino de vuelta hacia este mundo.

Anna

Ésta es mi pregunta: ¿Qué edad tienes cuando estás en el cielo? Quiero decir que, si es el cielo, deberías estar en tu mejor momento, y dudo de que todos lo que mueren de viejos vaguen por ahí sin dientes y calvos. Eso abre todo un mundo de nuevas preguntas. Si te cuelgas, ¿vas por ahí hinchado y azul, con la lengua colgando de la boca? Si te matan en una guerra, ¿pasas la eternidad sin la pierna que te ha volado una mina?

Imagino que puedes escoger. Llenas el formulario que te pregunta si quieres tener vista a las estrellas o a las nubes, si quieres pollo, pescado o maná para cenar, en qué edad quieres que te vean los demás. Yo, por ejemplo, elegiría los diecisiete, esperando tener tetas ya, de manera que incluso siendo una centenaria arrugada cuando muera, en el cielo sería joven y bonita.

Una vez, en una cena, oí a mi padre decir que a pesar de ser muy viejo, en su corazón tenía diecisiete años. Así que quizá haya un lugar en la vida que te marque como un surco o, incluso mejor, como la mancha tenue del sofá. Y no importa qué más te suceda, porque vuelves allí.

Creo que el problema es que cada uno es diferente. ¿Qué sucede en el cielo cuando toda esa gente intenta reencontrarse tras tanto tiempo de separación? Digamos que mueres y te pones a buscar a tu marido, que murió cinco años atrás. ¿Qué pasa si te lo estás imaginando en los setenta pero ha vuelto a los dieciséis y está vagando por ahí en la flor de la vida?

¿O qué pasa si eres Kate y mueres a los dieciséis, pero en el cielo eliges tener treinta y cinco, una edad que nunca alcanzaste en la tierra? ¿Cómo podrá alguien encontrarte?

Campbell llama a mi padre al parque de bomberos cuando estamos almorzando y dice que el abogado oponente quiere hablar del caso. Es una forma muy estúpida de decirlo, ya que todos sabemos que está hablando de mi madre. Dice que tenemos que vernos a las tres en punto en su oficina, sin que importe que sea domingo.

Me siento en el suelo con la cabeza de Juez en el regazo. Campbell está tan ocupado que ni siquiera me dice que no lo haga. Mi madre llega en punto y, como Kerri, la secretaria, no está hoy, entra sola. Ha hecho un esfuerzo especial y se ha recogido el pelo atrás en un moño. Se ha puesto algo de maquillaje. Pero, a diferencia de Campbell, que se siente en la habitación como con un abrigo que puede moldear, mi mamá parece completamente fuera de lugar en un despacho de abogados. Es difícil de creer que mi madre hiciese eso para vivir. Imagino que antes era otra persona. Supongo que todos lo éramos.

—Hola —dice con tranquilidad.

—Señora Fitzgerald —replica Campbell.

Hielo. Los ojos de mi madre se apartan de mi padre, sentado a la mesa de conferencias, hacia mí, que estoy en el suelo.

—Hola —dice de nuevo.

Da un paso al frente, como si fuese a abrazarme, pero se detiene.

—Usted ha convocado este encuentro, abogada —dice Campbell.

Mi madre se sienta.

—Lo sé. Esperaba... bueno, espero que podamos aclarar esto. Quiero que tomemos una decisión, juntos.

Campbell golpea los dedos contra la mesa.

—¿Nos está ofreciendo un pacto?

Eso suena muy formal. Mi madre se lo queda mirando.

—Sí, supongo que sí.

Gira la silla hacia mí, como si sólo nosotras dos estuviésemos en la habitación.

—Anna, sé cuánto has hecho por Kate. También sé que no le queda mucho... pero podría tener un poco más.

—Mi cliente no necesita coerción...

—No pasa nada, Campbell —digo—. Déjala hablar.

—Si el cáncer vuelve, si este trasplante de riñón no funciona, si las cosas no van como queremos que vayan... Bueno, no te volveré a pedir que la ayudes... Pero Anna, ¿lo harás sólo una vez más?

Por un momento, mi madre parece muy pequeña, incluso más bajita que yo, como si yo fuese la madre y ella la hija. Me pregunto cómo ha sucedido ese efecto óptico, cuando ninguna de las dos se ha movido.

Miro a mi padre, pero está absolutamente inmóvil y parece estar observando el contrachapado de la mesa de conferencias en lugar de involucrarse.

—¿Quiere usted decir que si mi cliente da un riñón voluntariamente, entonces estará exenta de cualquier otro procedimiento médico que sea necesario en el futuro para prolongar la vida de Kate? —aclara Campbell.

Mi madre toma aire.

—Sí.

—Por supuesto, necesitamos discutirlo.

Cuando tenía siete años, Jesse me puso a prueba para ver si era tan tonta para creer en Santa Claus. «Son mamá y papá», me explicó, y me enfadé mucho con él. Decidí comprobar la teoría. Así que esa Navidad escribí a Santa Claus y le pedí un hámster, que era lo que más quería en el mundo. Tiré yo misma la carta en el buzón de la secretaría de la escuela. Y no se lo dije a mis padres, pero dejé caer otras pistas de juguetes que quería ese año.

La mañana de Navidad encontré el trineo, el juego de ordenador y el edredón teñido que había pedido a mi madre, pero no encontré el hámster porque no lo sabía. Ese año aprendí dos cosas: que ni Santa Claus ni mis padres eran lo que yo quería que fuesen.

Quizá Campbell crea que se trata de la ley, pero en realidad se trata de mi madre. Me levanto del suelo y me lanzo a sus brazos, que son como ese lugar de la vida del cual hablaba antes, tan familiar que encajas perfectamente en él. Me hace daño en el cuello, y todas las lágrimas que he estado guardando salen de su escondite.

—Oh, Anna —dice llorando en mi pelo—. Gracias a Dios, gracias a Dios.

La abrazo con el doble de fuerza de lo que lo haría normalmente, intentando preservar ese momento, del mismo modo que me gusta pintar la luz sesgada del verano en el fondo de mi mente, para tener un mural al que mirar durante el invierno. Pongo los labios cerca de su oído, e incluso mientras hablo deseo no hacerlo.

—No puedo.

El cuerpo de mi madre se pone rígido. Se aparta de mí y se me queda mirando. Luego intenta esbozar una sonrisa rota por todas partes. Me toca la coronilla. Eso es todo. Se pone derecha, se alisa la chaqueta y sale de la oficina.

Campbell se levanta. Se agazapa frente a mí, en el sitio donde estaba mi madre. Frente a frente parece más serio de lo que me ha parecido nunca.

—Anna —dice— ¿es lo que de verdad quieres?

Abro la boca. Y encuentro una respuesta.

Julia

—¿Crees que me gusta Campbell porque es un idiota —pregunto a mi hermana— o a pesar de eso?

Izzy me hace callar desde su sofá. Está mirando *Tal cómo éramos*, una película que ha visto veinte mil veces. Está en su lista de películas que no puedes dejar atrás, como *Pretty Woman*, *Ghost* y *Dirty Dancing*.

—Si haces que me pierda el final, Julia, te mataré.

—«Adiós, Katie» —le recuerdo—. «Adiós, Hubbell».

Me lanza un cojín y se enjuga los ojos mientras el tema musical sube de volumen.

—Barbra Streisand —dice Izzy— es la bomba.

—Pensaba que era un estereotipo de los gays.

Miro la mesa con papeles que he estado estudiando para la vista de mañana. Ésta es la decisión que comunicaré al juez, basada en los intereses de Anna Fitzgerald. El problema es que no importa lo que diga en su favor o en contra de ella. Sea como sea le destrozaré la vida.

—Pensaba que estábamos hablando de Campbell —dice Izzy.

—No, yo estaba hablando de Campbell. Tú te estabas desmayando —digo frotándome las sienes—. Pensaba que te caía bien.

—¿Campbell Alexander? No me cae bien. Me da igual.

—Tienes razón. Así de indiferente eres tú.

—Mira, Julia. Quizá sea hereditario —dice Izzy levantándose y masajeándome el cuello—. Quizá tengas un gen que haga que te gusten los desgraciados.

—Entonces tú también lo tienes.

—Bueno —dice riéndose—. Caso cerrado.

—Quiero odiarlo, ¿sabes? Que conste.

Izzy alarga el brazo por encima de mi hombro y se termina mi coca-cola.

—Pero ¿todo esto no era estrictamente profesional?

—Lo es. Sólo hay una oposición muy minoritaria en mi cabeza que desea lo contrario.

Izzy vuelve a sentarse en el sofá.

—Sabes, el problema es que nunca olvidas al primero. Y por más atenta que estés, tu cuerpo tiene el cociente intelectual de una mosca frutera.

—Es tan fácil con él, Iz. Es como si volviéramos a comenzar donde lo dejamos. Ya sé todo lo que necesito saber de él y él sabe todo lo que necesita saber de mí —digo mirándola—. ¿Puedes enamorarte de alguien por pereza?

—¿Por qué no te lo tiras y te lo sacas de la cabeza?

—Porque —digo— tan pronto como hayamos terminado, eso será otra parte del pasado que no seré capaz de olvidar.

—Puedo apañarte algo con alguna de mis amigas —sugiere Izzy.

—Todas tienen vagina.

—¿Ves? No lo estás planteando bien, Julia. Tienes que sentir atracción por alguien en función de lo que tenga dentro, no por el equipo externo. Campbell Alexander puede ser apuesto, pero es como una sardina cubierta de mazapán.

—¿Crees que es apuesto?

Izzy pone los ojos en blanco.

—Mujer —dice—, no te enteras de nada.

Cuando suena el timbre de la puerta, Izzy echa un vistazo por la mirilla.

—Hablando del rey de Roma...

—¿Es Campbell? —susurro—. Dile que no estoy.

Izzy abre la puerta unos pocos centímetros.

—Julia dice que no está.

—Te mataré —susurro.

Me levanto y me pongo detrás de ella. La empujo, saco la cadena y dejo que Campbell y su perro entren.

—La bienvenida se vuelve cada vez más cálida y acogedora aquí —dice.

—¿Qué quieres? Estoy trabajando —digo cruzándome de brazos.

—Bien. Sara Fitzgerald acaba de ofrecer un trato. Ven a cenar conmigo y te lo contaré todo.

—No voy a cenar contigo —le digo.

—Vas a venir —dice como si nada—. Te conozco, y a la larga te vas a rendir porque más que no querer estar conmigo quieres saber lo que ha dicho la madre de Anna. ¿No podemos ir al grano?

Izzy se echa a reír.

—Realmente te conoce, Julia.

—Si no vienes voluntariamente —añade Campbell— no tengo problemas para usar la fuerza bruta. Y te resultará considerablemente más difícil cortar tu filete con las manos atadas.

Miro a mi hermana.

—Haz algo. Por favor.

—Nos vemos, Kate —dice saludando con la mano.

—Nos vemos, Hubbell —responde Campbell—. Gran película.

—Quizá haya esperanza —dice Izzy mirándolo.

—Regla número uno —le digo—. Hablamos del juicio y nada más que del juicio.

—Dios mío, ayúdame —dice Campbell—. ¿No puedo decirte que estás preciosa?

—Ya has roto la regla.

Se mete en un garaje cerca del agua y apaga el motor. Sale del coche y viene a mi lado para ayudarme a salir. Miro alrededor, pero no veo nada parecido a un restaurante. Estamos en un puerto deportivo lleno de veleros y yates, con las cubiertas color miel bronceándose al atardecer.

—Sácate las zapatillas —dice Campbell.

—No.

—Por el amor de Dios, Julia. No estamos en la época victoriana. No voy a lanzarme encima de ti por verte los tobillos. Hazlo, ¿quieres?

—¿Por qué?

—Porque tienes un palo enorme en el trasero y es la única manera que se me ocurre para que te relajes.

Se saca los zapatos y hunde los pies en el césped que crece alrededor del garaje.

—Aaah —dice abriendo los brazos—. Ven, preciosa. Carpe diem. El verano casi se ha terminado. Disfrútalo mientras puedas.

—Y qué hay del trato...

—Lo que Sara ha dicho será lo mismo te quedes descalza o no.

Todavía no sé si se encarga de este caso porque es famoso, porque quiere la representación o si simplemente quería ayudar a Anna. Quiero creer lo último, tonta como soy. Campbell espera pacientemente, con el perro al lado. Al final, me saco las zapatillas y los calcetines. Doy unos pasos por la franja de césped.

«El verano —pienso— es una inconsciencia colectiva.» Todos recordamos la canción del hombre de los helados. Todos sabemos cómo sienta dañarse el muslo en el tobogán del patio, ardiendo como un cuchillo en el fuego. Todos nos hemos tumbado de espaldas con los ojos cerrados y el corazón palpitando a través de los párpados, esperando que el día dure un poco más que el anterior, cuando de hecho es al revés. Campbell se sienta en el césped.

—¿Cuál es la regla número dos?

—Que yo pongo todas las reglas —digo.

Cuando me sonríe estoy perdida.

La noche anterior, Siete me puso un martini en la mano y me preguntó de qué me estaba escondiendo.

Tomé un trago antes de contestar y recordé por qué odio los martinis: son alcohol puro, lo que de hecho es lo importante, pero por eso mismo tienen ese sabor, que siempre es desagradable.

—No me estoy escondiendo —le dije—. Estoy aquí, ¿no?

Era temprano, la hora de cenar. Paré en el bar de vuelta del parque de bomberos, donde había estado con Anna. Dos tipos se estaban dando el lote en un reservado de un rincón y un hombre solo estaba sentado en el otro extremo del bar.

—¿Podemos cambiar de canal? —dijo gesticulando hacia la televisión, que emitía las noticias de la noche—. Jennings es mucho mejor que Brokaw.

Siete cambió de canal con el control remoto y volvió a mi lado.

—No te estás escondiendo, pero estás sentada en un bar gay a la hora de cenar. No te estás escondiendo, pero llevas el traje chaqueta como si fuese una armadura.

—Vale. Tendré en cuenta un consejo sobre moda de un tipo con un piercing en la lengua.

Siete arqueó una ceja.

—Otro martini y podría convencerte de que fueses a ver a mi estilista para que te hiciese uno. Puedes prescindir del tinte rosa para el pelo, pero nunca dejarás de ser una niña.

Tomé otro trago del martini.

—No me conoces.

Al final del bar, el otro cliente miró a Peter Jennings y sonrió.

—Quizá —dijo Siete— pero tú tampoco.

La cena se convierte en pan y queso (bueno, una barra de pan con gruyer) a bordo de un velero de diez metros. Campbell se sube los pantalones como un náufrago y coloca las jarcias, suelta amarras e iza las velas hasta que estamos tan lejos de la costa de Providence que sólo es una línea de color, un collar distante de piedras preciosas.

Un rato después, cuando queda claro que Campbell no me dará ninguna información hasta después del postre, me rindo. Me tumbo de espaldas con el brazo envuelto en el perro dormido. Observo la vela, desatada, que bate como una gran ala blanca de pelícano. Campbell sube de debajo de la cubierta, donde ha estado buscando un sacacorchos. Sostiene dos vasos de vino tinto. Se sienta al otro lado de Juez y rasca al pastor alemán detrás de las orejas.

—¿Has pensado alguna vez qué animal te gustaría ser?

—¿Metafóricamente o literalmente?

—Retóricamente —dice—. Si no te hubiese tocado ser humana.

Me lo pienso un momento.

—¿Es una pregunta con trampa? ¿Como que si digo ballena asesina me vas a decir que eso significa que soy un pez despiadado, de sangre fría y repulsivo?

—Son mamíferos —dice Campbell—. Y no. Es sólo una pregunta sencilla y enfocada a crear una conversación educada.

—Y tú, ¿qué serías? —pregunto volviendo la cabeza.

—Yo he preguntado primero.

Bueno, un pájaro para nada: me asustan las alturas. Tampoco creo tener la actitud necesaria para ser un gato. Y soy demasiado solitaria para trabajar en equipo, como un lobo o un perro. Pienso en decir algo como un tarsio sólo para dar la nota, pero entonces preguntará qué es eso y no recuerdo si es un roedor o un lagarto.

—Una oca —digo finalmente.

Campbell se pone a reír.

—¿Para hacer el ganso?

En realidad es porque se aparean de por vida, pero prefiero tirarme por la borda a decírselo.

—¿Y tú qué?

Pero no me contesta directamente.

—Cuando le pregunté a Anna, me dijo que sería un fénix.

La imagen de la criatura mítica levantándose de sus cenizas resplandece en mi mente.

—Pero no existen.

Campbell acaricia la cabeza del perro.

—Ella dice que depende si hay alguien que pueda verlos —dice mirándome—. ¿Cómo la ves, Julia?

El vino que estoy bebiendo sabe amargo de pronto. ¿Todo esto (el encanto, el picnic, el anochecer en el barco) ha sido un truco para ponerme de su lado mañana en el juicio? Cualquier cosa que yo diga en tanto que tutora ad litem pesará mucho en la decisión del juez DeSalvo, y Campbell lo sabe.

Hasta ese momento, no me había dado cuenta de que alguien pudiese romperte el corazón dos veces por el mismo sitio.

—No te voy a decir qué he decidido —digo con firmeza—. Para oírme tendrás que esperar a llamarme como testigo.

Cojo la cadena del ancla e intento subirla.

—Me gustaría volver, por favor.

Campbell me la quita de la mano.

—Ya me has dicho que no crees que lo mejor para Anna sea donar un riñón a su hermana.

—También te he dicho que es incapaz de tomar tal decisión por sí misma.

—Su padre se la ha llevado de casa. Él puede ser su brújula moral.

—¿Y cuánto durará eso? ¿Qué pasará la próxima vez?

Estoy furiosa conmigo misma por picar así. Por acceder a salir a cenar, por creer que Campbell quiera estar conmigo en lugar de usarme. Todo, desde los cumplidos por mi aspecto hasta el vino que está en la mesa, lo ha calculado fríamente a su favor.

—Sara Fitzgerald nos ha ofrecido un trato —dice Campbell—. Dijo que si Anna dona un riñón, nunca le volverá a pedir que haga algo por su hermana. Anna declinó la oferta.

—Sabes que podría hacer que el juez te metiese en la cárcel por esto. Es absolutamente inmoral intentar hacerme cambiar de opinión.

—¿Hacerte cambiar? Todo lo que he hecho es poner las cartas boca arriba. Te he hecho el trabajo más fácil.

—Ah, bueno. Perdóname —digo sarcásticamente—. Eso no tiene que ver contigo. No tiene que ver con que yo escriba el informe con una inclinación definida hacia la petición de tu cliente. Si fueses un animal, Campbell, ¿sabes qué serías? Un sapo. No, en realidad, serías un parásito en la barriga de un sapo. Algo que coge lo que necesita sin dar nada a cambio.

Una vena azul le late en la sien.

—¿Has terminado?

—En realidad, no. ¿Hay algo honesto que salga de tu boca?

—No te he mentido.

—¿No? ¿Para qué es el perro, Campbell?

—Por Dios, ¿no te vas a callar? —dice Campbell.

Entonces me agarra y me besa.

Su boca se mueve como una historia silenciosa. Sabe a sal y vino. No nos hace falta reaprender, ni rebuscar patrones perdidos en los últimos quince años. Nuestros cuerpos recuerdan adónde ir. Él lame mi nombre a lo largo de mi cuello. Me aprieta con tanta fuerza que cualquier herida que tengamos se dispersa, se vuelve un vínculo en lugar de una frontera.

Cuando nos separamos para respirar, Campbell me mira.

—Todavía estoy bien —susurro.

Es lo más natural del mundo que Campbell me saque la sudadera vieja por la cabeza y me desabroche el sujetador. Cuando se arrodilla frente a mí con la cabeza sobre mi corazón, cuando siento el agua meciendo el casco del barco, creo que quizá ése sea nuestro lugar. Quizá haya mundos enteros donde no haya vallas, donde la sensación te lleve como una marea.

Lunes

¡Un fuego pequeño enciende un bosque muy grande!

Nuevo Testamento
Santiago 3,5

Campbell

Dormimos en la cabina pequeña, amarrados al puerto. Es un sitio estrecho, pero no importa. Ella pasa la noche pegada a mí. Ronca un poco. Tiene un diente delantero torcido y las pestañas tan largas como la uña de mi pulgar.

Ésas son las minucias que prueban, más que nada, la diferencia existente entre nosotros ahora que han pasado quince años. Cuando tienes diecisiete, no piensas en el apartamento donde quieres dormir. Cuando tienes diecisiete, ni siquiera ves la perla rosa del sujetador, el lazo con forma de flecha entre las piernas. Cuando tienes diecisiete, lo que importa es ahora, no después.

Lo que me gustaba de Julia (o sea, antes) era que no necesitaba a nadie. En Wheeler, incluso cuando se destacaba con su pelo rosa, la chaqueta militar acolchada y botas militares, lo hacía sin disculparse. Era muy irónico que la relación con ella disminuyese su atractivo, que cuando me amaba y dependía de mí tanto como yo de ella, ella ya no fuera un espíritu realmente independiente.

No iba a ser yo quien le quitase esa cualidad.

Tras Julia no hubo más mujeres. Ninguna cuyo nombre me tomase la molestia de recordar. Era demasiado complicado mantener la fachada. Elegí el camino del cobarde con los asuntos de una noche. Por necesidad (médica y emocional) me había vuelto muy dotado en el arte de la huida.

Hay media docena de veces esta noche en que tengo oportunidad de irme. Mientras Julia estaba dormida pensé incluso cómo hacerlo: una nota en la almohada, un mensaje garabateado en la cubierta con su barra de labios. Con todo, la urgencia de hacerlo no era ni de lejos tan fuerte como la necesidad de esperar un minuto más, una hora más.

Juez levanta la cabeza, enroscado en la mesa de cubierta como un bollo de canela. Aúlla un poco, y entiendo lo que quiere. Desenmarañándome del bosque de pelo de Julia, me deslizo de la cama. Ella ocupa la parte caliente que he dejado atrás.

Juro que eso me vuelve a excitar.

Pero, en lugar de hacer lo que viene de forma natural (o sea, enfermar con alguna variedad latente de viruela y hacer que el oficinista del juzgado posponga la vista para pasar el día tumbado), me pongo los pantalones y subo a cubierta. Quiero asegurarme de que estoy en el juzgado antes que Anna, y necesito ducharme y cambiarme. Dejo a Julia las llaves del coche, ya que prefiero pasear un poco. Sólo cuando Juez y yo estamos de camino a casa me doy cuenta de que, a diferencia de otras mañanas en que he dejado a una mujer, no he dejado ninguna señal educada de mi marcha para Julia, algo para disminuir la sensación de abandono al despertar.

Me pregunto si ha sido un descuido. O si he estado esperando todo este tiempo hasta que ella regresase, para que yo pudiera crecer.

Cuando Juez y yo llegamos al edificio Garrahy para la vista, tenemos que pasar a través de los periodistas que se han reunido para el Tema Principal. Me ponen micrófonos delante de la cara y pisan sin querer las patas de Juez. Cuando Anna se encuentre ante ese desafío echará a correr.

Al pasar la puerta principal, me dirijo a Vern.

—Pon a alguien de seguridad fuera, por favor —le digo—. Se van a comer vivos a los testigos.

Entonces veo a Sara Fitzgerald, ya esperando. Lleva un vestido que probablemente no ha visto la luz en una década y el pelo sujeto atrás con un broche. Carga una mochila en lugar de un maletín.

—Buenos días —digo con tranquilidad.

La puerta se abre y entra Brian, mirándonos a Sara y a mí.

—¿Dónde está Anna?

Sara da un paso.

—¿No ha venido contigo?

—Ya se había ido cuando volví de un servicio a las cinco de la mañana. Dejó una nota diciendo que me vería aquí —dice mirando a la puerta con los chacales al otro lado—. Estoy seguro de que se ha escabullido.

Se vuelve al oír un sonido parecido al de un sello que se abre, y entonces Julia entra en el juzgado perseguida por gritos y preguntas. Se echa el pelo hacia atrás, recobra la compostura, me mira y vuelve a perderlo.

—La encontraré —digo.

—No, yo lo haré —reacciona Sara.

—¿Encontrar a quién? —dice Julia mirándonos a los dos.

—Anna está temporalmente ausente —le explico.

—¿Ausente? —dice Julia—. ¿Ha desaparecido?

—En absoluto.

No es una mentira. Para que hubiese desaparecido debería haber aparecido primero.

Me doy cuenta de que sé adónde voy, al mismo tiempo que Sara también lo entiende. En ese momento me deja llevar la iniciativa. Julia me coge del brazo al acercarme a la puerta. Me mete las llaves del coche en la mano.

—¿Entiendes ahora por qué esto no va a funcionar?

Me quedo mirándola.

—Escucha, Julia. Yo también quiero que hablemos de lo que nos está pasando. Pero ahora no es el momento.

—Estaba hablando de Anna. Campbell, se está evadiendo. Ni siquiera ha podido aparecer en el juicio. ¿Qué te dice eso?

—Que todo el mundo se asusta —le contesto finalmente, también como aviso para todos nosotros.

* * *

Las persianas de la habitación del hospital están bajas, pero eso no me impide ver la palidez angelical de la cara de Kate Fitzgerald, con la red de venas azules trazando la última medicación posible que correrá bajo su piel. Acurrucada al pie de la cama está Anna.

Ordeno a Juez que espere en la puerta. Me agacho.

—Anna, tenemos que irnos.

Cuando la puerta de la habitación del hospital se abre, espero ver a Sara Fitzgerald o a un médico con un carro de urgencias. En lugar de eso, para mi sorpresa, veo a Jesse.

—Eh —dice como si fuésemos viejos amigos.

«¿Cómo has llegado aquí?», casi pregunto, pero me doy cuenta de que no quiero oír la respuesta.

—Vamos al juzgado. ¿Te llevo?

—No, gracias. He pensado que, como todo el mundo va a estar allí, es mejor que me quede aquí —dice sin apartar los ojos de Kate—. Está hecha polvo.

—Qué esperabas... —contesta Anna, ya despierta—. Se está muriendo.

Vuelvo a fijarme en mi cliente. Debería saber perfectamente que las motivaciones nunca son lo que parecen, pero aún no me lo puedo imaginar.

—Tenemos que irnos.

Anna se mete corriendo en el coche mientras Juez se sienta atrás. Comienza a hablarme de no sé qué precedente que ha encontrado en Internet, en el cual un tipo de Montana, en 1876, tenía prohibido usar el agua del río que nacía en la tierra de su hermano, por más que fuese a perder la cosecha.

—¿Qué estás haciendo? —me pregunta cuando deliberadamente me paso la esquina del juzgado.

Me dirijo a un parque. Una chica de trasero grande está corriendo, sosteniendo la correa de uno de esos perros cursis que parecen gatos.

—Vamos a llegar tarde —dice Anna tras un momento.

—Ya llegamos tarde. Mira, Anna, ¿qué está pasando?

Me echa una de esas miradas patentadas de adolescente,

como diciendo que no es posible que ella y yo descendamos de la misma cadena evolutiva.

—Vamos al juzgado.

—No estoy preguntando eso. Quiero saber por qué vamos al juzgado.

—Bueno, Campbell, supongo que te perdiste el primer día de la facultad de derecho, pero eso es lo que sucede cuando alguien presenta un pleito.

La miro fijamente, pasando por alto su comentario.

—Anna, ¿por qué vamos al juzgado?

Ella no parpadea.

—¿Por qué tienes un perro de asistencia?

Golpeo los dedos contra el volante y echo un vistazo al parque. Una madre empuja un cochecito por el mismo sitio donde estaba la corredora, sin darse cuenta de que su bebé intenta trepar. Gritos de pájaros se oyen de un árbol.

—No hablo de eso con nadie —le digo.

—No soy nadie.

Respiro profundamente.

—Hace tiempo, me puse enfermo y se me infectó el oído. Por no sé qué razón, el medicamento no funcionó y se me dañó el nervio. No oigo nada por el oído izquierdo. Eso no importa demasiado a la larga, pero hay ciertas situaciones cotidianas que no puedo manejar. Como oír que se acerca un coche, y ser incapaz de saber por dónde viene. O que en una tienda haya alguien detrás de mí pidiéndome paso, pero que yo no lo oiga. Juez y yo estamos compenetrados para que en tales circunstancias él sea mis oídos —digo con intranquilidad—. No me gusta que nadie sienta pena por mí, por eso lo llevo en secreto.

Anna me mira con atención.

—Vine a tu oficina porque, por una vez, quería que se hablase de mí y no de Kate.

Pero esa confesión egoísta no me acaba de encajar. Ese juicio nunca ha significado que Anna quiera que su hermana muera, sino que ella quiere una oportunidad para vivir.

—Estás mintiendo.

Anna se cruza de brazos.

—Bueno, tú has mentido primero. Oyes perfectamente bien.

—Y tú eres una mocosa —digo riendo—. Me recuerdas a mí mismo.

—¿Y eso es bueno? —dice Anna sonriendo.

El parque comienza a llenarse de gente. Un grupo escolar pasa por el camino. Son niños pequeños atados como huskis tirando trineos, con dos maestros por detrás. Alguien pasa a toda velocidad con los colores del Servicio Postal de los Estados Unidos.

—Vamos, te invito a desayunar.

—Pero llegamos tarde.

—¿Y qué? —digo encogiéndome de hombros.

El juez DeSalvo no es una persona feliz. El pequeño viaje de Anna al campo nos ha llevado esta mañana una hora y media. Nos observa mientras Juez y yo entramos corriendo en la habitación para la reunión previa al juicio.

—Señoría, me disculpo. Hemos tenido una urgencia veterinaria.

Siento, más que veo, que Sara se queda boquiabierta.

—Eso no es lo que el abogado contrario ha indicado —dice el juez.

Miro a DeSalvo a los ojos.

—Bueno, es lo que ha sucedido. Anna ha estado muy atenta ayudándome a mantener al perro tranquilo mientras le quitaba el trocito de cristal de la pata.

El juez duda. Pero hay leyes contra la discriminación de minusválidos, y estoy jugando con eso. Lo último que quiero es que eche la culpa a Anna por el retraso.

—¿Hay alguna posibilidad de resolver esta petición sin la vista? —pregunta.

—Me temo que no.

Quizá Anna no quiera compartir sus secretos, lo que sólo puedo respetar, pero sabe que quiere seguir con esto.

El juez acepta mi respuesta.

—Señora Fitzgerald, ¿entiendo que usted sigue representándose a sí misma?

—Sí, señoría —dice.

—De acuerdo —asiente el juez DeSalvo mirándonos—. Esto es un tribunal de familia, abogados. En un tribunal de familia, y especialmente en vistas como ésta, tiendo a relajar las reglas relativas a las pruebas porque no quiero un juicio agresivo. Separaré lo admisible de lo que no lo es, y si hay algo verdaderamente objetable escucharé la objeción, pero preferiría que terminásemos con la vista rápidamente, sin preocuparnos por la forma.

Entonces me mira con atención.

—Quiero que esto sea lo menos doloroso posible para todo el mundo.

Pasamos a la sala de justicia, más pequeña que los tribunales criminales, pero igual de intimidante. Entro en el vestíbulo y me llevo a Anna conmigo. Mientras entramos, se queda paralizada. Mira las grandes paredes con paneles, las hileras de sillas, el tribunal imponente.

—Campbell —susurra— no tendré que subirme ahí para hablar, ¿verdad?

En realidad, el juez probablemente querrá oír lo que ella tenga que decir. Aunque Julia salga en defensa de su petición, aunque Brian diga que ayudará a Anna, el juez DeSalvo querrá oírla. Pero decirle eso ahora sólo la pondrá nerviosa, y no es bueno para empezar una vista.

Pienso en la conversación en el coche, cuando Anna me ha llamado mentiroso. Hay dos razones para no decir la verdad: porque mentir te dará lo que quieres o porque mentir impedirá que alguien sufra daño. Por esas dos razones contesto a Anna:

—Bueno, lo dudo.

—Juez —comienzo— sé que no es una práctica habitual, pero hay algo que quisiera decir antes de empezar a llamar a los testigos.

El juez DeSalvo suspira.

—¿No es este tipo de ceremonia lo que le he pedido concretamente que no hiciera?

—Señoría, no lo pediría si no creyera que es importante.

—Hágalo con rapidez —dice el juez.

Me pongo en pie y me acerco al tribunal.

—Señoría, durante toda su vida, Anna Fitzgerald ha sido médicamente tratada para el bien de su hermana, no por el suyo. Nadie duda del amor de Sara Fitzgerald por sus hijos o que las decisiones que ha tomado hayan prolongado la vida de Kate. Pero hoy dudamos de las decisiones que ha tomado por esta hija.

Me doy la vuelta y veo que Julia me mira fijamente. De pronto, recuerdo la misión de la antigua ética y sé qué tengo que decir.

—Quizá recuerden el reciente caso de los bomberos de Worcester, Massachussets, que murieron en un incendio iniciado por una mendiga. Ella sabía que no podía detener el fuego y salió del edificio, pero no llamó al 911 porque pensó que se metería en problemas. Seis hombres murieron esa noche, y el Estado no pudo declararla responsable, porque en Estados Unidos, incluso si las consecuencias son trágicas, uno no es responsable de la seguridad de los demás. No estás obligado a prestar auxilio. Ni siendo quien ha iniciado el fuego, ni pasando cerca de un accidente de coche, ni siendo un donante ideal.

Vuelvo a mirar a Julia.

—Estamos hoy aquí porque en nuestro sistema judicial hay una diferencia entre lo legal y lo moral. A veces es fácil diferenciarlos. Pero de vez en cuando, especialmente cuando chocan, lo correcto a veces parece incorrecto, y lo incorrecto parece correcto.

Vuelvo hacia mi asiento y me quedo en pie delante de él.

—Estoy hoy aquí —concluyo— para que este tribunal nos ayude ver más claramente.

Mi primer testigo es el abogado contrario. Observo a Sara mientras sube al estrado con paso inseguro, como un marinero que recupera el equilibrio. Consigue sentarse y jurar sin apartar la mirada de Anna.

—Juez, solicito permiso para tratar a la señora Fitzgerald como un testigo hostil.

El juez frunce el ceño.

—Señor Alexander, espero de verdad que tanto usted como la señora Fitzgerald se comporten civilizadamente.

—Por supuesto, señoría.

Entonces camino hacia Sara.

—¿Cómo se llama?

—Sara Crofton Fitzgerald —dice tras levantar la barbilla un momento.

—¿Es usted la madre de la menor Anna Fitzgerald?

—Sí. Y también de Kate y Jesse.

—¿No es cierto que a su hija Kate se le diagnosticó una leucemia aguda promielocítica a los dos años?

—Es cierto.

—En ese momento, ¿decidieron usted y su marido concebir un hijo genéticamente programado para ser un órgano donante de Kate, para que ella se curase?

La cara de Sara se endurece.

—No son las palabras que yo elegiría, pero ésa fue la historia detrás de la concepción de Anna, sí. Planeábamos usar la sangre del cordón umbilical de Anna para un trasplante.

—¿Por qué no intentaron hallar un donante externo?

—Es mucho más peligroso. El riesgo de mortalidad habría sido altísimo con alguien que no fuese pariente de Kate.

—¿Y qué edad tenía Anna cuando donó por primera vez un órgano o tejido a su hermana?

—Kate sufrió un trasplante al mes del nacimiento de Anna.

Sacudo la cabeza.

—No he preguntado cuándo lo recibió Kate. He preguntado cuándo lo donó Anna. La sangre del cordón de Anna se tomó momentos después del nacimiento, ¿no es verdad?

—Sí —dice Sara—, pero Anna no era consciente de eso.

—¿Qué edad tenía Anna la vez siguiente que donó una parte de su cuerpo a Kate?

Sara hace una mueca de incomodidad, como yo esperaba.

—Tenía cinco años cuando donó linfocitos.

—¿Y eso qué implica?

—Sacar sangre del hueso del brazo.

—¿Aceptó Anna que la pinchasen con una aguja en el brazo?

—Tenía cinco años —contesta Sara.

—¿Le preguntó si podía pincharla con una aguja en el brazo?

—Le pedí que ayudara a su hermana.

—¿No es cierto que alguien tuvo que ayudar físicamente a sujetar a Anna para que le introdujesen la aguja?

Sara mira a Anna y cierra los ojos.

—Sí.

—¿Llama a eso participación voluntaria, señora Fitzgerald?

Por el rabillo del ojo veo que las cejas del juez DeSalvo se juntan.

—¿Hubo efectos secundarios la primera vez que se obtuvieron linfocitos de Anna?

—Le salió un hematoma y se puso muy tonta.

—¿Cuánto tiempo pasó hasta que se le volvió a sacar sangre?

—Un mes.

—¿También tuvieron que sujetarla esa vez?

—Sí, pero...

—¿Cuáles fueron los efectos secundarios entonces?

—Los mismos —dice Sara sacudiendo la cabeza—. Usted no lo entiende. Yo sabía lo que pasaba con Anna cada vez que la hacíamos pasar por eso. No importa a cuál de tus hijos veas en esa situación. Siempre se te rompe el corazón.

—Aun así, señora Fitzgerald, usted consiguió dejar atrás ese sentimiento —digo— porque sacó sangre de Anna una tercera vez.

—Nos llevó ese tiempo obtener todos los linfocitos —dice Sara—. No es un procedimiento exacto.

—¿Cuántos años tenía Anna la vez siguiente que tuvo que someterse a un tratamiento médico para la salud de su hermana?

—Cuando Kate tenía nueve años sufrió una infección aguda y...

—Vuelve a contestar lo que no le he preguntado. Quiero saber qué le sucedió a Anna cuando tenía seis años.

—Donó granulocitos para combatir la infección de Kate. Es un proceso similar a la donación de linfocitos.

—¿Otro pinchazo con aguja?

—Pues sí.

—¿Le preguntó si quería donar granulocitos?

Sara no contesta.

—Señora Fitzgerald —interviene el juez.

Se dirige a su hija, suplicando.

—Anna, sabes que nunca hicimos nada de eso para hacerte daño. Nos dolía a todos. Si tú tenías los hematomas en el exterior, nosotros los teníamos en el interior.

—Señora Fitzgerald —digo interponiéndome entre Anna y ella— ¿se lo preguntó?

—Por favor, no haga esto —dice Sara—. Todos conocemos la historia. Estaré de acuerdo con lo que sea que usted intente hacer en este proceso para crucificarme. Pero quisiera terminar con esta parte.

—Porque es difícil discutirlo, ¿verdad?

Sé que estoy pisando terreno resbaladizo, pero detrás de mí está Anna, y quiero que sepa que hay alguien dispuesto a hacer el trabajo por ella.

—Visto así, no parece tan inocuo, ¿verdad?

—Señor Alexander, ¿cuál es el objetivo de todo esto? —dice el juez DeSalvo—. Estoy muy al corriente del número de intervenciones que ha sufrido Anna.

—Tenemos el historial médico de Kate, señoría, no el de Anna.

—Sea breve, abogado —dice el juez DeSalvo mirándonos a los dos.

Me dirijo a Sara.

—Médula ósea —dice muy rígida antes de que yo pueda formular la pregunta—. Le pusieron anestesia general porque era muy joven y la pincharon con agujas en el extremo de la cadera para extraer la médula.

—¿Era una aguja, como las otras veces?

—No —dice Sara inmóvil—. Eran unas quince.

—¿En el hueso?

—Sí.

—¿Cuáles fueron los efectos secundarios esta vez para Anna?

—Le dolía y le dieron analgésicos.

—Así que, esta vez, Anna tuvo que pasar la noche en el hospital... ¿y tomar medicación?

Sara se toma un minuto para calmarse.

—Me dijeron que dar médula no se consideraba una intervención particularmente agresiva para el donante. Quizá yo sólo quería escuchar esas palabras. Quizá necesitaba escucharlas en ese momento. Y quizá no pensaba tanto en Anna como debía, porque estaba muy concentrada en Kate. Pero sé, sin lugar a dudas, que, como el resto de la familia, lo único que quería Anna era que su hermana se curase.

—Sí, claro —replico— para que dejaran de pincharla con agujas.

—Es suficiente, señor Alexander —interviene el juez DeSalvo.

—Espere —interrumpe Sara volviéndose hacia mí—. Tengo algo que decir. Usted cree que puede ponerlo todo en palabras, blanco y negro, como si fuese tan fácil. Pero usted sólo representa a una de mis hijas, señor Alexander, y sólo en esta sala. Yo las represento a las dos por igual, siempre y en todas partes. Yo las quiero a las dos por igual, siempre y en todas partes.

—Pero usted ha admitido que siempre ha considerado la salud de Kate y no la de Anna al tomar tales decisiones —señalo—. Así que, ¿cómo puede sostener que las quiere a las dos por igual? ¿Cómo puede decir que no ha estado favoreciendo a una hija con sus decisiones?

—¿No me está pidiendo que haga exactamente eso? —pregunta Sara—, ¿favorecer a mi otra hija sólo esta vez?

Anna

Cuando eres pequeña tienes tu propia lengua y a diferencia de lo que sucede con el francés, con el español o con cualquiera que sea la lengua que hayas empezado en cuarto curso, con ésa es con la que has nacido, y es la que al final pierdes. Los menores de siete años hablan todos con fluidez la lengua del «¿y si...?», y si no, estén un rato con cualquier personita de menos de un metro y verán. ¿Y si saliera una araña gigantesca por el agujero de la chimenea y te subiera a la cabeza y te mordiera el cuello? ¿Y si el único antídoto contra el veneno estuviera enterrado en una gruta en lo alto de una montaña? ¿Y si sobrevivieras a la mordedura, pero no pudieras mover más que los párpados y sólo pudieras comunicarte con parpadeos? No importa lo lejos que vayas; lo que cuenta es que es todo un mundo de posibilidades. Los niños piensan con el cerebro abierto de par en par; he decidido que ser adulto no es más que el lento proceso de coserse la boca.

Durante el primer descanso, Campbell me lleva a una sala de conferencias para estar a solas y me compra una Coca-Cola que no está fría.

—Y bien —dice—. ¿Qué te parece de momento?

Estar en la sala de un tribunal resulta extraño. Es como

si me hubiera convertido en un fantasma: puedo ver lo que pasa, pero, aunque tuviera ganas de hablar, nadie sería capaz de escucharme. Si a eso se añade lo raro que suena tener que oír a todo el mundo hablar de mi vida como si no pudieran ver que estoy ahí sentada, entonces se puede tener una idea de lo surreal que es mi pequeño rincón en la tierra.

Campbell abre con un chasquido el 7UP y se sienta delante de mí. Vierte un poco en un vaso de papel para Juez, y luego da un buen trago de la lata.

—¿Algún comentario? —dice—. ¿Alguna pregunta? ¿Loas y alabanzas por mi hábil defensa?

Me encojo de hombros.

—No es como lo había imaginado.

—¿A qué te refieres?

—Supongo que al principio estaba segura de estar haciendo lo debido. Pero cuando he visto ahí a mamá, y a ti haciéndole todas esas preguntas... —Levanto los ojos y la miro—. Eso de que no es sencillo, ella tiene razón.

«¿Y si fuera yo la que estuviese enferma? ¿Y si a Kate le hubieran pedido que hiciera lo que he hecho yo? ¿Y si cualquier día de éstos hubiera una médula, sangre o lo que sea que funcionara de verdad y se acabara todo? ¿Y si pudiera volver la vista atrás hacia ese día y sentirme bien por lo que había hecho, en lugar de sentirme culpable? ¿Y si el juez no piensa que tengo razón?»

«¿Y si lo piensa?»

No soy capaz de responder a una sola de todas estas preguntas, por eso sé que, esté preparada o no, me estoy haciendo mayor.

—Anna —Campbell se levanta y viene hasta mí, al otro lado de la mesa—. Ahora no es el momento de cambiar de idea.

—No estoy cambiando de idea. —Hago rodar la lata entre las manos—. Creo que sólo estoy diciendo que, aunque ganemos, no ganamos.

Cuando tenía doce años empecé a hacer de canguro de unos gemelos que viven en mi misma calle, un poco más abajo. Sólo tenían seis años y no les gustaba la oscuridad, así que solía acabar sentada entre los dos, en una silla con forma de pata de elefante, con sus uñas de los dedos y todo. Nunca ha dejado de asombrarme la rapidez con que un niño es capaz de cerrar un interruptor: se encaraman por las cortinas y, ¡pum!, en menos de cinco minutos todo está a oscuras. ¿Yo también he sido así alguna vez? No puedo recordarlo, y eso me hace sentir vieja.

De vez en cuando uno de los gemelos se quedaba dormido antes que el otro.

—Anna —decía su hermano— ¿cuántos años tardaré en poder conducir?

—Diez —le decía yo.

—¿Cuántos años tardarás tú?

—Tres.

Y entonces la conversación se dividía como los hilos de una telaraña: qué coche me compraré, qué seré cuando sea mayor, que si es una lata hacer los deberes en primer año de secundaria. Quedarse levantado hasta un poco más tarde se convierte en toda una estratagema. A veces me dejaba engatusar, aunque por lo general le obligaba a que se fuera a dormir. La verdad es que sentía como un cosquilleo en el estómago de saber que podía decirle lo que le esperaba, pero al mismo tiempo me parecía que podía sonarle como una advertencia.

El segundo testigo al que llama Campbell es el doctor Bergen, director del Comité Ético del Hospital Providence. Tiene el pelo entrecano y un rostro desigual como una patata. Es más bajo de lo que se esperaría, sobre todo porque tarda más o menos como un milenio en recitar sus credenciales.

—Doctor Bergen —empieza Campbell— ¿qué es un Comité Ético?

—Un grupo heterogéneo de médicos, enfermeros titulados, clérigos, expertos en ética y científicos, a los que se ha asignado el cometido de revisar ciertos casos individuales con el fin de proteger los derechos de los pacientes. En la bioética occidental existen seis principios que intentamos seguir —los va enumerando con los dedos—. Autonomía, entendiendo por tal la noción de que todo paciente mayor de dieciocho años tiene el derecho de rechazar el tratamiento; veracidad, que consiste fundamentalmente en disponer de la información necesaria para dar el consentimiento con total conocimiento de causa; fidelidad, es decir, que quienes dispensen la atención sanitaria cumplan con sus deberes; benevolencia, que significa hacer aquello que redunde siempre en el interés del paciente; no malevolencia, esto es, que cuando ya no pueda hacerse algo positivo, no se haga tampoco daño... como sería, por ejemplo, el realizar una operación quirúrgica muy complicada a un paciente terminal de ciento dos años de edad, y, finalmente justicia, es decir, que no debe discriminarse a ningún paciente a la hora de recibir tratamiento.

—¿Cuál es la labor concreta de un Comité Ético?

—Por lo general se nos llama para que nos reunamos cuando surge alguna discrepancia en torno a la atención sanitaria de un paciente. Por ejemplo, en el caso de que un médico crea que es necesario para la salud del paciente recurrir a medidas extraordinarias, pero la familia no... o viceversa.

—Entonces por ustedes no pasan todos los casos que se dan en un hospital...

—No. Sólo cuando ha habido una queja o si el médico que atiende al paciente solicita una consulta. Entonces revisamos la situación y proponemos nuestras recomendaciones.

—¿No toman decisiones?

—No —dice el doctor Bergen.

—¿Y qué pasa si el paciente demandante es un menor? —pregunta Campbell.

—No se necesita consentimiento hasta la edad de trece años. Hasta ese momento confiamos en los padres para que tomen las decisiones, con la debida información.

—¿Y si no pueden?

El otro parpadea.

—¿Se refiere a si no están presentes físicamente?

—No. Me refiero a si siguen otro orden de prioridades que de algún modo haga que sus decisiones no sean tomadas según el interés de su hijo.

Mi madre se levanta.

—Protesto —dice—. Eso es una mera especulación.

—Se admite la protesta —responde el juez DeSalvo.

Sin perder el compás, Campbell se vuelve hacia el testigo.

—¿Los padres controlan las decisiones de sus hijos relativas a su atención médica hasta la edad de dieciocho años?

Bueno, yo podía responder a eso. Los padres lo controlan todo, a no ser que seas como Jesse y los alteres de tal forma que prefieran ignorarte a hacerse cargo de que existes.

—Legalmente —dice el doctor Bergen—. No obstante, cuando los menores alcanzan la adolescencia, aunque pueden dar un consentimiento formal, tienen que manifestar su acuerdo a cualquier tratamiento hospitalario... aunque sus padres ya lo hayan suscrito.

Esta norma, si quieren saber mi opinión, es como la de no cruzar la calle de forma imprudente. Todo el mundo sabe que no hay que hacerlo, pero eso no impide que lo hagas.

El doctor Bergen sigue hablando.

—En el raro supuesto de que un padre y un paciente adolescente estuvieran en desacuerdo, el Comité Ético tiene en consideración diversos factores: si el tratamiento es en beneficio del adolescente, la relación entre riesgos y resultados, la edad y madurez del adolescente, y las razones que él o ella aduce.

—¿Llegó a reunirse alguna vez el Comité Ético del Hospital Providence para hablar del tratamiento médico de Kate Fitzgerald? —pregunta Campbell.

—En dos ocasiones —dice el doctor Bergen—. La primera para estudiar si se le permitía someterse a una prueba de trasplante de células madre de sangre periférica, en 2002, después de fracasar el trasplante de médula ósea y otra serie de opciones. La segunda, más recientemente, para determinar si le sería beneficioso o no recibir un riñón de un donante.

—¿Cuál fue el resultado?

—Nosotros recomendamos que Kate Fitzgerald se sometiera a un trasplante de células madre de sangre periférica. En cuanto al trasplante de riñón, el grupo se mostró dividido al respecto.

—¿Podría explicar esta cuestión?

—Varios de nosotros pensamos que, en tales circunstancias,

las condiciones sanitarias de la paciente se habían deteriorado hasta un punto en que someterla a nuevas actuaciones quirúrgicas invasivas iba a hacerle más mal que bien. Otros creían que sin un trasplante moriría, por lo que los beneficios eran superiores a los riesgos.

—Cuando el comité está dividido, ¿quién decide entonces lo que ha de hacerse?

—En el caso de Kate, y puesto que aún es menor de edad, sus padres.

—En alguna de las ocasiones en que se reunió el comité para hablar del tratamiento médico de Kate, ¿llegaron a discutir sobre los riesgos y beneficios para el donante?

—No era eso lo que estaba en juego...

—¿Qué puede decirnos del consentimiento de la donante, Anna Fitzgerald?

El doctor Bergen me mira con expresión comprensiva, lo que resulta peor que si pensara que soy una persona horrible por haber entablado este pleito. Sacude la cabeza.

—Ni que decir que no hay un solo hospital en todo el país que fuera a sacarle un riñón a una niña si ésta no quiere donarlo.

—De modo que, en teoría, si Anna se hubiera opuesto a esa decisión, lo más probable es que el caso hubiera recalado en su escritorio.

—Bueno...

—¿Se presentó el caso de Anna sobre su mesa, doctor?

—No.

Campbell avanza hacia él.

—¿Podría decirnos por qué?

—Porque no es una paciente.

—¿De verdad? —Se saca un fajo de papeles del maletín y se los entrega al juez y luego al doctor Bergen—. Éstos son los documentos del historial clínico de Anna Fitzgerald en el Hospital de Providence durante los últimos trece años. ¿Qué significan todos estos documentos, si no es una paciente?

El doctor Bergen les echa una vistazo.

—Se ha sometido a varios tratamientos invasivos —admite.

«Adelante, Campbell», pienso. No soy de las que creen en

caballeros andantes que acuden al rescate de damiselas en peligro, pero debe parecerse mucho a esto.

—¿No le sorprende un poco que en trece años, teniendo en cuenta lo voluminoso de este historial y el hecho de que precede a todo lo demás, el Comité Ético médico no se reuniera ni una sola vez para tratar sobre lo que se le estaba haciendo a Anna?

—Teníamos la impresión de que era su deseo ser donante.

—¿Está diciéndome que si Anna hubiera dicho previamente que no quería entregar sus linfocitos, sus granulocitos, sangre de su cordón umbilical o ni siquiera el kit contra picaduras de abeja de su mochila, el Comité Ético habría actuado de diferente forma?

—Ya sé adónde quiere ir a parar con todo esto, señor Alexander —dice el psiquiatra con frialdad—. El problema es que este tipo de situación médica nunca había existido antes. No hay precedentes. Intentamos dar con la solución más adecuada lo mejor que podemos.

—¿No es su cometido, en su calidad de comisión ética, el de estudiar las situaciones que nunca habían existido antes?

—Bueno, sí.

—Doctor Bergen, en su opinión como experto, ¿es éticamente correcto que a Anna Fitzgerald se le haya pedido que donara partes de su propio cuerpo de forma repetida durante trece años?

—¡Protesto! —prorrumpe mi madre.

El juez se acaricia la barbilla.

—Quiero escuchar la respuesta.

El doctor Bergen me mira de nuevo.

—Con toda franqueza, incluso antes de saber que Anna no quería hacerlo, yo voté en contra de que donara un riñón a su hermana. No creía que Kate pudiera sobrevivir al trasplante, y, por lo tanto, a Anna iba a sometérsela a una operación muy seria sin ninguna justificación. Dicho esto, no obstante, pienso que el riesgo de la intervención era pequeño, en comparación con el beneficio que podía recibir la familia, considerada en su conjunto, por lo que apoyo las decisiones tomadas por los Fitzgerald respecto a Anna.

Campbell finge meditar.

—Doctor Bergen, ¿qué coche tiene usted?

—Un Porsche.

—Apuesto a que le gusta su coche.

—Sí —responde con cautela.

—¿Qué me diría si yo le dijese que tiene que entregar su Porsche antes de salir de esta sala, porque ese acto salvará la vida del juez DeSalvo?

—Eso es ridículo. Usted...

Campbell se inclina hacia él.

—¿Y si no tuviera elección? ¿Y si, a día de hoy, resulta que los psiquiatras tienen que hacer sin más lo que los abogados decidan que es lo mejor para los intereses de los demás?

Vuelve los ojos hacia arriba.

—A pesar del dramatismo con que lo presenta usted, señor Alexander, hay unos derechos básicos para los donantes, una serie de protecciones en el ámbito de la medicina, destinadas a que la consideración del bien mayor no pisotee a los precursores que contribuyeron a crearla. Estados Unidos tienen una larga y triste historia de abusos generados por el concepto de consentimiento bajo responsabilidad propia, que es lo que llevó a la creación de leyes relacionadas con la investigación en seres humanos. Estas leyes sirven para que no se utilice a las personas como ratas de laboratorio para la experimentación.

—Díganos entonces —replica Campbell— cómo demonios ha podido suceder que Anna Fitzgerald se les haya colado entre las grietas de todas esas leyes.

Cuando tenía tan sólo siete meses de edad, hubo una fiesta de vecinos en el barrio. Tan horrible como la están imaginando: gelatina de molde, montañas de queso a cuadraditos y baile en la calle con música resonando desde el equipo estéreo de alguna sala de estar. Naturalmente yo no conservo ningún recuerdo personal de todo eso; yo estaba abandonada a mi suerte en uno de esos andadores que hacen para bebés, hasta que éstos les dan la vuelta y se abren la cabeza.

En cualquier caso, yo estaba en mi andador, metiéndome

entre las mesas y viendo a los demás niños, hasta que no sé cómo lo hice pero perdí el apoyo de los pies en el suelo. Nuestra calle hace una ligera inclinación al final de la manzana, y de pronto las ruedas del andador comenzaron a ir demasiado de prisa para que yo pudiera detenerlas. Sobrepasé zumbando el grupo de adultos, me colé por debajo de la barrera que había puesto la poli al final de la calle para cerrarla al tráfico y salí lanzada en dirección a una avenida principal llena de coches.

Pero Kate apareció de la nada, corriendo detrás de mí, y consiguió agarrarme de la ropa por la espalda segundos antes de que me atropellara un Toyota que pasaba.

Siempre hay alguien de la escalera que, de vez en cuando, saca a relucir esta historia. Yo la recuerdo como la vez en que ella me salvó, en lugar de todo lo demás.

Primera oportunidad para mi madre de representar su papel de abogado.

—Doctor Bergen —dice— ¿cuánto hace que conoce a mi familia?

—Llevo diez años en el Hospital de Providence.

—En estos diez años, cada vez que se le presentaba algún aspecto del tratamiento de Kate, ¿qué hacía?

—Plantearme un plan de actuación que fuera el recomendado —dice él—. O bien otro alternativo, si era posible.

—Y, al hacerlo, ¿en algún lugar de su informe mencionaba que Anna no pudiera formar parte de ese plan de actuación?

—No.

—¿Dijo usted alguna vez que ello pudiera lastimar considerablemente a Anna?

—No.

—¿O ponerla en grave peligro para su salud?

—No.

Al final puede que no sea Campbell quien resulte ser mi caballero andante. Puede que sea mi madre.

—Doctor Bergen —pregunta ella—, ¿tiene usted hijos?

El doctor levanta la vista.

—Tengo un hijo. De trece años.

—¿Alguna vez, al encontrarse con esos casos que se presentan ante el Comité Ético médico, se ha puesto usted en la piel de un paciente? O, mejor aún, ¿en la piel de un padre?

—Sí, lo he hecho —admite.

—Si estuviera usted en mi lugar —dice mi madre— y la Comisión Ética médica le devolviera aceptada una hoja de papel con una propuesta de plan de actuación que podría salvar la vida de su hijo, ¿insistiría en seguir cuestionando... o se limitaría a aferrarse a la posibilidad?

No responde. No necesita hacerlo.

El juez DeSalvo decreta un segundo descanso. Campbell propone que me levante y que vaya a estirar las piernas. Así que lo sigo afuera, pasando junto a mi madre. Al pasar siento su mano en la cintura halando mi camiseta, que se me sube por la espalda. Ella odia las chicas que llevan ropa corta, ésas que van al colegio con camisetas de tirantes y pantalones con la cintura por debajo de las caderas, como si fueran a hacer una prueba para un vídeo de Britney Spears en lugar de ir a clase de mates. Casi me parece oírla: «Por favor, dime que se ha encogido al lavarla.»

Parece como si a mitad de su gesto se diera cuenta de que quizá no debería haberlo hecho. Me paro, y Campbell se para también, y ella se pone roja como un tomate.

—Perdón —dice.

Le cojo la mano y me meto la camiseta por debajo de los tejanos, donde debía estar. Miro a Campbell.

—¿Nos vemos fuera?

Me mira con una cara en la que está escrito «Mala idea» con letras bien grandes, pero dice que sí moviendo la cabeza y se aleja por el pasillo. Entonces mi madre y yo nos quedamos casi a solas en la sala. Me inclino hacia ella y le doy un beso en la mejilla.

—Lo has hecho genial —le digo, porque no sé cómo decirle lo que de verdad le quiero decir: que la gente que te quiere puede llegar a sorprenderte cada día. Que a lo mejor lo que somos no depende tanto de lo que hacemos, sino más bien de lo que somos capaces cuando menos lo esperamos.

SARA

2002

Kate conoce a Taylor Ambrose estando los dos enganchados al gota a gota, sentados uno junto a otro.

—¿Tú para qué estás aquí? —le pregunta ella, y yo inmediatamente levanto los ojos del libro, porque en todos los años que Kate lleva recibiendo tratamiento como paciente externa no puedo recordarla iniciando una conversación.

El chico con el que habla no es mucho mayor que ella, tendrá a lo mejor dieciséis, y ella catorce. Tiene unos ojos castaños que no paran de moverse y lleva una gorra Bruins en la cabeza calva.

—Barra libre —contesta él, y se le marcan los hoyuelos de las mejillas con mayor profundidad.

Kate sonríe abiertamente.

—*Happy Hour* —dice levantando la vista hacia la bolsa de plaquetas de la que le están haciendo la transfusión.

—Me llamo Taylor —le ofrece la mano—. Leucemia mieloide aguda.

—Kate. Leucemia aguda promielocítica.

Él deja escapar un silbido y arquea las cejas.

—Oooh —dice—. Una rareza.

Kate se atusa el rapado pelo.

—¿No lo somos todos?

Me quedo pasmada, contemplando la escena. ¿Quién es esa ligona y qué le ha hecho a mi niña pequeña?

—Plaquetas —dice él, examinando la etiqueta de la bolsa intravenosa—. ¿Estás en fase de remisión?

—Hoy por lo menos. —Kate mira la barra de él, la reveladora bolsa negra que contiene el cytoxan—. ¿Quimio?

—Sí. Hoy por lo menos. Así que Kate —dice Taylor. Tiene esa mirada de cachorro humano alargado de dieciséis años, de rodillas abultadas, dedos gruesos y pómulos que aún no se han desarrollado del todo. Cuando se cruza de brazos se le hinchan los músculos. Me doy cuenta que lo hace adrede y agacho la cabeza para ocultar una sonrisa—. ¿Qué haces cuando no estás en el Hospital de Providence?

Ella se queda pensando, hasta que una lenta sonrisa va iluminándole el rostro, de dentro afuera.

—Esperar a que pase algo que me haga volver.

Esa respuesta hace que Taylor se ría en voz alta.

—A lo mejor alguna vez podríamos esperar juntos —dice, pasándole un envoltorio de gasas—. ¿Puedo pedirte tu número de teléfono?

Kate lo garabatea mientras el aparato intravenoso de Taylor comienza a pitar. Viene la enfermera y le descuelga el cable.

—Tienes que irte ya, Taylor —le dice—. ¿Dónde está tu silla de ruedas?

—Abajo, junto a la escalera. Estoy listo. —Se levanta poco a poco de la silla almohadillada, casi con debilidad, lo que constituye la primera señal de que no se trata de una conversación intranscendente más. Se guarda en el bolsillo el pedazo de papel con nuestro número de teléfono—. Bueno, Kate, te llamaré.

Cuando se ha marchado, Kate deja escapar todo el aire retenido con un suspiro final melodramático. Vuelve la cabeza hacia el lugar por donde se ha ido.

—Oh, Dios mío —jadea—. Es guapísimo.

La enfermera sonríe, mientras comprueba el paso del gota a gota.

—Y que lo digas, tesoro. Si yo tuviera treinta años menos...

Kate se vuelve hacia mí, radiante.

—¿Crees que me llamará?

—Es posible —le digo.

—¿Dónde crees que podríamos ir?

Me acuerdo de Brian, que siempre decía que Kate podría salir con chicos... cuando tuviera cuarenta años.

—Mejor ir paso a paso —le sugiero. Pero por dentro me siento alborozada.

El arsénico, que es lo que últimamente había hecho que remitiera el mal estado de Kate, se cobraba su magia llevándola a una situación de agotamiento. Taylor Ambrose, una medicina de una especie por completo diferente, obra su magia revigorizándola. Se convierte en un hábito: cuando suena el teléfono a las siete de la tarde, Kate se levanta volando de la mesa de la cena y se encierra en un armario con el teléfono inalámbrico. Los demás recogemos los platos de la cena y nos quedamos a pasar el rato en la sala de estar y a prepararnos para irnos a dormir, sin oír poco más que cuchicheos y risitas ahogadas hasta que vuelve a salir Kate de su capullo, risueña y ruborizada, con el primer amor latiéndole en la garganta como un colibrí a ritmo de pulso. Cada vez que tiene lugar esa escena, no puedo dejar de mirarla. No porque se la vea tan guapa, que lo está, sino porque nunca había llegado a creerme de verdad que la vería tan mayor.

Una noche la sigo al baño después de una de sus maratonianas sesiones telefónicas. Kate se mira en el espejo, apretando los labios y arqueando las cejas en actitud de insinuación. Se lleva las manos a la cabeza semirrapada. Después de la quimio, el pelo no le ha vuelto a crecer ondulado; le han salido tan sólo unos espesos mechones lisos a los que da forma con espuma al estilo recién salida de la cama. Sostiene la palma de la mano hacia arriba, como si aún esperara que se le cayera el pelo.

—¿Tú qué crees que ve cuando me mira? —me pregunta Kate.

Me acerco a ella por detrás. No es la niña en la que veo mi propio reflejo (sería Jesse), y aun así si se nos pone una junto a la otra, hay similitudes inequívocas. No es por la forma de la boca, sino por el gesto en conjunto, esa pura determinación que brilla en nuestros ojos.

—Yo creo que ve a una chica que sabe por lo que está pasando él —le digo con sinceridad.

—He buscado en Internet información sobre leucemia mieloide aguda —dice—. Tiene un índice de curación bastante alto. —Se vuelve hacia mí—. Cuando te preocupas más por la sobrevivencia de la otra persona que de ti misma... ¿eso es amor?

De repente se me hace difícil hacer pasar una respuesta por el túnel de la garganta.

—Exactamente eso.

Kate abre el grifo y se lava la cara con jabón espumoso. Le tiendo una toalla, y al levantar la cabeza del esponjoso tejido, dice:

—Algo malo va a pasar.

Alarmada, escruto su expresión en busca de alguna pista.

—¿Por qué? ¿Qué te pasa?

—Nada. Sólo que así es como van las cosas. Si en mi vida pasa algo tan bueno como Taylor, voy a tener que pagar por ello.

—Es la cosa más estúpida que he oído en mi vida —digo porque es lo que se dice, aunque veo que hay algo de verdad en eso. Quienquiera que crea que las personas tenemos el control último de lo que la vida nos ofrece, sólo necesitan pasar un día en la piel de una niña con leucemia. O en la de su madre—. A lo mejor, finalmente, tienes un respiro.

Al cabo de tres días, durante un recuento de sangre completo y rutinario, el hematólogo nos dice que, una vez más, Kate está liberando promielocitos, primer paso cuesta abajo en la vertiginosa pendiente de la recaída.

Nunca me ha gustado escuchar a mis hijas a escondidas, al menos con premeditación, hasta la noche en que Kate vuelve de su primera cita con Taylor, en que han ido a ver una película. Entra de puntillas en su habitación y se sienta en la cama de Anna.

—¿Estás despierta? —pregunta.

Anna se da la vuelta, gruñendo.

—Ahora sí. —El sueño desaparece, como un manto que la cubriera y cayera al suelo—. ¿Cómo ha sido?

—Guau —dice Kate, riéndose—. Guau.

—¿Cómo que guau? ¿Guau con tornillo?

—Qué desagradable llegas a ser —dice Kate en un susurro, aunque con una sonrisa asomándose—. Pero vaya si sabe besar. —Parece un pescador exhibiendo su captura.

—¡Desembucha! —brilla la voz de Anna—. ¿Cómo ha sido?

—Como si volara —replica Kate—. Apuesto a que debe de ser algo parecido.

—No sé qué puede tener eso en común con alguien babeándote encima.

—Por Dios, Anna, no se trata de que te escupan.

—¿A qué sabe Taylor?

—A palomitas. —Se ríe—. Y a hombre.

—¿Y tú cómo sabías qué era lo que tenías que hacer?

—No lo sabía. Ha pasado y ya está. Como cuando juegas a hockey.

Por fin eso es algo que tiene sentido para Anna.

—Bueno —dice— yo me siento genial cuando juego a hockey.

—No tienes ni idea —suspira Kate.

Hay movimiento; me imagino que está quitándose la ropa. Me pregunto si Taylor estará imaginándose lo mismo, en otro lugar.

Palmadas en la almohada, colcha retirada, frufrú de sábanas al meterse Kate en la cama y darse la vuelta de costado.

—¿Anna?

—¿Umm?

—Tiene cicatrices en las palmas de las manos, por injerto contra huésped —dice Kate en un murmullo—. Lo he notado cuando nos cogíamos de la mano.

—¿Ha sido desagradable?

—No —dice ella—. Es como si encajáramos.

Al principio no consigo que Kate acceda a someterse a un trasplante de células madre de sangre periférica. Se niega porque no quiere que la hospitalicen para la quimio, no quiere pasarse las próximas seis semanas en aislamiento cuando podría estar saliendo con Taylor Ambrose.

—Es tu vida —le hago ver, y me mira como si estuviera loca.

—Exactamente —me dice.

Finalmente llegamos a una solución de compromiso. El equipo oncológico acepta que Kate comience la quimio como paciente externo, preparándose para un trasplante donado por Anna. En casa, consiente en ponerse una mascarilla. Al primer indicio de caída de los índices, la hospitalizarán. A los médicos no les satisface, temen que eso pueda afectar al tratamiento, pero, como yo, también entienden que Kate ha llegado a una edad en que puede negociar.

Pero resulta que tanta ansiedad por la separación ha sido en balde, porque Taylor aparece en la primera sesión de quimio de Kate como paciente externo.

—¿Qué haces tú aquí?

—Parece que no puedo dejarte en paz —bromea—. Eh, señora Fitzgerald. —Se sienta junto a Kate, en la silla libre de al lado—. Cielos, qué agradable sensación, estar aquí sin la bolsa intravenosa.

—No me lo restriegues por la cara —masculla Kate.

Taylor le pone la mano en el brazo.

—¿Cuánto llevas?

—Acabo de empezar.

Se levanta y se sienta en el amplio brazo de la silla de Kate, cogiéndole del regazo el recipiente para los vómitos.

—Cien dólares a que no puedes contar hasta tres sin echar la primera papilla.

Kate mira el reloj. Las tres menos diez.

—Acepto el reto.

—¿Qué te han dado de comer? —Sonríe, cruel—. ¿O tengo que adivinarlo guiándome por los colores?

—Eres asqueroso —dice Kate, pero con una sonrisa ancha como el mar. Taylor le pone la mano en el hombro. Ella se inclina hacia él.

La primera vez que Brian me tocó, me salvó la vida. En Providence se habían desencadenado unas tormentas que rayaban el cataclismo, consecuencia de lluvias del nordeste que habían inflado las mareas y convertido el aparcamiento de los tribunales en una piscina. Yo estaba trabajando cuando fuimos evacuados. El departamento de Brian era el responsable de la evacuación. Yo había salido a la escalinata de piedra del edificio, a ver pasar los coches flotando, los bolsos abandonados e incluso un perro nadando aterrado. Mientras yo archivaba documentos, el mundo que conocía se sumergía bajo el diluvio.

—¿Necesita una mano?——me preguntó Brian, vestido con su uniforme de limpieza al completo y los brazos extendidos. Mientras se abría paso entre las aguas para llevarme a un terreno más elevado, la lluvia me azotaba el rostro y la espalda. Me preguntaba cómo podía ser que en medio de un diluvio me sintiera como si ardiera viva.

—¿Cuál es la vez que más tiempo has aguantado sin vomitar? —le preguntó Kate a Taylor.

—Dos días.

—¡Bueno!

La enfermera levanta la vista de sus papeles.

—Es verdad —corrobora—. Yo fui testigo.

Taylor le sonríe.

—Ya te lo dije, soy un maestro consumado.

Mira el reloj: las tres menos tres minutos.

—¿No tienes otro sitio mejor adonde ir? —dice Kate.

—¿Intentas evitar la apuesta?

—Intento ahorrártela. Aunque... —Antes de acabar la frase se pone verde. La enfermera y yo nos levantamos de la silla, pero Taylor llega primero. Sostiene el recipiente para los vómitos bajo la barbilla de Kate y, cuando a ésta le vienen las arcadas, le acaricia la parte superior de la espalda lentamente, en círculos.

—No pasa nada —la tranquiliza, hablándole junto a la sien.

La enfermera y yo intercambiamos una mirada.

—Parece que está en buenas manos —dice la enfermera, saliendo para ir a atender a otro paciente.

Cuando Kate ha acabado, Taylor aparta el recipiente y le seca la boca con un pañuelo de papel. Ella le mira, con un resplandor en los ojos y rubor en las mejillas, sin dejar de moquearle la nariz.

—Lo siento —dice en un susurro.

—¿Por qué? —dice Taylor—. Mañana puedo ser yo.

No sé si todas las madres sienten lo mismo cuando se dan cuenta de que sus hijas se hacen mayores... como si fuera imposible creer que la ropa limpia que antes había doblado para ella fueran vestidos de muñecas, como si aún pudiera verla bailando y haciendo piruetas con despreocupación sobre el borde del cajón de arena. ¿No fue ayer mismo cuando su mano era apenas del tamaño de la concha que había encontrado en la playa? Hablo de esa misma mano que ahora sostiene la de un chico. ¿No sostenía la mía y me la estiraba para que me parara a ver la telaraña, la semilla en forma de molinillo o cualquier otra cosa para la cual yo tenía que quedarme inmóvil? El tiempo es una ilusión óptica: nunca es lo bastante sólido o fuerte como pensamos. Cualquiera pensaría que, dadas las circunstancias, debería haberlo visto venir. Pero, al ver a Kate mirando a aquel chico, me doy cuenta de que tengo miles de cosas que aprender.

—Quédate conmigo para divertirte —murmura Kate.

Taylor le sonríe.

—Patatas fritas —dice— de comida.

Kate le da un beso en el hombro.

—Eres asqueroso.

Él arquea una ceja.

—Has perdido la apuesta, no sé si lo sabes.

—Es como si me hubiera dejado las reservas de confianza en casa.

Taylor finge examinarla.

—Muy bien, ya sé cómo puedes pagarme.

—¿Favores sexuales? —dice Kate, olvidando que yo estoy allí.

—Vaya, no sé. —Se ríe Taylor—. ¿No deberíamos preguntárselo a tu mamá?

Ella se pone colorada.

—Glups.

—Sigan así —les advierto— y su próxima cita durará lo mismo que una aspiración de médula ósea.

—Oye, ya sabes lo del baile del hospital, ¿no? —De repente, Taylor se ha puesto nervioso; no hace más que subir y bajar la rodilla—. Para chicos enfermos. Van médicos y enfermeras, por si acaso, y lo montan en una sala de conferencia del hospital, pero en lo demás es como un baile de fin de curso. Ya sabes, grupo malucho, smokings horribles, ponche con plaquetas. —Traga saliva—. Lo último es broma. Bueno, yo fui el año pasado, soltero, y fue bastante tonto, pero he pensado que como tú eres una paciente y yo soy un paciente, pues que a lo mejor podríamos ir juntos, no sé.

Kate, con un aplomo que jamás habría imaginado en ella, considera la propuesta.

—¿Cuándo es?

—El sábado.

—Bueno, a ver, para ese día no tenía planeado estirar la pata. —Le sonríe con una sonrisa esplendorosa—. Me encantaría ir contigo.

—Excelente —dice Taylor sonriendo—. Súper excelente.

Alcanza un recipiente limpio con cuidado de no tirar del cable intravenoso de Kate, que cuelga retorcido entre los dos. Temo que su corazón se acelere, que le afecte a la medicación. Que se ponga peor antes de lo que tocaría.

Taylor acomoda a Kate en el hueco de su brazo. Juntos esperan lo que tenga que venir.

—Demasiado largo —le digo, mientras Kate sostiene un vestido amarillo pálido aguantándolo a la altura del cuello.

Desde el suelo de la boutique donde se ha sentado, Anna le da también su opinión:

—Vas a parecer un plátano.

Llevamos horas de compras en busca de un vestido para el baile. Kate sólo tiene dos días para prepararse, y se ha convertido en una obsesión: qué se pondrá, cómo se pintará, si el grupo tocará algo remotamente decente. El pelo desde luego no es problema: después de la quimio lo ha perdido todo. Odia las pelucas, dice que le parece que le corren bichos por el cráneo, pero es demasiado tímida para ir como un marine. Hoy se ha enrollado un pañuelo de batik alrededor de la cabeza, como si fuera una orgullosa reina africana de rostro pálido.

Esa salida real no encajaba en los sueños de Kate. Los vestidos que suelen llevar las chicas normales a ese tipo de fiestas dejan al aire el estómago o los hombros, lugares en los que Kate tiene la piel más gruesa y arrugada por culpa de las cicatrices. Son ajustados por las zonas más inadecuadas. Están confeccionados con el fin de exhibir un cuerpo saludable y lozano, no para ocultar la falta de salud y lozanía.

La dependienta, que revolotea como un colibrí, le quita el vestido a Kate.

—Es recatado de verdad —insiste—. Tapa muchísimo escote.

—¿También tapará esto? —salta Kate, desabrochándose los botones de su blusa campestre para enseñarle el recientemente reimplantado catéter Hickman, que le aflora en mitad del pecho.

La dependienta deja escapar un respingo antes de tener tiempo de recordar que ha de contenerse.

—Oh —exclama con languidez.

—¡Kate! —la regaño.

Ella sacude la cabeza.

—Vámonos de aquí.

Tan pronto como estamos en la calle, delante de la boutique, me lanzo sobre ella.

—Si estás furiosa no tienes por qué pagarlo con el resto del mundo.

—¡Esa mujer es una bruja! —replica Kate—. ¿No has visto cómo me miraba el pañuelo?

—A lo mejor le gustaba el diseño —le digo secamente.

—Ya, y a lo mejor yo me despierto mañana y no estoy enferma. —Sus palabras caen como un rayo entre las dos, partiendo la acera en dos—. No pienso seguir buscando el estúpido vestido. Para empezar ni siquiera sé por qué le dije a Taylor que iría.

—¿Has pensado en que todas las chicas que vayan a ese baile estarán en tu misma situación, intentando encontrar vestidos holgados que les tapen los tubos y las heridas y los cables y las colostomías y Dios sabe qué cosas más?

—A mí qué me importan las demás chicas —dice Kate—. Yo quería estar guapa. Guapa de verdad, ¿sabes? Al menos por una noche.

—A Taylor ya le pareces guapa como eres.

—¡Pues no lo soy! —grita Kate—. No lo soy, mamá, y a lo mejor hubiera querido serlo una vez.

El día es caluroso, uno de esos días en que el suelo parece respirar bajo los pies. El sol me cae a plomo en la cabeza, en la nuca. ¿Qué contestar a eso? Yo nunca he estado en la piel de Kate. He rogado, he rezado, he querido ser yo la que estuviera enferma en lugar de ella, como si fuera una especie de diabólico pacto fáustico, pero no ha sido así como han ido las cosas.

—Lo haremos nosotras —propongo—. Puedes diseñarlo tú.

—Tú no sabes coser —suspira Kate.

—Aprenderé.

—¿En un día? —Sacude la cabeza—. No puedes estar arreglándolo todo a cada paso, mamá. ¿Cómo puede ser que yo lo sepa y tú no?

Me deja allí plantada en mitad de la acera y se va hecha una furia. Anna sale corriendo tras ella, la coge del brazo a la altura del codo y la lleva hasta un escaparate a unos metros de la boutique, mientras yo me apuro a alcanzarlas.

Es una peluquería, repleta de estilistas engominados. Kate se debate por liberarse de Anna, pero Anna puede ser muy fuerte cuando quiere.

—Eh —dice Anna, llamando la atención del recepcionista—. ¿Trabajas aquí?

—Cuando no tengo más remedio.

—¿Ustedes hacen peinados para bailes de chicos y chicas?

—Pues claro —dice el estilista—. ¿Alguien necesita una puesta al día?

—Sí. Mi hermana. —Anna mira a Kate, que ha dejado de debatirse. Una lenta sonrisa se le dibuja en el rostro, como una luciérnaga atrapada en un tarro de confitura.

—Está bien. Soy yo —dice Kate con malicia, despojándose del pañuelo que le envuelve la cabeza calva.

Las conversaciones enmudecen en todo el salón. Kate permanece muy erguida, en actitud regia.

—Habíamos pensado en unas trenzas afro —continúa Anna.

—Una permanente —añade Kate.

Anna suelta una risita.

—O a lo mejor un lindo moño.

El estilista traga saliva, entre el estado de *shock*, la solidaridad y la conciencia de lo políticamente correcto.

—Bueno, em, puede que podamos hacer algo por ti. —Se aclara la garganta—. Verás, siempre podemos recurrir a las... extensiones.

—Extensiones —repite Anna, y Kate se echa a reír.

El estilista empieza a mirar a otro lado, al techo.

—¿Es para un programa de la cámara oculta o algo así?

Al oír eso, mis hijas se echan la una en brazos de la otra, histéricas. No pueden parar de reír, hasta que les falta la respiración. Hasta el llanto.

En mi calidad de acompañante al baile del Hospital de Providence, estoy encargada del ponche. Como cualquier otro producto alimenticio para los asistentes, es neutropénico. Las enfermeras, hadas madrinas de la noche, han convertido una sala de conferencias en un salón de baile de fantasía, en el que no faltan las serpentinas, una pista de baile de discoteca y luces de ambiente.

Kate es una enredadera enroscada a Taylor. Se mueven al son de una música completamente diferente a la de la canción que suena en la sala. Kate lleva su preceptiva mascarilla azul. Taylor le ha traído un ramillete de flores de seda, porque las de verdad pueden traer enfermedades contra las que los pacientes inmunodepresivos no pueden luchar. Al final no fui capaz de hacerle un vestido. Encontré uno on-line en bluefly.com: un vestido tubo dorado, con un escote en forma de V para el catéter. Pero encima lleva una blusa de manga larga transparente, las que se ajustan a la cintura, y que le hace reflejos cuando se mueve a un lado y a otro, así que cuando adviertes el extraño tubo triple que le sale del esternón, dudas de si no habrá sido un efecto óptico luminoso.

Hicimos cientos de fotos antes de salir de casa. Cuando Kate y Taylor ya se habían fugado y estaban esperándome en el coche, fui a guardar la cámara y me encontré a Brian en la cocina, de espaldas.

—Eh —le dije—. ¿No vienes a despedirnos como es debido, agitando el pañuelo, tirándonos arroz...?

Hasta que se volvió no me di cuenta de que se había ido a la cocina a llorar.

—No esperaba llegar a verlo —dijo—. No pensaba que podría tener un recuerdo así.

Me abracé a él, apretando nuestros cuerpos con tanta fuerza que parecía que nos hubieran grabado en la misma piedra lisa.

—Espéranos despierto —le susurré, y luego me marché.

Ahora le estoy sirviendo una copa de ponche a un chico al que se le ha empezado a caer el pelo a pequeños mechones. Se le caen sobre la negra solapa del smoking.

—Gracias —dice, mientras me fijo en sus ojos, que siguen siendo preciosos, oscuros como los de una pantera. Al apartar la vista me doy cuenta que Kate y Taylor han desaparecido.

¿Se habrá puesto mala? ¿Se habrá puesto malo él? Me he hecho el propósito de no ser sobreprotectora, pero hay demasiados chicos para que el personal sanitario no les pierda la pista. Le pido a otro padre que me releve en mi puesto y busco el lavabo de señoras. Compruebo el almacén de suministros. Atravieso vestíbulos vacíos y recorro pasillos oscuros y hasta miro en la capilla.

Por fin oigo la voz de Kate a través de una puerta entreabierta. Taylor y ella están bajo la luna, brillante como un reflector, cogidos de las manos. El patio que han encontrado es uno de los lugares preferidos de los residentes durante el día. Muchos médicos, que de otra forma no verían la luz del sol, salen a comer aquí.

Estoy a punto de preguntarles si están bien, cuando oigo hablar a Kate:

—¿Tienes miedo de morir?

Taylor sacude la cabeza.

—No, miedo no. En cambio a veces me da por pensar en mi entierro. En si la gente hablará bien de mí y esas cosas. Si habrá alguien que me llore. —Se queda dudando—. Si vendrá alguien siquiera.

—Yo iré —le promete Kate.

Taylor inclina la cabeza hacia la de Kate, y ella se le pega más, y entonces me doy cuenta de que por eso los he seguido. Sabía que era eso lo que iba a encontrarme, y como Brian, también quería otra foto más de mi hija, una foto para sostenerla entre los dedos con temor a romperla como si fuera un pedazo de cristal marino. Taylor levanta el borde de la mascarilla azul de Kate, y sé que debería dejarles, sé que tengo que dejarles, pero no lo hago. Tanto es lo que quiero que tenga.

Es hermoso cuando se besan: esas cabezas de alabastro inclinadas juntas, lisas como estatuas... Una ilusión óptica, una imagen reflejada en un espejo que se repliega en sí misma.

Al ingresar Kate en el hospital para someterse al trasplante de células madre, está en estado de naufragio emocional. Está mucho menos preocupada por el viscoso líquido del que le hacen una transfusión por el catéter que por el hecho de que Taylor no le haya llamado en los últimos tres días y que tampoco haya contestado a sus llamadas.

—¿Se han peleado? —le pregunto, y ella sacude la cabeza en señal de negación—. ¿Te ha dicho si se iba a algún sitio? A lo mejor se le ha presentado una emergencia —le digo—. Puede que no tenga nada que ver contigo.

—O puede que sí —replica Kate.

—Entonces la mejor venganza es ponerte buena para decirle cuatro cosas bien dichas —le señalo—. Vuelvo ahora mismo.

En el pasillo me acerco a Steph, una enfermera que acaba de entrar de guardia y que conoce a Kate desde hace años. La verdad es que estoy tan sorprendida por la falta de comunicación de Taylor. Él sabía que a ella la ingresaban.

—Taylor Ambrose —le pregunto a Steph—, ¿sabes si ha estado hoy aquí? —Ella me mira parpadeando—. Un chico alto, agradable, que está enamorado de mi hija —bromeo.

—Oh, Sara... Había dado por sentado que alguien se lo habría dicho —dice Steph—. Ha muerto esta mañana.

* * *

No se lo digo a Kate. No le digo nada durante un mes. Hasta el día en que el doctor Chance me dice que Kate está lo bastante restablecida para salir del hospital, hasta que Kate se ha autoconvencido de que está mejor sin él. Soy incapaz de empezar a decir las palabras que utilicé: ninguna de ellas es lo bastante grande para soportar el peso con el que cargan. Mencionaré que fui a casa de Taylor y hablé con su madre, que se vino abajo en mis brazos y me dijo que había querido llamarme, pero que una parte de ella estaba tan celosa que se había tragado todo lo que hubiera querido decir. Me dijo que Taylor, que había vuelto a casa del baile caminando al aire libre, se había metido en su habitación en mitad de la noche con 40,5° de fiebre. Que quizá fuera vírico o quizá fúngico, pero que había entrado en una crisis respiratoria y luego había sufrido un paro cardíaco, y después de treinta minutos de esfuerzos los médicos lo dejaron estar.

A Kate no le cuento otra cosa que me dijo Jenna Ambrose: que después entró y se quedó mirando a su hijo, que ya no era su hijo. Que se había estado sentada cinco horas enteras, convencida de que se despertaría. Que incluso ahora oye a veces ruido arriba y le parece que Taylor se mueve en su habitación, y que el medio segundo de regalo que tarda en recordar la verdad es el único motivo que tiene para levantarse cada mañana.

—Kate —le digo—. Lo siento mucho.

A Kate se le descompone la expresión.

—Pero yo lo quería —replica, como si eso bastara.

—Lo sé.

—Y tú no me lo dijiste.

—No podía. Porque en esos momentos tú misma luchabas por ti y hubieras podido renunciar.

Cierra los ojos y se vuelve de lado con la cabeza sobre la almohada, llorando tan fuerte que el monitor al que sigue conectada se pone a pitar y atrae al personal sanitario.

La toco con la mano.

—Kate, tesoro, hice lo que era mejor para ti.

Ella se niega a mirarme.

—No me toques —murmura—. Eso lo haces muy bien.

Kate me deja de hablar durante siete días y once horas. Al volver del hospital, procedemos con el aislamiento inverso de forma mecánica, porque ya lo hemos hecho antes. Por la noche me estiro en la cama junto a Brian y me pregunto cómo es que puede dormir. Miro al techo y pienso que he perdido a mi hija antes de que se haya ido.

Un día, al pasar por delante de su habitación, la encuentro sentada en el suelo con un montón de fotografías a su alrededor. Están, como esperaba, las que tomamos de ella y Taylor antes del baile: Kate vestida primorosamente con aquella reveladora mascarilla tapándole la boca. Taylor le ha dibujado encima una sonrisa con lápiz de labios, para que salga sonriendo en las fotos, o al menos eso dice.

Eso hizo reír a Kate. Parece imposible que ese chico, que era una presencia tan sólida cuando se disparaba el flash hace apenas unas semanas, simplemente ya no esté. Noto una punzada en mi interior, e inmediatamente aparece una sencilla palabra: acostumbrarse.

Pero hay más fotos, de cuando Kate era más pequeña. Una de Kate y Anna en la playa, agachadas observando un cangrejo ermitaño. Otra de Kate vestida de míster Peanut para la noche de Halloween. Otra de Kate con la cara llena de queso de untar, aguantándose las dos mitades de un dónut a modo de gafas.

En otro montón están sus fotos de bebé, todas de cuando tenía tres años o menos. Sonríe, con los huecos de los dientes caídos, iluminada desde atrás por un sol que se filtra entre los endrinos, inconsciente de lo que se le va a venir encima.

—No recuerdo ser esta niña —dice Kate, tranquila, y esas primeras palabras tienden un puente de cristal, que se mueve bajo mis pies mientras entro en la habitación.

Poso la mano al lado de la suya, junto al borde de una foto que tiene una esquina doblada y que muestra a Kate, poco más que un bebé, lanzada al aire por Brian, con el pelo al viento y con los brazos y las piernas abiertos como una estrella de mar, segura sin la menor duda de que cuando vuelva a caer a tierra encontrará unos brazos firmes, segura de que no merece otra cosa.

—Era guapa —añade Kate, y con el dedo meñique acaricia la vívida y satinada mejilla de la niña que ninguno de nosotros llegó a conocer jamás.

Jesse

El verano en que tenía catorce años mis padres me enviaron a un campamento en una granja, uno de esos sitios regidos por la disciplina militar, con mucha actividad de acción y aventura para chicos problemáticos. Levantándote a las cuatro de la mañana para ordeñar vacas, ¿en qué líos te vas a meter? (La respuesta, por si les interesa: robarles marihuana a los rancheros, colocarse, tumbar vacas.) El caso es que un día me asignaron a la patrulla de Moses, o por lo menos así era como llamábamos al pobre hijo de perra que nos llevaba a cuidar del rebaño de ovejas. Tenía que perseguir un centenar de ovejas por unos pastos que no tenían un maldito árbol que diera una mísera sombra.

Decir que una oveja es el animal más condenadamente estúpido que existe sobre la tierra es probablemente quedarse corto. Las encierran en rediles. Se pierden en corrales de dos metros cuadrados. Se olvidan de dónde está la comida, aunque hayan estado mil días seguidos en el mismo sitio. Y no son esa monada como de algodón que te imaginas cuando intentas dormirte. Huelen fatal. Balan. Son una lata.

El caso es que el día que me tocó estar con las ovejas me había agenciado un ejemplar de *Trópico de Cáncer* y estaba señalando las páginas más cercanas al buen porno, cuando oí gritar a alguien. Estaba completamente seguro de que no se trataba de un animal, porque nunca en mi vida había oído nada como aquello. Salí corriendo hacia donde se había oído el sonido, esperando encontrarme con alguien que se hubiera caído de un caballo con la pierna rota y retorcida como un andrajo o algún vaquero que se hubiera vaciado el revólver accidentalmente en los intestinos. Pero lo que me encontré fue, tirada a orillas del arroyo, una oveja pariendo con un pequeño rebaño esperando alrededor.

No necesitaba ser veterinario para darme cuenta de que si un ser vivo arma un estrépito como aquél, es que las cosas no van a salir como debían. Vaya, aquella pobre oveja tenía dos pequeñas pezuñas colgándole de sus partes. Estaba tumbada de lado, jadeando. Vi que giraba su ojo negro y apagado hacia mí, y entonces se dejó ir.

Bueno, mientras había estado de patrulla no había muerto nada, aunque sólo fuera porque sabía que los nazis que dirigían el campamento me habrían hecho enterrar al maldito animal. Así que alejé a empujones de allí al resto de las ovejas que se habían agrupado a su alrededor. Me puse de rodillas y agarré las nudosas y resbaladizas pezuñas y estiré, mientras la oveja chillaba, como chillaría cualquier madre a la que le arrancaran un hijo de las entrañas.

El cordero salió afuera, con las extremidades dobladas como las cachas de un cuchillo del ejército suizo. Sobre la cabeza tenía un saquito plateado fino, como cuando te pasas la punta de la lengua por el interior de la mejilla inflada. No respiraba.

Lo que no iba a hacer era ponerle la boca encima a una oveja y hacerle la respiración artificial, pero sí que, con las uñas, rasqué el saquito de piel y lo arranqué del cuello del cordero. Y resultó que eso era lo único que necesitaba. Al cabo de un minuto enderezó las espigadas patas y se puso a caminar como sobre zancos buscando a su madre.

Durante aquel verano creo que nacieron como veinte corderos. Cada vez que pasaba junto al redil, yo era capaz de distinguir al mío de entre el rebaño. Era igual que todos los demás, salvo que se movía con un poco más de agilidad; siempre parecía que el sol se reflejaba en la lana lustrosa. Y si conseguías verlo lo bastante tranquilo para que te mirara a los ojos, veías que sus pupilas se volvían blancas como la leche, señal segura de que había estado en el otro mundo el tiempo suficiente para recordar lo que se estaba perdiendo.

Cuento todo esto porque cuando Kate despierta por fin en aquella cama de hospital y abre los ojos, sé que ella también ha tenido un pie en el otro mundo.

—Oh, Dios mío —dice Kate con voz muy débil al verme—. He acabado en el Infierno, después de todo.

Me inclino hacia adelante en la silla y cruzo los brazos.

—Ahora, hermanita, ya sabes que no soy tan fácil de matar. —Levantándome, le doy un beso en la frente, demorando los labios un segundo más de lo normal. ¿Cómo pueden las madres saber así si uno tiene fiebre? Yo lo único que veo es una pérdida inminente—. ¿Cómo va eso?

Ella me sonríe, pero es como un dibujo de cómic cuando ya has visto el cuadro de verdad en el Louvre.

—Genial —contesta— ¿A qué debo el honor de su presencia?

«A que no vas a durar mucho», pienso, aunque no se lo digo.

—Pasaba por aquí. Además hay una enfermera en este turno que es un bombón.

Eso hace reír a Kate.

—Cielos, Jess, te voy a echar de menos.

Lo ha dicho con tanta naturalidad que me parece que nos ha cogido por sorpresa a los dos. Me siento en el borde de la cama y sigo con el dedo las pequeñas arrugas de la manta térmica.

—¿Sabes qué...? —empiezo una frase para dar moral, pero ella me pone la mano en el brazo.

—No. —Sus ojos cobran vida, sólo por un momento—. Tengo esperanza de reencarnarme.

—¿Como María Antonieta?

—No, tendría que ser algo para el futuro. ¿Te parece una locura?

—No —admito— A mí me parece probable que todos estemos dando círculos.

—¿Y tú bajo qué forma volverás?

—Bajo forma de carroña. —Ella hace una mueca de desagrado, y entonces suena algo y me entra pánico—. ¿Quieres que vaya a buscar a alguien?

—No, ya estás bien aquí —responde Kate, y estoy seguro que no lo pretendía, pero casi me hace sentir como si me hubiera tragado algo horrible.

Me acuerdo de pronto de un viejo juego al que solía jugar cuando tenía nueve o diez años y me dejaban ir en bici hasta que oscurecía. Me gustaba apostarme cosas conmigo mismo mientras veía cómo el sol estaba cada vez más bajo en el horizonte: si era capaz de aguantar la respiración durante veinte segundos, no llegaría a hacerse de noche. Si no parpadeaba, si me quedaba tan quieto que se me paraba una mosca en la mejilla. Ahora me encuentro haciendo lo mismo que entonces, apostando a que conservaré a Kate, aunque las cosas no sean así.

—¿Tienes miedo? —le digo de sopetón— ¿Miedo a morir?

Kate se vuelve hacia mí, mientras se le dibuja una sonrisa.

—Te lo diré. —Entonces cierra los ojos—. Voy a descansar sólo un segundo —consigue decir y se vuelve a dormir.

No es justo, pero Kate lo sabe. No hace falta toda una vida para darse cuenta de que raras veces conseguimos lo que merecemos. Me levanto, con ese regusto a centellas quemadas en la garganta que me impide tragar, y todo vuelve atrás como un río maldito. Salgo a toda prisa de la habitación de Kate, alejándome lo bastante por el pasillo para no molestarla, y entonces levanto el puño, que dejo marcado de un golpe en la gruesa pared blanca, pero tampoco me basta con eso.

Brian

Ésta es la receta para hacer que algo explote: un recipiente Pyrex, cloruro de potasio (que puede encontrarse en las tiendas de comestibles, como sustitutivo de la sal), un hidrómetro y lejía. Se coge la lejía y se vierte en el cuenco Pyrex; se pone en el fuego de la cocina. Al mismo tiempo, se pesa la medida de cloruro de potasio y se añade a la lejía. Se mide con el hidrómetro y se hierve hasta que llegue a la señal de 1,3. Se deja enfriar a temperatura ambiente y se cuelan los cristales que se forman, que son lo que se guarda.

Es duro ser el que siempre espera. Quiero decir que siempre hay algo que decir del héroe que se apresta con prontitud a la batalla, pero también hay toda una historia que contar sobre el que se queda en la retaguardia.

Estoy en lo que debe de ser la sala de tribunal más fea de la Costa Este, sentado en una silla y en otra hasta que me toca el turno, cuando de repente me suena el busca. Miro el número, refunfuño e intento pensar lo que debo hacer. Soy uno de los testigos, pero para más tarde y, en cambio, el departamento de bomberos me necesita ahora mismo.

Me cuesta pasar por varios funcionarios, pero al final obtengo permiso del juez para abandonar las dependencias.

Salgo por la puerta principal y me veo inmediatamente asaltado a preguntas, cámaras y focos. Tengo que hacer acopio de todas mis fuerzas para no empezar a repartir puñetazos entre todos esos buitres, que lo único que quieren es despedazar los huesos descalcificados de mi familia.

Al no encontrar a Anna el día de la vista, me fui a casa. Busqué en todos sus escondites habituales, la cocina, el dormitorio, la hamaca de la parte de atrás, pero no estaba. Como último recurso subí la escalera del garaje hasta el estudio de Jesse.

Tampoco él estaba, aunque, a esas alturas, había dejado de ser una sorpresa. Hubo una época en que Jesse me defraudaba con regularidad, hasta que al final me dije que no debía esperar nada de él y, como resultado, ahora me es más fácil aceptar las cosas tal como vienen. Llamé a la puerta, diciendo en voz alta el nombre de Anna, para que me oyera Jesse, pero no hubo respuesta. Aunque en casa había una llave de ese apartamento, me había impuesto no entrar en él. Volviéndome hacia la escalera, di varios golpes sobre la tapa del cubo rojo de reciclaje que vacío yo personalmente todos los jueves, dado que Dios prohibió a Jesse acordarse de bajarla hasta la acera él mismo. Un pack de botellas de cerveza verde brillante se cayó afuera. Un bote vacío de detergente para la ropa, un tarro de olivas, una garrafa de zumo de naranja.

Volví a meterlo todo, a excepción de la garrafa de plástico de zumo de naranja, que ya le dije a Jesse que no es reciclable y que aun así él tira todas las semanas al maldito contenedor.

La diferencia entre estos incendios y los otros ahora es que lo que está en juego es algo mayor. En lugar de un almacén abandonado o una cabaña a la orilla del agua, se trata de una escuela de primaria. Y, siendo verano, no había nadie allí cuando se inició el fuego. Pero a mí no me cabe la menor duda que ha sido por causas no naturales.

Cuando llego, las máquinas están recogiendo después del salvamento y ellos dando un último vistazo. Paulie viene directamente hacia mí.

—¿Cómo está Kate?

—Bien —le digo, señalando el desastre—. ¿Qué han encontrado?

—Ha conseguido destruir todo el lado norte de las instalaciones —dice Paulie—. ¿Quieres darte una vuelta?

—Sí.

El incendio se había declarado en la sala de profesores, las marcas negras apuntan como una flecha el lugar de origen. Un montón de objetos sintéticos que no se han quemado del todo son aún visibles; quienquiera que lo hiciera ha sido lo bastante listo para encender el fuego en medio de una pila de cojines de sofás y hojas de papel. Aún puedo oler el producto inflamable, esta vez ha sido algo tan simple como gasolina. Hay pedazos de cristal del cóctel Molotov diseminados sobre las cenizas.

Me acerco hasta el extremo más alejado del edificio, a mirar por una ventana rota. Los tipos han debido echar el fuego desde aquí.

—¿Cree que cogeremos a esa rata, capitán? —pregunta Caesar, entrando en la habitación. Vestido aún con su equipo ignífugo, con una mancha de hollín en la mejilla izquierda, baja la vista hacia los escombros dentro del perímetro del incendio. Luego se agacha y, con su pesado guante, recoge una colilla de cigarrillo—. Increíble. El escritorio de la secretaría reducido a ceniza y, en cambio, una maldita colilla de tabaco sobrevive.

Se la cojo de las manos y le doy vueltas en la palma.

—Eso es porque no estaba aquí cuando se inició el fuego. Alguien se echó el cigarrito mientras contemplaba todo esto y luego se fue. —Lo inclino de lado, hasta ver la zona en que el papel amarillento toca el filtro y leo la marca.

Paulie asoma la cabeza por la ventana rota, buscando a Caesar.

—Nos vamos. Sube al camión. —Y luego se dirige a mí—. Eh, una cosa, nosotros no la hemos roto.

—No iba a hacerles pagar, Paulie.

—No, me refiero a que nosotros abrimos el tejado. La ventana ya estaba rota cuando llegamos.

Caesar y él se marchan, y al cabo de unos momentos oigo el pesado motor del camión alejarse.

Podría haber sido una pelota de béisbol perdida o un disco de los que lanzan los críos para jugar. Pero, incluso en verano, los conserjes vigilan la propiedad pública. Es mucha casualidad que haya una ventana rota sin arreglar, la habrían atrancado al menos.

A no ser que el mismo tipo que provocó el incendio supiera por dónde buscar el oxígeno, para que las llamas se inflamaran por la aspiración creada por ese vacío.

Observo el cigarrillo en la mano y lo aplasto.

Se necesitan 56 gramos de los cristales que se separan. Hay que mezclarlos con agua destilada. Se calienta a punto de ebullición y se deja enfriar de nuevo, apartando los cristales, puro cloruro de potasio. Se pulveriza hasta que quedan como polvos faciales y se calienta hasta secarlo. Se mezclan cinco partes de vaselina con cinco partes de cera. Se disuelve en gasolina y se vierte el líquido en noventa partes de cristales de cloruro de potasio en un cuenco de plástico. Se amasa. Se deja evaporar la gasolina.

Se le da forma de cubo y se le da un baño de cera para hacerlo sumergible. Este explosivo necesita una cápsula detonadora de al menos un grado A3.

Cuando Jesse abre la puerta de su apartamento, estoy esperándolo en el sofá.

—¿Qué haces aquí? —pregunta.

—¿Qué haces aquí tú?

—Yo vivo aquí —dice Jesse—. ¿No te acuerdas?

—Ah, ¿sí? ¿O más bien lo utilizas como escondite?

Se saca un cigarrillo de un paquete del bolsillo delantero y lo enciende. Merit.

—No sé de qué demonios me hablas. ¿Por qué no estás en el tribunal?

—¿Cómo es que tienes ácido muriático debajo del fregadero? —le pregunto— Teniendo en cuenta que no tenemos piscina...

—¡Vaya! Pero ¿qué es esto?, ¿la Inquisición? —Frunce el entrecejo—. Lo usé cuando trabajé con los embaldosadores el verano pasado. Sirve para limpiar la lechada. Si quieres que te diga la verdad, ni siquiera sabía que aún quedaba.

—Entonces probablemente tampoco sabrás, Jess, que cuando lo metes en una botella con un pedazo de papel de aluminio con un trapo embutido por la boca explota que da gusto.

Se queda muy quieto.

—¿Me estás acusando de algo? Porque si es así, dímelo a la cara, hijo de puta.

Me levanto del sofá.

—Muy bien. Quiero saber si marcaste las botellas antes de fabricar los cócteles Molotov para que se rompieran mejor. Quiero saber si pensaste en lo poco que faltó para que aquel mendigo muriera cuando incendiaste el almacén para divertirte. —Saco la mano de la espalda y le muestro el bote de lejía Clorox vacío de su contenedor de reciclaje—. Quiero saber qué diantre hacía esto en tu basura, cuando Dios sabe que tú no te lavas la ropa ni haces la limpieza, y en cambio, hay una escuela de primaria a menos de diez kilómetros de aquí que ha sido destrozada con un explosivo fabricado con lejía y líquido de frenos. —Lo he cogido por los hombros, y, aunque podría liberarse si quisiera, me deja que lo zarandee hasta que echa la cabeza hacia atrás—. ¡Por Dios, Jesse!

Se me queda mirando, con el rostro demudado.

—¿Ya has terminado?

Le suelto y él retrocede, enseñándome los dientes.

—Entonces dime que estoy equivocado —lo reto.

—Te diré más que eso —me grita—. Porque, ¿sabes? Entiendo muy bien que te hayas pasado la vida creyendo que todo lo que sucede de malo en el universo apunta hacia mí, pero, ¡noticia bomba, papá!, esta vez te has colado.

Lentamente me saco algo del bolsillo y se lo pongo a Jesse en la mano, apretándolo. La colilla de cigarrillo Merit aparece en el hueco de su palma.

—Entonces no deberías haber dejado tu tarjeta de visita.

Hay un momento en que un incendio estructural está en su punto álgido, fuera de control, en que lo único que puede hacerse es mantenerse a una distancia prudencial para no quemarse. Hay que retroceder para ponerse a salvo, hasta una colina fuera de la acción del viento tal vez, y te quedas mirando cómo el edificio es pasto de las llamas.

Jesse levanta la mano, temblando, y la colilla rueda por el suelo a nuestros pies. Se tapa la cara, apretando los pulgares contra las comisuras de los ojos.

—No podía salvarla. —Las palabras salen desgarradas por dentro. Se encoge de hombros, y al soltarse, recupera el cuerpo de muchacho—. ¿A quién... a quién se lo has dicho?

Comprendo que lo que me pregunta es si va a venir la policía a buscarlo. Si he hablado con Sara de esto.

Pide que lo castiguen.

Por eso hago lo que sé que va a derrumbarlo: lo sostengo entre mis brazos, mientras rompe en sollozos. Su espalda es más ancha que la mía. Me saca media cabeza de altura. No recuerdo haberlo visto pasar del niño de cinco años, que no era un doble genético, al hombre que es ahora, y supongo que ése es el problema. ¿Cómo se produce en una persona el pensamiento de que si no puede salvar, tendrá que destruir? ¿Y hay que culparlo a él o hay que culpar a los tipos que deberían haberle enseñado lo contrario?

Me aseguraré de que la piromanía de mi hijo termine aquí y ahora, pero no se lo contaré a la policía ni al jefe de bomberos. Puede que sea nepotismo, puede que sea estupidez. Es posible que sea porque Jesse no es tan diferente de mí al haber escogido el fuego en su necesidad de saber que puede al menos mandar sobre una cosa incontrolable.

La respiración de Jesse va calmándose, apoyado contra mí, como cuando era pequeño y cargaba con él para llevarlo al piso de arriba cuando se me había quedado dormido en el regazo. Le gustaba acribillarme una y otra vez a preguntas: «¿Para qué sirve una manguera de 60 centímetros»? «¿Y la de treinta»? «¿Cómo se lavan los motores»? «¿Los que echan el agua también conducen»? Me doy cuenta que no podría recordar con exactitud cuándo dejó de hacer preguntas. Pero sí recuerdo haber tenido el sentimiento de que algo se había perdido, como si la pérdida de la devoción por el héroe de un niño doliera como un miembro fantasma.

Campbell

Con los médicos pasa una cosa cuando los citas a declarar: te dejan bien claro, con cada una de las sílabas de sus palabras, que ni un solo segundo de su testimonio compensará el hecho de que, mientras han estado sentados bajo presión en el estrado de los testigos, había pacientes esperando, personas muriendo. Francamente, eso es algo que me revienta. Y sin darme cuenta, la verdad, no puedo evitarlo, ya estoy pidiendo una pausa para ir al baño, agachándome a atarme el zapato o haciendo todo lo posible por meter frases de relleno repletas de silencios elocuentes... cualquier cosa con tal de impacientarlos unos segundos más.

El doctor Chance no es una excepción a la regla. Desde que ha llegado está nervioso, con ganas de marcharse. Se mira el reloj con tanta frecuencia que parece que va a perder el tren. Sólo que en esta ocasión la diferencia es que Sara Fitzgerald está igual de impaciente por verlo fuera de la sala. Porque el paciente que está esperando, la persona que se está muriendo no es otra que Kate.

Pero, sentada a mi lado, el cuerpo de Anna emana calor. Me pongo de pie para proseguir el interrogatorio.

—Doctor Chance, ¿alguno de los tratamientos que prescribieron donaciones del cuerpo de Anna estaban «garantizados»?

—Cuando se habla de cáncer, no hay nada garantizado, señor Alexander.

—¿Alguien le explicó eso mismo a los Fitzgerald?

—Siempre explicamos con todo detalle los riesgos de cualquier procedimiento, puesto que una vez que se ponen en marcha los tratamientos hay otros sistemas corporales en juego. Lo que logramos concluir con éxito en un tratamiento puede tener consecuencias para la siguiente vez. —Sonríe a Sara—. Dicho esto, el caso de la joven Kate es increíble. Su esperanza de vida no pasaba de los cinco años y aquí la tenemos ahora con dieciséis.

—Gracias a su hermana —señalo.

El doctor Chance asiente con la cabeza.

—No muchos pacientes están dotados de la fortaleza corporal y la buena fortuna de tener un donante disponible que encaje con ellos a la perfección.

Yo permanezco de pie, con las manos en los bolsillos.

—¿Podría explicar al tribunal cómo fue que a los Fitzgerald se les ocurrió consultar con el equipo de diagnosis de preimplantes genéticos del Hospital de Providence para concebir a Anna?

—Después de examinar a su hijo y comprobar que no era un donante adecuado para Kate, les hablé a los Fitzgerald de otra familia a la que había tratado. Ellos también habían examinado a todos los hermanos del paciente, sin encontrar ninguno cualificado, pero entonces la madre se quedó embarazada durante el tratamiento en curso, y resultó que el bebé se adecuaba a la perfección.

—¿Les dijo usted a los Fitzgerald que concibieran un hijo programado genéticamente para servir como donante a Kate?

—Rotundamente no —replica Chance, ofendido—. Yo me limité a explicarles que aunque ninguno de los niños que existían encajara con su hija, eso no significaba que no pudiera encajar un niño que aún no hubiera nacido.

—¿Les explicó a los Fitzgerald que ese niño, en tanto que doble perfecto y genéticamente programado, tendría que estar disponible para todos los tratamientos que necesitara Kate el resto de su vida?

—Entonces estábamos hablando de un simple tratamiento con sangre de cordón umbilical —dice el doctor Chance—. Las subsiguientes donaciones se produjeron porque Kate no respondió a la primera. Y porque ofrecían resultados más prometedores.

—Y si mañana los científicos descubrieran un tratamiento que curase el cáncer de Kate si Anna se cortara la cabeza y la donara a su hermana, ¿lo recomendaría también?

—Obviamente no. Jamás recomendaría un tratamiento que pusiera en peligro la vida de otro niño.

—¿Acaso no es eso lo que ha venido haciendo los últimos trece años?

Se le tensa el rostro.

—Ninguno de los tratamientos han causado daños significativos a largo plazo a Anna.

Saco un papel del maletín y se lo entrego al juez, y luego se lo paso al doctor Chance.

—¿Sería tan amable de leer en voz alta la parte señalada?

Se pone unas gafas y se aclara la garganta.

—Entiendo que la anestesia supone una serie de riesgos potenciales. Riesgos entre los que se incluyen, pudiendo haber otros: reacciones adversas a los medicamentos, dolor de garganta, lesiones en los dientes y problemas dentales, daños en las cuerdas vocales, problemas respiratorios, dolores e incomodidades menores, pérdida de sensibilidad, dolores de cabeza, infección, reacciones alérgicas, conciencia durante anestesia general, ictericia, hemorragias, lesiones nerviosas, coágulos de sangre, ataques de corazón, lesiones cerebrales e incluso pérdida de funciones corporales o vitales.

—¿Conocía esto, doctor?

—Sí. Es un formulario estandarizado de aceptación de intervenciones quirúrgicas.

—¿Podría decirnos quién era el paciente referido?

—Anna Fitzgerald.

—¿Y quién firmó el formulario de aceptación?

—Sara Fitzgerald.

Me inclino hacia atrás sobre los talones.

—Doctor Chance, la anestesia supone un riesgo de discapacidad o incluso de muerte. Los efectos a largo plazo son bastante graves.

—Ésa es justamente la razón por la que existe ese formulario de aceptación. Para protegernos de personas como usted —dice—. Pero, en términos realistas, el riesgo es extremadamente pequeño. Y el procedimiento de donación de médula es bastante simple.

—¿Por qué se anestesió a Anna para someterla a un procedimiento tan simple?

—Para un niño es menos traumático y se le evita sufrimiento.

—Después del procedimiento, ¿experimentó Anna algún dolor?

—Tal vez un poco —dice el doctor Chance.

—¿No lo recuerda?

—Ha pasado mucho tiempo. Estoy seguro que incluso Anna lo ha olvidado.

—¿Usted cree? —Me vuelvo hacia Anna—. ¿Podemos preguntárselo a ella?

El juez DeSalvo se cruza de brazos.

—Hablando de riesgos —prosigo con suavidad— ¿podría hablarnos acerca de las investigaciones que se llevan a cabo sobre los efectos a largo plazo de las inyecciones de factor de crecimiento que recibió dos veces al día, con anterioridad al trasplante?

—En teoría, no deberían tener secuelas a largo plazo.

—En teoría —repito—. ¿Por qué «en teoría»?

—Porque las investigaciones se han hecho con animales de laboratorio —reconoce el doctor Chance—. Los efectos que puedan tener sobre los seres humanos aún se están estudiando.

—Qué tranquilizador.

Él se encoge de hombros.

—Los médicos no tenemos tendencia a prescribir medicamentos con potencial para causar estragos.

—¿Ha oído hablar alguna vez de la talidomida, doctor? —le pregunto.

—Por supuesto. De hecho, recientemente se ha recuperado para utilizarla en la investigación sobre el cáncer.

—Y en cambio llegó a ser un medicamento clave —señalo— que tuvo unos efectos catastróficos. Hablando de todo un poco... en cuanto a la donación de riñón, ¿hay riesgos asociados a la intervención?

—No más que para la mayoría de operaciones quirúrgicas —dice el doctor Chance.

—¿Podría Anna morir por complicaciones relacionadas con la intervención?

—Es altamente improbable, señor Alexander.

—Bien, entonces asumamos que Anna supera la intervención a las mil maravillas. ¿Cómo la afectará para el resto de su vida el tener un solo riñón?

—En realidad no la afectará —dice el doctor—. Ésa es la maravilla.

Le entrego un folleto procedente del departamento de nefrología de su propio hospital.

—¿Podría leer en voz alta la sección señalada?

Vuelve a ponerse las gafas.

—Aumento de posibilidades de hipertensión. Posibles complicaciones durante el embarazo. —El doctor Chance levanta la vista—. Se aconseja a los donantes que no practiquen deportes de contacto para eliminar el riesgo de lesiones del riñón que les queda.

Me agarro las manos por detrás de la espalda.

—¿Sabía que Anna juega a hockey?

Se vuelve hacia ella.

—No. No lo sabía.

—Es portera. Desde hace años. —Abandono el tema—. Pero, puesto que esta donación es hipotética, centrémonos en las que ya se han hecho efectivas. Las inyecciones de factor de crecimiento, la trasfusión de linfocitos de donante, las células madre, las donaciones de linfocitos, la médula ósea, toda esa miríada de tratamientos a los que se ha sometido a Anna, en su opinión de experto, doctor, ¿está diciéndonos que Anna no ha sufrido ningún perjuicio médico significativo por todas esas intervenciones?

—¿Significativo? —Se queda dudando—. No, no lo ha sufrido.

—¿Ha obtenido algún beneficio significativo de ellas?

El doctor Chance me mira unos segundos.

—Desde luego que sí —dice—. Ha salvado la vida de su hermana.

Anna y yo estamos almorzando en el piso de arriba del tribunal cuando entra Julia.

—¿Es una fiesta privada?

Anna le hace una señal para que se acerque y Julia se sienta sin dirigirme la mirada.

—¿Cómo estás? —le pregunta.

—Bien —responde Anna—. Sólo que me gustaría que hubiera acabado todo.

Julia abre un paquetito de aliño para ensalada y vierte el contenido sobre la comida que ha traído.

—Habrá acabado antes de que te des cuenta.

Me mira fugazmente mientras lo dice.

Es todo lo que necesito para recordar el olor de su piel y el punto bajo el seno en que tiene una marca de nacimiento en forma de media luna.

Anna se levanta de improviso.

—Voy a sacar a pasear a Juez —anuncia.

—Ni loca. Aún hay periodistas ahí fuera.

—Pues lo llevaré a caminar por el pasillo.

—No puedes. Tengo que llevarlo yo, forma parte de su adiestramiento.

—Entonces voy a hacer pis —dice Anna—. Eso aún me está permitido hacerlo sola, ¿no?

Se marcha de la sala de reuniones, dejándonos solos a Julia y a mí y a todo lo que no debería haber sucedido pero sucedió.

—Nos ha dejado solos adrede —constato.

Julia asiente.

—Es una chica inteligente. Capta en seguida a la gente. —De pronto deja caer su tenedor de plástico—. Llevas el coche lleno de pelos de perro.

— lo sé. Siempre le pido a Juez que se lo recoja en cola de caballo, pero ni caso.

—¿Por qué no me has despertado?

Sonrío.

—Porque estábamos varados en una zona de no despertar.

Julia, sin embargo, no muestra el menor atisbo de sonrisa.

—¿Fue para ti una broma lo de anoche, Campbell?

Me viene a la mente el viejo refrán: El hombre propone y Dios dispone. Y, como soy un cobarde, cojo al perro por el collar.

—Tengo que sacarlo a pasear antes de que nos llamen a la sala.

La voz de Julia me persigue hasta la puerta.

—No me has contestado.

—No quieres que te conteste —le digo. No me vuelvo, así no tengo que verle la cara.

Cuando el juez DeSalvo aplaza la sesión hasta el día siguiente a las tres a causa de su visita semanal al quiropráctico, acompaño a Anna al vestíbulo para ir a buscar a su padre, pero Brian se ha ido. Sara mira por todas partes, sorprendida.

—Tal vez le hayan llamado por algún incendio —dice—. Anna, yo te...

Pero me apresuro a poner la mano sobre el hombro de Anna.

—Te llevaré al parque de bomberos.

En el coche, va callada. Me meto en el aparcamiento de los bomberos y dejo el motor en marcha.

—Escucha —le digo— es posible que no te hayas dado cuenta, pero hemos tenido un gran primer día.

—Si tú lo dices.

Se baja del coche sin decir nada más y Juez ocupa de un salto el asiento delantero que acaba de quedar libre. Anna camina en dirección al edificio, pero luego gira a la izquierda. Empiezo a dar marcha atrás y entonces, en contra de mi primer pensamiento, apago el motor. Dejo a Juez en el coche y la sigo hasta la parte de atrás del edificio.

Se ha quedado quieta como una estatua, con la cara hacia el cielo. ¿Qué debo hacer? Nunca he sido padre, apenas sé cuidar de mí mismo.

Pero sucede que Anna habla primero.

—¿Alguna vez has hecho algo que sabías que no era lo correcto, aunque pareciera que lo fuera?

Pienso en Julia.

—Sí.

—A veces me odio a mí misma —dice Anna en un susurro.

—A veces —le digo— yo también me odio a mí mismo.

Eso la ha sorprendido. Me mira y luego mira de nuevo al cielo.

—Están ahí arriba. Las estrellas. Aunque no se vean.

Me meto las manos en los bolsillos.

—Yo antes pedía un deseo a una estrella todas las noches.

—¿Qué pedías?

—Cromos difíciles para mi colección de béisbol. Un golden retriever. Profesoras jóvenes y guapas.

—Papá me dijo que un grupo de astrónomos había descubierto un lugar donde nacían nuevas estrellas. Sólo que habíamos tardado dos mil quinientos años en verlas. —Se vuelve hacia mí—. ¿Te llevas bien con tus padres?

Lo primero que se me ocurre es mentir, pero sacudo la cabeza en señal de negación.

—Antes pensaba que cuando creciera sería como ellos, pero no ha sido así. Y la cosa es que en algún lugar del camino dejé de querer ser como ellos.

El sol invade su piel de leche, iluminando la línea de la garganta.

—Ya entiendo —dice Anna—. Tú también eres invisible.

Martes

Un pequeño fuego se apaga de un pisotón; el mismo que, si se tolera, no se sofoca con ríos enteros.

William Shakespeare
Enrique VI

Campbell

Brian Fitzgerald es mi as en la manga. Cuando el juez se dé cuenta de que al menos uno de los padres de Anna está de acuerdo con su decisión de dejar de ser donante de su hermana, conceder su emancipación no será ya un salto tan enorme. Si Brian hace lo que necesito que haga —es decir, decirle al juez DeSalvo que sabe que Anna también tiene sus derechos y que está dispuesto a apoyarla— entonces, diga lo que diga Julia en su informe, será discutible. Y lo que es mejor, el testimonio de Anna será una mera formalidad.

A la mañana siguiente Brian se presenta con Anna muy temprano, con el uniforme de capitán puesto. Adopto una sonrisa y me levanto hacia ellos, acompañado por Juez.

—Buenos días —saludo—. ¿Preparado todo el mundo?

Brian mira a Anna. Y luego a mí. Tiene una pregunta aflorándole a los labios, pero parece hacer todos los esfuerzos posibles por no decirla en voz alta.

—Eh —le digo a Anna, con una idea—. ¿Querrías hacerme un favor? A Juez le vendrían bien un par de carreras subiendo y bajando la escalera; si no, va estar muy inquieto en la sala.

—Ayer me dijiste que yo no podía pasearlo.

—Bueno, hoy sí que puedes.

Anna mueve la cabeza en señal de negación.

—No pienso ir a ningún sitio. En cuanto me dé la vuelta te vas a poner a hablar de mí.

Así que me vuelvo de nuevo hacia Brian:

—¿Va todo bien?

En ese momento entra Sara Fitzgerald en el edificio. Se dirige de forma apresurada hacia la sala, y al ver a Brian conmigo, se detiene. Pero se gira lentamente apartándose de su marido y continúa.

Brian Fitzgerald sigue a su mujer con la mirada, incluso cuando las puertas ya se han cerrado tras ella.

—Estamos bien —dice, respuesta que no va dirigida a mí.

—Señor Fitzgerald, ¿ha estado usted a veces en desacuerdo con su esposa acerca de que Anna participase en algunos de los tratamientos médicos destinados a mejorar la salud de Kate?

—Sí. Los médicos dijeron que sólo era sangre de cordón umbilical lo que necesitábamos para Kate. Tomaron una parte del ombligo que normalmente se tira después de nacer... algo que el bebé jamás echaría de menos y que con toda seguridad no iba a hacerle ningún daño. —Cruza la mirada con Anna, sonriéndole—. Y además funcionó durante breve tiempo. La enfermedad de Kate remitió. Pero en 1996 volvió a recaer. Los médicos querían que Anna donara linfocitos. Eso no iba a curar a Kate, pero le alargaría la vida.

Trato de insistir sobre ese punto.

—¿Usted y su esposa no estaban de acuerdo sobre ese tratamiento?

—Yo no estaba muy seguro de que fuera una buena opción. Esta vez Anna sabría lo que estaba sucediendo y no le iba a gustar.

—¿Qué le dijo su esposa a usted para hacerle cambiar de idea?

—Que si a Anna no le extraíamos sangre entonces, pronto necesitaríamos un donante de médula.

—¿Qué le pareció ese argumento?

Brian sacude la cabeza, visiblemente incómodo.

—Uno no puede saber lo que es eso —dice con calma—

hasta que no ve un hijo muriéndose. Te ves diciendo y haciendo cosas que no habrías querido decir ni hacer. Y piensas que tienes algo que decidir, hasta que lo miras un poco más de cerca y ves que lo has hecho todo mal. —Dirige la vista hacia Anna, que está tan quieta a mi lado que me parece que se ha olvidado de respirar—. Yo no quería hacerle todo eso a Anna. Pero no podía perder a Kate.

—¿Tuvieron que recurrir a la médula ósea de Anna, finalmente?

—Sí.

—Señor Fitzgerald, como técnico sanitario de emergencias, ¿intervendría alguna vez a un paciente que no presentara problemas físicos?

—Por supuesto que no.

—Entonces, como padre de Anna, ¿por qué creyó que esa intervención invasiva, que implicaba un riesgo para la propia Anna y ningún beneficio físico personal para ella, debía hacerse en interés suyo?

—Porque no podía dejar morir a Kate —dice Brian.

—¿Ha habido otras ocasiones, señor Fitzgerald, en que usted y su mujer hayan estado en desacuerdo acerca de la utilización del cuerpo de Anna para el tratamiento de su otra hija?

—Hace unos años hubo que hospitalizar a Kate y... perdió tanta sangre que nadie creyó que sobreviviera. Yo mismo pensé que quizá había llegado el momento de dejarla ir. Sara no lo creyó así.

—¿Qué sucedió?

—Los médicos le administraron arsénico. Y surtió efecto. La enfermedad de Kate remitió durante un año.

—¿Está diciéndonos que había un tratamiento que salvaba la vida de Kate y que no exigía la utilización del cuerpo de Anna?

Brian niega con la cabeza.

—Lo que estoy diciendo... Lo que digo es que yo estaba completamente seguro de que Kate iba a morir. Pero Sara no se rindió y siguió luchando. —Mira en dirección a su mujer—. Y ahora los riñones de Kate están dejando de funcionar. Yo no quiero verla sufrir. Pero al mismo tiempo no quiero cometer dos veces el mismo error. No quiero decirme a mí mismo que todo ha acabado cuando no ha acabado.

Brian se ha convertido en una avalancha emocional, abocado hacia la casa de cristal que he estado construyendo con meticulosidad. Ahora necesito tirar del hilo.

—Señor Fitzgerald, ¿sabía usted que su hija iba a presentar una demanda judicial contra usted y su esposa?

—No.

—Cuando lo hizo, ¿habló de ello con Anna?

—Sí.

—Como consecuencia de esa conversación, ¿qué hizo usted, señor Fitzgerald?

—Me fui de casa con Anna.

—¿Por qué?

—En esos momentos pensé que Anna tenía el derecho de meditar sobre esa decisión por sí sola, lo que no habría podido hacer viviendo en nuestra casa.

—Después de haberse ido de casa con Anna, después de haber hablado con ella largo y tendido sobre las razones por las cuales planteó el pleito... ¿está usted de acuerdo con la petición de su esposa para que Anna siga siendo donante en beneficio de Kate?

La respuesta que hemos ensayado es «no»; es el punto clave de mi defensa. Brian se inclina al frente para responder:

—Sí, lo estoy —dice.

—Señor Fitzgerald, en su opinión... —empiezo, y entonces me doy cuenta de lo que acaba de decir—. ¿Perdón?

—Sigo queriendo que Anna done un riñón —admite Brian.

Con los ojos clavados en ese testigo que acaba de fulminarme vivo, busco con desesperación un asidero. Si Brian no apoya la decisión de Anna de dejar de ser donante, entonces al juez le va a costar mucho más emitir un veredicto a favor de la emancipación.

Al mismo tiempo, tengo los cinco sentidos puestos en el debilísimo sonido que se ha escapado de la garganta de Anna, la queda ruptura de un alma que se produce cuando te das cuenta de que lo que parecía un arco iris no era en realidad más que un juego de luces.

—Señor Fitzgerald, ¿está usted a favor de que Anna se someta a una intervención quirúrgica de importancia y a la pérdida de un órgano en beneficio de Kate?

Es un fenómeno curioso ver a un hombre fuerte derrumbarse hecho añicos.

—¿Puede usted decirme cuál es la respuesta correcta? —pregunta Brian con voz ronca—. Porque yo no sé dónde buscarla. Sé lo que está bien, lo que es justo, pero nada de lo que conozco puede aplicarse en este caso. Puedo sentarme a pensarlo y podría decirle cómo podrían y cómo deberían ser las cosas. Incluso podría decirle que tiene que haber una solución mejor. Pero han pasado ya trece años, señor Alexander, y yo aún no la he encontrado.

Se hunde poco a poco, inclinado hacia adelante, demasiado grande para ese espacio tan reducido, hasta dejar reposar la frente sobre la fría barra de madera que delimita el estrado de los testigos.

El juez DeSalvo impone un descanso de diez minutos antes de que Sara Fitzgerald comience su turno de interrogatorio, para que el testigo pueda disponer de unos momentos para sí. Anna y yo vamos al piso de abajo, a las máquinas expendedoras, donde por un dólar puedes tomar un té muy flojo y una sopa aún más floja. Ella se sienta con los talones encajados entre los travesaños de la silla, y cuando le traigo su vaso de chocolate caliente lo deja sobre la mesa sin tomárselo.

—Nunca había visto llorar a mi padre —dice—. A mi madre el problema de Kate podía absorberla todo el tiempo. Mi padre en cambio... Bueno, si se desmoronaba, se aseguraba de hacerlo donde no pudiéramos verlo.

—Anna...

—¿Crees que he sido yo? —me pregunta, volviéndose hacia mí—. ¿Crees que no debería haberle pedido que viniera hoy?

—El juez le habría llamado a testificar aunque tú no lo hubieras hecho. —Sacudo la cabeza—. Anna, vas a tener que hacerlo tú sola.

Me mira con recelo.

—¿Hacer qué?

—Testificar.

Anna parpadea.

—¿Estás de bromeando?

—Mi idea era que el juez resolvería el caso claramente a tu favor si veía que tu padre estaba decidido a apoyar tus decisiones. Pero, por desgracia, no es eso lo que ha sucedido. Y ahora no tengo la menor idea de lo que dirá Julia... Pero, aun suponiendo que se pasara a tu bando, faltaría convencer al juez DeSalvo de que eres lo bastante madura para tomar esas decisiones por ti misma, con independencia de tus padres.

—¿Quieres decir que tendré que subir ahí arriba?, ¿como testigo?

Yo siempre había sabido que tarde o temprano Anna tendría que subir al estrado. En un caso en que se trata de la emancipación de un menor es razonable que el juez quiera escuchar al propio menor. Anna puede aparecer asustada ante la idea de testificar, pero creo que inconscientemente es lo que quiere. ¿Por qué si no meterse en el berenjenal de instigar un pleito, si no es para estar seguro de que por fin vas a poder decir lo que piensas?

—Ayer me dijiste que no tendría que testificar —dice Anna, alterada.

—Estaba equivocado.

—Te contraté para que tú le dijeras a todo el mundo lo que quiero.

—Las cosas no funcionan así —le digo—. Tú comenzaste este pleito. Querías ser una persona diferente a lo que tu familia ha hecho de ti durante los pasados trece años. Y eso significa que tendrás que descorrer la cortina y enseñarnos quién es esa persona.

—La mitad de los adultos de este planeta no tienen la menor idea de quiénes son y en cambio tienen que tomar decisiones por sí solos todos los días —arguye Anna.

—No tienen trece años. Escucha —le digo, abordando lo que imagino que es el quid de la cuestión—, sé que en el pasado levantarte y decir lo que pensabas no te ha llevado a ninguna parte. Pero te prometo que esta vez, cuando tú hables, todo el mundo te va a escuchar.

Si mis palabras han tenido algún efecto, es en todo caso el contrario al que había pretendido. Anna se cruza de brazos.

—No tiene ningún sentido que suba ahí arriba —dice.

—Anna, ser testigo no es tampoco tan grave...

—Sí lo es, Campbell. Es muy grave. Y no voy a hacerlo.

—Si no testificas, perderemos —le explico.

—Entonces busca otro modo de ganar. Tú eres el abogado.

No pienso morder el anzuelo. Repiqueteo con los dedos sobre la mesa intentando tener paciencia.

—¿Podrías decirme si hay algún motivo imperioso para ponerte en contra de este modo?

Ella me mira.

—No.

—¿No hay ningún motivo o no puedes decírmelo?

—Hay cosas de las que no me gusta hablar. —Se le ensombrece el rostro—. Pensaba que tú al menos serías capaz de entenderlo.

Sabe exactamente qué teclas pulsar.

—Consúltalo con la almohada —le sugiero con firmeza.

—No pienso cambiar de opinión.

Me levanto y tiro a la basura mi vaso de café entero.

—Muy bien —le digo—. Entonces no esperes de mí que cambie tu vida.

Sara

En la actualidad

Sucede una cosa curiosa con el paso del tiempo: una especie de calcificación del carácter. Verán, si la luz le da al rostro de Brian desde la perspectiva adecuada, aún puedo ver la pálida tonalidad azul de sus ojos que siempre me han hecho pensar en una isla oceánica a la que hubiera que llegar a nado. Por debajo de las finas líneas de su sonrisa, está su barbilla hendida, el primer rasgo que he buscado en los rostros de mis hijos al nacer. Y luego está esa resolución, esa voluntad tranquila y esa paz firme que siempre he deseado que me contagiara un poco. Éstos son los elementos básicos que hicieron que me enamorara de mi marido; si hay veces en que no lo reconozco, tal vez no sea tampoco una desventaja. Los cambios no siempre son para peor; el nácar que se forma alrededor de un grano de arena a algunas personas les parece una deformidad, a otras una perla.

Los ojos de Brian se apartan de Anna, que se toquetea una costra en el pulgar, y se clavan en mí. Me mira como miraría un ratón a un halcón. Hay algo en ello que me duele: ¿así es como realmente me ve?

¿Así es como me ven los demás?

Desearía que no hubiera un tribunal que se interpusiera entre nosotros. Me gustaría poder acercarme a él. «Escucha —le diría— no es así como yo había pensado que discurrirían nuestras vidas, y es posible que no podamos encontrar una salida a este callejón. Pero no hay nadie con quien hubiera preferido perderme.»

«Escucha —le diría— tal vez estaba equivocada.»

—Señora Fitzgerald —me pregunta el juez DeSalvo— ¿tiene alguna pregunta para el testigo?

Pienso que es un buen término para un cónyuge. ¿Qué otra cosa hacen un esposo o una esposa, si no es dar fe en un juicio de los errores del uno y del otro?

Me levanto lentamente del asiento.

—Hola, Brian —digo, con una voz ni por asomo lo firme que yo habría esperado.

—Sara —responde.

Una vez intercambiadas estas palabras, no tengo la menor idea de lo que voy a decir a continuación.

Me invade un recuerdo. Habíamos decidido salir, pero no sabíamos dónde ir. Así que nos subimos al coche y arrancamos, y cada media hora dejábamos que uno de los niños eligiera una salida o dijera si girábamos a la izquierda o a la derecha. Acabamos en Seal Cove, Maine, y allí nos detuvimos, porque la siguiente indicación de Jesse nos habría llevado de cabeza al Atlántico. Alquilamos una cabaña sin calefacción ni electricidad... con el miedo que nuestros tres hijos temieran a la oscuridad.

No me doy cuenta de que he estado hablando en voz alta hasta que Brian responde:

—Sí, ya me acuerdo —dice—. Llenamos el suelo con tantas velas que estaba seguro de que íbamos a incendiar aquel sitio. Pero estuvo lloviendo cinco días seguidos.

—Y el sexto día, cuando el tiempo aclaró, había tantos tábanos que no pudimos ni pensar en salir.

—Y Jesse cogió urticaria y se le hincharon tanto los ojos que no podía abrirlos...

—Disculpen —nos interrumpe Campbell Alexander.

—Se admite —dice el juez DeSalvo—. ¿Adónde nos lleva todo esto, letrada?

No habíamos pretendido ir a ningún sitio, y el lugar al que

habíamos ido a parar era horrendo, y a pesar de todo no cambiaría esa semana por nada del mundo. Cuando no sabes adónde te encaminas, encuentras sitios que a nadie más se le habría ocurrido siquiera explorar.

—Cuando Kate no estaba enferma —dice Brian lentamente, con cuidado— pasamos muy buenos momentos juntos.

—¿No crees que Anna los echaría de menos si Kate faltara?

Campbell se ha levantado de su asiento, como habría esperado.

—¡Protesto!

El juez sostiene la mano en alto y le hace un gesto a Brian con la cabeza instándole a responder.

—Todos los echaríamos de menos —dice.

Y en ese momento sucede algo de lo más extraño. Brian y yo, uno frente al otro como postes, nos encaramos como lo hacen a veces los imanes, y en lugar de repelernos, de pronto parece como si ambos estuviéramos del mismo lado. Somos jóvenes y latimos al mismo ritmo por primera vez; nos hemos hecho viejos y nos preguntamos cómo hemos podido recorrer esta enorme distancia en un período de tiempo tan breve. Estamos viendo los fuegos artificiales por televisión, una Nochevieja más, con tres niños dormidos encajados entre nosotros en nuestra cama, apretados tan fuerte que puedo sentir el orgullo de Brian aunque no nos tocamos.

De repente ya no importa que se fuera con Anna, ni que cuestionara algunas de las decisiones tomadas respecto a Kate. Él hizo lo que creyó justo, lo mismo que yo, de modo que no puedo culparlo por ello. A veces la vida te atrapa de tal forma con la nimiedad de los detalles que te olvidas que estás viviéndola. Siempre hay otro compromiso al que atender, otra factura que pagar, otro síntoma que se presenta, otro día sin incidentes que señalar en el calendario. Hemos sincronizado los relojes, examinado las agendas, dispuesto nuestras vidas al minuto, y nos hemos olvidado por completo de dar un paso atrás, tomar distancia y contemplar lo que hemos conseguido.

Si perdiéramos hoy a Kate, la hemos tenido dieciséis años, y eso no nos lo puede quitar nadie. Y dentro de decenios, cuando sea difícil recordar la imagen de su cara cuando se reía, el tacto de su mano en la mía o el timbre perfecto de su voz, tendré que decirle a Brian: «¿No te acuerdas? Era así.»

La voz del juez rompe mi ensueño.

—Señora Fitzgerald, ¿ha terminado?

En realidad no necesito interrogar a Brian, ya sé cuáles serán sus respuestas. Lo que he olvidado son las preguntas.

—Casi. —Me vuelvo hacia mi marido—. Brian —le pregunto— ¿cuándo vuelves a casa?

En los intestinos del edificio de los tribunales hay una fila de robustas máquinas expendedoras, ninguna de las cuales tiene nada de lo que te apetecería comer. Después de que el juez DeSalvo impone un descanso, bajo a ese lugar y me quedo mirando las bolsas de Starburst, Pringles y Cheetos atrapadas en sus celdas en espiral.

—Las Oreo son la mejor opción —dice Brian a mi espalda. Me vuelvo en el momento en que mete en la máquina los setenta y cinco centavos—. Sencillo. Clásico. —Aprieta dos botones y las galletas se lanzan a su salto suicida hacia el fondo de la máquina.

Me acompaña a la mesa, llena de rayas y manchas dejadas por personas que han grabado eternamente sus iniciales y legado sus pensamientos más íntimos sobre la superficie.

—No sabía qué preguntarte, ahí arriba en el estrado—admito, dubitativa—. Brian, ¿crees que hemos sido unos buenos padres? —Pienso en Jesse, a quien dejé por imposible hace tanto tiempo. En Kate, a quien no soy capaz de arreglar. En Anna.

—No lo sé —dice Brian—. ¿Lo sabe alguien?

Me da el paquete de Oreo. Al abrir la boca para decirle que no tengo hambre, me mete una galleta dentro. La noto rica y áspera al contacto con la lengua, y de pronto me siento hambrienta. Brian me limpia con cuidado las migajas de los labios, como si estuviera hecha de porcelana fina. Lo dejo que lo haga. Pienso que quizá no había probado nunca nada tan dulce.

* * *

Brian y Anna vuelven a casa esa noche. Ambos la acogemos con mimo, la besamos. Brian se va a tomar una ducha. Dentro de nada me iré al hospital, pero antes me siento delante de Anna, encima de la cama de Kate.

—¿Vas a soltarme un sermón? —me pregunta.

—No en el sentido en que piensas. —Paso el dedo por el borde de una de las almohadas de Kate—. No eres mala persona; lo que quieres es ser tú misma.

—Yo nunca he...

Levanto la mano.

—Lo que quiero decir es que esos pensamientos son muy humanos. Y sólo porque te hayas mostrado diferente a como los demás imaginaran, eso no significa que hayas fracasado. Una niña a la que le va mal en una escuela y se cambia, puede que sea la más popular en la nueva, sólo por el hecho de que nadie se hubiera hecho expectativas sobre ella. O una persona que se matricula de medicina porque su familia está llena de médicos, puede que descubra que lo que de verdad quiere ser es artista y no médico. —Respiro profundamente y sacudo la cabeza—. ¿Entiendes lo que quiero decir?

—No mucho.

Eso me hace sonreír.

—Supongo que lo que estoy diciendo es que me recuerdas a alguien.

Anna se incorpora apoyándose en un codo.

—¿A quién?

—A mí —le digo.

Cuando llevas tanto tiempo con tu compañero, se ha convertido en el mapa de carreteras que suele llevarse en la guantera del coche, gastado por el uso y con los pliegues blancos, la guía que conoces tan bien que podrías buscar en ella de memoria y que por eso la llevas a cualquier viaje que tengas que hacer. Y, sin embargo, cuando menos te lo esperas, un día abres los ojos y ves un desvío desconocido, una elevación en el terreno que no estaba allí antes, y entonces tienes que detenerte y te preguntas si esa particularidad del paisaje es nueva o no será más bien algo que siempre ha estado ahí y que tû no habías advertido.

Brian está tumbado en la cama a mi lado. No dice nada, tiene la mano puesta en el valle formado por la curva de mi cuello. Luego me da un beso, prolongado y agridulce. Eso podía esperarlo, pero no lo siguiente: me muerde el labio tan fuerte que me sabe a sangre.

—Ay —exclamo, intentando reír, tomármelo a la ligera. Pero él no se ríe ni me pide disculpas. Se inclina, me lame el labio para enjugarlo.

Me hace dar un vuelco por dentro. Éste es Brian y este no es Brian, y ambos son dignos de destacar. Me paso la lengua por la sangre, cobriza y líquida. Me abro como una orquídea, hago de mi cuerpo una cuna, y siento su aliento buscarme por la garganta, bajarme por los pechos. Deja reposar la cabeza un momento en mi vientre, y lo mismo que ese mordisco ha sido algo inesperado, siento ahora la punzada de lo familiar: esto es lo que hacía todas las noches, como un ritual, cuando estaba embarazada.

Se mueve otra vez. Se eleva sobre mí, como un segundo sol, y me llena de luz y calor. Somos como un estudio de contrastes, de lo duro a lo suave, de lo claro a lo oscuro, de lo frenético a lo calmado, y sin embargo hay algo en la forma en que encajamos que me hace comprender que ninguno de los dos estaría del todo bien sin el otro. Somos una cinta de Möbius, dos cuerpos continuos, un laberinto imposible.

—Vamos a perderla —digo en un susurro, y ni siquiera sé si estoy hablando de Kate o de Anna.

Brian me besa.

—Para —dice.

No volvemos a decir nada. Es lo más seguro.

Miércoles

Pero, de esas llamas,
no hay luz visible, más bien oscuridad visible.

John Milton
El Paraíso Perdido

JULIA

Izzy está sentada en la sala de estar cuando vuelvo de mi carrera matutina.

—¿Estás bien? —me pregunta.

—Sí. —Me desato las zapatillas mientras me seco el sudor de la frente—. ¿Por qué?

—Porque la gente normal no sale a hacer *jogging* a las cuatro y media de la mañana.

—Bueno, tenía energías que quemar.

Entro en la cocina, pero la cafetera que he programado para tener a punto mi café de avellanas no ha hecho su trabajo. Compruebo la clavija y pulso algunos botones, pero el diodo luminoso está apagado.

—Maldito cacharro —digo, arrancando el cable de la pared de un tirón—. No es tan viejo para que se dañe.

Izzy viene y manipula el sistema.

—¿Aún está en garantía?

—No sé. Me da igual, lo único que sé es que cuando pagas para que te hagan café se supone que debería hacerte una taza de café; mereces tener tu maldita taza de café.

Dejo caer con tal fuerza el recipiente de cristal vacío que se rompe en la pila. Luego me dejo caer, apoyada contra los armarios de la cocina, y me pongo a llorar.

Izzy se arrodilla junto a mí.

—¿Qué ha hecho él?

—Exactamente lo mismo, Iz —digo entre dos sollozos—. Soy tan rematadamente estúpida.

Me pasa los brazos alrededor del cuello.

—¿Aceite hirviendo? —sugiere—. ¿Botulismo? ¿Castración? Elige.

Eso me hace sonreír un poco.

—Tú también lo harías.

—Sólo porque tú lo harías por mí.

Me apoyo contra el hombro de mi hermana.

—Creía que un rayo no caía dos veces en el mismo sitio.

—Ya lo creo que cae —dice Izzy—. Pero sólo si eres lo bastante tonta para moverte.

La primera persona que me saluda al llegar a los tribunales a la mañana siguiente no es una persona, sino el perro, Juez. Sale disparado de detrás de una esquina con las orejas gachas, escapando sin duda del elevado volumen de la voz de su amo.

—Eh —le digo, apaciguándolo, pero Juez no quiere oír hablar. Me engancha del faldón de la chaqueta del traje (Campbell pagará la factura de la tintorería en seco, lo juro), y tira de mí para hacerme entrar en combate.

Oigo a Campbell antes de doblar la esquina.

—He perdido el tiempo y recursos humanos, ¿y sabes una cosa? Que eso no es lo peor. He perdido la buena opinión que tenía de un cliente.

—Sí, bueno, pero no te creas que eres el único que se ha equivocado —le replica Anna—. Te contraté a ti porque pensaba que tenías agallas. —Me da un empujón al pasar—. Tonterías —masculla entre dientes.

En ese momento recuerdo cómo me sentí cuando me desperté sola en aquel barco: decepcionada, a la deriva. Enfadada conmigo misma por haberme dejado llevar hasta aquella situación.

¿Por qué demonios no me enfadé con Campbell?

Juez salta sobre Campbell, arañándole a la altura del pecho con las pezuñas.

—¡Baja! —le ordena, y al volverse me ve—. Tú no tenías por qué escuchar todo esto.

—Apuesto a que no.

Se deja caer en una silla sin brazos, en la sala de reuniones, y se pasa la mano por la cara.

—No quiere declarar como testigo.

—Pero, bueno, Campbell, por el amor de Dios. Si no es capaz de enfrentarse a su madre en la sala de estar de su casa, mucho menos en un interrogatorio. ¿Qué esperabas?

Levanta la vista, penetrante.

—¿Qué piensas decirle a DeSalvo?

—¿Me lo preguntas por Anna o porque tienes miedo de perder el caso?

—Gracias, pero ya descargué mi conciencia en Cuaresma.

—¿No vas a preguntarte por qué una chica de trece años se ha ido de tu lado con tal berrinche?

Hace una mueca.

—Oye, Julia, ¿por qué no dejas de meterte donde no te llaman y me arruinas el caso, que es lo que pensabas hacer antes que nada y en primer lugar?

—Éste no es tu caso, sino el de Anna. Aunque entiendo muy bien por qué tú ves las cosas de otro modo.

—¿Qué se supone que pretendes decir con eso?

—Son unos cobardes. Tienen los dos una endemoniada tendencia a huir de ustedes mismos —le digo—. Comprendo cuáles son las consecuencias de las que Anna tiene tanto miedo. Pero ¿y tú?

—No sé de qué me estás hablando.

—Ah, ¿no? ¿Qué se ha hecho de tus gracias? ¿O es que es demasiado difícil bromear sobre algo que te toca tan de cerca? Huyes cada vez que alguien se te acerca demasiado. Eso está muy bien si Anna no es más que un cliente, pero, en el mismo momento en que se convierte en alguien que te importa, ya te ves en un aprieto. Y en cuanto a mí, ¡ja!, un polvo rápido está muy bien, pero dejarte implicar emocionalmente, eso ya es otro cantar. La única relación que tienes es con tu perro e incluso eso es un enorme secreto de Estado.

—Te estás pasando de la raya, Julia...

—No, ni hablar, probablemente sea la única persona cualificada para hacerte saber con detalle el mequetrefe que eres. Pero eso ya te va bien, ¿no? Porque si todos piensan que eres un cretino, nadie se va a molestar en acercarse demasiado. —Me quedo mirándolo un poco más—. Es desalentador saber que alguien más es capaz de ver en tu interior, ¿no es así, Campbell?

Se levanta, con expresión adusta.

—Tengo un caso que defender.

—Adelante —le digo—. Pero asegúrate de que separas la justicia del cliente que la necesita. Si no, ¡Dios nos libre!, a lo mejor descubres que tienes un corazón que late.

Me marcho, antes de ponerme en evidencia más aún, y oigo la voz de Campbell a mis espaldas.

—Julia. Eso no es verdad.

Cierro los ojos, y contra mi primer impulso, me vuelvo.

Se queda dubitativo.

—El perro. Yo...

Pero, sea lo que sea lo que está a punto de reconocer, se ve interrumpido por la aparición de Vern en la puerta.

—Tienes al juez DeSalvo en pie de guerra —interrumpe—. Llegas tarde, y la máquina se ha quedado sin café con leche.

Miro a Campbell a los ojos, esperando que acabe la frase.

—Eres mi próximo testigo —dice sin alterar la voz, y el momento se ha desvanecido antes de que pueda recordar siquiera que ha existido.

Campbell

Es cada vez más y más duro ser un hijo de puta.

Cuando entro en la sala me tiemblan las manos. En parte es, por supuesto, por la misma historia de siempre. Pero en parte tiene que ver también con el hecho de que mi cliente está tan receptiva como un pedrusco a mi lado y con que la mujer por la que estoy loco es la persona a la que estoy a punto de hacer subir al estrado. Lanzo una mirada a Julia al entrar el juez. Ella mira ostensiblemente a otro lado.

Se me cae rodando el bolígrafo de la mesa.

—Anna, ¿me lo puedes coger?

—No sé. Quizá sea una pérdida de tiempo y de recursos humanos, ¿no? —dice, y el maldito bolígrafo se queda en el suelo.

—¿Está preparado para llamar a su siguiente testigo, señor Alexander? —me pregunta el juez DeSalvo, pero antes de poder pronunciar siquiera el nombre de Julia, Sara Fitzgerald solicita acercarse al banquillo.

Me preparo para una nueva complicación, convencido de que mi abogada rival no va a defraudarme.

—La psiquiatra a la que he solicitado llamar como testigo tiene un compromiso en el hospital esta tarde. ¿Le parece bien a este tribunal si nos saltamos el orden para escuchar su testimonio?

—¿Señor Alexander?

Me encojo de hombros. Para mí viene a ser un aplazamiento de la sentencia, así que me siento junto a Anna, mientras veo subir al estrado a una pequeña mujer de piel oscura con un moño retorcido, diez grados demasiado tenso para su rostro.

—Díganos por favor su nombre y dirección, para el registro —comienza Sara.

—Doctora Beata Neaux —dice la psiquiatra—. 1250 Orrick Way, Woonsocket.

«Doctora No».* Miro en torno, pero al parecer soy el único fan de James Bond. Cojo un cuaderno de notas oficial y le escribo una nota a Anna: «Si se casa con el doctor Chance, será la doctora Neaux-Chance».**

Una sonrisa aflora en la comisura de los labios de Anna. Recoge el bolígrafo caído en el suelo y me escribe como respuesta: «Si se divorcia y se casa luego con el señor Buster, será la doctora Neaux-Chance-Buster».***

Nos reímos los dos, y el juez DeSalvo carraspea y nos mira.

—Perdón, señoría —digo.

Anna me pasa otra nota: «Todavía estoy muy enfadada contigo».

Sara se acerca a su testigo.

—¿Podría explicarnos, doctora, cuál es su especialidad?

—Soy psiquiatra infantil.

—¿Cómo conoció a mis hijos?

La doctora Neaux mira a Anna.

—Hace unos siete años trajo usted a su hijo Jesse por ciertos problemas de conducta. Después fui conociendo a los demás, los he visto en varias ocasiones y he hablado con ellos sobre diversas cuestiones que han ido surgiendo.

* Neaux, apellido de origen francés, se pronuncia «no». *(N. de la ed.)*

** *Chance* significa «oportunidad». Siguiendo el juego de palabras anterior, *Neaux-Chance* significaría «sin oportunidad». *(N. de la ed.)*

*** Buster significa «macho», por lo que Neaux-Chance-Buster significaría «macho sin oportunidad». *(N. de la ed.)*

—Doctora, la llamé la semana pasada y le pedí que preparara un informe en el que expresara su opinión de experta acerca de los daños psicológicos que podría sufrir Anna si su hermana muriera.

—Sí. De hecho he realizado una pequeña investigación. Hubo un caso similar en Maryland en el que se le pidió a una niña que fuera donante en beneficio de su hermana gemela. El psiquiatra que examinó a las gemelas descubrió que había una identificación tan grande entre ambas que si se obtenía el éxito esperado, redundaría en un beneficio inmenso para el donante. —Mira a Anna—. En mi opinión, se enfrentan en este caso a una serie de circunstancias similar. Entre Anna y Kate existe una afinidad muy estrecha, y no sólo genéticamente hablando. Viven juntas. Pasan tiempo juntas. Han pasado su vida juntas, literalmente. El hecho de que Anna done un riñón que sirva para salvar la vida de su hermana es un regalo extraordinario... y no sólo para Kate. Porque Anna continuará formando parte de la familia intacta que la define, en lugar de convertirse en una familia que haya perdido a uno de sus miembros.

Es tal la cantidad de tonterías y de verborrea psicológica que apenas puedo seguir escuchando, pero, ante mi asombro, el juez parece estar tomándoselo con mucha seriedad. También Julia inclina la cabeza, con el ceño ligeramente fruncido. ¿Seré la única persona en la sala con el cerebro en buen estado?

—Es más —continúa la doctora Neaux—, hay varios estudios que señalan que los niños que han sido donantes tienen una mayor autoestima y se sienten más importantes en el seno de la estructura familiar. Se consideran a sí mismos superhéroes, porque han sido capaces de hacer algo que nadie más era capaz de hacer.

Es la descripción más alejada a la realidad de Anna Fitzgerald que he oído en mi vida.

—¿Cree que Anna es capaz de tomar sus propias decisiones en materia de salud? —pregunta Sara.

—Rotundamente no.

Vaya una sorpresa.

—Sea cual sea la decisión que tome, influirá en la familia entera —dice la doctora Neaux—. Es algo en lo que no dejará de pensar mientras reflexione sobre su decisión, por lo cual ésta nunca será por completo independiente. Además, sólo tiene trece años. Desde el punto de vista de su desarrollo personal, su cerebro aún no está preparado para ver las consecuencias a tan largo plazo, por lo que cualquier decisión que tome se basará en consideraciones acerca del futuro más inmediato.

—Doctora Neaux —interviene el juez— ¿cuál sería su consejo en el caso que nos ocupa?

—Anna necesita la guía de otra persona con más experiencia en la vida... alguien que piense en lo mejor para ella. Estoy contenta de trabajar con la familia, pero los padres necesitan ser padres; en este caso... porque los hijos no pueden asumir ese papel.

Cuando Sara me cede el turno de su testigo, entro a matar.

—¿Está pidiéndonos que creamos que donar un riñón va a reportarle a Anna toda una serie de fabulosos beneficios psicológicos?

—Correcto —dice la doctora Neaux.

—¿No es razonable también pensar entonces que si después de donar el riñón su hermana muere como resultado de la operación, entonces Anna sufrirá un trauma psicológico muy importante?

—Creo que sus padres le ayudarían a racionalizarlo.

—¿Qué me dice del hecho que Anna diga que no quiere seguir siendo donante? —señalo—. ¿No le parece importante?

—Sí, desde luego. Pero, como ya he dicho, el estado actual de la mente de Anna está orientado hacia las consecuencias a corto plazo. Ella no sabe valorar el alcance real de tal decisión.

—¿Quién lo sabe? —le pregunto—. La señora Fitzgerald no tiene trece años, pero, por lo que se refiere a la salud de Kate, vive cada día que pasa sin saber lo que sucederá al siguiente, ¿no le parece?

La psiquiatra asiente a regañadientes.

—Podría decirse que ella define su propia capacidad para ser una buena madre en función de cuidar de la salud de Kate. De hecho, si sus acciones mantienen a Kate con vida, ella se beneficia también psicológicamente.

—Por supuesto.

—La señora Fitzgerald estaría mucho mejor en una familia que incluyera a Kate. Es más, me aventuraría a decir que no todas las decisiones que toma en su vida son independientes, sino que están matizadas por los temas que conciernen a la salud de Kate y a sus cuidados.

—Es probable.

—Entonces, y siguiendo su propio razonamiento —concluyo— ¿no es cierto que Sara Fitzgerald aparece, siente y actúa como una donante para Kate?

—Bueno...

—Sólo que ella no ha donado su propia médula y su propia sangre, sino las de Anna.

—Señor Alexander —me avisa el juez.

—Y si Sara encaja en el perfil psicológico de la personalidad de un donante estrechamente relacionado con el paciente que no puede tomar decisiones independientes, entonces, ¿por qué va a ser ella más capaz de tomar esa decisión en lugar de Anna?

Por el rabillo del ojo puedo ver el rostro estupefacto de Sara. Oigo al juez golpear con el martillo.

—Tiene usted razón, doctora Neaux... los padres necesitan ser padres —digo—. Pero en ocasiones no basta con eso.

Julia

El juez DeSalvo estipula un descanso de diez minutos. Dejo en el suelo mi pequeña mochila de tela guatemalteca y me pongo a lavarme las manos cuando se abre la puerta de uno de los compartimentos de los servicios. Sale Anna, que se queda dudando unos segundos, hasta que abre el grifo del lavabo junto al mío.

—Hey —le digo.

Anna coloca las manos bajo el secador. El aire no sale, el sensor no ha detectado sus manos, no sé por qué. Ella vuelve a mover los dedos bajo el aparato, mirándolos, como si quisiera cerciorarse de que no es invisible. Le da un golpe al utensilio de metal.

Al inclinarme yo y poner la mano debajo, un chorro de aire caliente irrumpe contra mi palma. Compartimos esa modesta calidez, como vagabundos alrededor de una caldera panzuda.

—Campbell me ha dicho que no quieres testificar.

—No tengo ganas de hablar del tema —dice Anna.

—Verás, a veces para conseguir lo que más quieres, tienes que hacer lo que menos te gusta.

Ella apoya la espalda contra la pared del lavabo y se cruza de brazos.

—¿Murió alguien y te reencarnaste en Confucio? —Anna se vuelve y se agacha para recogerme la mochila—. Me gusta. Cuántos colores.

La cojo y me la paso por el hombro.

—Cuando estuve en Sudamérica vi muchas ancianas tejiendo este tipo de cosas. Hacen falta veinte carretes de hilo diferentes para hacer este diseño.

—Me encanta, de verdad —dice Anna, o eso es lo que me ha parecido entender, porque cuando ha acabado de decirlo ya ha salido del cuarto de baño.

Observo las manos de Campbell. Las mueve mucho cuando habla, casi parece como si se sirviera de ellas para puntualizar lo que está diciendo. Pero le tiemblan un poco, lo que atribuyo al hecho de que no sabe lo que yo voy a decir.

—Como tutora ad litem —me pregunta—, ¿cuál sería su recomendación en el caso que nos ocupa?

Hago una profunda inspiración y miro a Anna.

—Lo que veo aquí es a una joven que se ha pasado la vida sintiendo una responsabilidad enorme por el bienestar de su hermana. De hecho, ella sabe que la trajeron a este mundo para cargar con esa responsabilidad. —Miro a Sara, sentada a su mesa—. Creo que su familia, cuando concibieron a Anna, tenían la mejor de las intenciones. Querían salvar la vida de su hija mayor, pensando que Anna sería un nuevo y valioso miembro para la familia, no tan sólo por su aportación desde el punto de vista genético, sino también porque querían amarla también a ella y velar por su crecimiento. —Me vuelvo entonces hacia Campbell—. También comprendo el modo en que esta familia convirtió en algo crucial el hecho de hacer cualquier cosa, todo lo humanamente posible, por salvar la vida de Kate. Cuando quieres a alguien, harías cualquier cosa por que siga a tu lado.

De pequeña solía despertarme en mitad de la noche y me ponía a recordar los sueños más locos: que volaba, que me quedaba encerrada en una fábrica de chocolate, que era la reina de una isla del Caribe. Me despertaba con el olor a frangipani en el pelo o con nubes atrapadas en el dobladillo del camisón, hasta que me daba cuenta de que estaba en otro lugar diferente. Y por mucho que me esforzara, aunque volviera a dormirme, no conseguía regresar a la fábrica del sueño que acababa de tener.

En una ocasión, la noche en que Campbell y yo estuvimos juntos, me desperté entre sus brazos. Él dormía aún. Tracé la geografía de su rostro: desde los riscos de los pómulos hasta el torbellino de la oreja, pasando por las marcas de reír junto a la boca. Entonces cerré los ojos y por vez primera en mi vida volví a sumirme en el mismo sueño, en el mismo lugar que acababa de abandonar.

—Por desgracia —digo al tribunal—, también hay un momento en que uno debe detenerse y decirse a sí mismo que ha llegado el momento de no seguir adelante.

Durante un mes después de dejarme Campbell no me levantaba de la cama más que cuando estaba obligada a ir a misa o a sentarme a la mesa. Dejé de lavarme el pelo. Tenía unas oscuras ojeras bajo los ojos. Izzy y yo, a primera vista, teníamos un aspecto completamente diferente.

El día en que reuní el valor necesario para levantarme de la cama por voluntad propia, fui a Wheeler y me paseé por el embarcadero, procurando mantenerme oculta con cuidado hasta que me encontré con un muchacho del equipo de vela, un estudiante de verano, que estaba sacando a navegar uno de los botes de la escuela. Tenía el pelo rubio, en contraste con el de Campbell, moreno. Era fornido, en lugar de alto y delgado. Fingí que necesitaba que me llevaran a casa.

Al cabo de una hora me lo había tirado en el asiento trasero de su Honda.

Lo hice porque si había otro, dejaría de oler a Campbell en la piel y a notar su gusto en el interior de los labios. Lo hice porque me había sentido tan vacía por dentro que tenía miedo de salir volando, como un globo de helio, tan alto que no se ve el menor atisbo de color.

Sentí a ese muchacho cuyo nombre no tenía por qué preocuparme en recordar, gruñendo y moviéndose dentro de mí, tan vacía y lejos estaba. Y de repente supe lo que les pasaba a tantos globos perdidos: eran los amores que se nos escapan de entre los dedos, las miradas vacías que se elevan en todo cielo nocturno.

* * *

—Cuando me encargaron este cometido hace dos semanas —le explico al juez— y empecé a conocer la dinámica de esta familia, me pareció que lo mejor para Anna era su emancipación médica. Pero entonces me di cuenta de que estaba haciendo juicios similares a los que hacen todos los miembros de esta familia... basados únicamente en los efectos fisiológicos, en lugar de tener en cuenta los efectos psicológicos. Lo más fácil a la hora de plantearse tomar una decisión es imaginarse lo que es más correcto para Anna desde un punto de vista médico. En pocas palabras: no es lo mejor para Anna donar órganos y sangre que no le reportan a ella beneficios médicos pero que prolonga la vida de su hermana.

Veo chispear los ojos de Campbell. Este apoyo inesperado le ha sorprendido.

—Es difícil dar con una solución adecuada... porque, aunque es posible que ser donante de su hermana no sea lo mejor para Anna, su propia familia es incapaz de tomar decisiones objetivas al respecto. Si la enfermedad de Kate es un tren sin frenos, resulta que todo el mundo reacciona a medida que se producen las crisis, imaginando cuál es el mejor modo de llevarlo hasta la siguiente estación. Y siguiendo con la misma analogía, la presión de sus padres representa un cambio de agujas: Anna no es lo bastante fuerte, ni mental ni físicamente, para seguir sus propias decisiones, y menos conociendo los deseos de sus padres.

El perro de Campbell se incorpora y se pone a gemir. Distraída, me vuelvo hacia el ruido. Campbell aparta el hocico de Juez, sin apartar sus ojos de mí en ningún momento.

—No veo a nadie en la familia Fitzgerald capaz de tomar decisiones imparciales por lo que respecta a la salud de Anna —admito—. Ni sus padres, ni la propia Anna.

El juez DeSalvo me mira con el entrecejo fruncido.

—Entonces, señora Romano —me pregunta—, ¿cuál es su recomendación ante este tribunal?

Campbell

No va a vetar la petición.

Éste es mi primer pensamiento de incredulidad: que mi defensa aún no ha sido pasto para las llamas, incluso después del testimonio de Julia. Mi segundo pensamiento es que Julia está tan destrozada en relación con este caso y con lo que se le ha hecho a Anna como yo, sólo que ella lo ha expuesto a la luz para que todo el mundo lo vea.

Juez ha elegido justo este momento para fastidiar como un dolor de muelas. Me clava los dientes en la chaqueta y se pone a tirar de ella, pero que me cuelguen si consiento en interrumpir la declaración de Julia antes de que se haya acabado.

—Señora Romano — pregunta DeSalvo— ¿cuál sería su recomendación ante este tribunal?

—No lo sé —dice ella con suavidad—. Lo siento. Es la primera vez que desempeño la función de tutora ad litem sin ser capaz de emitir una recomendación; sé muy bien que eso no es aceptable. Pero es que por un lado están Brian y Sara Fitzgerald, que lo único que han hecho ha sido elegir por amor entre las opciones que se han ido presentando a lo largo de las vidas de sus hijas. Desde este punto de vista, no parece que las decisiones que han tomado hayan sido las erróneas... aunque no se pueda decir que hayan sido las decisiones acertadas para ambas hijas.

Se vuelve hacia Anna. Puedo sentirla junto a mí sentada un poco más erguida, más orgullosa.

—Por otro lado está Anna, quien después de trece años se pone de pie por sí misma... corriendo el riesgo de perder a la hermana a la que quiere. —Julia sacude la cabeza—. Es una decisión salomónica, señoría. Sólo que lo que me pide no es que parta por la mitad a un bebé, sino a una familia.

Al notar un tirón en el otro brazo, me dispongo a darle un manotazo al perro para apartarlo, pero entonces me doy cuenta de que esta vez se trata de Anna.

—Está bien —dice en un susurro.

El juez DeSalvo le dice a Julia que puede bajar del estrado.

—Está bien, ¿el qué? —le digo también en voz baja.

—Que sí, que hablaré —dice Anna.

Me quedo mirándola con incredulidad. Juez se ha puesto a gemir otra vez y me golpea el muslo con el hocico, pero no puedo arriesgarme a pedir un descanso. Lo único que necesita Anna para cambiar de opinión es una décima de segundo.

—¿Estás segura?

Pero no me contesta. Se pone de pie, atrayendo sobre ella la atención de la sala entera.

—¿Juez DeSalvo? —Anna respira profundamente—. Tengo algo que decir.

Anna

Déjenme que les hable de la primera vez que tuve que hacer una exposición oral en clase: iba a tercer grado y tenía que hablar de los canguros. Son muy interesantes los canguros. Y no sólo se encuentran en Australia, ¿lo sabían? Como si fueran una especie de mutación evolutiva, tienen los ojos de un ciervo y las inútiles pezuñas de un tiranosaurio rex. Claro que lo más fascinante de los canguros es su bolsa, por supuesto. La cría, al nacer, es poco más que un microbio, pero se las arregla para arrastrarse bajo los pliegues y acurrucarse dentro, mientras su ignorante madre sigue saltando por el campo. Y esa bolsa no es como la que pintan en los dibujos animados del sábado por la mañana, sino que es rosa y está arrugada como la parte interior de nuestros labios y llena de importantes vasos maternos. Les aseguro que no he conocido ninguna cangura que sólo lleve una cría. Siempre aparece algún que otro hermanito, diminuto y gelatinoso, pegado al fondo, mientras sus hermanos mayores arañan a su alrededor con sus enormes pies para buscarse una posición cómoda.

Como pueden ver, me sabía muy bien la lección. Pero cuando ya casi era mi turno, justo en el momento en que Stephen Scarpinio mostraba en alto un modelo en cartón de un lémur, supe que me iba a poner enferma. Me levanté y fui a decirle a la señora Cuthbert que si no me dejaba ir y me hacía quedar a exponer mi trabajo, alguien no lo iba a pasar muy bien.

—Anna —me dijo— si te dices a ti misma que vas a hacerlo bien, lo harás bien.

De modo que cuando Stephen acabó, me levanté. Respiré profundamente.

—Los canguros —dije— son marsupiales que viven únicamente en Australia.

Entonces proyecté un vómito sobre cuatro chicos que habían tenido la mala suerte de sentarse en primera fila.

El resto del curso tuve que soportar que me llamaran Cangu-Ralph.* De vez en cuando siempre había algún chico que viajaba en avión, y luego yo me encontraba en la taquilla una de esas bolsitas para vomitar que dan en los aviones, sujeta con imperdibles en la parte delantera de mi jersey de lana, a modo de bolsa marsupial improvisada. Fui la mayor vergüenza del colegio hasta que Darren Hong se lanzó a capturar la bandera en el gimnasio y le bajó por accidente la falda a Oriana Bertheim.

Les cuento todo esto para que comprendan mi aversión general a hablar en público.

Sólo que ahora, aquí sentada en el estrado de los testigos, hay cosas más temibles aún. No se trata de que me ponga nerviosa, como cree Campbell. Tampoco es que me dé miedo quedarme muda. Lo que temo es hablar demasiado.

Al mirar a la sala veo a mi madre, sentada en su mesa de abogado, y a mi padre, que me observa con el más leve esbozo de sonrisa. Y de pronto no puedo creer que se me haya ocurrido pensar que podía llegar a pasar por todo esto. Estoy sentada en el borde de la silla, a punto de pedir perdón por haberle hecho perder el tiempo a todo el mundo y echar a correr... cuando me doy cuenta de que Campbell tiene un aspecto verdaderamente calamitoso. Está sudando y tiene las pupilas tan dilatadas que parecen lunas embutidas en el rostro.

* Además del nombre propio, en inglés coloquial, especialmente entre adolescentes, el verbo *to ralph* significa vomitar. *(N. de la ed.)*

—Anna —me pregunta Campbell— ¿quieres un vaso de agua?

Lo miro y pienso: «¿No lo querrás tú?»

Lo que quiero es irme a casa. Quiero huir a algún lugar en el que nadie conozca mi nombre y pueda aparentar ser la hija adoptada de un millonario, heredera de un emporio empresarial de pasta de dientes, o una estrella japonesa del pop.

Campbell se vuelve hacia el juez.

—¿Puedo hablar un momento con mi cliente?

—Está usted en su casa —dice el juez DeSalvo.

Así que Campbell se sube al estrado de los testigos y se inclina sobre mí tan cerca que sólo yo puedo oírle.

—Cuando era pequeño tenía un amigo que se llamaba Joseph Balz —me dice susurrando—. Imagínate si la doctora Neaux se hubiera casado con él.

Cuando se aparta yo aún sigo sonriendo y pensando que tal vez, sólo tal vez, pueda aguantar allí arriba un dos o tres minutos.

El perro de Campbell se está volviendo loco, ése sí que necesita un poco de agua o lo que sea, a juzgar por su aspecto. Y yo no he sido la única en darme cuenta.

—Señor Alexander —dice el juez DeSalvo— por favor, controle a su animal.

—No, Juez.

—Perdón, ¿cómo ha dicho?

Campbell se pone rojo como un tomate.

—Se lo decía al perro, señoría, como me ha pedido. —Se vuelve hacia mí—. Anna, ¿qué te llevó a interponer esta demanda?

Una mentira, como probablemente sepan, tiene un regusto propio y especial. Basto, amargo y nunca muy agradable, como cuando te metes en la boca un bombón con relleno esperando que se te llene de caramelo y te encuentras en su lugar sabor de limón.

—Ella me lo pidió —digo las cuatro primeras palabras que van a convertirse en una avalancha.

—¿Quién pidió qué?

—Mi mamá —digo, mirando los zapatos de Campbell—.

Un riñón. —Bajo la mirada, me miro la falda, cojo un hilo con la punta de los dedos. Puede que si estiro lo desenrede todo.

Hace unos dos meses a Kate le diagnosticaron una insuficiencia renal. Se cansaba con facilidad, había perdido peso, retenía agua y padecía frecuentes vómitos. Se buscó la causa en toda una serie de cosas: anomalías genéticas, inyecciones de hormona de factor de crecimiento estimulador de colonias granulocito-macrófago que Kate había recibido anteriormente para favorecer la producción de médula, estrés generado por otros tratamientos. La sometieron a diálisis para liberarla de las toxinas que pululaban por su corriente sanguínea. Hasta que la diálisis dejó de funcionar.

Una noche, mi madre entró en nuestra habitación, cuando Kate y yo estábamos pasando el rato sin más. Mi padre venía con ella, lo que significaba que el tema era algo más grave que hablar de quién se ha dejado abierto otra vez el grifo del lavabo.

—He estado informándome de algunas cosas por Internet —dijo mi madre—. Los clásicos trasplantes de órganos no requieren ni con mucho una recuperación tan difícil como los trasplantes de médula ósea.

Kate me miró y cambió el CD. Ambas sabíamos adónde llevaba todo eso.

—Un riñón no se compra en una tienda Kmart.

—Ya lo sé. Resulta que para ser donante de riñón lo único que se necesita es tener un par de proteínas HLA compatibles... y no las seis. He llamado al doctor Chance para preguntarle si yo podía ser compatible contigo y me ha dicho que en casos normales probablemente podría serlo.

Kate ha captado las palabras clave:

—¿En casos normales?

—Que no es el tuyo. El doctor Chance piensa que rechazarías un órgano procedente del fondo general de donantes, aunque sólo sea porque tu cuerpo ya ha pasado por muchas pruebas. —Mi madre bajó la vista, mirando la alfombra—. Él no recomendaría el trasplante a no ser que el riñón fuera de Anna.

Mi padre sacudió la cabeza en señal de negación.

—Eso es cirugía invasiva —dijo con calma—. Para las dos.

Me puse a pensar en todo eso. ¿Tendría que ir al hospital? ¿Me dolería? ¿Se puede vivir con un solo riñón?

¿Qué pasaría si acababa con insuficiencia renal cuando tuviera, pongamos, setenta años? ¿Dónde conseguiría entonces un riñón de sobra para mí?

Antes de poder plantear ninguna de aquellas cuestiones, fue Kate la que habló.

—No pienso volver a pasar por todo eso, ¿bueno? Ya estoy harta de hospitales, de quimio, de rayos y de todo lo demás. Déjenme en paz de una vez, ¿quieren?

Mi madre se quedó blanca.

—Está bien, Kate. Adelante, ¡suicídate entonces!

Ella volvió a ponerse los auriculares, subiendo tanto el volumen de la música que podía escucharse.

—No se trata de suicidarse —dijo— cuando ya te estás muriendo.

—¿Le dijiste a alguien en algún momento que no querías ser donante? —me pregunta Campbell, mientras su perro se pone a dar vueltas en círculo al frente de la sala.

—Señor Alexander —dice el juez DeSalvo— voy a tener que llamar a un guardia para que se lleve su... mascota.

Tiene razón, el perro está totalmente fuera de control. Se ha puesto a ladrar y a dar saltos apoyando las patas delanteras en Campbell, sin dejar de dar esos círculos cerrados. Campbell hace caso omiso a ambos jueces.

—Anna, ¿decidiste tú sola entablar este pleito?

Ya sé por qué me lo pregunta: quiere que todo el mundo sepa que soy capaz de tomar decisiones difíciles. Y yo tengo incluso la mentira preparada, atrapada entre los dientes y retorciéndose como una serpiente. Pero lo que tengo intención de decir no es lo que aflora de labios para fuera.

—Bueno, alguien me convenció más o menos.

Para mis padres eso es toda una noticia, por supuesto. Clavan los ojos en mí. También es una novedad para Julia, que profiere un pequeño sonido. Y es nuevo para Campbell, que se pasa la mano por la cara, derrotado. Esto es exactamente por lo que es mejor quedarse callada: es menos probable que fastidies tu vida y la de los demás.

—Anna —dice Campbell— ¿quién te convenció?

Me siento muy pequeña sentada en esta silla, en este país, en este planeta solitario. Entrelazo los dedos, guardando en los cuencos de las palmas el único sentimiento que he conseguido evitar que salga huyendo: el remordimiento.

—Kate.

La sala entera se sume en el silencio. Antes de poder decir nada más, cae, fulminante, el rayo que había estado esperando desde el principio. Me quedo encogida, pero resulta que el estruendo que he oído no es la tierra abriéndose para tragarme entera. Es Campbell, que se ha caído al suelo, mientras su perro le mira con una expresión humana que dice: «Ya te lo había dicho.»

Brian

Si alguien viajase por el espacio durante tres años y regresara, en la Tierra habrían pasado cuatrocientos años. Yo no soy más que un astrónomo de salón, pero tengo la extraña sensación de haber vuelto de un viaje a un mundo en el que ninguna cosa tiene mucho sentido. Creía haber escuchado a Jesse, pero resulta que no lo he escuchado en absoluto. He escuchado con mucha atención a Anna y sin embargo parece que faltara una pieza. Intento rebuscar entre las pocas cosas que ha dicho, siguiéndoles la pista y tratando de encontrarles un sentido, del mismo modo tal vez en que los griegos encontraban cinco puntos en el cielo y decidían que formaban el cuerpo de una mujer.

Entonces es cuando me asalta la intuición: he estado mirando hacia el lugar equivocado. Los aborígenes de Australia, por ejemplo, al mirar entre las constelaciones de los griegos y los romanos el fondo negro del cielo encuentran un emú escondido bajo la Cruz del Sur, en un espacio en el que no hay estrellas. Pueden contarse tantas historias de las zonas negras como de las brillantes.

O al menos eso es lo que pienso cuando el abogado de mi hija se cae al suelo en pleno ataque epiléptico.

Ventilación, respiración, circulación. La ventilación, para alguien que ha sufrido un ataque, es lo principal. Me lanzo hacia la puerta del pasillo, luchando con el perro para que me deje pasar, pues se ha plantado como un centinela junto al cuerpo convulso de Campbell Alexander. El letrado entra en la fase tónica con un grito, mientras se fuerza el aire a salir por la contracción de los músculos respiratorios. Yace, rígido, en el suelo. Entonces se inicia la fase clónica, y sus músculos se disparan al azar, de forma repetida. Lo vuelvo de costado, por si vomita, mientras busco algo para colocárselo entre las mandíbulas, con el fin de que no se muerda la lengua, cuando sucede algo de lo más sorprendente. El perro tumba el maletín de Alexander y saca de él algo que podría parecer un hueso de goma pero que en realidad es un protector dental, y luego lo deja caer en mi mano. Como si lo viera desde muy lejos soy vagamente consciente de que el juez está cerrando la sala del tribunal. Le digo a gritos a Vern que llame a una ambulancia.

Julia se ha puesto a mi lado al instante.

—¿Está bien?

—Se pondrá bien. Ha sufrido un ataque.

Parece que esté a punto de echarse a llorar.

—¿Puedo hacer algo?

—Esperar —le digo.

Alarga la mano con intención de tocar a Campbell, pero la retira.

—No entiendo por qué ha pasado.

Yo no sé si Campbell podría explicarlo. Sí sé que hay cosas que suceden sin que exista una línea directa de antecedentes.

Hace dos mil años el cielo nocturno tenía un aspecto por completo diferente, por eso, cuando lo piensas, las concepciones griegas de los signos estelares, que los relacionan con las fechas de nacimiento, son inadecuadas para nuestra época. A esto se llama la Línea de Precesión: entonces el Sol no estaba en Tauro, sino en Géminis. Si nacías el 24 de septiembre no eras Libra, sino Virgo. Y había una decimotercera constelación zodiacal, la de Ofiuco, el Portador de la Serpiente, que se elevaba entre Sagitario y Escorpio durante tan sólo cuatro días.

¿La razón de este desajuste? Que el eje de la Tierra oscila. La vida no es en absoluto todo lo estable que quisiéramos.

Campbell Alexander vomita sobre la moqueta de la sala, hasta que recobra la conciencia, tosiendo, en las dependencias del juez.

—Con cuidado —le digo, ayudándolo a sentarse—. Nos ha dado un buen susto.

Se aguanta la cabeza con las manos.

—¿Qué ha pasado?

Amnesia, antes y después del suceso; es un fenómeno bastante común.

—Se ha desmayado. Una crisis de epilepsia, diría yo.

Mira el tubo intravenoso que Caesar y yo le hemos puesto.

—No necesito eso.

—Ya le digo yo que sí. Si no se le administran medicamentos contra el ataque, estará otra vez tirado en el suelo en menos de nada.

Aplacado, se recuesta contra el respaldo del sofá y se queda mirando el techo.

—¿Ha sido muy fuerte?

—Muy fuerte —corroboro.

Le da unas palmadas a Juez en la cabeza; el perro no se ha separado de él ni un segundo.

—Buen chico. Culpa mía por no escucharte. —Entonces se mira los pantalones, mojados y apestosos, otro efecto muy común en los ataques de epilepsia—. Mierda.

—De eso se trata, casi. —Le ofrezco unos pantalones de uno de mis uniformes que me he traído del departamento—. ¿Necesita ayuda?

La rechaza con un gesto e intenta quitarse los pantalones con una mano. Sin decir nada le desabrocho la bragueta y lo ayudo a cambiarse. Lo hago sin pensar, igual que le levantaría la blusa a una mujer que necesitara reanimación cardiopulmonar, pero aun así sé que a él le humilla.

—Gracias —dice, poniendo buen cuidado en subirse él la cremallera. Nos quedamos sentados un segundo—. ¿Lo sabe el juez? —Al ver que no contesto, Campbell se tapa la cara con las manos—. Dios santo. ¿Delante de todo el mundo?

—¿Desde cuándo lo oculta?

—Desde que empezó. Tenía dieciocho años. Tuve un accidente de coche y después empezaron los ataques.

—¿Algún trauma cerebral?

Asiente con la cabeza.

—Eso es lo que me dijeron.

Junto las manos entre las rodillas dando una palmada.

—Anna se ha quedado bastante alucinada.

Campbell se restriega la frente.

—Tengo que volver a la sala.

—No tan de prisa.

Al oír la voz de Julia nos volvemos los dos. Se ha quedado de pie en el hueco de la puerta, observando a Campbell como si no le hubiera visto nunca, y supongo que la verdad es que, al menos, nunca le había visto así.

—Voy a... em... voy a ver si los chicos han acabado de rellenar el informe —murmuro, dejándolos a solas.

Las cosas no son siempre lo que parecen. Hay estrellas, por ejemplo, que parecen alfileres brillantes, pero cuando las enfocas con un telescopio descubres que estás mirando un racimo globular: un millón de estrellas que a nosotros se nos presentan como una entidad individual. Hay casos menos espectaculares de tríos, como Alfa Centauro, que vista de más cerca resulta ser una estrella doble con una enana roja muy cerca.

Hay una tribu indígena de África que dice que la vida procede de la segunda estrella de Alfa Centauro, la que nadie puede ver sin el potente telescopio de un observatorio. Si se piensa, los griegos, los aborígenes y los indios de las llanuras vivieron en continentes separados y todos ellos, de forma independiente, observaron el nudo séptuple de las Pléyades y creyeron que eran siete jóvenes muchachas huyendo de algo amenazador.

Piensen lo que quieran.

Campbell

Lo único que podría compararse con las sensaciones posteriores a un ataque de epilepsia es despertarse en mitad de la calle con una resaca después de la madre de todas las fiestas estudiantiles y que te pase un camión por encima. Aunque pensándolo mejor, creo que una crisis epiléptica es peor. Cubierto hasta arriba de mi propia inmundicia, enganchado a los fármacos y descosiéndome por las costuras, así es como estoy cuando Julia se me acerca.

—Ha sido un ataque muy perro —le digo.

—No te rías. —Julia le da la mano a olisquear a Juez. Señala el sofá que hay junto a mí—. ¿Puedo sentarme?

—No es contagioso, si te refieres a eso.

—No, no me refería a eso. —Julia se sienta tan cerca de mí que puedo sentir el calor de sus hombros, a centímetros de los míos—. ¿Por qué no me lo habías dicho, Campbell?

—Por Dios, Julia, si ni siquiera se lo he dicho a mis padres. —Trato de mirar al pasillo por encima de sus hombros—. ¿Dónde está Anna?

—¿Desde cuándo hace que te pasa?

Intento incorporarme, y hasta consigo levantarme dos centímetros antes de que las fuerzas me abandonen—. Tengo que volver.

—Campbell.

Suspiro.

—Desde hace un tiempo.

—¿Un tiempo cuánto es? ¿Una semana?

Sacudiendo la cabeza le digo:

—Un tiempo es dos días antes de graduarnos en Wheeler. —Levanto los ojos hacia ella—. El día en que te llevé a casa lo único que quería era estar contigo. Cuando mis padres me dijeron que tenía que ir a aquella estúpida cena en el club de campo, yo los seguí en mi coche para hacer una rápida escapada... Había planeado volver a tu casa esa noche. Pero mientras iba hacia allí tuve un accidente. No me hice más que unos rasguños, pero aquella noche tuve la primera crisis. Treinta tomografías computerizadas más tarde, los médicos seguían sin poder decirme la verdadera causa, pero me dejaron bastante claro que tendría que vivir con ello el resto de mi vida. —Respiro hondo—. Lo que me hizo comprender que nadie más tendría que hacerlo.

—¿Qué?

—¿Qué quieres que te diga, Julia? No era lo bastante bueno para ti. Tú te mereces algo más que un tarado que puede caerse revolcándose por el suelo y echando espumarajos por la boca en cualquier momento.

Julia se queda completamente callada.

—Deberías haber dejado que formara mi propia opinión.

—¿Cuál habría sido la diferencia? A no ser que hubieras encontrado una gran satisfacción en hacer de perro guardián, como hace Juez cuando me sobreviene un ataque, limpiándome hasta el final de mis días. —Sacudo la cabeza—. Eras tan increíblemente independiente. Un espíritu libre. No quería ser yo el que te arrebatara eso.

—Bueno, si hubiera tenido la opción, quizá no me habría pasado los últimos quince años pensando que había algún problema conmigo.

—¿Contigo? —Me echo a reír—. Pero, mírate, si eres despampanante. Eres más inteligente que yo. Tienes una carrera, estás centrada en la familia y seguro que hasta eres capaz de controlar tu talonario.

—Y estoy sola, Campbell —añade Julia—. ¿Por qué te crees que he tenido que aprender a actuar de forma tan independiente? También me enfurezco con demasiada facilidad y quiero ser el centro de atención y tengo el segundo dedo del pie más largo que el dedo gordo. Mi pelo tiene su propio código cifrado. Además, está comprobado que me vuelvo insufrible cuando tengo el síndrome premenstrual. No quieres a alguien porque sea perfecto —dice—. A las personas las quieres a pesar de que no lo son.

No sé qué responder a eso, es como si después de treinta y cinco años te dijeran que el cielo, que siempre he visto de color azul brillante, en realidad tira más bien a verde.

—Y otra cosa... Esta vez no vas a ser tú el que me deje a mí. Seré yo la que te deje a ti.

Con lo cual me siento aún peor, si es posible. Intento fingir que no me duele, pero no tengo la energía suficiente.

—Está bien, vete.

Julia se me acerca más.

—Eso haré —dice—. Dentro de cincuenta o sesenta años.

Anna

Llamo a la puerta del lavabo de hombres y entro. En una de las paredes hay un urinario muy grande, largo de verdad. En la otra pared, lavándose las manos en un lavabo, está Campbell. Lleva puestos unos pantalones del uniforme de papá. Parece otra persona, como si le hubieran borrado las líneas rectas utilizadas para dibujar su cara.

—Julia me ha dicho que querías verme —le digo.

—Sí, bueno, quería hablar contigo a solas, y todas las salas de reuniones están arriba. Tu padre no cree que esté en condiciones de seguir. —Se seca las manos con una toalla—. Siento lo que ha pasado.

Bien, yo no sé si hay una respuesta amable a eso. Me muerdo el labio inferior.

—¿Era por eso por lo que no podía tocar al perro?

—Sí.

—¿Cómo sabe Juez lo que tiene que hacer?

Campbell se encoge de hombros.

—Se supone que es algo que tiene que ver con los olores o con los impulsos eléctricos, que un animal es capaz de percibir antes que un ser humano. Pero yo creo que es porque nos conocemos muy bien el uno al otro. —Le da a Juez unas palmadas en la nuca—. Siempre me lleva a un lugar seguro antes de que me dé... Por lo general, con unos veinte minutos de margen.

—Y... em... —De repente me siento avergonzada. He estado con Kate cuando se pone muy, muy enferma, pero esto es diferente. Es algo que no esperaba en Campbell—. ¿Por eso aceptaste el caso?

—¿Para que pudiera darme una crisis en público? No, te lo prometo.

—No, no es por eso. —Aparto la mirada—. Porque tú sabes lo que es no poder controlar tu propio cuerpo.

—Tal vez —dice Campbell, pensativo—. Pero necesitaba hacer algunos arreglos en casa.

Si pretende hacer que me sienta mejor, lo hace de un modo patético.

—Ya te dije que no era muy buena idea hacerme testificar.

Me pone la mano en el hombro.

—Vamos, Anna. Si yo soy capaz de volver ahí dentro después del espectáculo que he dado, estoy seguro que tú serás capaz de subir a ese estrado del demonio para contestar unas pocas preguntas más.

¿Cómo puedo rebatir un argumento tan lógico? Así que sigo a Campbell a la sala, donde nada es igual a como era hace apenas una hora. Mientras todo el mundo le mira como si fuera una bomba de relojería ambulante, Campbell se dirige al banquillo y se vuelve hacia la sala en general.

—Lamento profundamente lo sucedido, señor juez —dice—. Lo que hacemos algunos por una pausa de diez minutos, ¿verdad?

¿Cómo puede bromear con una cosa así? Pero entonces me doy cuenta: eso también lo hace Kate. A lo mejor es que cuando Dios te da una discapacidad, se asegura de que tienes también una dosis extra de sentido del humor para quitarle hierro.

—¿Por qué no se toma libre el resto del día, abogado? —le propone el juez DeSalvo.

—No, ya se me ha pasado. Y creo que es importante llegar al fondo de la cuestión. —Se vuelve hacia la secretaria del tribunal—. ¿Podría, em, refrescarme la memoria?

Ella le lee la transcripción y Campbell asiente con la cabeza, pero reacciona como si acabara de oír mis palabras, regurgitadas, por vez primera.

—Está bien, Anna. ¿Dices que fue Kate quien te pidió que interpusieras esta demanda de emancipación médica?

Una vez más me siento morir.

—No exactamente.

—¿Podrías explicárnoslo?

—Ella no me pidió que interpusiera la demanda.

—Entonces, ¿qué fue lo que te pidió?

Lanzo una mirada furtiva a mi madre. Ella lo sabe, tiene que saberlo. No me hagas decirlo en voz alta.

—Anna —insiste Campbell— ¿qué fue lo que te pidió?

Sacudo la cabeza, con los labios apretados, y el juez DeSalvo se inclina hacia adelante.

—Anna, tienes que contestar la pregunta.

—Sí, está bien. —La verdad sale de mí como expulsada, como un río desbocado después de romperse el dique—. Me pidió que la matara.

Lo primero que no estuvo bien es que Kate cerrara la puerta de nuestro dormitorio, que no tenía en realidad cerrojo, por lo cual o bien arrimaba un mueble o bloqueaba la manilla.

—Kate —grité, furiosa, porque venía sudada y cansada del entreno de hockey y quería ir a darme una ducha y cambiarme—. Kate, déjame, eso no está bien.

Supongo que debí armar bastante jaleo, porque volvió a abrir la puerta. Pero había otra cosa que no estaba bien, algo en la habitación. Eché un vistazo, pero todo parecía en su sitio, es más, mis cosas parecían estar en orden, y aun así Kate seguía teniendo el aspecto de acabar de borrar las huellas de un secreto.

—¿Qué problema tienes? —le pregunté, y me metí en el baño, abrí la ducha y lo olí... un olor dulzón y algo fuerte, el mismo olor a bar que tenía asociado con el estudio de Jesse. Me puse a abrir armarios y a rebuscar entre las toallas en busca de la prueba, literalmente, segura de que tenía que haber por algún lado media botella de whisky oculta tras las cajas de tampones.

—Mira por dónde... —dije, blandiéndola y volviendo a la habitación, pensando que tenía un pequeño instrumento de chantaje para utilizar durante algún tiempo en mi provecho, y fue entonces cuando vi a Kate con las pastillas.

—¿Qué haces?

Kate se dio la vuelta sobre la cama.

—Déjame sola, Anna.

—¿Estás loca?

—No —dijo Kate—. Estoy harta de estar esperando algo que tiene que suceder de todas formas. Me parece que ya he amargado la vida de los demás por bastante tiempo, ¿no crees?

—Pero si todo el mundo hace todo lo posible por que vivas. No puedes matarte.

De repente Kate se puso a llorar.

—Ya lo sé. No puedo.

Tardé unos momentos en darme cuenta de que ya lo tenía decidido.

Mi madre se levanta poco a poco.

—No es verdad —dice con una voz fina y quebradiza como el cristal—. Anna, no sé por qué dices eso.

Los ojos se me llenan de lágrimas.

—¿Por qué iba a inventármelo?

Ella se me acerca.

—A lo mejor no lo has entendido bien. O quizá tenía un mal día o estaba melodramática. —Sonríe con esa expresión afligida con que la gente sonríe cuando lo que quiere es llorar—. Porque si hubiera estado tan alterada, me lo habría dicho.

—No podía decírtelo —le contesto—. Tenía mucho miedo de que si se mataba te mataría a ti también. —Me falta el aliento. Siento que me hundo en un pozo de alquitrán. Quiero correr y ha desaparecido el suelo bajo mis pies. Campbell le pide al juez unos minutos para que pueda reponerme, pero no sé si el juez DeSalvo le ha respondido, porque yo estoy llorando tan fuerte que no puedo oírle—. Yo no quiero que se muera, pero sé que ella no quiere vivir así y yo soy la única que puede darle lo que quiere. —No aparto los ojos de mi madre, aunque la veo alejarse de mí—. Yo siempre he sido la única que ha podido darle lo que ella quería.

La siguiente ocasión fue una vez en que mi madre entró en nuestra habitación para hablar del tema de donar el riñón.

—No lo hagas —me dijo Kate cuando salió.

Me la quedé mirando.

—Pero ¿qué estás diciendo? Pues claro que lo voy a hacer.

Nos estábamos desvistiendo, y me di cuenta de que habíamos elegido el mismo pijama, las dos teníamos uno de satén brillante con cerezas estampadas. Al meternos en la cama pensé que era como cuando éramos pequeñas y nuestros padres nos vestían igual porque les parecía muy bonito.

—¿Crees que funcionará? —le pregunté—. ¿Un trasplante de riñón?

Kate me miró.

—Puede. —Se inclinó, con la mano en el interruptor de la luz—. No lo hagas —me repitió, y no fue hasta que oí decírselo por segunda vez cuando entendí lo que de verdad estaba diciendo.

Mi madre se ha puesto de pie, sin respiración, y en sus ojos afloran todos los errores cometidos en su vida. Mi padre se le acerca y le pasa el brazo por los hombros.

—Vamos, siéntate —le susurra en el pelo.

—Señoría —dice Campbell, levantándose—. ¿Puedo?

Se acerca a mí, con Juez pegado a las piernas. Estoy tan temblorosa como él. Pienso en ese perro y en lo que hizo hace una hora. ¿Cómo podía estar tan seguro de qué era lo que Campbell necesitaba y cuándo?

—Anna, ¿quieres a tu hermana?

—Por supuesto.

—¿Y en cambio estabas dispuesta a tomar una decisión que supondría su muerte?

Algo se ilumina en mi interior.

—Era para que no tuviera que volver a pasar por eso nunca más. Creí que era lo que ella quería.

Él se queda callado. Y en ese momento me doy cuenta: lo sabe.

Algo se rompe dentro de mí.

—Y era... también era lo que quería yo.

Estábamos en la cocina, lavando y secando los platos.

—Odias ir al hospital —me dijo Kate.

—Bueno, claro. —Pongo los tenedores y las cucharas limpios en el cajón de los cubiertos.

—Sé que harías lo que fuera por no tener que volver a ir nunca más.

Me quedo mirándola.

—Por supuesto. Porque eso significaría que estarías curada.

—O muerta. —Kate sumergió las manos en el agua jabonosa, teniendo cuidado de no mirarme—. Piénsalo bien, Anna. Podrías ir a los campamentos de hockey. Podrías elegir ir a la universidad en otro país si quisieras. Podrías hacer todo lo que quisieras sin tener que preocuparte más de mí.

Había sacado esos ejemplos de mis propios pensamientos. Noté cómo me ponía roja, avergonzada de tenerlos almacenados en la cabeza a disposición de ser aireados. Si Kate se sentía culpable por ser una carga, entonces yo me sentía dos veces culpable por saber que ella se sentía así. Por saber que yo me sentía así.

No dijimos nada más en aquella ocasión. Yo fui secando lo que ella me iba pasando, tratando ambas de hacer ver que no conocíamos la verdad: que, además de la parte de mí que siempre había deseado que Kate viviera, había esa otra parte horrible que a veces quería ser libre.

Sí, ellos lo han entendido: soy un monstruo. Algunas de las razones por las que interpuse esta demanda me siento orgullosa, por muchas otras, no. Ahora Campbell verá por qué no podía actuar como testigo, no porque me diera miedo hablar delante de los demás, sino por todos estos sentimientos, algunos de los cuales son demasiado horrendos para expresarlos en voz alta. Como que yo quiero que Kate viva, pero que también quiero ser yo misma, y no una parte de ella. Que quiero tener la oportunidad de crecer, aunque Kate no pueda. Que la muerte de Kate sería lo peor que jamás me hubiera pasado... y también lo mejor.

Que, a veces, cuando pienso en todo esto, me odio a mí misma y desearía volver arrastrándome a como era antes, la persona que ellos quieren que sea.

Ahora toda la sala está mirándome, y estoy segura que el estrado de los testigos, o mi piel, o ambas cosas están a punto de explotar. Desde detrás de este lente de aumento, pueden verme hasta lo más profundo de mi podrido corazón. A lo mejor si siguen mirándome acabaré disolviéndome en forma de un humo azul y amargo. A lo mejor desaparezco sin dejar rastro.

—Anna —dice Campbell con calma— ¿qué te hizo pensar que Kate quería morir?

—Me dijo que estaba preparada.

Da unos pasos hasta colocarse justo delante de mí.

—¿No es posible que sea la misma razón por la que te pidió que la ayudaras?

Levanto los ojos lentamente y desenvuelvo el regalo que Campbell acaba de ofrecerme. ¿Y si Kate hubiera querido morir para que yo pudiera vivir? ¿Y si después de tantos años salvándole la vida a Kate, lo único que quería hacer era lo mismo por mí?

—¿Le dijiste a Kate que ibas a dejar de ofrecerte como donante?

—Sí —digo en un susurro.

—¿Cuándo?

—La noche antes de contratarte a ti.

—Anna, ¿qué dijo Kate?

Hasta ahora no me había parado a pensarlo, pero Campbell había desencadenado el recuerdo. Mi hermana se había quedado quieta y callada, tanto que pensé que quizá se hubiera dormido. Y entonces se volvió hacia mí con los ojos desorbitados y una sonrisa que se abría como una falla.

Miro a Campbell.

—Dijo «gracias».

Sara

Ha sido idea del juez DeSalvo hacer una salida de campo, por así decirlo, para hablar con Kate. Cuando llegamos al hospital, está sentada en la cama, viendo la tele con mirada ausente, mientras Jesse hace *zapping* con el mando a distancia. Está muy delgada, con la piel mudada de amarillo, pero consciente.

—¿El hombre de hojalata —dice Jesse— o el espantapájaros?

—El espantapájaros se arrancaría el relleno —dice Kate—. ¿Chyna, de la WWF,* o el cazador de cocodrilos?

Jesse resopla.

—El hombre de los lagartos. Todo el mundo sabe que la WWF es un fraude. —La mira—. ¿Gandhi o Martin Luther King, Jr.?

—No firmarían la renuncia.

—Estamos hablando de *Celebrity Boxing*, de la Fox —dice Jesse—. ¿Qué te hace pensar que se van a molestar en renunciar?

Kate sonríe.

* La WWF es la federación de lucha libre profesional estadounidense más importante. Chyna, cuyo verdadero nombre es Joanie Laurier, formó parte de ella entre 1997 y 2001. *(N. de la ed.)*

—Uno de ellos se sentaría en el ring y el otro se pondría el protector bucal. —En ese momento entro yo—. Eh, mamá —me pregunta— ¿quién ganaría en un hipotético combate de boxeo entre famosos, Marcia o Jan Brady*?

Entonces se da cuenta de que no he venido sola. Mientras el resto del grupo va entrando y haciéndose sitio en la habitación, a ella se le abren los ojos de par en par y se sube el cubrecama. Mira directamente a Anna, pero su hermana aparta la mirada.

—¿Qué pasa?

El juez da un paso al frente, cogiéndome por el brazo.

—Ya sé que quisiera hablar con ella, Sara, pero yo necesito hablar con ella. —Da un paso más, ofreciéndome la mano—. Hola, Kate, soy el juez DeSalvo. ¿Te importaría si hablo contigo unos minutos? A solas —añade, y uno a uno salimos de la habitación.

Yo soy la última en salir. Veo a Kate recostarse contra los almohadones, de pronto exhausta, una vez más.

—Tenía el presentimiento de que vendría —le dice al juez.

—¿Por qué?

—Porque —dice Kate— la cosa siempre acaba volviendo a mí.

Hace unos cinco años, una familia recién llegada compró la casa de enfrente, al otro lado de la calle, y la echaron abajo, con la intención de construir algo diferente. Una simple excavadora y media docena de sacos de escombro fue todo lo que necesitaron. En menos de una mañana, aquella estructura que habíamos visto todas las mañanas al salir de casa había quedado reducida a un montón de cascotes. A uno le parece que una casa es para siempre, cuando lo cierto es que un fuerte vendaval o un martillo de demolición bastan para derruirla. La familia que vive dentro no es muy diferente.

Hoy apenas soy capaz de recordar el aspecto de aquella vieja casa. Cuando salgo por la puerta principal no me acuerdo nunca cuántos meses estuvo vacío el solar de enfrente, consciente de su

* Dos de las hermanas Brady de la serie televisiva *La tribu de los Brady*. *(N. de la ed.)*

ausencia, como un diente que falta. Les llevó su tiempo, sí, a los nuevos propietarios. Al final reconstruyeron una casa.

Cuando el juez DeSalvo sale de la habitación, sombrío y preocupado, Campbell, Brian y yo nos ponemos de pie.

—Mañana —dice—. Sesión final a las nueve de la mañana. —Y, tras señalarle a Vern que le siga con un gesto de cabeza, se va por el corredor.

—Vamos —le dice Julia a Campbell—. Estás a mi merced.

—Ésa no es la palabra. —Pero en lugar de seguirla, se acerca a mí—. Sara —dice con sencillez— lo siento. —Y me hace otro regalo más—: ¿Llevará a Anna a casa?

En cuanto se van, Anna se vuelve hacia mí:

—De verdad que necesito ver a Kate.

Le paso el brazo alrededor.

—Pues claro que puedes.

Entramos las dos, la familia y nadie más, y Anna se sienta en el borde de la cama de Kate.

—Eh —musita Kate, agrandando los ojos.

Anna sacude la cabeza; tarda unos segundos en encontrar las palabras apropiadas.

—Lo he intentado —dice por fin, sin poder liberar la voz, prendida como algodón en espino, mientras Kate le aprieta la mano.

Jesse se sienta al otro lado de la cama. Los tres en un mismo espacio. Me recuerda la foto de postal de Navidad que les hacíamos cada mes de octubre, columpiándolos muy alto sobre las ramas de un arce o subidos a un muro de piedra, un instante congelado para recordar.

—¿Alf o mister Ed*? —dice Jesse.

Las comisuras de los labios de Kate se tuercen hacia arriba.

—El caballo. Octavo asalto.

—Tú ganas.

Finalmente Brian se inclina y le da un beso a Kate en la frente.

* Nombre del caballo parlante que daba nombre a la serie de televisión estadounidense *Mister Ed*, emitida en los años 60. *(N. de la ed.)*

—Que duermas bien, cielo. —Mientras Anna y Jesse salen al vestíbulo, me da también a mí un beso de despedida—. Llámame —dice en voz baja.

Y entonces, cuando se han ido todos, me siento junto a mi hija. Tiene los brazos tan delgados que puedo ver cómo los huesos giran cuando ella se mueve. Sus ojos parecen más viejos que los míos.

—Supongo que tendrás preguntas que hacerme —dice Kate.

—A lo mejor más tarde —replico, sorprendiéndome a mí misma. Me inclino sobre la cama y la sostengo entre mis brazos.

Me doy cuenta entonces de que no tenemos hijos, sino que los recibimos. Y a veces no es por un tiempo tan largo como hubiésemos esperado o deseado. Pero siempre será mucho mejor que no haber recibido a esos hijos nunca.

—Kate —le confieso— lo siento tanto...

Ella se aparta, hasta poder mirarme a los ojos.

—No lo sientas —dice con ferocidad—. Porque yo tampoco lo siento. —Intenta sonreír, lo intenta con todas sus fuerzas—. Ésta ha sido buena, ¿eh, mamá?

Me muerdo el labio, sintiendo el enorme peso de las lágrimas.

—Muy buena, hija —respondo.

Jueves

Un fuego consume el fuego de otro,
Una pena es mitigada por la angustia de otro.

William Shakespeare
Romeo y Julieta

Campbell

Está lloviendo.

Cuando salgo a la sala de estar, Juez tiene la nariz aplastada contra el cristal que ocupa una pared entera del apartamento. Se pone a gimotear a las gotas que bajan zigzagueando.

—No podrás atraparlas —le digo dándole unas palmaditas en la cabeza—. No se puede llegar al otro lado.

Me siento en la alfombra con él, aun sabiendo que tengo que levantarme, vestirme e ir al tribunal, que debería estar repasando mi intervención de clausura una vez más, y no estar aquí sentado sin hacer nada. Pero hay algo en este tiempo lluvioso que resulta hipnótico. Solía ir sentado en el asiento delantero del Jaguar de mi padre y veía cómo las gotas de lluvia se lanzaban a sus misiones kamikaze desde el borde del parabrisas hasta la goma del limpia. A él le gustaba dejar los limpiaparabrisas en posición intermitente, así que el mundo de mi lado del cristal se convertía en un universo líquido por espacios de tiempo. Yo me enfadaba mucho. «Cuando conduzcas tú —me decía mi padre cuando me quejaba— podrás hacer lo que quieras».

—¿Te duchas tú primero?

Julia aparece en el hueco de la puerta del dormitorio, descalza y con una camiseta mía que le llega hasta medio muslo. Retuerce los dedos en la moqueta.

—Ve tú —le digo—. Siempre puedo salir al balcón.

Ella se fija entonces en el tiempo.

—Qué día más feo, ¿eh?

—Un buen día para ser vapuleado en el tribunal —contesto, aunque sin mucha convicción. Hoy no me apetece tener que afrontar la decisión del juez DeSalvo, y por una vez, eso no tiene nada que ver con el miedo a perder el caso. He hecho todo lo que podía, teniendo en cuenta lo que Anna ha reconocido en el estrado. Tengo al menos la esperanza de haber hecho que se sienta mejor en relación con lo que ha hecho. Ya no tiene ese aspecto de niña indecisa; hasta ahí es cierto. Ni egoísta. Ahora parece como cualquiera de nosotros... intentando descubrir exactamente quién es y qué hacer con ello.

Como Anna me dijo una vez, la verdad es que nadie va a ganar. Vamos a pronunciar nuestros alegatos finales y a escuchar la opinión del juez, pero ni siquiera entonces habrá acabado todo.

En lugar de ir al baño, Julia se acerca a mí. Se sienta en el suelo a mi lado con las piernas cruzadas y toca con los dedos la superficie de cristal.

—Campbell —dice— no sé cómo decirte una cosa.

Todo en mi interior se queda inmovilizado.

—Dila de prisa —le sugiero.

—No soporto tu apartamento.

Sigo su mirada, que va de la alfombra gris al sofá negro, a la pared acristalada y a las estanterías de libros barnizadas. Está todo lleno de ángulos y líneas rectas y de arte caro. Está provisto de los artilugios electrónicos más avanzados, y de timbres y avisadores. Es una casa de ensueño, pero no es un hogar para nadie.

—¿Sabes? —le digo—. Yo tampoco.

Jesse

Está lloviendo.

Salgo afuera y me pongo a caminar calle abajo. Paso por delante de la escuela de primaria y atravieso dos cruces. En cinco minutos estoy calado hasta los huesos. Entonces es cuando me pongo a correr. Corro tanto que me duelen los pulmones y me queman las piernas, hasta que, al final, cuando no puedo dar ni un paso más, me tiro de espaldas al suelo en medio del campo de fútbol del instituto.

Una vez tomé ácido en este mismo sitio, durante una tormenta de lluvia y truenos como ésta. Me tumbé a ver desplomarse el cielo. Me imaginaba que las gotas se deshacían y se mezclaban con mi piel. Esperé el rayo que me atravesara el corazón y me hiciera sentir vivo al menos un uno por ciento por primera vez en toda mi triste existencia.

El rayo tuvo su oportunidad y no cayó aquel día. Tampoco acude esta mañana.

Así que me levanto, me aparto el pelo de los ojos y trato de pensar un plan mejor.

Anna

Está lloviendo.

Esa lluvia que cae tan fuerte que suena como la ducha aun después de haberla cerrado. Esa que te hace pensar en diques, diluvios y arcas. Esa misma que te hace desear volverte a meter en la cama, cuando las sábanas aún no han perdido el calor de tu cuerpo, y fingir que en el reloj es cinco minutos más pronto de lo que es en realidad.

Pregunten a cualquier niño que haya pasado de cuarto grado y se lo dirá: el agua no deja de moverse jamás. La lluvia cae y baja por la montaña hasta el río. El río se abre camino hasta el mar. Se evapora, como un alma, en forma de nube. Y después, como todo lo demás, comienza el ciclo de nuevo.

BRIAN

Está lloviendo.

Como el día en que nació Anna... el día de Nochevieja, y además hacía demasiado calor para esa época del año. Lo que debería haber sido nieve se convirtió en un aguacero torrencial. Las pistas de esquí habían tenido que cerrar por Navidad, porque se les había derretido la nieve. Al volante camino del hospital, con Sara de parto a mi lado, apenas veía a través del parabrisas.

No había estrellas aquella noche, cómo podía haberlas con aquellas nubes de lluvia. Quizá por eso cuando Anna llegó le dije a Sara:

—¿Por qué no le ponemos Andrómeda? Anna para abreviar.

—¿Andrómeda? —dijo ella—. ¿Como la novela de ciencia ficción?

—Como la princesa —la corregí. La miré a los ojos por encima del diminuto horizonte de la cabeza de nuestra hija—. En el cielo —le expliqué— está entre la madre y el padre.

Sara

Está lloviendo.

No me parece de muy buen augurio. Barajo las fichas de anotaciones sobre la mesa, intentando parecer más hábil de lo que soy. ¿A quién pretendía engañar? No soy ninguna abogada, no soy una profesional. No he sido más que una madre, y tampoco como tal he hecho un buen trabajo.

—¿Señora Fitzgerald? —me insta el juez.

Inspiro profundamente, me quedo mirando el galimatías que tengo encima de la mesa y cojo el mazo entero de fichas. Poniéndome de pie, me aclaro la garganta y comienzo a leer en voz alta.

—En este país tenemos una larga historia legal de casos en los que se ha permitido que los padres tomen decisiones por sus hijos. Eso forma parte de lo que los tribunales siempre han considerado una consecuencia del derecho constitucional a la intimidad. Y de acuerdo con todas las pruebas presentadas ante este tribunal... —De pronto se oye el estampido de un trueno y se me caen todas las notas al suelo. Arrodillándome, trato de recogerlas con rapidez, pero naturalmente están todas desordenadas. Intento reordenar las que tengo delante, pero les he perdido la lógica.

Oh, cielos. De todas formas no era lo que tenía que decir.

—Señoría —le pido— ¿puedo comenzar de nuevo?

Asiente con la cabeza. Le doy la espalda y avanzo unos pasos en dirección a mi hija, que está sentada junto a Campbell.

—Anna —le digo— te quiero. Ya te quería antes de conocerte y seguiré queriéndote hasta mucho después de que ya no esté aquí para decírtelo. Ya sé que, como soy madre, se supone que debería tener una respuesta para todo, pero no la tengo. Cada uno de los días de mi vida me pregunto si hago lo correcto. Me pregunto si conozco a mis hijos como creo que los conozco. Me pregunto si no habré perdido perspectiva al ser tu madre, puesto que he estado tan ocupada siendo la de Kate.

Doy unos pasos al frente.

—Sé que salto como un resorte ante la más insignificante posibilidad de poder curar a Kate, pero sólo sé hacer las cosas así. Y aunque tú no estés de acuerdo conmigo, aunque Kate no esté tampoco de acuerdo conmigo, quiero ser la persona que dice «Ya te lo dije». Dentro de diez años quiero verte con tus hijos en el regazo, porque entonces será cuando lo entenderás. Yo también tengo una hermana, así que ya sé lo que es eso... Ese tipo de relación en la que todo gira en torno a lo que es justo o injusto: quieres que tu hermano tenga exactamente lo mismo que tú, la misma cantidad de juguetes, la misma cantidad de carne en los espagueti, la misma ración de amor. Pero cuando eres madre es completamente diferente. Quieres que tu hijo tenga más de lo que tuviste tú. Quieres encenderle un fuego debajo y ver cómo remonta el vuelo. Es algo que supera todas las palabras. —Me toco el pecho—. Y sin embargo todo tiene su lugar aquí dentro.

Me vuelvo hacia el juez DeSalvo.

—No quería venir al tribunal, pero tenía que hacerlo. Tal y como funcionan las leyes, si un demandante toma una iniciativa, aunque sea tu propia hija, tú tienes que responder. Por eso me he visto obligada a contar, y de una forma elocuente, por qué creo que sé lo que es mejor para Anna mejor que ella misma. Aunque cuando te toca hacerlo, explicar lo que crees no es tan fácil como parece. Si dices que crees que algo es verdad, puede querer decir dos cosas: que aún estás sopesando las alternativas o que lo aceptas como un hecho. Desde un punto de vista lógico, no entiendo cómo una misma palabra puede tener dos significados contradictorios, pero desde un punto de vista emocional, lo entiendo perfectamente. Porque a veces creo que lo que hago está bien, y en otras ocasiones pienso dos veces cada paso que doy.

»Aunque la sentencia me fuera hoy favorable, no podría obligar a Anna a donar un riñón. Nadie puede hacer eso. Pero ¿se lo rogaría? ¿Querría, aun reprimiéndome? No lo sé, ni siquiera después de haber hablado con Kate y de haber escuchado a Anna. No estoy segura qué debo creer, nunca lo he estado. De forma indiscutible sólo sé dos cosas: que este pleito nunca se ha entablado en torno a la donación de un riñón... sino acerca de tener elección. Y que nunca nadie toma decisiones enteramente por sí mismo, ni siquiera si un juez te da el derecho a hacerlo.

Finalmente, me vuelvo hacia Campbell.

—Hace mucho tiempo ejercí de abogada. Pero ya no lo soy. Soy madre, y lo que he hecho como tal en estos últimos dieciocho años es más difícil que nada de lo que nunca tenga que hacer en un tribunal. Al comienzo de este juicio, señor Alexander, usted dijo que ninguno de nosotros estaba obligado a meterse en un incendio para salvar a alguien que está en un edificio en llamas. Pero todo eso cambia cuando eres el padre, y la persona que está dentro del edificio es tu hijo. Si ése es el caso, no sólo todo el mundo entenderá que te precipites dentro para salvar a tu hijo... sino que prácticamente es lo que esperan de ti.

Respiro profundamente.

—En mi vida había un edificio en llamas, una de mis hijas estaba dentro... y la única opción de salvarla era enviar por ella a mi otra hija, porque era la única que conocía el camino. ¿Sabía yo que estaba corriendo un riesgo? Por supuesto. ¿Me daba cuenta de que eso podía significar perderlas a las dos? Sí. ¿Comprendía que quizá no era justo pedirle que lo hiciera? Totalmente. Pero también sabía que era la única opción que tenía para conservarlas. ¿Era legal? ¿Era moral? ¿Era desesperado, cruel, una locura? No lo sé. Pero sé que tenía razón.

Cuando he acabado me siento en la mesa. La lluvia bate los cristales de las ventanas a mi derecha. Me pregunto si alguna vez amainará.

Campbell

Me pongo de pie, miro mis notas, y como Sara, las tiro a la papelera.

—Tal y como acaba de decir la señora Fitzgerald, este caso no es sobre si Anna dona o no un riñón. No se trata de que done una célula de la piel, una simple célula sanguínea, una tira de ADN. El caso trata de una niña que está pasando por el trance de ser alguien. Una niña que tiene trece años... lo cual es duro, doloroso, hermoso, difícil y estimulante. Una niña que puede que no sepa lo que quiere en estos momentos y puede que no sepa quién es ahora mismo, pero que merece la oportunidad de descubrirlo. Y en mi opinión, dentro de diez años nos sorprenderíamos bastante.

Me acerco al banquillo.

—Sabemos que a los Fitzgerald se les pidió que hicieran algo que era imposible: tomar una serie de decisiones médicas objetivas que afectaban a dos de sus hijas, cuyos intereses desde el punto de vista de la atención sanitaria eran opuestos. Así pues, si nosotros, al igual que los Fitzgerald, no sabemos cuál es la decisión correcta, entonces la persona que debe tener la última palabra es la persona de cuyo cuerpo se está hablando... por mucho que sólo tenga trece años. Y en último término, también hay otra cosa que está en juego en este caso: determinar cuál es el momento en que un hijo sabe mejor que sus padres qué es lo que hay que hacer.

»Yo sé que, cuando Anna tomó la decisión de interponer esta demanda, no lo hizo por los motivos egocéntricos que podrían esperarse de una persona de trece años. No tomó esta decisión porque quisiera ser como las demás chicas de su edad. No la tomó porque estuviera cansada de que la abrieran y pincharan. Ni tampoco porque temiera el dolor.

Me vuelvo hacia ella, sonriéndole.

—¿Saben una cosa? No me sorprendería que, después de todo, Anna acabara donando el riñón a su hermana. Pero lo que yo piense no es importante. Juez DeSalvo, con el debido respeto, tampoco lo que usted piense importa. Lo que piensen Sara y Brian y Kate Fitzgerald tampoco importa. Lo que piensa Anna sí importa. —Me vuelvo a la silla—. Y ésa es la única voz que deberíamos escuchar.

El juez DeSalvo decreta un descanso de quince minutos antes de dictar sentencia, y lo empleo para sacar a pasear al perro. Damos una vuelta por el pequeño parterre de césped detrás del edificio Garrahy, mientras Vern vigila a los periodistas que esperan el veredicto.

—Vamos, hazlo ya —digo, mientras Juez se lanza a su cuarto reconocimiento en círculo del terreno, buscando el lugar adecuado—. No hay nadie mirando.

Pero eso no resulta ser del todo cierto. Un niño no mayor de tres o cuatro años se separa de improviso de su madre y viene alborotando hacia nosotros.

—¡Perrito! —grita. Viene corriendo con los brazos extendidos y Juez se me pega a las piernas.

La madre llega al cabo de un momento.

—Lo siento. Mi hijo está pasando por una etapa de amor a los perros. ¿Podemos acariciarlo?

—No —digo como un resorte—. Es un perro de asistencia.

—Oh. —La mujer se pone más tiesa y aparta a su hijo—. Pero usted no es ciego.

«Soy epiléptico y éste es el perro que me cuida durante las

crisis.» Pienso un momento en jugar limpio, por una vez, por primera vez. Pero una vez más... Hay que saber reírse de uno mismo, ¿no?

—Soy abogado —digo con una sonrisa—. Persigue ambulancias por mí.

Juez y yo nos alejamos, yo silbando.

El juez DeSalvo vuelve a la sala con una fotografía enmarcada de su hija muerta y así es como sé que he perdido el caso.

—Hay una cosa que me ha impresionado durante la celebración de la vista —comienza— y es que todas las personas de esta sala nos hemos dejado arrastrar a un debate entre calidad de vida por un lado, frente a santidad de vida por otro. Ciertamente, los Fitzgerald siempre han creído que mantener a Kate viva y que siguiera formando parte de la familia era crucial... hasta que ha llegado un punto en el que la santidad de la existencia de Kate ha quedado entrelazada por completo con la calidad de vida de Anna. Mi tarea consiste pues en ver si ambas cosas pueden separarse.

Sacude la cabeza a un lado y otro.

—No estoy seguro de que ninguno de nosotros esté cualificado para decidir cuál de esas dos cosas es la más importante... y yo menos que nadie. Soy padre. A mi hija Dena la mató un conductor borracho cuando tenía doce años, y cuando acudí corriendo al hospital esa noche habría dado cualquier cosa por poder pasar un día más con ella. Los Fitzgerald viven en esa situación desde hace catorce años: en una posición en que se les está pidiendo que mantengan con vida a su hija un poco más de tiempo cada vez. Yo respeto sus decisiones. Admiro su valor. Les envidio el hecho mismo de haber podido contar con esas oportunidades. Pero, tal y como han señalado los dos letrados, este caso ya no versa acerca de Anna y su riñón, sino sobre cómo se toman decisiones de este tipo y cómo decidimos quién debe tomarlas.

Se aclara la garganta.

—La respuesta es que no hay una respuesta acertada. Por eso en tanto que padres, médicos, jueces y la sociedad, vamos improvisando y tomando decisiones que nos permitan dormir por la noche... porque la moral es más importante que la ética, y el amor es más importante que la ley.

El juez DeSalvo vuelve la atención hacia Anna, que se mueve en la silla, incómoda.

—Kate no quiere morir —dice con suavidad— pero tampoco quiere seguir viviendo así. De modo que conociendo este hecho, y conociendo lo que dice la ley, en realidad sólo puedo tomar una decisión. La única persona a la que debería permitírsele tomar esta decisión es aquella que está en el corazón de la cuestión.

Exhalo ruidosamente.

—Y con esto no me refiero a Kate, sino a Anna.

Junto a mí, Anna traga aire.

—Una de las cuestiones suscitadas durante estos últimos días ha sido la de si una persona de trece años es capaz de tomar decisiones tan graves como ésta. Yo diría, sin embargo, que la edad es la variable menos idónea en este caso para alcanzar una comprensión cabal. En realidad, algunos de los adultos que han pasado por aquí parecen haber olvidado la regla más simple de la infancia: nadie le coge nada a nadie sin pedir permiso antes. Anna —pregunta— ¿querrías ponerte de pie, por favor?

Ella me mira, y yo asiento, levantándome también.

—En este momento —dice el juez DeSalvo— me dispongo a declararte emancipada de tus padres por lo que respecta a los aspectos sanitarios de tu persona. Lo que esto significa es que, aunque sigas viviendo con ellos y aunque ellos puedan seguir diciéndote cuándo tienes que irte a la cama y cuáles son los programas de televisión que no puedes ver y que tienes que acabarte la verdura del plato, por lo que respecta a cualquier tratamiento médico, tú tienes la última palabra. —Se vuelve hacia Sara—. Señora Fitzgerald, señor Fitzgerald... Voy a ordenarles que vayan con Anna a ver a su médico y que hablen con él acerca de los términos de este veredicto, para que el doctor comprenda que tiene que tratar directamente con Anna. Y para que disponga de una orientación adicional, por si la necesita, voy a pedirle al señor Alexander que asuma poderes de abogado suyo en cuestiones de salud hasta que Anna cumpla los dieciocho años, con el fin de que pueda ayudarla en la toma de las decisiones más difíciles. No estoy sugiriendo de ningún modo que tales decisiones no deban ser tomadas en conjunto con sus padres... pero mi fallo es que la decisión final quede únicamente en manos de Anna. —El juez clava su mirada en mí—. Señor Alexander, ¿acepta usted esta responsabilidad?

Con excepción de Juez, nunca hasta entonces había tenido que cuidar de nadie ni de nada. Y ahora tendré a Julia, y también a Anna.

—Será un honor —digo, y le sonrío a ella.

—Quiero que me firmen hoy estos formularios antes de que se vayan de la sala —ordena el juez—. Buena suerte, Anna. Pásate de vez en cuando a contarme cómo te va.

Golpea con el martillo, y todos nos levantamos mientras abandona la sala.

—Anna —le digo, al verla silenciosa e impresionada a mi lado—. Lo has conseguido.

Julia es la primera en llegar hasta nosotros y se inclina sobre la barandilla para abrazar a Anna.

—Has sido muy valiente. —Me sonríe por encima del hombro de Anna—. Y tú también.

Y entonces Anna se separa de nosotros y se encuentra cara a cara con sus padres. Hay apenas un paso entre ambos, pero un universo de tiempo e incomodidad. Sólo en ese momento me doy cuenta que he empezado ya a pensar en Anna como en una persona mayor de su edad biológica, aunque está insegura y es incapaz de sostener el contacto visual.

—Eh —dice Brian, salvando el abismo y obsequiando a su hija con un rudo abrazo—. Todo en orden.

Y entonces Sara se une al pequeño grupo familiar, abarcándolos a ambos con los brazos, mientras los hombros de los tres forman las anchas paredes de un equipo que tendrá que reinventar el juego al que están jugando.

Anna

Visibilidad cero. La lluvia cae más intensa si es posible. Tengo una visión fugaz del agua aporreando el coche con tal violencia que lo aplasta como una lata de Coca-Cola vacía y me parece que es por eso por lo que me cuesta tanto respirar. Tardo un segundo en darme cuenta de que eso no tiene nada que ver con este tiempo asqueroso ni con una claustrofobia latente, sino con el hecho de tener la garganta la mitad de ancha de lo normal, pues las lágrimas la endurecen como una arteria, por lo que todo lo que hago y digo requiere un esfuerzo dos veces mayor.

He sido declarada persona emancipada en cuestiones de salud desde hace media hora. Campbell dice que la lluvia es una bendición, que mantiene alejados a los periodistas. Puede que me encuentren en el hospital o puede que no, pero para entonces estaré con mi familia y ya no importará realmente. Mis padres se han marchado antes que yo, nosotros teníamos que cumplimentar los estúpidos formularios. Campbell se ha ofrecido a llevarme cuando acabásemos, lo cual es un detalle por su parte, teniendo en cuenta que lo que él quiere no es otra cosa que pegarse a Julia y no soltarla, lo que, según parece, ellos consideran un misterio impenetrable, cuando no lo es en absoluto. Me pregunto qué hará Juez cuando están los dos juntos, si se siente desplazado.

—¿Campbell? —le pregunto de sopetón—. ¿Qué crees que debería hacer?

No finge no saber de qué le hablo.

—Acabo de luchar duramente en un juicio a favor de tu derecho a elegir, así que no pienso decirte cuál es mi opinión.

—Fantástico —digo, hundiéndome en el asiento—. Ni siquiera sé quién soy en realidad.

—Yo sí sé quién eres. Eres la mejor portera de hockey de todo Providence. Siempre tienes algo sensato que decir, eres siempre la que saca la sorpresa de las bolsas de Chex Mix, odias las mates y...

Está muy bien ver a Campbell intentando rellenar el espacio del formulario.

—¿...y te gustan los chicos? —concluye, preguntando.

—Algunos están bien —admito— pero seguramente todos acaban creciendo y pareciéndose a ti.

Él sonríe.

—Dios no lo quiera.

—¿Qué vas a hacer ahora?

Campbell se encoge de hombros.

—La verdad es que necesitaría buscarme un caso remunerado.

—¿Para que Julia pueda seguir llevando el estilo de vida al que está acostumbrada?

—Eso —se ríe—. Algo así.

Se hace el silencio un momento, de modo que lo único que puedo oír es el ruido de los limpiaparabrisas. Deslizo las manos bajo los muslos, sentándome sobre ellas.

—Eso que dijiste en el juicio... ¿de verdad crees que dentro de diez años los sorprenderé?

—Pero, bueno, Anna Fitzgerald, ¿qué más cumplidos puedo hacerte?

—Olvídalo.

Me mira.

—Sí, sí que lo creo. Me imagino que romperás muchos corazones, estarás pintando en Montmartre, pilotando aviones de caza o haciendo auto-stop en países desconocidos. —Hace una pausa—. O quizá todo eso.

Hubo una época en que, como Kate, quería ser bailarina. Pero desde entonces he pasado por cientos de etapas diferentes: quise ser astronauta, paleontóloga, cantante del coro de Aretha Franklin, miembro del gobierno, guardabosques del parque de Yellowstone. Ahora, según el día, quiero ser microcirujana, poeta, cazadora de fantasmas...

Sólo hay una constante:

—Dentro de diez años —digo— me gustaría ser la hermana de Kate.

Brian

Me suena el busca justo cuando Kate empieza una nueva sesión de diálisis: accidente de automóvil, y daños personales.

—Me necesitan —le digo a Sara—. ¿Estarás bien?

La ambulancia se dirige a la esquina de Eddy con Fountain, un cruce malo ya de por sí, empeorado por las condiciones climatológicas. Cuando llego, los policías han acordonado la zona. Los vehículos han quedado empotrados en forma de T. La fuerza de la colisión los ha convertido en un amasijo de acero retorcido. El camión ha salido mejor parado; el BMW, más pequeño, está literalmente doblado como una sonrisa por la parte delantera. Salgo del coche bajo la lluvia torrencial y me dirijo al primer policía que veo.

—Tres heridos —dice—. Uno está ya camino del hospital.

Me encuentro con Red que está trabajando con las cizallas, tratando de cortar el metal por el lado del conductor del segundo coche para llegar hasta las víctimas.

—¿Qué has encontrado? —grito por encima de las sirenas.

—El conductor del primer vehículo saltó por el parabrisas —me contesta—. Caesar se lo ha llevado en la ambulancia. La segunda ambulancia está de camino. Hay dos personas ahí dentro, por lo que parece, pero ambas puertas están hechas un acordeón.

—Déjame ver si puedo subir a lo alto del camión.

Comienzo a trepar por el resbaladizo metal, lleno de cristales rotos. Meto el pie en un agujero que no he visto en el lecho del remolque y me pongo a maldecir mientras intento liberarme. Moviéndome con cuidado me introduzco en la cabina doblegada del camión y me acomodo como puedo. El conductor debe de haber salido disparado por el parabrisas, encima del pequeño BMW. Toda la parte delantera del Ford-150 se ha empotrado en el lado del pasajero del coche deportivo, como si fuera de papel.

Tengo que salir arrastrándome por lo que había sido la ventanilla del camión, porque el motor está en medio de mí y de quienquiera que esté dentro del BMW. Pero si me retuerzo de una manera determinada, hay un espacio diminuto en el que casi encaja mi medida, apoyándome contra el cristal templado, resquebrajado en forma de telaraña, manchado de rojo por la sangre. Y justo cuando Red consigue arrancar con las cizallas la portezuela lateral del conductor y un perro salta al exterior gimoteando, me doy cuenta de que el rostro aplastado contra la ventanilla rota del otro lado es el de Anna.

—¡Sácalos! —aúllo—. ¡Sácalos de ahí ahora mismo!

No sé cómo salgo de ese armazón hecho una maraña apartando a Red de mi camino, cómo desengancho a Campbell Alexander de su cinturón de seguridad y lo dejo tumbado en la calle con la lluvia que continúa arreciando, cómo me meto dentro hasta donde mi hija está inmóvil y con los ojos abiertos de par en par, sujeta al cinturón de su asiento como se supone que se debe hacer.

Paulie aparece de la nada y le pone las manos encima; antes de saber lo que hago lo derribo al suelo de un puñetazo.

—Caramba, Brian —dice, aguantándose la mandíbula.

—Es Anna. Paulie, es Anna.

Cuando comprenden, intentan retenerme y hacer el trabajo por mí, pero es mi niña, mi niña, y ya pueden cantar misa. La coloco sobre una camilla y la sujeto con un correaje, y luego hago que la suban a la ambulancia. Le inclino hacia atrás la barbilla, para que la intuben, pero al ver la pequeña cicatriz que se hizo cuando se cayó con los patines de hielo de Jesse, no puedo más. Red me aparta a un lado y ocupa mi lugar, y le toma el pulso.

—Está débil, capi —me dice— pero sigue ahí.

Coloca el tubo de la transfusión intravenosa, mientras yo cojo la radio y transmito nuestra hora estimativa de llegada.

—Niña de trece años, traumatismo craneal grave... —Cuando el monitor cardíaco se queda en blanco, dejo caer el receptor e inicio la reanimación cardiopulmonar—. El desfibrilador, las paletas —ordeno, y le abro la camisa a Anna, cortando la tira del sujetador que tanto quería y no necesitaba. Red le administra una descarga, y consigue recuperarle el pulso; bradicardia con latidos ventriculares irregulares.

La tapamos y le administramos la intravenosa. Paulie entra con un chirrido de ruedas en la zona de descarga para ambulancias y abre las puertas traseras de un solo golpe. Mientras la llevan en la camilla con ruedas, Anna permanece inmóvil. Red me agarra del brazo, con fuerza.

—No pienses —dice, mientras se aferra del cabezal de la camilla de Anna y se precipita a la sala de urgencias.

No me dejan entrar en la sala de traumatismos. Todo un equipo de bomberos colabora en la tarea. Uno de ellos se adelanta al encuentro de Sara, que llega, frenética.

—¿Dónde está? ¿Qué ha pasado?

—Un accidente de coche —logro decir—. No he sabido que era ella hasta que he llegado.

Se me llenan los ojos de lágrimas. ¿Le cuento que no puede respirar sin la respiración asistida? ¿Le digo que la línea del electrocardiograma está plana? ¿Le cuento que no hago más que preguntarme si he hecho bien cada uno de los procedimientos de emergencia, desde que me he encaramado al camión hasta el momento en que la he sacado de entre los hierros, sabedor de que mis emociones ponían en peligro lo que debía hacerse, lo que podía hacerse?

En ese momento oigo a Campbell Alexander y el ruido de algo que ha sido arrojado contra una pared.

—Maldita sea —dice—. ¡Sólo quiero que me digan si la han traído aquí!

Irrumpe con furia por la puerta de otra sala de traumatismos, con el brazo enyesado y la ropa ensangrentada. El perro da saltos a su lado. De inmediato los ojos de Campbell se encuentran con los míos.

—¿Dónde está Anna? —me pregunta.

No le respondo, porque qué demonios puedo decirle. Y eso es todo lo que necesita para comprender.

—Oh, Dios santo —musita—. Dios mío, no.

El doctor sale de la habitación de Anna. Me conoce; vengo cuatro noches a la semana.

—Brian —dice con sobriedad— no responde a estímulos nocivos.

El sonido que sale de mí es primario, inhumano, de entendimiento.

—¿Qué significa eso? —me percuten las palabras de Sara—. ¿Qué quiere decir con eso, Brian?

—La cabeza de Anna golpeó la ventana con gran violencia, señora Fitzgerald. Le ha causado una lesión cerebral irreversible. Respira gracias a la respiración asistida, pero no muestra señal de actividad neurológica... Está en estado de muerte cerebral. Lo lamento —dice el doctor—, no saben cuánto lo lamento. —Dubitativo, pasa su mirada de mí a Sara—. Sé que es algo que en estos momentos ni siquiera se les habrá pasado por la cabeza, pero siempre hay una pequeña ventana a la esperanza... ¿No quisieran considerar la posibilidad de donar sus órganos?

Hay estrellas en el cielo nocturno que brillan más que las otras, y cuando las miras a través de un telescopio te das cuenta de que lo que ves son estrellas gemelas. Las dos estrellas rotan una alrededor de la otra, a veces pueden tardar casi cien años en realizar una rotación completa. Generan una fuerza gravitacional tan grande que en torno a ellas no hay espacio para nada más. A lo mejor lo que se ve es una estrella azul, por ejemplo, y sólo más tarde te das cuenta de que tiene una enana blanca por compañera... La primera brilla con tal fuerza que cuando adviertes la segunda ya es demasiado tarde.

* * *

Campbell es quien responde en realidad al doctor.

—Soy yo el que tiene poderes de representación legal sobre Anna —le explica— y no sus padres. —Me mira a mí, luego a Sara—. Y hay una chica en el piso de arriba que necesita ese riñón.

Sara

En nuestra lengua hay huérfanos y viudas, pero no hay una palabra para el padre que ha perdido a un hijo.

Vuelven a bajárnosla cuando le han extraído los órganos para la donación. Soy la última en entrar. En el pasillo están ya Jesse, Zanne y Campbell y algunas de las enfermeras con las que ha habido una relación más estrecha, e incluso Julia Romano; las personas que necesitaban decir adiós.

Brian y yo entramos en la habitación donde, sobre una cama de hospital, yace Anna, pequeña e inmóvil. Un tubo le baja por la garganta, una máquina respira por ella. De nosotros depende apagarla. Me siento en el borde de la cama y cojo la mano de Anna, caliente todavía, suave al contacto de la mía. Resulta que después de tantos años esperando un momento así, me siento totalmente perdida, sin saber qué hacer. Es como pintar el cielo con lápices de colores; no hay ninguna lengua que pueda recoger un dolor tan grande.

—No puedo hacerlo —susurro.

Brian se me acerca.

—Cariño, ella ya no está aquí. Es la máquina la que mantiene su cuerpo con vida. Lo que había de Anna ya se ha ido.

Me vuelvo, hundiendo la cara en su pecho.

—Pero ella no tenía que irse —sollozo.

Nos abrazamos sosteniéndonos el uno al otro y cuando me siento lo bastante fuerte, miro el armazón que antes albergara a mi pequeña. Brian tiene razón, al fin y al cabo. Eso no es más que un caparazón. No hay energía en las líneas de su rostro, hay una laxa ausencia de tensión muscular. Bajo esa piel la han despojado de los órganos que irán a parar a Kate y a otras personas, anónimas, de las listas de segunda opción.

—Está bien.

Respiro profundamente. Pongo la mano sobre el pecho de Anna mientras Brian, temblando, desconecta el respirador. Le acaricio la piel en pequeños círculos, como si así fuera más fácil. Cuando los indicadores de los monitores se convierten en una línea plana, me quedo esperando algún cambio en ella. Y entonces lo siento, noto que su corazón deja de latir bajo la palma de mi mano... esa nimia falta de pulso, esa calma hueca, esa pérdida absoluta.

Epílogo

Cuando a lo largo del paseo,
palpitantes llamas de vida,
la gente trepida a mi alrededor,
yo olvido mi pesar,
el vacío en la gran constelación,
ese lugar en el que había una estrella.

D. H. Lawrence
Inmersión

Kate

2010

Debería haber un estatuto de limitación del dolor. Una normativa que dijese que está muy bien despertarse llorando por las mañanas, pero sólo durante un mes. Que pasados cuarenta y dos días ya no volverás a sobresaltarte con el corazón latiendo a toda velocidad por estar segura de haberla oído llamar tu nombre en voz alta. Que no te van a poner una multa si sientes la necesidad de vaciar su escritorio, descolgar sus dibujos de la nevera, girar una foto del colegio al pasar, aunque sólo sea porque te hiere en lo más vivo cada vez que la ves. Que está bien medir el tiempo tomando como referencia el día en que se fue, del mismo modo en que antes se medía por sus cumpleaños.

Durante mucho tiempo mi padre estuvo diciendo que veía a Anna en el cielo estrellado. A veces era un guiño del ojo, otras la forma de su perfil. Insistía en que las estrellas eran personas a las que se las quería tanto que formaban constelaciones para vivir eternamente. Mi madre creyó durante tiempo que Anna volvería. Buscaba señales: plantas que florecían demasiado pronto, huevos con dos yemas, la sal que formaba letras al ser derramada.

En cuanto a mí, bueno, me dio por odiarme a mí misma. Naturalmente, todo era culpa mía. Si Anna no hubiera presentado aquella demanda, si no se hubiera quedado en el tribunal firmando papeles con el abogado, jamás habría estado en ese cruce en ese preciso momento. Ahora estaría aquí, y sería yo la que se le aparecería por todas partes para atormentarla.

Estuve enferma mucho tiempo. El trasplante estuvo a punto de sufrir un rechazo y luego, de forma inexplicable, empecé a remontar, una larga y penosa escalada. Han pasado ocho años desde mi última recaída, ni siquiera el doctor Chance es capaz de entenderlo. Cree que ha sido una combinación del ácido transretinoico y de la terapia con arsénico, por algún efecto favorable de acción retardada, pero yo sé lo que es. Era que alguien tenía que irse, y Anna usurpó mi lugar.

El dolor es algo curioso cuando no te lo esperas. Es como cuando te arrancas una tirita: se lleva la capa superficial de una familia. Y los intestinos de una casa no son nunca bonitos, los nuestros no son una excepción. Había veces que me quedaba en mi habitación días enteros, de la mañana a la noche, con los auriculares puestos, aunque sólo fuera por no oír gritar a mi madre. Había semanas en que mi padre hacía turnos de veinticuatro horas en el trabajo, para no tener que volver a una casa que se nos había quedado grande.

Entonces una mañana mi madre se dio cuenta de que nos habíamos comido todo lo que había en casa, hasta la última pasa más arrugada y hasta la última migaja de galleta salada, así que fue a la tienda de comestibles. Mi padre pagó una factura o dos. Yo me senté a ver la tele y me puse un capítulo antiguo de I Love Lucy, *que me hizo reír.*

Inmediatamente, sentí como si hubiera profanado un santuario. Me tapé la boca con la mano, avergonzada. Fue Jesse quien, sentado a mi lado en el sofá, dijo:

—A ella también le habría hecho gracia.

Mientras te empeñas en seguir aferrado al amargo y doloroso recuerdo de que alguien ha dejado este mundo, no sales de ahí. El hecho mismo de vivir es como una marea: al principio parece que todo sigue igual, pero un día miras tus pies y ves la cantidad de dolor que ha sido erosionado.

* * *

Me pregunto hasta qué punto nos vigila. Si sabe que durante mucho tiempo mantuvimos la relación con Campbell y Julia, incluso fuimos a su boda. Si entiende que la razón por la que ya no nos vemos con ellos es sencillamente porque nos hace daño, porque aunque no hablemos de Anna, ella está presente en los huecos entre las palabras, como el olor de algo que se quema.

Me pregunto si estaría en la ceremonia de graduación de Jesse en la academia de policía, si sabe que obtuvo una mención del alcalde el año pasado por su intervención en una redada antidroga. Desconozco si sabe que papá cayó en un pozo muy profundo cuando ella desapareció, y que le costó Dios y ayuda volver a trepar hasta la superficie. No sé si sabe que ahora enseño danza a las niñas. Que cada vez que veo a dos chiquitas en la barra, haciendo pliés, *pienso en nosotras.*

Aún me pilla por sorpresa cuando se presenta. Como cuando casi después de un año de su muerte, mi madre llegó a casa con un carrete de fotos que acababa de revelar, de mi graduación en el instituto. Nos sentamos juntas en la mesa de la cocina, codo con codo, intentando no mencionar, mientras veíamos nuestras sonrisas de oreja a oreja, que en esas fotos faltaba alguien.

Y entonces, como si la hubiéramos invocado, la última foto era de Anna. Tanto tiempo hacía que no habíamos utilizado la cámara, lisa y llanamente. Estaba sobre una toalla de playa, con la mano extendida hacia el fotógrafo, que no sé quién era, intentando que no le hiciera la foto.

Mi madre y yo nos quedamos sentadas mirando a Anna en la mesa de la cocina hasta que se puso el sol, hasta que lo hubimos memorizado todo, desde el color del pasado de su cola de caballo hasta el diseño de los flecos del bikini. Hasta que ya no pudimos estar seguras de verla con claridad.

Mi madre me dejó que me quedara con esa foto de Anna. Pero no la puse en ningún marco, la metí en un sobre que cerré y enterré en lo más hondo del cajón de un archivador. Y ahí es donde está, sólo por si algún día de éstos me da por echarla de menos.

Tendrá que haber una mañana en que me despierte y no sea su cara lo primero que vea. O alguna tarde ociosa de agosto en que ya no me acuerde de cuál era el lugar exacto del hombro derecho en que tenía aquellas pecas. A lo mejor, alguno de estos días ya no seré capaz de oír el sonido de sus pisadas junto con el de la nieve al caer.

Cuando empiezo a sentirme así me meto en el baño y me levanto la camisa, y me toco las líneas blancas de la cicatriz. Y recuerdo cómo al principio me parecía que los puntos deletreaban su nombre. Pienso en su riñón trabajando dentro de mí y en su sangre corriendo por mis venas. La llevo siempre conmigo, dondequiera que voy.

Agradecimientos

Como madre de un niño que ha sufrido diez operaciones en tres años, quiero en primer lugar dar las gracias a todo el personal sanitario que en su día a día comparte los momentos más duros que una familia puede experimentar y trata de hacer más fácil la situación: al doctor Roland Eavey y el equipo de enfermeras de pediatría en Massachussets. A Eye y Ear, gracias por darnos un final feliz en la vida real. Mientras escribía *Por la vida de mi hermana,* me di cuenta, como siempre, de lo poco que sabía y de lo mucho que dependo de la experiencia y la inteligencia de otros. Por permitirme compartir con ellos tanto su vida profesional como personal y por sugerencias de pura genialidad literaria quiero dar las gracias a Jennifer Sternick, Sherry Fritzsche, Giancarlo Cichetti, Grez Kachejian; los doctores Vincent Guarerra, Richard Stone, Farid Boulad, Eric Terman, James Umlas; Wyatt Fox, Andrea Green y el doctor Michael Goldman, Lori Thompson, Cyntia Follensbee, Robin Kall, Mary Ann McKenney, Harriet St. Laurent, April Murdoch, Aidan Curran, Jane Picoult y Jo-Ann Mapson. Por hacer de mí la persona capaz de todo y dejarme formar parte de un bienintencionado equipo de bomberos, quiero dar las gracias a Michael Clark, Dave Hautanemi, Richard «Pockey» Low y Jim Belanger (que es siempre un genio corrigiendo mis errores).

Por todo el apoyo que me han brindado, gracias a Carolyn Reidy, Judith Curr, Camilla McDuffie, Laura Mullen, Sarah Branham, Karen Mender, Shannon McKenna, Paolo Pepe, Seale Ballenger, Anne Harris y a la fuerza vendedora indomable de Atria. Por creer en mí desde el primer momento, vaya toda mi gratitud para Laura Gross. Por guiarme y darme la libertad de desplegar mis alas, mi más sincero afecto para Emily Bestler. A Scott y Amanda MacLellan y a Dave Cranmer, que me ofrecieron sus sabios consejos tanto en los éxitos como en los fracasos que implica convivir con una enfermedad grave, gracias por toda su generosidad y mis mejores deseos de un largo y sano futuro.

Y, como siempre, gracias a Kyle, Jake y Sammy, y especialmente a Tim, por ser siempre lo que más importa.